# 越境者

C・J・ボックス

ワイオミング州猟区管理官の職を辞したジョー・ピケットは、ルーロン知事の意向で現場に復帰していたが、新たな任務を与えられる。巨大製薬会社の跡取りスコギンズが失踪し、FBIは、州の辺境に住む富豪テンプルトンが前々から暗殺業を営んでおり、スコギンズを標的にしたのではと疑っていた。さらにスコギンズ失踪の前後、ジョーの友人のネイトらしき男が近くで目撃されていた。ジョーは知事の指令でFBIに協力し、テンプルトンの本拠地へ情報収集に赴くが……。ジョーがネイトと敵対⁉　全米ベストセラーの冒険サスペンス・シリーズ最新作。

# 登場人物

ジョー・ピケット……………………………ワイオミング州猟区管理官
メアリーベス・ピケット…………………ジョーの妻
シェリダン・ピケット……………………ジョーの長女
ルーシー・ピケット………………………ジョーの次女
エイプリル・キーリー……………………ピケット家の里子
ネイト・ロマノウスキ……………………鷹匠(たかじょう)。ジョーの盟友
ダラス・ケイツ……………………………プロのロデオ・カウボーイ
スペンサー・ルーロン……………………ワイオミング州知事
チャック・クーン…………………………FBIシャイアン支局長
ジム・ラッタ………………………………ワイオミング州猟区管理官
エミリー・ラッタ…………………………ジムの娘
ウルフガング・テンプルトン……………元軍人。サンドクリーク牧場の所有者
ヘンリー・P・スコギンズ三世…………大製薬会社の跡取り
ジョーナ・バンク…………………………資産管理会社経営者

ウィップ（ロバート・ウィップル）……………暗殺組織の工作員
ビル（ウィリアム）・クリッチフィールド……｝密猟者
ジーン（ユージン）・スミス……………………｝密猟者
リヴ・ブラナン…………………………………テンプルトンの助手
R・C・ミード……………………………………メディシンウィール郡保安官
イーサン・バーソロミュー……………………同判事
アナ・バーソロミュー…………………………モーテル経営者。イーサンの妹
デイル・ミラー…………………………………ウィーデル警察署長
ロコ・ビオルキーニ……………………………ソーシャルメディア創業者
エリック・ヤング………………………………ワイオミング州立大学の三年生

# 越 境 者

C・J・ボックス
野口百合子 訳

創元推理文庫

STONE COLD

by

C. J. Box


This edition is published by TOKYO SOGENSHA Co.,Ltd.
This edition published by arrangement with
G. P. Putnam's Sons, an imprint of Penguin Publishing Group,
a division of Penguin Random House LLC
through Tuttle-Mori Agency, Inc.,Tokyo

# 越境者

父ジャックの思い出に、
そしていつものようにローリーに……

本当に不幸なのは不平等ではない。従属だ。

——ヴォルテール『哲学辞典』

ショットガンもライフルも四輪駆動車もある
だからカントリー・ボーイは生きていけるのさ

——ハンク・ウィリアムズ・ジュニア

# 1

## モンタナ州フォートスミス

十月初旬の日曜日の午前三時半、ネイト・ロマノウスキはビッグホーン川にドリフトボートを押しだし、静かな力強い流れにまかせて草の生えた岸から離れていった。十三キロほど下流には、これから殺しにいく悪名高い男の要塞同然の豪華な別荘がある。

零下四度を切っており、黒い川面(かわも)から霧が濃い渦巻(うずま)きとなって立ちのぼっている。ネイトはたちまち霧に包まれた。ボートは音もなく漂い、彼は長いオールを操って反りあがる舳先(へさき)を前に向けつづけた。ヒロハハコヤナギの茂みのねじ曲がった壁が左右の岸から迫り、裸の枝が手をつなごうとしているかのように頭上に伸びている。サード・アイランドからダグズ・ランまでの十分間、ネイトはなにも見えず感覚と音と経験だけを頼りに操船した。船底をこすらずできるだけ速く下るために、主流からはずれないようにして浅瀬を避けて進んだ。前に予行演習はしてある――じつは何十回も。だから川のリズム、雰囲気、性質は、彼のタカ、武器、規範と同じくらい体に馴染んでいた。あるいは、規範の残滓と言うべきか。そう思って、ネイトは暗闇で苦笑した。

夜の下見のあいだもいま装着している縦型の圧縮収納バッグを背にしていたので、中の装備のどっしりとした重さには慣れきっており、そこにあることさえ忘れそうなほどだ。世界で最強の拳銃である五発装塡のリボルバー、五〇〇ワイオミング・エクスプレスのグリップが、左脇の下のショルダーホルスターからのぞいており、ストラップは外してある。

彼の背後では、イエローテイル・ダムの巨大なコンクリートの排水路が、星々と鎌のような三日月の柔らかな光の中、水色に輝いている。星の光で際の曲線が照らしだされた積雲が一つ、北から南へ移動して銀河のきらめきをかき消した。フライフィッシングの案内人や釣り人――女もいるが、ほとんどは男――がダムの近くの船着き場に到着して、伝説のビッグホーン川の半日もしくは一日の川下りを始めるまでには、まだ何時間もある。ネイトは胸ポケットから携帯電話を出して電源を入れた。電波を捉えて画面が明るくなると、登録されている唯一の番号を出してメッセージを作成した。〈決行する〉。そして送信した。

一分もしないうちに、返信が来た。〈善行をなすべし〉

ネイトは携帯を切って胸ポケットに戻した。

ネイトは背が高く痩せ型で、手足が長い。オールは漕がずに、どちらか片方を川に入れて船首を回し、舵をとるために使った。技術を磨いてきたので操船はスムーズで、水しぶきも立たない。オールは腕の延長であり、彼の動きはなめらかでゆったりとしていた。

友人のジョー・ピケットはネイトの顔と目を評して「タカのようだ」と言ったことがある。タカ狩り用の革の足緒で縛ってポニーテールにした金髪は、背中の真ん中あたりまで伸びている。目立たないように、いまはタクティカル・セーターの襟の中にたくしこんである。青い目は射貫くように鋭く、顔の造作はなめらかで無駄なく削ぎおとされたようだ。黒っぽい迷彩柄の縁の垂れたソフト帽をかぶり、高い頬骨は煤で黒くしてあるので、弱いとはいえ月光は反射しない。

ヘンリー・P・スコギンズ三世がいなければ世界は間違いなくよりよい場所になる、とネイトは聞かされていた。

背が低く肥満体で猫背で外斜視のスコギンズは、ニュージャージー州ニューアークにある巨大製薬会社の最後の直系の跡取りだった。上院議員で大使を務めた祖父や、善意の博愛主義者だった父親と違って、ヘンリー三世として知られている彼は、世界中の通貨の流通を巧みに操り、十七のうち十四のレアメタルの市場を独占的に支配し、合法的な売春、ドラッグ使用、複婚制を唱道する活動家グループへの惜しみない資金提供に、巨万の富をつぎこんでいた。そして腐敗した利権政治家、セックスや暴力を歌うラップアーティスト、外国の独裁者、国内の犯罪組織幹部と、楽しいおつきあいをしていた。また、数回にわたる煽情的な離婚スキャンダルや、自邸のフロントポーチで娼婦の顔を撃って殺した容疑によるロサンゼルスでの裁判で、各紙誌をにぎわした。スコギンズは彼女を、当時ビヴァリーヒルズ近辺で恐れられていた家宅侵入殺人犯と間違えたのだ、という弁護人の主張を陪審団が受けいれたために、彼は無罪になった。

ビデオクリップでは、スコギンズは落ち着いた中音域の声質で話しているが、それとはうらはらに聴衆の頭ごしにしょっちゅうこそこそと向こうを窺う癖があった。もっと利用価値が高いか、見栄えがするか、もっと自分にとって安心できる人間がいないか、探しているようだった。挑戦に対して決して直接立ち向かわないために、みずから孤立してきたいじめっ子の傲慢な顔つき。友人は手ずから報い、敵は遠くから罰することに快感を覚えるたぐいの人間だ。

この男を一人にするのが課題だった。スコギンズは武装したボディガードに身辺を固めさせており、アメリカ国内の五つの家——ニューアーク、マンハッタン、アスペン、パームビーチ、そして悪名高いビヴァリーヒルズの大邸宅——には入念なセキュリティシステムが張りめぐらされている。カラカス、アブダビ、グランドケイマンにある海外の不動産は、元諜報員を集めた警備業者によって守られている。

スコギンズが持株会社を通じて最近購入した、ビッグホーン川沿岸の六百万ドルのログハウスのことを知る者は、ほとんどいなかった。買った理由は、フライフィッシングを学びたかったからだ。噂では、スコギンズは川そのものを買い占めたと思って、い、る、らしい。

この一週間、深夜の川からの下検分に加え、ネイトは隣接した土地に侵入し、管理人に会わないようにして陸からもスコギンズの地所を偵察していた。川の流れる谷間に個人の家はほとんどなく、存在するわずかな住居は広大で金のかかったものだった。アクセスは、川の曲がり目に並行して走る私道だ。高い石の壁と鋼鉄のセキュリティ・ゲートのせいで、私道から見える建物は二つだけだった。スコギンズの地所にはリモコン操作のスイング・ゲートだけでなく、昼間は武装した係員が詰めている小さな警備小屋もあった。夜間、訪問者——だいたいが配送トラック——はゲートの監視カメラを通じて身分を明かしてからでないと中に入れない。地面を網羅するさらなる監視カメラは、構内の柱の上に設置されていた。二人の男——一人は公然とコンバット・ショットガンで武装している——がぶらぶらとパトロールしていた。ゲートの操作係を殺し屋ナンバー2、パトロールの男たちを殺し屋ナンバー3、4とネイトは命名した。全員がゆったりしたシャツの裾をカーゴパンツの上に出していた。

ゲストハウス、付属の建物、広々とした手入れのいい芝生がそろった、丸太と石とガラス造りの大邸宅数軒と、フェンスのすぐ向こうにあるクロウ・インディアン保留地の極端なみすぼらしさとの格差は、歴然としていた。

金曜日に、ネイトはスコギンズ本人を目撃した。スポッティングスコープで地所を眺め、建物の配置と地形を記憶していたとき、どっしりとした金属のドアが開いて二人の女が転げるように出てきた。長い褐色の脚、漆黒(しっこく)の髪、身にまとっているのはランジェリーだけだった。焦点を合わせながら、彼は首筋の毛が逆立つのを感じた。インディアンだ、たぶん保留地のクロウ族だろう。二人は濃すぎる化粧をして、脇の下に丸めた服を抱えていた。家から放りだされる前にあわててかき集めたようだ。背の高いほうの女はかつてネイトが愛したアリーシャを思わせた。アリーシャはショショーニ族で、ワイオミング州のウィンドリバー保留地で教師をしていた。その連想に彼は芯から衝撃を受けた。彼女はアリーシャではない、娼婦だ、そして服も着られないうちに突然家から蹴(け)りだされたのだ。

背の低いほうの女はさっと振りむいて、ネイトには聞きとれない言葉を家の中にいて見えないだれかに叫んだ。背の高い女は立ち止まって、恐怖かパニックでがっくり頭を落とし、もう一人の女に手を差しだして行こうと促した。

そのとき、スコギンズが現れた。横には、重量挙げの選手のような体格で、したりげな笑みを浮かべた胸板の厚い男がいた。彼も大きすぎるシャツとカーゴパンツという服装だった。ネイトはこの男を殺し屋1と命名していた。彼はスコギンズのそばをめったに離れない。

スコギンズはゆったりしたローブをはおり、サイズの大きなスリッパをはいていた。細くて白い二本の足首が裾からのぞいている。スコギンズの猫背と間隔の広い目のせいか、遠くからでもネイトはヒキガエルを連想した。スコギンズもしたりげに笑っていたが、女たちに指を鳴らしてとっとと失せろとせかしてみせた。

背の低い女がなおも身振りをまじえてしゃべりつづけ、立ち去ろうとしないと、大柄な殺し屋1がスコギンズの横を通って速い大股三歩で近づき、ぶざまに倒れた。逃げようとした彼女の尻の下を強く蹴った。彼女は地面から浮いてよろめき、宙に飛んだ服を女が急いで拾おうとしたとき、殺し屋1がもう一発蹴りを入れようと身構えたので、背の高いほうの娼婦は仲間を小道のほうへぐいぐい引っ張っていった。芝生の上には服が散らばったままだった。

争いになった原因を、ネイトは推測するしかなかった。娼婦たちはやれと言われたことを拒んだか、やってみたものの客を満足させられなかったのかもしれない。娼婦の一人がしゃべりすぎたか、なにか盗もうとしたのかもしれない。あるいは、スコギンズが金を払わずに追いだすことにしたのか。ネイトは理由を探るつもりだった。

わかっていたのは、口論を見て血が沸騰しそうになったことだ。あれはもちろんアリーシャではない、なぜならアリーシャは殺されたからだ。彼女の髪を編んだ一束が、彼の五〇〇ワイオミング・エクスプレスの銃身につけたひもから垂れている。だが、あの女はアリーシャに似ていたし、罪悪感、恥辱、強烈な怒りのうねりが彼の中によみがえってきた。そしてあの殺し屋がもう一人の女を宙に蹴り飛ばしたとき、ネイトはもう少しで銃を抜いて、確実な死に向かってであろうとも丘を駆けくだりそうになった。

少しして、殺し屋1がまた家から出てきて娼婦が残していった服をかき集めるのを、彼はスポッティングスコープで見守った。殺し屋は倉庫の裏のゴミ缶へ服を持っていき、燃やした。

「ゲスが」ネイトはつぶやいた。

細い二車線の道路の真ん中を裸足(はだし)で歩いていた二人の娼婦に、彼は追いついた。背の高いほうは人差し指にスパイクヒールの靴をぶらさげていた。女たちは凍えて髪は乱れ、彼がレンタカーで近づいていくのに気づいて振りむくと、乗せてくれないかと破れかぶれで笑ってみせた。ネイトは速度を落としてそばに寄せ、乗るように合図した。

「車が壊れたのか？」

「そんなようなもの」背の低いほうが答えて、後部座席に乗りこんだ。

「あんたに会えて大助かりよ」背の高いほうが言って、助手席に飛び乗ると靴を床に落とした。車内には急に甘い香水と麝香(じゃこう)のような汗の臭いがたちこめた。

背の低いほうはキャンディ・アレグザンダー、思ったほどアリーシャに似ていなかった背の高いほうはＤ・アニタ・リトルウルフという名前だった。二人とも保留地のクロウ・エージェンシーから来たのだが、リトルウルフのピックアップを置いてきた北のハーディンまで行きたがった。

「バーの横に止めてあるの」リトルウルフは言った。「あんたが拾ってくれて本当に助かった。ありがとう」

「そうよ、ありがとう」後ろからアレグザンダーも言った。ネイトは目を上げてバックミラーで彼女の黒い目を見た。まつ毛から黒いマスカラが筋になっており、アレグザンダーは手の甲でそれを拭った。

ハーディンへ向かいながら、天気や釣りのことや、モンタナ州南部のだれもいない道路で下着姿の女性二人を見つけるのがいかに奇妙かといったことを、彼はしゃべった。二人はくわしく話さなかったものの、川岸の大きな家での〝パーティ〟に招かれたが、ホストに追いだされたばかりか迎えにきた場所まで送ってくれさえしなかった、と説明した。アレグザンダーはまだ憤っていたが、リトルウルフは落ち着いて冷静に受けとめているようだった。

「じゃ、その家のオーナーがあんたたちを自宅へ呼んで、それから追いだしたのか？」

「あたしたちをあそこへ連れていったのはオーナーじゃなかった」アレグザンダーは殺し屋1の風体を語った。「家に着いて初めてオーナーに会ったの」

「彼、黒人の売春婦は好みじゃないって」リトルウルフは皮肉のかけらも見せずに言った。

「ろくでなしのようだな」ネイトは言った。

「くそったれよ」アレグザンダーはうなずいた。「二人ともくそったれ。あたしの友だちを集めて、戻って乗りこんでやろうかな……」

「やめて」リトルウルフは制した。「二度とあそこへ行っちゃだめ」

ネイトはなにも知らないそぶりで、なぜなのかと尋ねた。

置いてきたピックアップに着いて車内にあったバッグから出した着替えを身につけたあと、リトルウルフとアレグザンダーはバーでビールをひっかけて口が軽くなり、ネイトに一夜の冒険を語った。殺し屋1から連絡があってこのバーで待ちあわせし、ビッグホーン川の岸辺の大きな家へ移動した。その男はブザーを押して警備員にゲートを開けさせた。彼は玄関のキーパッドに暗証番号を打ちこんで鍵を開けた。家のオーナーが階段を下りてきたが女たちの外見が気に入らず、追いだした。そこをネイトは目撃したのだ。いまはもう安全だし暖かいし自分たちのピックアップが外にあるので、二人はいきさつを話しながら笑っていた。帰ってきてよかった、だってあのオーナーにはなんだかぞっとしたから、とリトルウルフは言った。

メインのログハウスに入ったときのことに、ネイトは話を戻した。

「キーパッドがあったんだね？」彼はポケットからメモ帳を出した。

D・アニタ・リトルウルフとキャンディ・アレグザンダーに、まだ記憶が新しいうちに目を閉じて、殺し屋1がドアを開けたときどうしたかを思い出してもらった。ポーチに立っていた自分からはキーパッドは見えなかったとリトルウルフは答えたが、アレグザンダーはにやりとしてその場面を描写してみせた。キーパッドは金属製で三列の数字が並んでいた。上が123で、真ん中が456、三列目が789、いちばん下に0のボタンが一つだけあった。ネイトはナプキンにキーパッドを描いてみせ、渡した。アレグザンダーは目を閉じて思い出し、422を押し、それから三列目の別のボタンを押した。8か9だったがはっきりしない、と彼女は言った。

なぜ順番を記憶していたのか、とネイトが尋ねると、保留地の国立記念戦場の向かいにある以前働いていたコンビニで、ATMを使うよそ者たちの肩ごしにのぞきこんでこつを覚えたの、と彼女は答えた。二人の女はいっせいに笑いだした。

「おかげでとうとうクビになっちゃった」アレグザンダーは甲高い笑い声を上げた。「でも、そのときにはもう観光客から二、三百ドルはせしめてたわ」

その後さらに二杯ずつ飲んでから、リトルウルフはクロウ・エージェンシーまで車でついてこないかと誘った。「パーティができる部屋があるの」彼女は無邪気にネイトの目をのぞきこみ、そのとき彼は一瞬ふたたびアリーシャの面影を見た。

「残念だけどだめなんだ」

「あなたもダークミートは好みじゃない?」アレグザンダーはからかうように尋ねた。

「じつは大好きだ。だが、その言葉は好きじゃない。尊厳がなにもない」

二人は神妙になって、バッグを持ち、靴をはいた。彼は女たちをピックアップまで送ったが、ついてはいかなかった。

前夜の土曜日、彼はスポッティングスコープを持って身を潜め、スコギンズの家のルーティンを観察した。女を連れこむことはもうなく、外からの客もなかった。日が沈むと、外にいた殺し屋たちは本邸に入り、スコギンズと殺し屋1と同じ時間に夕食をとったようだった。一時間中にいて、やがて一人ずつ出てきて本邸のログハウスとゲートのあいだにあるゲストハウスへ引きあげていった。ゲストハウスの明かりは夜中の十二時十五分までついていた。

意外でもなんでもなく、三人の殺し屋が帰ったあと二人の家事係が本邸から出てきた。中年の男女で、本邸から敷地の端にある小さなコテージへ向かっていった。服装からして、女は料理人で、男は助手、そしてたぶん地所全体の維持管理係も兼ねているのだろうとネイトは思った。二人は頭上の明かりの下を手をつないで歩いていた。ネイトはほほえましく感じ、彼らにはぜったい危害が及ばないようにしようと誓った。

スコギンズと殺し屋1が寝たのはしばらくしてからだった。二階の窓の明かり——階全体を占めているのでスコギンズの部屋だろう——は一時半までついていた。一階の角部屋の明かりは十二時ちょうどに消えた。メインのボディガードである殺し屋1の部屋が、玄関とスコギンズのいる二階への階段のあいだにあるのは合点がいった。殺し屋1の部屋の反対側にある角部屋には、ぼんやりとした明かりが一晩中灯っていた。そこがセキュリティ・センターで、だれかが敷地内のすべての監視カメラの映像をモニターして寝ずの番をしているのだ、とネイトは思った。動作感知装置はどうだろう、かならずどこかにあるはずだ。

光量を絞ったミニマグライトをくわえて、ネイトはメモ帳の新しいページにスケッチを描いた。本邸、付属の建物いくつか、ゲストハウス、コテージ、壁、ゲートをざっと絵にした。中にCCと記した円を敷地内に書きこみ、カメラの位置を示した。それから殺し屋三人を表す大きなXを三つゲストハウスに付け、さらに本邸の殺し屋1とセキュリティ責任者を表す二つも追加した。そして、スコギンズ本人には$記号をつけた。

偵察の結果、自分が持ってもいないしほしくもないちょっとした軍隊なくしては、道路からスコギンズの敷地に接近する方法はない、と判断した。そして、闇の中を近づけば、監視カメラに捉えられるかボディガードたちに阻まれる。動作感知装置が設置されているなら、壁とゲートと敷地のあいだに集中しているはずだ。

だが、近隣の私有地のほかの大邸宅と同じく、スコギンズの家は川に面している。おかげで、スコギンズは飲みものを手に家の中にすわり、巨大なガラス越しに川の夕日や朝日を眺められるのだ。案内人付きで川を下るフライフィッシャーたちは、彼の家を羨望と畏敬のまなざしで見るだろう。〈いかなる侵入も禁じる。ボートを降りないこと、違反者は訴える〉

という掲示――くわえて、回転する監視カメラとレザーワイア五本を張ったフェンス――が、彼らを閉めだしている。

川から丸見えの豪壮なログハウスを所有するのは、虚栄の証だ。

そしてそれが敷地に近づくネイトの手段だった。

あるいは、彼の雇用主が言うところの〝善行をなす〟手段だった。

スコギンズの地所に近づくと、ネイトはドリフトボートを右岸に近いゆるい流れに乗せた。密に茂ったヤナギが頭上に垂れ、黒い影を落としている。その影の中を進んだ。彼の五感はとぎすまされ、右側のゆるい曲がり目の向こうに、地所の存在を見たり聞いたりするというよりは感じた。ボートをヤナギの茂みにそっと寄せると、船体が草地になった岸にぶつかり、彼は手を伸ばして何本かの枝をつかんでボートを安定させた。ゆっくりと静かに足のあいだのロープをつかみ、ボートが動かなくなるまで錨を下ろした。ブーツをはいた足で船べりをまたぎ、冷たい水の中に立った。水深はひざまでだった。

音をたてずヤナギの壁にぴったりと張りついて、下流へ移動した。十歩ほど進むと、地所の明かりが茂みのあいだからチラチラと見えてきて、ヤナギはじきになくなってログハウスまでの開けた長い傾斜した草地に出るのがわかった。ネイトはすでに岸のフェンスを通りすぎていた。開けた場所に踏みだせば、岸の左右を見張っている監視カメラに捉えられるだろう。カメラはヒロハハコヤナギの横に取りつけられ、動作感知装置もある。川辺をうろつく野生動物のせいで、動作感知装置は一晩中何度も鳴るので、家の中の技術者はあまり気にしないはずだ。しかし、モニターに彼が映れば話は別だ。

陰の中で、ネイトはコンプレッションバッグを反対向きにして前にかけなおし、上部のジッパーを開けた。とりやすいように、中の備品は使用予定順の遅いものが下になるように詰めてある。

たっぷり七分間、ネイトは目を閉じて川の中にたたずみ、計画を思いかえした。まずい事態が起きないわけがない――いつもかならず起きる。要は、不測の事態にできるかぎり備え、早急に別の選択肢をとることだ。彼の任務はヘンリー・P・スコギンズ三世を殺すことだが、自分の流儀を加える。そこが大事だ。

そしてもし進行中に計画にほつれが生じたら、最終局面を覚悟しておく必要がある。たとえ結果が、避けたいと思っている大量殺戮になるとしても。

目を開けると、夜はさっきより明るく輝くようで、空気は突然期待に満ちた。背後の川の音は大きくなり、激しく爆ぜるように響いている。周囲の世界の匂いと香りがたちまち強く感じられた。流れる川の錫を含むような匂い、岸沿いに彼がかきまわして渦巻いた腐食した泥の臭気、川の向こうの丘陵地帯から漂うヤマヨモギの香り、ログハウスから漂う料理の匂いまでした。ネイトは深く息を吸って止め、ゆっくりと鼻から吐きだした。

茂みにいるのが自分だけでないことに気づいたのは、そのときだった。

一メートルほどのところにどっしりした牝(めす)のミュールジカがいて、大きな目で彼を見つめ、大きな耳を彼のほうに向けている。ネイトはとっさに武器に手をのばしたが、リボルバーの台尻を握って動きを止めた。牝のシカを見ると、動物の匂いも嗅ぐことができた。麝香に似て湿っぽく、息からはヤマヨモギが匂う。彼が動いてもシカは驚いて茂みから飛びださなかった。

タカ狩りの言葉で、〝ヤラク〟の状態は次のように定義される。〝スタミナにあふれ、筋肉は強く、油断はなく、太りすぎでも痩せすぎでもなく、狩りをして獲物を殺すのに完璧なコンディション。タカがこの状態に到達することはめったにないが、見られたときには驚嘆に値する〟

人間に可能なかぎり、ネイトは〝ヤラク〟に近い状態だった。

ミュールジカは彼を助けてくれるかもしれない。パートナーになれるかもしれない。シカが震えているのに気づいた、いまにも駆けだそうとしている。

彼はささやいた。「行け」

シカは走りだし、ヤナギの枝の折れる音とともに茂みから空地へ出た。

ネイトはシカの直後にすばやく茂みから飛びだし、自分と監視カメラのあいだに木の幹を入れるようにした。カメラの角ばった先端は下流に向いていたが、近づいていく彼のほうへ回りかけている。シカは木から方向を転換して、フェンス沿いにピョンピョンと跳ねていく。ネイトはまっすぐカメラに走っていき、コンプレッションバッグのいちばん上から黒い布袋を出して広げ、映される前にカメラと設置台にかぶせた。タカの頭に頭巾をかぶせるのに似ていた。引きひもをきつく締め、後ろに下がった。カメラは袋の中でまだ回っており、左右を見ている人間の頭のようだった。

遠くでまたヤナギとガマが折れる音がして、ミュールジカが空地の反対側の茂みに消えていった。間違いなく、動作感知装置は侵入を検知したにちがいない。たぶんカメラは、彼のパートナーである牝ジカが開けた場所を跳ねるように逃げていく姿を捉えただろう。

「ありがとう」ネイトはシカに言った。

それからヤナギの陰の中に戻り、腕時計をチェックして待った。

ログハウスのドアが閉まる音、川のほうへ下りてくる重い足音がするまで、二十二分かかった。彼の予想よりはるかに長かった。川岸の監視カメラが機能していないのに技術者が気づくまでこれほどかかったということは、トラブルと思っていないのだ、とネイトは確信した。あるいは、たんに無能なのかもしれない。いい前兆だ。ほかの殺し屋たちも同様に間抜けであるように祈った。

技術者が前を照らす、懐中電灯のぎらぎらした白い光が芝生の傾斜を下ってくる。ネイトは目を半分閉じて顔をそむけ、視界の隅で光を追った。夜間の視力を維持するために第三世界でずっと前に習得した技だ。懐中電灯の強い光を直視すると一瞬目が見えなくなる。そんなリスクをおかすわけにはいかない。

三メートル半ほどのところで足音は止まり、男がつぶやくのが聞こえた。「くそ、なんなんだ?」

つまり、技術者はカメラをおおう黒い布袋を懐中電灯で照らして、いぶかっているのだ。クォーターバックをめがけて突進するラインバッカーのように、ネイトはヤナギの茂みから飛びだした。全体重を技術者の脚にかけるために、低くタックルした。

ぶつかられると男はうっと声を洩(も)らし、懐中電灯が宙に飛んだ。男を倒したときショットガンの台尻がネイトの肩をかすめ、彼はすばやく向きを変えて相手に馬乗りになり、ショットガンをつかんで脇へ放った。

技術者が声を上げる前に、ネイトはスペアの黒い布袋を左手で相手の口に押しこみ、右手で鼻柱を強く殴りつけた。骨にひびが入る音、そして、どっとあふれる血の熱い金属的な臭い。

技術者はほとんど抵抗しなかった――鼻が折れるとたいていそうなる――そしてショックと痛みで突然ぐにゃりとなった。ネイトは彼をうつ伏せにし、コンプレッションバッグのサイドポケットに入れていたプラスティックの結束バンドの手錠を背中側でかけ、きつく締めた。足首も同様にして、さらに八十センチほどの結束バンドを使って男が動けないようにした。迅速に、そして投げ縄で賞金を稼ぐロデオ・カウボーイの手並みで、ネイトはすべてを終えた。

技術者のカーゴパンツとバギーシャツをすばやく探った。武器はもうなく、見つけたのは携帯電話、小型無線機（電源はオフ）、小銭、札入れ、二袋のマリファナ――対応するまで長くかかったのはこのせいか？――で、ネイトは全部ヤナギの茂みに投げこんだ。技術者の服とぼさぼさの髪は草の匂いがした。

ネイトは四つん這いの姿勢ですばやく後退し、傾斜の上のログハウスとその向こうの付属の建物を見渡した。音も動きもなく、殺し屋1のいる階にもゲストハウスにも明かりが灯ることはなかった。

ネイトは技術者の動かない体を月光の届かない場所へ引きずっていき、ヤナギの茂みに放置すると、木陰に身をかがめ、森になっている右側から地所を迂回して進んでいった。

倒木の山とヒロハハコヤナギの中からふたたび姿を現したとき、ゲストハウスはネイトの目の前だった。彼は足を止めて呼吸を整え、建物の中から動きも音も光もないのを確認した。本邸と同じログハウスだが、はるかに小さいし平屋建てだ。偵察中に気づいていた芝生の上の監視カメラ一台と自分のあいだにゲストハウスが位置するようにして、入口の左側の外壁にぴたりと張りついた。鋼鉄の枠にはまった鋼鉄のドアだが、木製に見えるように塗装されている。中から規則正しいいびきが聞こえる。

バッグから長い管がついた航空機用接着剤のグルーガンを出し、ノズルのキャップをはずした。中身は、セラミックのタイルをスペースシャトルに固定するのに使われるほど強力だ。ドアと側柱の隙間に管の先端を慎重に押しこんでいくと、静かな夜気に速乾性の接着剤のつんとくる臭いが漂った。続いて、敷居の上とドア本体の横に接着剤を塗っていった。錠前のそばに少しおまけを塗りこみ、メカニズムが動かないようにいわば溶接した。

ネイトはポーチから下り、頭を低くしてゲストハウスを一周した。閉まっている窓の下側にも接着剤を塗っていく。裏口のドアでも同じ手順をくりかえし、乾くまで二、三分待った。試しに裏口のドアを引っ張ってみると、ぴったりくっついていた。

グルーガンにキャップをしてバッグにしまい、本邸へ向かった。コテージのカップルは気にしないと決めていた。

本邸のログハウスの玄関へは木から木へジグザグに芝生を横切って近づいたが、自分の姿が複数の監視カメラに映っており、動作感知装置も動きを捉えているのは間違いないと、ネイトにはわかっていた。だが、技術者は川辺で拘束されており、本邸の中で明かりがついたり動きがあったりする様子はないので、あの技術者は応援なしで一人で任務についていたと信じることにした。

ネイトはどっしりした玄関ドアで足を止め、キーパッドを見つめた。間違ったコンビネーションを押せば警報が鳴って、中の殺し屋1とスコギンズを起こしてしまうだろう。

手を伸ばして、４２２８と押した。

キーパッドの横の小さな赤ランプが明滅したが、ドアが開錠されたことを示す内部の音はしない。中で警報も鳴っていない。

ネイトは五〇〇ワイオミング・エクスプレスを右手で抜き、長銃身のリボルバーを右腿(もも)にぴたりとあてて左の人差し指で４２２９と押した。ロックがはずれるカチリという音がして、ネイトはドアを開けた。チャイムが一回だけ鳴った。

さっと中に入ってドアを閉め、銃を構えた。前もって邸内を見ることはできず、レイアウトは推測するしかなかった。彼がいるのは広い居間の手前の暗い控えの間(ま)だ。壁のペグには上着やジャケットがかかっており、靴やブーツがきちんと並んでいる。

チャイムのせいで、彼の五感は張りつめていた。ドアが開いたらチャイムが鳴るなんて、だれが予想できる?

ネイトは居間に入り、天井が高いのを感じた。壁には突き出し燭台(しょくだい)型の照明があって、ぼんやりとした光を投げかけている。彼はあたりを観察した。ナヴァホ族のラグのかかったどっしりした革製の家具、マツ材の内壁、魚と野生動物の額入りの絵、暖炉の上の大きな灰色のバイソンの剝製の頭部――なにもかも西部風だ。カーペット敷きの広い階段が一階から二階へ続いており、二階の手すりのある通路が吹き抜けの空間を縁どっている。エルク（別名ワピチ）の枝角でできた巨大なシャンデリアが、中央の屋根から吊るされている。

右側を一瞥（いちべつ）すると、廊下の端のドアの下から光が洩れていた。技術者のセキュリティルームだ。次に、殺し屋1が寝ているはずの左側に目をやった。だが、廊下の端のドアは閉まっておらず、少し開いていた。

ネイトは左側へ身をひるがえし、銃の撃鉄を起こした。中で眠っている男を起こさずに、ドアを閉めた上で封じこめられるか？

そのとき、居間の反対側のキッチンから裸足の足音がした。それから叱責（しっせき）が飛んだ。「夜中のスナックがほしくて入ってきやがったのはだれだ？」

キッチンの入口に殺し屋1が立っていた。ボクサーショーツとショルダーホルスターを身につけているだけで、片手にビール瓶を、片手にポークチョップを持っていた。髪は寝癖で右側にもつれていたが、彼は一瞬のうちに状況を呑みこんだ。

殺し屋1はポークチョップとビール瓶を投げ捨て、銃に手を伸ばした。だれだ？もここでなにをしている？もなかった。暖炉の石に当たってビール瓶が砕けた。

ネイトは言った。「よせ」

殺し屋1は動きを止めた。指は銃の台尻に触れんばかりだ。わずかに身をかがめた姿勢で、腿の筋肉は張りつめ、目はネイトの目から離れない。

「銃を抜いたら、頭を吹き飛ばす」ネイトは低い声で告げた。

殺し屋1はまばたきし、ネイトは相手が正しい決断を下したのを感じた。

「ホルスターをはずしてカーペットに置け」

殺し屋1は背筋を伸ばしてネイトをにらみつけ、わずかに首をかしげた。表情はきびしかった。視線をネイトからワイオミング・エクスプレスの銃口に移した。

「なぜここにいる?」殺し屋1は聞いた。強いボストン訛りがあった。

「あんたのボスが目的だ。追っているのは彼だけだ」

「どうやって入った?」

「ドアから」

殺し屋1はセキュリティルームの閉じたドアのある廊下へうっかり目をやり、顔をしかめた。

「くそったれが」殺し屋1は視線を戻した。「あんたは出られないよ」

ネイトはゲームに疲れてため息をついた。二階のほうへあごをしゃくって尋ねた。「彼を助けるために死にたいか?」

殺し屋1は答えなかった。

「二秒やる」ネイトはささやいた。

くりかえそうとしたとき、相手はホルスターの革のストラップをはずし、腕をすべらせて手に握った。かがむと、銃を床に置いた。

ネイトは自分の銃を振って、寝室の開いたドアのほうへ行けと殺し屋1に指示した。脅すというよりしかたないというふうににらんだあと、殺し屋1は肩を回しながら廊下を歩いていき、ネイトはそのあとを進んだ。「どのみち、やつはばか野郎だ」殺し屋1は言った。

「おまえの部屋のドアを閉める」ネイトは言った。「中にいれば生きていられる。ドアを開けたらそうはいかない」

殺し屋1は乱れたベッドの足元側へ歩いていき、ネイトに背を向けて立った。

「両手を頭の後ろに回せ。振りむくな」ネイトは命じた。

肩と広背筋の筋肉が発達しすぎて硬くなっている殺し屋1は、やっとのことで後ろに手を回した。ネイトは手首に結束バンドをかけてきつく締め、両手を拘束した。

「痛いぞ」殺し屋1は歯を食いしばって言った。

「そうだろうな」ネイトはあとずさりしてぴったりとドアを閉めた。グルーガンをバッグから出し、ドアを封印した。強烈なぴりぴりする臭いが廊下にたちこめた。

ネイトは顔をしかめた。ボクサーショーツにショルダーホルスター?

居間へ戻る前に足を止め、上階で動きがないかと耳をすませた。チャイムが鳴り、ビール瓶が割れ、下で話をしているというのに、どうしてスコギンズは目を覚まさない？

ゲストハウスで寝ている殺し屋三人、コテージの男女、自室でいきりたっている殺し屋1の存在を意識しつつ、ネイトはすばやく動いた。廊下をセキュリティルームへ走り、技術者が外の監視ネットワークに使っているマック・プロのサーバーを見つけた。すべてのコードを引き抜いてから、サーバーを持って居間へ戻り、バッグから出した軍仕様の遺体袋を広げてサーバーを入れた。

遺体袋は広げたままにした。

居間の中央に立ち、二階の通路沿いにある四つの閉まったドアを見上げて、どれがヘンリー・スコギンズの寝室だろうと考えた。一つ一つ確かめることもできる。

または……

ネイトの銃の驚くほど大きな発砲音が、閉めきった邸内に激しい衝撃となってこだました。五〇口径の弾はエルクの枝角のシャンデリアを吊っていた鎖を撃ち抜き、彼は床に落ちてきたシャンデリアをよけた。

外の敷地では、銃声と落下音を聞いて三人のほかの殺し屋たちが深い眠りから覚めたところだろう。料理人はこの音にベッドで寝がえりをうち、夫を起こしているはずだ。殺し屋1

は閉じたドアをにらみながら、向こう側でなにが起きているのか、個人警護の仕事に自分はふたたびありつけるのか、などと案じているだろう。

ネイトは暗い控えの間へ後退した。次に起きることが重要だ。武装していない人間は殺せない——それが自分の流儀だ。部屋から部屋へとスコギンズを探しまわらずに騒ぎを起こした理由だ。

ドアの一つからスコギンズが飛びだしてくるだろうと予想していた。だが、怒った叫び声がしただけだった。

「ジョロヴィッチ、いったいどうしたんだ？」

では、殺し屋1はジョロヴィッチか、とネイトは思った。

「ジョロヴィッチ、くそ——起こされたじゃないか。なにをしていた？　またいまいましい銃の掃除でもしていたのか？」

声は東側のドアの一つから聞こえているようだ。

「ジョロヴィッチ？」今回、その声には怒りだけでなくかすかな動揺が感じられた。

スコギンズは東側のドアの一つを開け放ち、手すりまでよろよろと歩いてきた。アイマスクを額（ひたい）に押しあげ、右の耳から気泡ゴムの耳栓を抜いている——ドアのチャイムが聞こえなかったわけだ。ネイトが見覚えのある前の開いたローブをはおり、細い脚とバスケットボール大のむきだしの腹は、驚くほど白かった。

スコギンズが手すりをつかんだとき、なにか重いものがポケットに入っているせいでローブの裾が右に下がっていることに、ネイトは気づいた。

「ジョロヴィッチ、どこにいるんだ？　ピーターソン？」

技術者はピーターソンか、とネイトは思った。そして薄暗い居間へ出ていった。

彼を見ると、スコギンズは驚いて反射的に少しひざを曲げた。

スコギンズはたて続けに質問を浴びせた。「おまえはいったいだれだ？　どうやってここに入った？　ジョロヴィッチはどこにいる？」

「ネイト・ロマノウスキだ。キーパッドを使って入った。彼は隠れている」

「隠れている？」

「昨今、優秀な人材を見つけるのはむずかしいな」

「だが……」スコギンズは廊下の先のセキュリティルームを手振りで示し、しどろもどろになった。

「ピーターソンもあまり有能ではない」

スコギンズはとまどって首を振った。「おまえはなぜここに？」

ネイトは答えた。「なぜかと言えば」銃を持ちあげてから続けた。「一緒に来てもらう」

スコギンズはかぶりを振った。「いやだ」

「だったら、この場で死ぬことになる」

スコギンズは言い争う気配を見せたが、眉間にしわを寄せて薄暗い光の中で下を窺った。彼に見えるのは銃だけだろう、とネイトは思った。

「彼らよりもっと高い金を払えるぞ」スコギンズは言った。

「もちろんそうだろう」

「おまえは話のわかる男か?」

「そうだったためしはない。さっさと下りてこい」

スコギンズはため息をついてうめき声を上げ、のろのろと階段を下りてきた。その動きだけで息苦しそうで、近くまで来たとき、すぐそこにいる彼がどれほど小さくカエルに似ているかを見てとって、ネイトはショックを受けた。ローブの袖は長すぎて手より下に垂れており、スコギンズは両腕をずっと脇につけていた。彼が横を通ると、右ポケットの中のものの重みでローブが引っ張られていることに、ネイトはふたたび目を留めた。

「せめて服を着させてくれないか?」

「だめだ」

「ちくしょう」スコギンズは天井を見上げた。「敵の中のどいつがおまえをよこしたんだ?」

ネイトは問いを無視し、銃口でスコギンズを突いた。そして彼を前にして控えの間を通って外へ出ていった。ネイトがポーチで足を止めると、スコギンズは二、三歩前を歩きながら夜の寒さにローブのひもを締めようとした。

「ここはめちゃくちゃ寒いじゃないか」背中でひもを締めて、スコギンズはネイトに言ったが、じつはポケットのセミオートマティックに手を伸ばしていた。彼がぶざまに銃を構えて振りむいたとたん、ネイトは相手の心臓を撃ち抜いた。衝撃でスコギンズの体は宙に浮き、そして半裸の姿でくずおれた。彼の銃はポーティコの板石の上をすべっていった。

ネイトは、スコギンズとサーバーと銃の入った遺体袋を引きずって本邸の横を回った。見かけよりスコギンズは軽く、ナイロン製の袋はよく手入れされた芝生の上をシュッシュッと川へ下りだした。背後の遠くで、ゲストハウスから出ようとしている殺し屋三人の叫び声と、ドアを叩く音がしている。ほかの声——料理人と彼女の夫——はその音にまぎれていた。ジョロヴィッチは自分の部屋で静かにしていた。

「ドアを開けられない！」男の声が響いた。

「そんなことわかってるよ！」殺し屋の一人がどなりかえした。

女の声がした。「ジョロヴィッチを呼んできて、ロン」

ロンが答えた。「きみが呼んできてくれ。やつがどんなだか知っているだろう」

ネイトは遺体袋を岸辺のワイヤフェンスの開口部に置いた。浅瀬を上流へ歩いて、ボートの錨を上げた。ボートを曳いてきて、遺体その他をボートの床に下ろして自分も乗った。

数分でスコギンズの敷地から聞こえる叫び声やドアを叩く音を、川音が呑みこんだ。ネイトは携帯を出して電源を入れた。アンテナが立つと、電話した。

相手は一回鳴っただけで出た。背後でエンジンのうなりが聞こえた。

「善行をなしたか？」

「ああ」

「よくやった！　どのくらい離れた場所にいる？」

「四十五分」

「素晴らしい！　みごとだ！　すぐ行く」

ネイトは通話を切った。

積荷が重くなったので、ドリフトボートは少し反応が鈍くなったが、ネイトは流れの速い水路に乗りつづけた。東の地平線が白っぽいバラ色に染まりはじめ、周辺の星は光を失っていく。

急いで川を下るあいだに気温は下がり、霧が濃くなっていった。足元の遺体袋から腿に感じる温もりが冷えていくのを、ネイトは感じた。

起きたばかりのことを、あまり考えないようにした。あとで整理しよう。ピーターソンとジョロヴィッチを残してきたのは予見できない要素だ。

川の中央の速い流れを進んでいたとき、ヒロハハコヤナギの古木の節くれだった枯枝から、タカが自分を見つめているのに気づいた。斑点（はんてん）のある明るい色の胸と鋭い黒い目をしたハヤブサだった。開けた場所でハヤブサを見るのがどれほどめずらしいか、ネイトは知っていた。通り過ぎる彼の価値を判断するかのように、鳥が自分を注視していることにひやりとした。ネイトはよく知っているが、ハヤブサは殺す機械だ――空でもっとも速い捕食者だ。

あの鳥におれを批判する権利はない、と思った。ほかの猛禽類と違って、ハヤブサはどんな獲物も標的にする。カモ、ウサギ、ガン、ネコ、ネズミ。石のように冷たい殺戮者だ。

では、いまの自分はどうだ？　もはやネイトには見当がつかず、その思いを押しやった。

ふいに、友人のジョーの顔が浮かんだ。その表情は読めなかった。ネイトはそれも押しやった。

遠くから小型機が近づいてくる音が聞こえた。時間どおりだ。古いアスファルトの滑走路が八百メートルほど下流にある。

# 2

## ワイオミング州サドルストリング

一ヵ月後、ワイオミング州猟区管理官ジョー・ピケットはビッグホーン山脈の樹木のない山頂の一つに立ち、両手をパーカのポケットに入れて、凍える風に顔をしかめていた。

「頼むよ」牽引トラックの運転手に向かって叫んだ。「きっとできる」自分の声が風で届かないのはわかっていた。

運転手はデイヴ・ファーカスという。地元サドルストリングの牽引回収会社でパートタイムで働きだしたとき、リースの一トン・トラックでけわしい山のジグザグ道をてっぺんまで上ることになるとは、彼は思ってもいなかった。しかも、冬の最初の大雪が北の地平線を越えて、まっすぐこちらへ向かってくるときに。ファーカスは一九九七年製フォードF－450トラックをなんとかUターンさせて雪原の端までバックさせていたが、七十メートルほど先に埋まっている車を回収するのに、あきらかに二の足を踏んでいた。埋まっているピックアップ——二年前、雪原を横切って不運にもスペアタイヤ入れの上まで沈んでしまう前は、局から支給されたジョーの車——の見えている部分は、緑色の運転台のへこんだ屋根と風に揺れる無線アンテナ数本だけだ。ファーカスは助手席側の閉じたドアごしにジョーを見て、これ以上なにができるっていうんだよ？という身振りをした。

「ケーブルを繰りだせ」ファーカスにわかるように両手で合図しながら、ジョーは叫んだ。ファーカスは理解できないふりをして、ジョーの飼い犬の黄色いラブラドール、デイジーのようなもの分かりの悪い目でジョーを見た。

この一時間、ジョーとファーカスはピックアップの後部のまわりの固い雪のかたまりをシャベルで掘り、ようやくリアバンパーを探りあてた。後輪が出てくるまでジョーは掘りつづけ、一方ファーカスは近くへ動かすために自分のトラックへ戻った。ジョーがけんめいに働いていたあいだ、ファーカスは移動に法外な時間をかけていた。かたまりの下の雪はざらざらしてゆるく、シャベルでひと掻きするたびに掻いた半分がシャベルから落ちて穴を埋めてしまう。ファーカスが戻ってきたときには、断熱材入りの〈カーハート〉のオーバーオール、〈ラングラー〉のジーンズ、赤い制服のシャツ、パーカの下で、ジョーは汗びっしょりになっていた。だが、風は衣類を突き抜け、ファーカスがなにかするのを待っているジョーはいま冷えきっていた。この分では、自分が掘った穴に強風でまた雪が吹きこんで埋まってしまわないか、心配だ。

ジョーはうめき、牽引トラックまで苦労して歩いていって乗りこんだ。風を逃れて暖かい車内に入ってほっとしたが、ファストフードの包み紙、グリース、ディーゼル油、自分の汗、そしてファーカスの臭いが鼻を突いた。

風に目を細く狭める必要がなくはっきりと見える、フロントガラスの向こうの景色は凄絶に美しかった。目の届く限りに広がる峰々の、凍った青黒い波。多くが夏でも溶けなかった白い冠雪におおわれ、山々のあいだには視界に入らない深い森の峡谷がある。この山々は少なくとも標高二千八百メートル以上で高木限界を超えており、そこで生きられるのは露出した花崗岩に生える鱗状の青緑色の地衣類だけだ。北から黒い拳を振りあげて迫ってくる嵐雲は、不吉な眺めだった。

ジョーはパーカのフードをぬいで言った。「フックとケーブルを外に出して後ろの車軸に巻かないと。そのあとウィンチでピックアップを引きだすんだ」

「あのピックアップはうんと深く埋まってる」ファーカスはいらだちで目を大きく見開いていた。「やってみて、おれの商売道具が雪原に沈みこんだところにあの吹雪が来たらどうなる？　おれたち、脱出できないかもしれない」

「どうなるか、やってみるしかない」

デイヴ・ファーカスは五十八歳になる。下半身が太い体格、しょぼしょぼした目、たるんだ頬、だんご鼻。こめかみの部分は細く下あごで広がる豊かなもみあげは、ふさふさとしたあごひげに続いている。できるだけ一生懸命働かないようにつとめているが、ジョーも巻きこまれたいくつものものめごとののど真ん中に居合わせるという、不可思議な才能を発揮してきた。グリースでよごれた分厚いダウンジャケットを着て、両側にぴったり下ろした耳おおい付きのフロック加工のボンバーハットをかぶっている。ジョーを手伝ってピックアップの後部を掘ったので、凍って溶けた鼻水がひげに流れ落ちている。

「ジョー……もしおれがこのトラックをスタックさせたり、あんたみたいにここへ置き捨てたりするはめになったら……」

「泣きごとを言うな。おまえはおれに借りがある、忘れたのか?」

「ああ、くそ」ファーカスはすわりなおして首を振った。「そいつはフェアじゃないよ」

一年三ヵ月前、何千エーカーもの森を焼きはらった巨大火災の折、ジョーはファーカスを守ってサヴェジ・ラン峡谷から脱出したのだ。ファーカスはそのとき負傷したが、ジョーの行動が彼の命を救った。ジョーはとくにファーカスが好きなわけではないし、ファーカスもジョーが好きなわけではない。だが、鎮静剤を投与されていた入院中、ファーカスはジョーに言ったのだ。「あんたのためにおれができることがあったら、なんでも頼んでくれよな」

身障者手当が州の労働者補償部からついに拒否されて、ファーカスが仕事に戻らなければならなくなったのを知り、ジョーは彼に頼んだのだった。

「あのいまいましい車はどのくらいここにあるんだ?」ファーカスは尋ねた。

「二年間」ジョーは答えた。プラス一ヵ月だ。

「きっと狩猟漁業局はもう登録から抹消してるよ。あれを掘りだせたとしても、いったいだれが喜ぶんだ?」

「おれが喜ぶ」

局支給の車をスタックさせたとき、ジョーは友人のネイト・ロマノウスキと接触を試みていた。一年中凍っている雪原を横断しようとしていた。端まで行けばトゥエルヴ・スリープ川の支流サウスフォークを見下ろせ、そこではネイトが彼の人生を変える銃撃戦に突入しようとしていた。ジョーは車を放棄せざるをえず、徒歩で山を下った。その後、車両回収会社に掘りだしを頼む前に、雪の季節になってしまった。昨年の夏、別の会社が山頂まで行って引き返してくるなり、こんなばかげた仕事のために自社の装備を危険にさらすわけにはいかないと言ってきた。そしてあの夏の火事のせいでアクセス道路が封鎖され、焼けた倒木だらけになってしまったために、ジョーはまたもや丸一年を棒に振ったのだった。

一別以来ずっとそうだったように、ネイトはいまどこにいてなにをしているのだろう、とジョーは考えた。そして、再会できる日は来るのだろうか、と。

ファーカスがふたたび説得しようとした。「やるだけやったことにして、吹雪が来る前に帰らないか?」

「そういう約束じゃなかった」

「いったいなんだって、山の上の事故車にそんなにこだわるんだよ?」

「それはどうでもいい」新局長のリーサ・グリーン－デンプシーと薄氷を踏むような関係にあることを、ファーカスに話す気はなかった。ほかの職員のだれよりも、ジョー・ピケットには局の財産を破壊している責任があると、彼女はことあるごとに言っていた。せめて最後に壊したピックアップを取りもどすことで損害を軽減しないと、ジョーの名前がまたトップに載った年度末リストを局長はじきに出すだろう。

「おれが一緒に行くから、さあ」ジョーは促した。「ケーブルを結びつけて掘りだそう。そうすれば吹雪になる前に頂上から下りられる」

話していたとき、パーカの下の胸ポケットで携帯が振動するのを感じた。山の中では携帯の電波はむらがあるので、彼は驚いた。数秒後、また振動した。だが、出たくなかった。ファーカスに引きのばす口実を与えたくなかったからだ。

「このトラックをだめにしたら、ボスに弁償させられるよ」ファーカスは言った。「仕事をクビになっちまうかも」

「どのみち、仕事がほしかったためしはないだろう？　さあ、行こう」

「いまのは意地悪だぞ」ファーカスはぼやいた。

ウィンチで巻きあげ、掘り、牽引トラックの位置を調整し、フックとケーブルを取りつけなおして、ピックアップを雪中から解放して上に引っ張りだし、牽引トラックのホイールリフトの上に置くのに、一時間近くかかった。

かつての自分のピックアップを掘りだしたジョーの満足感は、雪原をウィンチで引っ張られるその車を見ているうちに、しだいに薄れていった。ピックアップは完全なポンコツだった。雪の重みと圧力で窓は割れており、運転台には雪が詰まっていた。中のハンドルさえ見えない。タイヤのサイドウォールはへこみ、左後輪はパンクしていた。二年間も氷漬けになっていたあとの、エンジンと動力伝達経路の状態は想像するしかない。たとえピックアップの部品の一部は無事だとしても、おそらく二度と現役復帰はあるまい。つまり、彼の名前はやはりリストのいちばん上に来るということだ。

二人でピックアップの後輪をナイロンベルトで留めながら、ファーカスは声に出さずに毒づいた。

「よし」しっかりと留めると、ファーカスは叫んだ。「さっさと出発しよう」

「少し待ってくれ」ジョーは運転台へ戻って、運転席側のドアを開けた。

「いったいなにしてるんだよ?」

「ちょっと調べたい」ベンチシートの後ろに手が届いて探れるようになるまで、ジョーは中から雪を掻きだした。まだここにあった。

ドアを閉めて、牽引トラックの運転台のファーカスの隣に戻った。

「どうしたってんだ?」

「気にするな」ジョーはほっとしていた。

「このいまいましい山を下りるのは命がけだぞ」ファーカスは言った。

「前にもやった」ジョーは微笑した。

「十一月なんだ。しかも雪が降ってる」

「ここはいつだって雪が降るんだ」

「だけど、おれはもうこりごりだ！」ファーカスは怒って、手首でひびの入ったダッシュボードを叩いた。「あったかくて平らなとこへ引っ越したいよ。山とこのひどい天気にはうんざりなんだ。ビキニを着た脚の長い女たちを見たい！　なによりも、銃を突きつけられたり、動物が空から降ってきたり溺れかけたりするのには、うんざりなんだ。病院にいくら払ったか知ってるか？」

「いや。だけど、いつから請求書の支払いをするようになったんだ？」

シャツの袖と襟から固まった雪を払いながら、ジョーはさっきの電話を思い出し、携帯をとりだした。

一つはルーロン知事のオフィスから、もう一つはワイオミング大学三年生の長女シェリダンからだった。ルーロンはメッセージを残していたが、森を抜けて州道に戻り、携帯の電波を受信できるようにならないと聞けない。シェリダンは彼女の年頃の例に洩れず、なにも残していなかった。じっさい、シェリダンはめったに携帯を電話として使わない。おもに、メッセージをやりとりするものなのだ。

二人からの電話には虚を衝かれた。

ファーカスの牽引トラックが山を下るにつれ、降る雪の量は少なくなっていった。後ろのピックアップの残骸が全長を長くしていたので、焼けた森の中の急カーブで道から外れないように、ファーカスは慎重に運転した。二度、ジョーはピックアップの車体が木の幹をこすってさらに傷つく音を聞いた。多くの木が立ち枯れているため、衝撃で倒れてきて牽引トラックの運転台をつぶさないかと、ジョーは心配だった。ファーカスに速度をゆるめて気をつけるように注意した。ファーカスは両手を上げ、暗くなる前に道路に辿り着けないかもしれないと愚痴った。

「そのためにヘッドライトがあるんだ」

「だけど……」

「道路に着くまで、あのピックアップをぶつけたり木を倒したりしないようにしてくれ、頼むよ」

「それがそんなに簡単なことだと思うんなら、あんたが運転したらいい」ファーカスはむっとしていた。

ジョーはとりあわず、シェリダンのことを考えた。この二ヵ月、長女はワイオミング大学の寄宿舎で学生たちの相談役をつとめており、家族にあまり連絡はなかった。授業と課外活動と新入生のフロアの面倒をみるのでものすごく忙しい、とのことだった。シェリダンの授業料は祖母ミッシー——メアリーベスの母親——がしぶしぶ開設した信託財産から支払われているが、ジョーとメアリーベスがカバーする追加の支出もあった。シェリダンからのコミュニケーションは、おもに短いメッセージや、フットボールの試合やパーティの場にいる自分を携帯で撮った写真だった。写真を見るたびにジョーは顔をしかめた。じっさいに電話してくるのはめずらしく、彼にかけてくるのはさらにめずらしかった。

「やっとだ、ありがたや」けわしい山道から二車線の州道に出たとき、ファーカスはつぶやいた。「このポンコツ車をどこで降ろす？」

「おれの家だ」

サドルストリングから十三キロほどのビッグホーン・ロードにある、小さな官舎にジョーは住んでいる。山を下っていく途中だ。

「で、これの支払いをしてくれるのはだれなんだ？」

「請求書を渡してくれれば送っておく」ジョーは心ここにあらずだった。携帯の電波が入るのをいまかいまかと待っていたのだ。

「ちくしょう」ファーカスはうめいた。「州が払ってくれるのを、待たなくちゃならないのか？　何ヵ月もかかるよ」

「たぶんな。すまない」

「せめてチップをもらえないか？」

「組織で働く人間を信用するな。これがあんたへの助言だ」

「くそおもしろくもない」

　ジョーはうなずいた。

「少なくとも、おれたちはこれでチャラだな？」

「チャラだ」

　ジョーは携帯を見つめて待っていた。

「ネットで調べてあったかく暮らせる場所を探さなくちゃ」ファーカスは言った。「太陽と海を眺められる場所を。船長と手を組んで、観光客を遠洋の釣りに連れていけるかもしれない。何ヵ月もフライを巻いてないが、そういうのに向いた新しいパターンを覚えて――」

「ちょっと失礼」ジョーは体の向きを変えた。アンテナがディスプレー画面に二本立ったので、まずシェリダンに電話した。

　留守電のメッセージが「応答するまで音楽をお楽しみください」と告げ、ジョーが聞いたこともないひどいグループのひどい歌が流れてきた。ため息をついて待ち、自分はかけなおしているので折り返しかけてくるか、二十分後に家にかけろ、と短い伝言を残した。シェリダンが一度で出たためしはない。そしてジョーの知るあらゆる大学生と同じく、彼女は寄宿舎の部屋に固定電話を引いていない。

ジョーが通話を切ったとたん、ファーカスは中断などなかったかのようにまたしゃべりだした。「塩類平原にいるあのソトイワシについて読んでるんだ。小さいカニを餌にしてるんだよ。ばかでかい二番か四番の針にカニに似たフライをどう結ぶか、習いさえすりゃいいんだ。簡単そうだろ、二十二番サイズにあの複雑で小さいマス用のを結ぶよりもずっと――」

「ちょっといいか、デイヴ。知事からのメッセージをチェックしないと」

ファーカスは途中で言いやめた。「おれたちの知事か？　ルーロン？」

「ああ」

「なんと、あんたは大物なんだな？」ファーカスは口笛を吹いた。ジョーがメッセージコードを打ちこんでいるあいだ、ファーカスはからかった。「おれはジョー・ピケット、重要人物なんで知事からのメッセージをチェックしないと――」

「黙ってくれないか」

ジョーはメッセージを聞いた。

「こちらルーロン知事のオフィスのロイス・フォーンストロムです」彼女は知事の個人秘書だった。「ルーロン知事は明日の朝、オフィスにご来駕(らいが)たまわりたい――彼の言葉どおりです――そうです。明日九時にサドルストリング空港へシャイアン行きの迎えの機を行かせるので、それに乗ってほしいとのことです。重要な用件で、あなたが飛行機を好まないことには構っていられない、と。知事との面会は二十分、そのあと荷造りできるように夕方には飛行機で戻る段取りになっています」

以上だった。荷造り？　なんのために？

ジョーは「ううむ」とうなった。

「トラブルみたいだね」ファーカスは悪意をこめてにやりとした。

「そうだな」

ファーカスがビッグホーン・ロードを運転していくあいだ、ジョーは牽引トラックの助手席の窓から外を見ていた。ミュールジカの小さな群れが木立の中から見返してきた。黄昏(たそがれ)は闇に溶けようとしており、一匹のコヨーテが半キロ近く土取り場の中をトラックと並んで走っていたが、やがて茂みの奥へ消えていった。

いつルーロンが連絡してくるかと、ジョーはずっと考えていた。

怒りと悲しみから辞職して以来、一年以上がたっていた。これ以上、官僚組織のために働くことはできないと思ったのだ。それに、新しい狩猟漁業局局長のリーサ・グリーン(L)(G)－デンプシー(D)も原因だった。彼女は組織を近代化して彼を現場から外し、シャイアンの自分のそばでデスクワークにつかせようともくろんでいた。法執行機関を辞したおかげで、システムの中にいたらまず捕えられなかった連邦政府の役人が起こした、ある事件を解決することができた。

それが終わったとき、ジョーはふと目を上げ、家族の暮らしを考えた——妻のメアリーベスは町の中心部の壮大な古いホテルをリノベーションするビジネスチャンスを失ったばかりで、図書館のパートタイムの仕事を続けることになった。大学生の娘が一人いて、里子のエイプリルも末娘のルーシーもこれから進学予定だ。夫婦の貯蓄はもってあと三ヵ月だろう。そして、彼の年齢で新しい仕事を一から始めるのは想像もできなかった。各種の公的補助や失業手当を受けるのは、考えるのもいやだった。それに、彼は猟区管理官の仕事を愛していた——毎日ピックアップか馬かボートに乗って野外に出るのが、好きだった。この土地、野生動物、担当地区の季節のリズムを第二の家族のように知っていた。毎朝、プロングホーン(別名エダツノレイヨウ)の記章のついた赤い制服のシャツを着て、風雪をともにしてきた〈ステットソン〉のカウボーイハットをかぶり、装備と武器——それに飼い犬——を乗せて、夜明け前の光の中をピックアップで向かうのが楽しみだった。

ジョーにとって幸運だったのは、ルーロン知事が以前から彼を気に入っていたことだ。ジョーには、なぜなのかよくわからなかったが。そしてまたもや、危機に瀕(ひん)した彼に知事は「電話をくれ」と連絡してきた。

ジョーは電話した。一週間もしないうちに、彼は猟区管理官として復職し、バッジナンバー21も元のままだった。州で働く五十二人の猟区管理官のうち、二十一番目の先任順位という意味だ。LGD局長の反対を押し切って(ジョーは噂で聞いていた)、ルーロンは知事の自由裁量の財源からジョーの給料を十五パーセント上げ、彼の仕事に〈行政府特別連絡担当〉という肩書を加えた。そのとき、ジョーは知事のオフィスに電話してどういう意味なのか聞いた。その折の会話は昨日のことのようによみがえる。

「この新しい肩書ですが――」ジョーは言いかけたが、ルーロンにさえぎられた。知事は太りぎみで赤ら顔でカリスマ性があり、行動の予測がつかず、二度目で最後の任期の一年が過ぎていた。

「いいだろう? じつに公式っぽいじゃないか?」知事が大声で言ったので、ジョーは携帯を耳から離した。かねてから、ルーロンはただ話すのではなく〝吠える〟とわかっていた。

「しかし、じっさいのところ、どういう意味なんです?」

「知るか。まだ考えているところだ」

「報告は知事にするんですか、それとも局長とかにですか?」

「局長に報告しろ。とくにはなにも変わらない、ただ彼女とは問題を起こさずにいてもらいたい。でないとこの件でおれは道化扱いされる。できるな?」

「できるといいんですが」

「お行儀よくするんだ、ドジなカウボーイ警官(ダドリー・ドゥーライト)」知事はアニメのキャラクターに引っかけた自分のジョークに笑った。

「このたびのおはからいには感謝しています」

「そうだろうとも。おれが決してやるべきではなかったことの一つだ。だが、かまうものか、任期はあと三年だし、ちくしょうどもがいまのおれになにができる?」

どのちくしょうどもなのか、ジョーにはわからなかった。ルーロンに言わせれば、彼は大勢のちくしょうどもを相手にしている。立法府の議員、環境保護活動家、ロビイスト、実業界の利権屋。だが、おおかたは連邦政府関係者だ。ルーロンによれば、自分は同じ政党の所属なのに彼らは人海戦術で攻撃してくるという。ワイオミング州では民主党員はめずらしいのだが、ルーロンは大いに人気があった。

「では、なぜわたしなんです?」ジョーは尋ねた。

「は!」ルーロンは笑った。「きみはどう思う? おれの人間を見る目は大したものなんだ。だからいまの地位にある。そしてジョー、きみには、ピットブルみたいに飛びこんでいったときに、しかるべき連中をいらいらさせ、大混乱を引き起こす不思議な才能がある。おれが求めたら、それをやってもらいたいんだ」

突然、知事の意図がはっきりした。

「もう一度、自分をおれのカウボーイ偵察員と考えてくれ。おれは善意あふれる親切な牧場主で、きみは問題解決のためにおれが送りだす雇われ用心棒だ。前にもやってくれた、またやれるよ」

「この前、あなたはわたしを追放した。覚えていますか」

「もちろん！」あたりまえすぎることのように、ルーロンは答えた。「あれは再選のかかったときで、きみは大騒ぎを起こし、へまをしでかした。われわれはしばらくきみを隠さなくてはならなかった。だが、もう過ぎたことだよ」

ジョーは言葉が出なかった。

「とにかく待機していろ」注意をそらしている気配からして、ルーロンはもうデスクの上の別の用件に頭がいっているのだろう。「おれが電話したら、対応してもらう。どんなことかも、いつかもわからない。ＬＧＤはわかってくれるさ――ある程度は。だから、カウボーイらしくおれの偵察員になって、自慢させてくれ！」

そう言うと、知事は電話を切った。

あれ以来、ジョーは待機していた。

ジョーの家のガレージの横で古いピックアップを切り離し、ファーカスはビッグホーン・ロードを町のほうへ遠ざかっていった。ファーカスが帰ると、ジョーはまた運転席側のドアを開けて何年も前から座席の後ろに置いていた、父の遺灰の入った骨壺をとりだした。どこに撒いたらいいのか、ずっとわからなかった――どこもふさわしいとは思えなかった――だから、考えつくまで座席の後ろにしまっておいたのだ。

父親の最後のいやがらせだ。灰となって息子にまとわりつき、撒くのに適切な場所を決めるいい思い出もない。それでも、どこかの中古品ディーラーの手で骨壺が捨てられたり、売られたりしてほしくはない。

ガレージの作業台の上にそれを置いて、あとで考えることにした。


テキサス州のナンバープレートを付けた最新型のぴかぴかの黒のピックアップが、家の前に止まっていた。その車は見たことがなく、門を開けて玄関へ向かいながら彼は警戒心をつのらせた。家中の明かりがついていて、メアリーベスのヴァンとエイプリルに新しく買い与えた十五年もののジープ・チェロキーが、テキサス・ナンバーのピックアップの両側にある。

自宅は猟区管理官の事務所も兼ねているので、だれが自分を待っているかわからない。ハンターや釣り人や地元の人間もよくぶらりと立ち寄る――規則や調停についてじかに説明を聞きたいとか、あれこれの処理を頼みたいとか。それはメアリーベスにとって重荷になっていた。無給の受付係兼助手をつとめなければならないし、大きくなった娘たちにも関係してくる。知らない――ときには血まみれの――人間が、突然玄関に現れるのだ。

玄関の間に入ってパーカを吊るし、〈ソレル〉の冬用防水ブーツのひもをほどいているあいだ、居間からはにぎやかな会話が聞こえていた。エイプリルがぺちゃくちゃとしゃべりつづけ、男の声が笑って先を促している。

ジョーは気に入らなかった。

エイプリルはこのあいだ十八歳になり、いまはサドルストリング・ハイスクールの最高学年だ。きわめて複雑な過去と、ジョー、そしてとくにメアリーベスとの敵対的な関係にもかかわらず、エイプリルは去年転機を迎え……カウガールになった。学校が終わると、サドルストリングの老舗商店〈ウェルトンズ・ウェスタン・ウエア〉でアルバイトをして、帽子、ブーツ、ベルト、ヨーク付きのカウボーイシャツ、ジーンズ、アウターウエアを、住民や観光客に売っている。困ったゴス・ファッションから活発なカウガールへの転身はあまりにもすばやく、ジョーもメアリーベスもぽかんとするほどだった。ジョーはこの段階も終わるだろうと思っていたが、終わらなかった。じつは、エイプリルは新しいエイプリルを気に入りすぎて、学校でもほぼカウボーイ派としかつきあわなくなり、ゴスとスラッカー（無目的・無関心な生きかたをする若者）からはすっかり手を引いたらしかった。古い制服をぬぎすてて新しい制服に着替えたかのようで、性格も様変わりした。爪を黒く塗った気むずかしい不機嫌な少女は消えた。いまは、〈クルエルガール〉のジーンズとスクエアトゥでターコイズブルーの〈ファットベビー〉のブーツをはき、宝石をちりばめたベルトを締め、豊かな胸をきわだたせてジョーをひやりとさせる、きついウェスタンシャツを着ている。若いカウボーイたちの感じかたはジョーとは違うらしかった。彼らは学校やバイト先でエイプリルをとり囲み、ときには夜に家のそばを車で通って、寝室の窓から一目でも彼女を見ようとした。

警戒しながら、ジョーは居間に入った。

エイプリルはソファの片端に膝を折りたたんですわり、反対端にいる黒いカウボーイハットをかぶったがっしりした若者のほうに、熱心に身を乗りだしていた。いまにも若者に飛びつきそうだ。

エイプリルはジョーを見て目を輝かせた。「パパ！」

エイプリルがジョーをパパと呼んだのはこれが初めてだ。彼はあっけにとられた。

「パパ、こちら、あたしの」――ためらいがちにくすくす笑った――「お友だちのダラス。ダラス・ケイツよ」

エイプリルは勝ち誇ったようにその名を口にした。

若者はぱっと立ちあがって、よくできた作り笑いを浮かべて振りむいた。ジョーより背は低いが、彼より広い肩幅と発達した上腕二頭筋は、ウェスタンシャツの下で盛りあがっている。痩せ型で頑丈そうで、顔はなめらかで平らな白い石でできているかのようだ――とがった頬骨、幅広のあご、太い眉。左の頬には口の端まで届く五センチほどの傷跡があり、故意ではない嘲笑（ちょうしょう）を描いている。首はあごと同じく幅広で、なまなましい肉体的な力を感じさせる。

ケイツのベルトバックルは銀の皿ぐらいでかいな、とジョーは思った。

若者は左手で優雅に帽子をぬぎ、ひさしを胸につけると右手をジョーに差しだした。

「お会いできて本当に嬉しいです、ミスター・ピケット」ジョーの手を少し強すぎるくらい握った。

ダラス・ケイツは地元の伝説的存在で、ジョーは前から知っている。数年前、ケイツは牡牛乗りで三度続けて全米ハイスクールロデオ決勝大会で優勝していた。しかも、州の前レスリング・チャンピオンでもあった。素晴らしいアスリートとして、ケイツはよりどりみどりの中からロデオ奨学金をもらい、ラスヴェガスのネヴァダ大学に進んだ。そこで最初の二年は全米大学ロデオの決勝で勝ち、その後退学してプロになり、ほかの大勢の全米クラスのロデオ・カウボーイが住んでいるテキサス州スティーヴンビルへ移った。サドルストリングとワイオミング州の人々は、南部の全国ストックカーレース協会のファンがスプリントカップ・シリーズを追いかけるように、毎週優勝するケイツに注目していた。

しかし、ダラス・ケイツについて語るべきはそれだけではなかった。

「おれの家でなにをしている?」ジョーは微笑を見せずに聞いた。

ケイツの笑顔の明るさは変わらなかったが、目の表情がけわしくなり、彼はジョーの手を握ったまま放さなかった。

「パパ!」エイプリルは二人のあいだに入ろうとするように立ちあがって叫んだ。「そんなふうにあたしを困らせないで。ダラスは今日の午後みんなにあいさつしに〈ウェルトンズ〉

に来たのよ。ブーツカット・ジーンズの宣伝で、〈ラングラー〉が彼にあちこちの店を回るように頼んでるの。自分のプロモーション用の等身大のディスプレーの横に立って、みんなと写真を撮った。あたしがママの馬の話をしたら、彼、いつか見てみたいって言うから、今晩招待したの。それだけよ」説明するあいだも、この子は陽気にふるまっている、とジョーは思った。昔のエイプリルはどこへ行ったんだ？

「じゃあ、馬を見たならそろそろ帰ってもらおうか」

ケイツはエイプリルを一瞥して、尋ねるように眉を上げてみせた。

「もちろん彼はすぐには帰らないわ」エイプリルはジョーとケイツの手をいたずらっぽく引き離した。「夕食までいてもらうかも」

「それはどうかな」ジョーはそっけなく言った。

十六歳でハイスクール一年生のルーシーが、教科書と宿題を手にして廊下へ出てきた。金髪でほっそりとして、若いころのメアリーベスにそっくりだった。メアリーベスになにか聞きにいくところらしい。エイプリルとダラス・ケイツに気づくと、ルーシーは尊大に目をぎょろりと回し、きれいに百八十度回転するとまっすぐ自分の部屋へ戻っていった。

「いまの見なかったと思うの、ルーシー？」エイプリルが後ろから呼びかけた。

ルーシーの寝室のドアが乱暴に閉まり、壁の絵が揺れた。

「あれがさっき話してた、いらつく子」エイプリルはケイツに言い、彼は肩をすくめた。ケイツの目が少し長すぎるあいだルーシーに留まったのを、ジョーは見逃さなかった。

エイプリルは期待に満ちた表情でジョーに向きなおった。「それから、パパとママにお願いがあるの」

「いまはあまりタイミングがよくないんじゃないかな」ケイツは廊下からエイプリルに視線を戻して忠告した。

「来月ラスヴェガスであるNFRのことなんだけど……」

ジョーが反対するか、エイプリルがラスヴェガスの全米ファイナルズ・ロデオに行きたいと口に出す前に、メアリーベスがキッチンの入口に立ってぴしゃりと言った。「ジョー、ちょっと話があるんだけどいい？」

ジョーが不機嫌な怒りのうちにキッチンへ入ると、彼女は頰にキスした。「お帰りなさい」

ジョーはうなった。

「そっちは男性ホルモンがあまりにもムンムンしていて、ナイフで切れそうだったわよ」

# 3

ワイオミング州シャイアン

ワイオミング州南東部のチャグウォーター上空で、知事のセスナ・サイテーション・アンコール小型ジェット機――ルーロン・ワンと命名されている――の座席にすわっているジョーは、身を乗りだしてちらりと窓の外を見た。胃は締めつけられ、指はアームレストを強く握りすぎて永遠に跡が残ってしまわないかと心配だった。

眼下には茶色がかった灰色と白の地形が海原のように広がっている。見渡すかぎり、高地の草原とところどころの雪。痩せこけたまばらな木立が川の流れをせきとめ、ときおりぽつんと牧場の建物群がある。牛とプロングホーンの群れが点々と大地に散らばっている。雪がちらほらとなかったら、セレンゲティ平原についてのドキュメンタリー番組でジョーが見たアフリカの景色に似ている。あと三十分もしないうちにシャイアンだ。

コックピットのアコーディオン・ドアが開いて副操縦士が半分楽しげに、半分悪意をこめてジョーを振りむいた。操縦するには若すぎるうぶな顔つきだ、とジョーは思った。

「そっちはどんな具合です、お客さん？」

「快適だよ」ジョーは苦々しく答えた。

「あまり飛行機が好きじゃないんでしょ？」

ジョーの返事はにらみつけることだった。

副操縦士は微笑した。「シャイアンは風がある——想像してみてください。着陸態勢に入ったらちょっとばかり揺れるでしょう。牡牛に乗っていると思えばいいんですよ」

「かまわないでくれ」ジョーは、家に上がりこんできた牡牛乗りのことを思った。


エイプリルが父親に頼みこんだにもかかわらず、ダラス・ケイツは昨夜夕食までいなかった。〝自分が歓迎されていないときはわかる〟というようなことをつぶやいて、ケイツはミスター・ピケットとミセス・ピケットにおやすみなさいとあいさつし、もてなしに感謝するとNFRのジャケットを手にした。エイプリルは外まで送っていった。

「『ビーバーちゃん』のエディ・ハスケル（一九五〇年代のテレビ・ファミリーコメディで、エディは大人の前では礼儀正しいいじめっ子）を覚えている？」ジョーはメアリーベスに尋ねた。

「わたしもちょうど同じことを考えていた」彼女はオーヴンから湯気の立つラザニアのキャセロール鍋を出し、冷ますためにオーヴンの上に置いた。「あなたと彼、どうしたの？」

「あいつは気にくわない」

「あからさまだったけど」

「それでいい」

「食事の用意ができたって、ルーシーに知らせてくる」メアリーベスは微笑をこらえながら言った。ジョーの横を通ってから入口で立ち止まり、振りかえった。

「なにかほかにあるのね？」

「明日シャイアンへ行かなくちゃならない」

「知事から電話があったの？」

ジョーはうなずいた。

彼は妻の視線を感じた。

「今晩話そう」途中でエイプリルが戻ってくるといけないので、ジョーは会話を終えた。


夕食のテーブルの雰囲気は冷ややかそのものだった。家の中に戻ったあと、エイプリルはぷんぷんして席につき、皿の上のラザニアのかけらをつついていた。ダラス・ケイツにさよならを言うのに十分もかかったことにジョーは気づいていたが、なにも口にしなかった。

メアリーベスが雰囲気を明るくしようとして「夕食を全員で囲めるのはいいわね？」などと言ってみたが、その言葉は四方の壁にぶつかって床に落ちるだけだった。ルーシーは母親、エイプリル、そしてジョーを用心深く窺っていた。火花が散るのを待っているのだ。

ついに、ルーシーは金曜の夜映画に行ってもいいかと尋ねた。

「だれと?」メアリーベスは聞いた。

「ノアよ」

ジョーは顔をしかめた。ノア・アフター・バッファローは保留地の学校に通っている北部アラパホー族だ。聡明で礼儀正しく、ハンサムだった。ルーシーは弁論大会で彼と出会い、演劇的な解釈をめぐって競いあった。頭のいい、精神的にも情緒的にもしっかりした少年に見えた。とはいえ……

メアリーベスは尋ねた。「彼が迎えにくるの?」

「わからない。まだ決めてないの」

「あなたの映画代は彼が払うの?」

ルーシーは肩をすくめた。

「全部決まったら、話しましょう」

ルーシーは非道なことを言われたかのように、重いため息をついた。

「シェリダンから連絡はあった?」ジョーはメアリーベスに聞いた。

「メッセージが二件。冬のコートを送ってほしいって。なぜ持っていくのを忘れたのかわからないわ。それから本を買うのに少しお金がいるって」

ジョーは続きを待ったが、それだけだった。

「シェリダンは今日の午後電話してきたんだが、伝言を残さなかったんだ。きみなら理由を知っているかと思ったんだが」

メアリーベスは心配そうに顔を上げた。「いいえ」

「あとでもう一度かけてみるよ。電話に出たためしはないが」

「メッセージを送ってみて」

「メッセージは嫌いなんだ」ジョーはむっつりと答えた。

一瞬の沈黙のあと、エイプリルはフォークを叩きつけるように置いてジョーをにらんだ。「どうしてあたしがNFRに行けないのか教えて」身を乗りだし、歯をむきだした。「どうして、してよ」

「学校を休まなくちゃならないだろう」ジョーは言った。

「あたしの成績は全部AかBよ。二、三日休んだっていい。最終学年なのよ。もう卒業するんだから」

ジョーは応援を求めてメアリーベスを見た。

妻は言った。「エイプリル、いったいどうやってラスヴェガスまで行くつもり？　どこに泊まるの？　そんなお金がどこにあるの？」

「それは心配しないで」エイプリルは答えた。「自分でなんとかする。ママたちに一セントだって借りたりしないから」

「そういう問題じゃない」ジョーは怒りを表に出さないようにして言った。エイプリルの主張に一理あるのはわかっていた。

「ああ、違う問題ね？」エイプリルは言った。「ダラスのこと」

「そうだ」

メアリーベスは言った。「エイプリル、もう少しくわしく話してくれないと。あなたの計画がわからなければ、わたしたちにも考えようがない。いまのところ、なに一つ聞いていないわ」

妻との共同戦線に亀裂が入ったことに、ジョーは気づいた。

「あなたたちとあなたたちの計画」エイプリルは天を仰いだ。「ねえ、自分の面倒は自分でみられるの。仕事も車もあるんだから。みんな忘れてるけど、あたしは十八歳なのよ」

「そして彼は二十四歳だ」ジョーは言った。

エイプリルはジョーのほうを向いて叫んだ。「はん！　それが理由だってわかってた」

「大きな理由だ」

エイプリルはすわりなおし、耳にしている驚くべき無知が信じられないというふうに首を振った。「ダラス・ケイツよ、PRCAチャンピオンの牡牛乗りよ。この世のどんな女の子だって、NFRへ来て自分のロデオを見てくれって誘えるのに、あたしに声をかけてくれた。あたしに！　それなのに二人とも、あたしが大ばかで未熟すぎて、自分のしてることがわかってないみたいな言いかた」

ジョーはなだめようとした。「まあ待て……」

「二人ともくたばっちまえばいい」エイプリルは叫び、椅子を引いた。立ちあがると攻撃的に肩をそびやかしてから、足音も荒く廊下を自室へ歩いていった。ドアが乱暴に閉まり、壁の絵が——また——揺れた。

「あの子と話してくる」メアリーベスが立ちあがった。

母親がいなくなると、ルーシーは眉を吊りあげてジョーを見た。「エイプリル。あの子が戻ってきたってわけね」

ベッドの中でメアリーベスは本を置き、年齢差以外にダラス・ケイツについて気になっていることはなに、と聞いた。

「セルダ・ティブズという名前を覚えている？」

メアリーベスの反応で覚えているのがわかった。

六年前、ジョーは法執行機関の相互協力チャンネルで保安官事務所からの連絡を耳にした。半裸の少女が田舎道を町から出ようとしているところを、保安官助手が保護したとのことだった。着ていたわずかな服は裂けてよごれ、少女は傷だらけでショック状態のようだった。気候が温暖な九月でなかったら、その道で低体温症になって死んでいたかもしれない。

セルダ・ティブズはサドルストリング・ハイスクールの二年生で転入してきたばかりだった。両親は少し前に深南部から引っ越してきて、父親は油井作業員として町の外で働いていた。事情を聞かれると、近所を案内してやると言った地元の少年グループと学校を出たあと、少女は自分になにが起きたのかほとんど覚えていないと言った。人気があってよく知られている少年たちで、全員が彼女より年上の運動選手だった。血中アルコール濃度を調べると、大量の酒を飲んでいることがわかったが、それ以上のなにかが自分の身に起きたと彼女は言った。病院の医療関係者は、テストでは確定できなかったが、ひそかにデートレイプ・ドラッグを飲まされたのではないかと疑った。だが、彼女が襲われて群道の脇に置き去りにされたことは確認できた。町に来たばかりで自分がどこにいるのかわからなかったので、彼女は町へ戻ろうとして間違った方向へ歩いていたのだ。

四人の少年が逮捕され、全員フットボールチームのメンバーだった。ジョーは捜査には関わらなかったが、その犯罪が地域社会を揺るがしたのは知っていた。最後には少年たちは自白し、若い実行犯二人は少年院へ、年上の二人はローリンズの州刑務所へ送られた。セルダ・ティブズはハイスクールを退学し、一家はオクラホマへ引っ越していった。

「ダラスがこれとどう関係あるの？」メアリーベスはジョーに尋ねた。

「セルダは加わった少年全員の名前を言わなかった、なぜならあまりにも傷ついていたから。しかし、当時保安官助手だったリードは、少年グループは四人ではなく五人だったのではないかと言っていた」

リードはいま、トゥエルヴ・スリープ郡の保安官だ。

「彼はずっと、五人目はダラス・ケイツだと考えていたんだ。ダラスは認めないだろうし、ほかの少年たちも彼の名を挙げなかった。自分たちがダラスになにをされるか恐れていたんだと思う、だから立件できなかった、とリードは言っていたよ。当時ハイスクールでダラスは大物だったんだ、覚えているかな。あれは、彼がレスリングのハイスクール大会の決勝で勝ち、州大会でも勝った年だった。競争相手を怖気づかせる力があったし、いまもある。ダラスはほかの少年たちを脅して口を封じたのでは、とリードは疑っていた」

「なんてことなの。そんなのがうちに来ていたなんて」

ジョーはうなずいた。「彼を遠ざけておかないとだめだ」

「エイプリルに話さないとね？」

ジョーはうなずいた。

メアリーベスは長いあいだ黙ったあとで言った。「それでなにか変わると思う？」

「わからないよ」ジョーは告白した。

そのあと彼はよく眠れず、約束より一時間も前に飛行場へ行き、ルーロン・ワンを待って空を見上げていた。

「〝大平原の魔法の都市〟がすぐそこですよ」副操縦士が開いたアコーディオン・ドアから告げた。「シャイアンへようこそ――全米で三百五十四番目に人口の多い大都市圏へ」

ジョーは陰気にうなずいてアームレストを握りしめた。

「言ったように、ちょいとばかり揺れそうです」

「慣れてきたよ」副操縦士にというより自分に向かって、ジョーは言った。

けさ家を出る前に、彼はシェリダンの冬のコートをバックパックに入れてきていた。

ワイオミング州狩猟漁業局の局長、リーサ（L）・グリーン（G）＝デンプシー（D）が軽量ブロック造りの州のターミナルで出迎え、ジョーを驚かせた。LGD局長という呼び名が好きな彼女が着任して一年と少したち、その哲学と政策は局のいたるところに影響を及ぼしはじめていた。最初から、彼女の目的は組織を〝近代化〟し、ワイオミング狩猟漁業局（ゲーム・アンド・フィッシュ・デパートメント）をいわゆるワイオミング〝ガッツ（はらわた）・アンド・フェザーズ（鳥の羽）〟から、多様性と野生動物愛護と環境管理を尊ぶもっと進歩的な役所に変えることだった。長年勤めた猟区管理官の十人あまりと、本部の管理部門の人員の十五パーセントが辞職した。

LGD局長は筋張った痩せ型で落ち着きがなく、縁なしめがねのせいで実際より目が大きく見えてつねに驚いているような印象を与える。中央より左から分けた短くてまっすぐな茶色の髪、しゃべるとき二羽の飛び立つ鳥よろしく両手の指を振る癖。

彼女はターミナルに入ってきたジョーに近づき、大仰に握手した。「元気だった、ジョー？」

「元気です、ボス」部下の手を上下に振る彼女に、ジョーは用心深く答えた。

「あなたが今日来ると聞いたとき、いい機会だから議事堂まで車で一緒にと思って」

彼は礼儀正しくうなずいた。

彼女はジョーの腕をとって、待っている緑色の局のＳＵＶへとターミナルの中を先導した。ブランディ・フォーゲイという彼女の助手が運転席にすわっていた。ＬＧＤはジョーと一緒に後部座席に乗った。

「ブランディ、議事堂までお願い、景色のいいルートを通ってね」

フォーゲイはうなずき、ＳＵＶのエンジンをかけた。知事のオフィスまでは通常十分もからない。

「着くまでにあまり時間がないわ」ＬＧＤはジョーのほうに身を乗りだした。彼は身を引きたい衝動をこらえた。

「知事にわたしのメッセージを伝えてもらいたいの」

「あなたは打ち合わせには出ないということですか？」

ＬＧＤはぶっきらぼうに首を振って、強い口調で続けた。「出席を要請されていない。知事とあなたのこの取り決めはきわめて異例のことよ、わたしは賛成とは言いかねる。知事は、わたしたちの命令系統と組織のシステムを尊重していないようだわ。率直に言って、あなたもね」

ジョーは〝わたしにほかにやりようが？〟というように肩をすくめてみせた。

「近しい関係じゃないの、知事とわたしは」ＬＧＤはジョーから視線をそらした。「知事のスタッフとはメールで連絡するように指示されている。彼がそうしたいのよ」

「ほう？」これは初耳だった。

「知事は忙しい人だわ。とにかく、うちの局は試験的なＷＡＣを開設するために、次の会計年度に予算がどうしても必要なの」

ジョーはとまどって見返した。「ＷＡＣ？」

「野生動物愛護センター（ワイルドライフ・アプリシエイション・センター）」彼女はいらだたしげに答えた。「わたしの〈局長からのメモ〉をフォローしていないの？」

ジョーは答えに窮（きゅう）した。引き継いでから、ＬＧＤ局長は組織を近代化するための自分の計画について、全職員にメールを送ってくる。ジョーは何ヵ月も前に読むのをやめていた。

「すみません。でも、ようやく山の上からあのピックアップを回収しましたよ」

彼女は手を振ってさえぎった。「その話はあとで、ジョー」

「あなたにとって重要なことなのかと」

「ＷＡＣ計画ほど重要じゃない。とにかく、知事の裁量分から予算を回す手配ができるように、そして施政方針演説にこの件を入れられるように、提案書を六週間前に知事のオフィスに出してあるのよ。彼は返事も寄こさない。知事との協力は不可欠なのに」

　ジョーは首を振った。「それで、あなたがわたしにしてほしいこととは……なんです？」

　LGDは彼のほうを向いた。「計画を支持するよう、ルーロンを説得して。知事の後押しがなければ、わたしたちは任務を狩猟や釣り以外に広げられないわ」

　ジョーはうんざりした。狩りや釣りを〝血を見るスポーツ〟と呼ばれるのが大嫌いなのだ。彼の知るほとんどのハンターや釣り人は男女ともに、伝統から、あるいは生活の糧を求めて、あるいは野生動物の肉を食べたくて、やっている。血は副産物にすぎない。それに、魚を釣っても放す習慣の釣り人の数は増えている。

「さあ」金色の丸屋根の議事堂の前に車をつけながら、ブランディ・フォーゲイが声をかけた。「もう着きましたよ」

　LGD局長の顔を暗い影がよぎり、彼女は助手のほうを見た。

「景色のいいルートを通ってって言ったでしょう」

「すみません」

「では、わたしは行ったほうがよさそうだ」そう言ったとき、ジョーはバックミラーに映ったブランディ・フォーゲイの目がきらりと光るのを見た。共通のボスに対してあまり尊敬の念を抱いていないことを認めあった部下同士で、ひそかに交わされた小さな合図。ジョーはウィンクを返すのを我慢した。

「WAC計画のことを忘れずに彼に聞いて！」LGD局長は念押ししたが、ジョーは急いでバックパックを持ってSUVから降りた。局長の声には本物の焦りが感じられた。

建物の階段へ向かって茶色くなった芝生を歩きながら、政治家にたちまじって働くことは自分にはどうしてもできない、と彼はまた思った。それなら、デイヴ・ファーカスあたりと吹きさらしの山の上にいたほうがましだ。

知事の個人秘書のロイス・フォーンストロムがすぐにジョーを見つけて、ルーロンのオフィスの控え室へ手招きした。くたびれたラウンジチェアに五、六人がすわっており、知事と一言でも話したいと待っていた。ひざの上にブリーフケースをのせて、体に合わないスーツを着たずんぐりした男が、自分は二時間も待っていると文句を言った。ジョーの目には、ロビイストのたぐい——いかさま師——に見えた。

「彼ははるばるサドルストリングから来たんです」フォーンストロムはにべもなく答えた。

「わたしはヴァージニア州アーリントンから来たんだ！」男は顔を赤くして叫んだ。

ジョーはあいだには入らず、フォーンストロムに微笑するとルーロンの私用オフィスに入った。ドアが背後で閉まった。

知事は電話をかけているところで、顔を上げると、ジョーにデスクの前の二つの椅子のどちらかにすわれと手振りで伝えた。ジョーは帽子をぬいで山を下にして椅子の上に置くと、もう一つの椅子にすわって待った。

知事のオフィスは二つある――法案に署名したり、記者会見を開いたり、いくつかの団体との打ち合わせをするための、大きな公式の部屋。そしてこの狭くて親しみやすい部屋。こちらは暗くて本が並び、ごちゃごちゃと記念品が置かれている。知事の後ろの壁を占領している、古代の石の矢じりが埋まったバッファローの頭蓋骨、シカの角の架台に安置された、装飾入りジョン・ウェイン・ウィンチェスター・モデル1873レバーアクション・カービン。ルーロンは以前ジョーに、これは装塡してあると話していた。ジョーは疑わなかった。

ルーロンは電話に向かってしゃべっていた。「立法措置を読んだんだろう、だったらなぜ聞く？　連邦政府の銃に関する法律を強制するために、きみたちがそちらの捜査官をうちの州に寄こすなら、われわれは彼らを逮捕してブタ箱に放りこんでやる。そこにはそう書いてあり、わたしが署名した。それがわれわれのやることだ」

ルーロンはジョーに視線を上げ、いらだってかぶりを振った。連邦政府の役人にこういうことを言ってやるのが、彼は大好きだった。そして有権者たちも知事がそうするのが大好きだった。

「そのとおり」ルーロンは電話の相手に向かって言った。「それから〝銃文化〟の作り話を始めないでくれ。ワイオミング州には銃文化なんてものはない。われわれがわれわれであることの、一部にすぎない。州の殺人発生率もあきれるほど低いんだ。きみたちは、そこから自分たちの状況を顧みて学ぶといい。だからレクチャーはもうたくさんだ」

電話の相手が声を荒らげるのがジョーにも聞こえ、ルーロンは目をぐるりと回して天井を見つめた。ジョーも見上げ、天井のタイルに何十本も鉛筆が刺さっていることに初めて気づいた。ぶら下がっている氷柱（つらら）のようだった。知事は何年も前から鉛筆を投げつけ、多くが突き刺さったにちがいない。

「時間切れだ」ルーロンは突然我慢の限界に来た。椅子の上で前かがみになった彼に、電話の相手はさらに言いつのろうとした。

「いいか、こっちへ彼らを寄こしてみろ。わたしが本気かどうか試してみるんだな。どうだ？」

知事は叩きつけるように受話器を置き、ジョーに言った。「アルコール・タバコ・火器・爆発物取締局のくそったれだ」

「ああ」

「この件ではいまいましいカウボーイ議会がおれを追いつめてくれた。もちろん、おれは署名したさ。だが、連邦政府の連中は喜んでいない」

ワイオミング州立法府をルーロンがカウボーイ議会と呼んでいるのを、ジョーは知っていた。だが、知事はその呼び名にいくばくかの愛情をこめている。

受話器を戻すとすぐに、ルーロンは〈邪魔するな〉ボタンを押した。そういうわけで、あっというまにアルコール・タバコ・火器・爆発物取締局の男の問題は終わった。

「会えてよかったよ、ジョー」

「ありがとうございます、知事」

ルーロンはメアリーベスのこと、サドルストリングのこと、リード保安官のことをひととおり尋ねた。こうやって彼はいつも共通の基盤を作るのだ。ワイオミング州の人口はとても少ないので、知事はじっさいほぼ全員を知っている。親しみやすさが彼の成功と人気の秘訣なのだ、とジョーにはわかっていた。

「新しい局長とはうまくいっているか？」ルーロンはじっとジョーの表情を探った。

「まあまあでしょう。けさ、空港まで迎えにきてくれました」

「本当か？」ルーロンはたちまち疑い深い顔になった。

「局長はメッセージを伝えてほしいと――」

「ああ」ルーロンはうめいてジョーをさえぎった。「あのくだらないバンビ抱っこ園のことか？」

「局長は野生動物愛護センターと言っていました」

ルーロンは天を仰いだ。「彼女はおれにありあまるほどの金があると思っている。みんなそうだ。魅力的なミセス・ルーロンに説得されて、よきご友人でお仲間の煽動家リーサ・グリーン－デンプシーを狩猟漁業局局長に任命した日を、やり直せたらと思うよ。あのときは結婚生活が少しばかり困難な時期で……それはもういい。だれでも間違いはおかす。おれでさえもだ、意外に思えるかもしれないが」

ジョーは口を閉じていた。

「よし、当面の仕事の話だ」ルーロンは袖を上げて腕時計を確認した。これは、静かにして聴けという合図だ。

「邪魔が入るまで十分ある」ルーロンは言った。

「わかりました」

「メディシンウィール郡についてはどの程度知っている？」

ジョーの気持ちは沈んだ。猟区管理官にとって、そこは懲罰として赴任を命じられる場所だ。

「わたしはあそこへ行かされるんですか？」

「では、行ったことがあるのか？」

「何年も前にサウスダコタへ行く途中に通りました」

「あそこのああいう人々は……風変わりだ。この州でおれがそういうことを言う場所は多くないし、この部屋でおれが言ったことは外に洩らすな、いいな？」

「はい」

知事は椅子を回し、東側の壁に掛かった巨大な額入りの州の地図の右上隅を示した。

「あそこの人々は偏狭で変わり者で、前の選挙でおれに投票しなかった。だから、やつらなんぞくそくらえだ。どこか別の場所の山岳民族を思わせる。州のほかのどの郡より生活保護と援助に頼っている人数が多い。おれは彼らを好かないし、彼らもおれを好かない」

かならずしも同意しないが、ルーロンの言わんとしていることはわかる、とジョーはうなずいてみせた。

「それは遺憾でもあるんだ。なぜならあのへんの田舎はやたらと美しいんだよ。ああいう変人どもが政府の小切手をもらってあそこに住んでいるのは、残念だ。できるだけ彼らにはとりあわないできたが、問題が起きてね。ウルフガング・テンプルトンという名前を聞いたことは？」

ジョーは記憶がうずくのを感じた。確かに聞いた名前だが、くわしいことを思い出せない。なかなか忘れる名前ではない。ジョーが記憶を呼びおこすのをルーロンは待たなかった。

「テンプルトンは神秘に包まれた男なんだ、謎の人物だ。彼がどこから来てどこで大金を稼いだのか、だれも知らないらしい。だが六年前、テンプルトンはメディシンウィール郡の奥深い中心部にある豪壮な古い家――おれには城としか言いようがない――を買った。サンドクリーク牧場と呼ばれている。見たことはないが、そこの噂は山ほど聞いている。きみがあとでそこの歴史を調べるといい。いまはその時間がないんだ。

とにかく、このテンプルトンはそこの私有地のほとんどを買い占めた。自分だけの小さな領地を手に入れたわけだが、完全に引きこもった生活をしている。あそこのだれも——あの変人野郎ども——あまり彼についてしゃべろうとせず、ただ崇めたてまつっているようだ。あるいは、彼を恐れているか——そのどちらかだ」

ジョーは話に引きこまれていた。広大な土地が州外の富裕なオーナーに買われるのはめずらしくない——よくあることだ。しかし、大富豪が貧困に陥っている地域のほとんどを買いあげる——それは異例だ。そのときハッと思い出した、自分が聞いたのは……

「FBIはテンプルトンが組織犯罪に関わっていると疑っている」ルーロンは続けた。「じつは、それは厳密には正確じゃない。彼らはテンプルトンが一種のきわめて高額な暗殺ビジネスを運営しているのではないかと考えているんだ。彼が関わっていると思われていることがなんなのか、どういう疑いをかけられているのか、それについてFBIはきわめてあいまいだ。しかしこの三年間、連中は嗅ぎまわっては質問をしてまわり、おれをいらだたせていた。テンプルトンがワイオミング在住だから、われわれが彼について知っているにちがいないとFBIは決めてかかっていて、なぜ協力しないのか不思議がっている」

ルーロンはしばし黙っていた。

「で、なぜわれわれは協力しないんです？」ジョーは尋ねた。

ルーロンは手のひらでデスクをバシッと叩いた。「なぜなら、いまきみに話したこと以外、彼についてなに一つわからないからだ。このテンプルトンはちゃんと税金を納め、乗り物の許可をとり、余計な口出しはしない。彼について一件の苦情もないので、調査する理由がないんだ。飛行場と自家用機を持っていて、何日も、何週間も家を空けることがある——だが、なにをしているのかは不明だ。普通なら、おれは気にしない。おれに言わせれば、ワイオミング州の住民はだれかを傷つけないかぎりなにをするのも自由だ。しかし、ここがどんなだか知っているだろう。噂が一人歩きして——それにＦＢＩの疑惑だ——おれも少しばかりナーバスになっている」

ジョーは驚いた。「あなたは連邦政府とはおおむね戦争状態にあったのでは」

「そうだ」ルーロンは力をこめて肯定した。「そしてそれが終わることはないだろう。独立を保ち、われわれには鉱物資源が豊富にあるんだから引っこんでいろ、出ていきやがれとあいつらに言える。おれにとって問題はなにもない。だが、おれは勝てる闘いを選択しなければならない、そうだろう？　われわれが犯罪者かもしれない人物を匿(かくま)っているとか、この州が組織犯罪の温床になるのを許しているとか、文句を言われるわけにはいかないんだ。あいつらにこれ以上われわれを追いつめる理由を与えることはできない」

ルーロンはため息をついて身を乗りだし、声を低めた。「最近のワシントンのお題目は〝友人には恩賞を、敵には処罰を〟なんだ。おれはあらゆる問題に関してやつらを怒らせているが、それはこの州の住民を守るためだ。あのどちくしょうめらに、これ以上われわれを疎外したり罰したりするのを正当化する根拠や言い訳はやれない。われわれは自分の巣をきれいにしておかなくてはならないんだ、言っている意味がわかるかね」

ジョーはわかると思った。「そこにわたしはどういう役目で？」

知事は肘をついて指を組み、その上からジョーをのぞきこむようにした。「きみはいつだって、事件のど真ん中に踏みこむという才能を発揮してきた。そしてそういうとき、きみは曇りのない目で状況を見る。ときにそれはおれを悩ませ、きみがちょっかいを出さないでくれればと願ったこともある。だがユニークな才能だよ、おれは評価している。

ジョー、きみはおれのカウボーイ偵察員だ──真実の探求者だ。現場調査官なんだ、前のように。ただし今回は、直接状況に巻きこまれるな。そしておれを困惑させないように気をつけてもらいたい」

ジョーは顔が赤らむのを感じた。

「正直なところ、ジョー、きみは第一候補じゃなかった」

「そうなんですか？」

知事の表情は重々しかった。「二週間前、州犯罪捜査部(DCI)にあそこへ人をやって情報を集めるよう命じた。例の城に踏みこんだり権限を行使したりとか、そんなんじゃない──たんに様子を見て報告しろと言っただけだ。こっそり進めたんだが、あっちの変人で狭量な山の民が、自分たちの中に他人がいると気づくのに長くはかからなかったんだろう。うまくいかなかった、そしていまおれの手は血でよごれている」

ジョーはすわりなおした。ＤＣＩの捜査官が殺された？

「なにも証明はできないんだ。だが、気の毒な男はモーテルの火事で焼死した」

「ああ、それはなにかで読みました。小さなモーテルの一棟で起きた災難でしたね。でも、彼がＤＣＩだったとは書かれていなかったな」

「その部分を洩らさないようにするのは本当に大変だった。火事が放火だったと証明されるか、犯人が逮捕されるまで、彼の身元をあきらかにするのは待ちたかったんだ。ＦＢＩの捜査協力を要請までしたんだが、彼らも犯罪と決定づけることはできなかった。ＤＣＩの男がベッドでタバコを吸っていて寝てしまったのが火事の原因だそうだ。向こうの連中はだれもしゃべらないし、あれが愚かで悲劇的な事故ではないと証明するものはなにもないんだ」

「だが、あなたはそう信じていない？」

「なにを信じるべきかわからない。テンプルトンやあそこでなにが起きているかについて調べる最善の方法は、ＤＣＩのバッジを持って歩きまわり、質問をすることではない、ということだけはわかっている」

ジョーは言った。「なるほど、見えてきましたよ」

「そうだと思った。あそこの猟区管理官を知っているか？」

「ジム・ラッタです。よくは知りません」

「ジム・ラッタが同僚の猟区管理官の協力を受けても、メディシンウィール郡で疑う者はいないだろう。きみも知っているとおり、いつだってあることだ。そうすれば、ほかのだれにもできない方法できみはあの郡へ行ける」

「ラッタには事情を知らせますか？」ジョーは聞いた。

「きみの判断だ。彼が信頼できるかどうかわかるまで、待つべきだと思う。リーサには、ジム・ラッタに手を貸すためにきみをあそこへ派遣すると伝えておく。そうすれば彼女がラッタにきみが行くことを知らせるだろう」

ジョーは困惑した。ラッタも疑われているのか？

ルーロンは言った。「持っている情報をすべてきみに伝えるようにおれのＦＢＩの知り合いに頼んであるから、もうここに来るはずだ」

「つまり？」

「チャック・クーン特別捜査官だよ。もちろん知っているだろう」

ジョーは微笑した。クーンとはもう長年協力している。

「彼はきみが危険要素になりかねないと考えている。その考えは間違いだと、真顔で彼を説得することはできなかった」

「クーンはいい男です」ジョーの言葉は本心からだった。

「あまりにも熱心すぎる、おれに言わせればな。しかし、仕事人間の多くはああいうものだ。

とにかく、ＦＢＩが持っている情報はきみに伝えるし、必要ならなんらかの通信方法と支援を考えるとクーンは言っている」

ジョーはうなずいた。「ＦＢＩが疑っているなら、どうして自分のところの捜査官を送らないんです？」

ルーロンは鼻を鳴らした。「あの偏屈な山の民がＤＣＩの覆面捜査官を見破ったのなら、羊の皮をかぶったＦＢＩ捜査官がどのくらいもつと思う？　ああいう連中は額に〈ＦＢＩ〉と刺青(いれずみ)しているようなものだからな」

「なるほど、そうですね」ジョーは自分の任務の意味を考えていささか途方に暮れていた。しかし、これがルーロンのやりかただ。ジョーは知事のために働くが、それはＦＢＩを通してであり、自分の局の局長がそうとは知らずに組織的な偽装を用意してくれる。こうすれば、厄介な状況になったとき、いくらでもルーロンは法的否認権を使って自分は関係ないと主張できる。

ルーロンは言った。「あそこの保安官にはぜったいになにも教えるな。それがＤＣＩ捜査官の最初のミスだったのかもしれない」

ジョーはうなずき、息を呑んだ。

ルーロンはまた腕時計を確認した。「さて、時間切れだ」立ちあがると、スーツの上着をはおった。「ありがとう、ジョー」

「待ってください」ジョーも立ちあがった。「質問が山ほどあります」

「当然だ。たぶんだれかが答えてくれるだろう」

「知事……」

ルーロンはドアの取っ手に手を伸ばしながら振りむいた。「ジョー、これがどういう仕組みかわかっているな。おれはきみがスムーズに復帰できるように手配し、給料を上げさえした。そして、いままでまったく干渉しなかった。いま、きみの助けがいるんだ」

彼は目をけわしくした。「あそこでなにかに巻きこまれてこいと言っているんじゃない。きみも自分の命を危険にさらしたくないのは、おれだってよくわかっている。これ以上犠牲者が出たらおれの良心が耐えられない。だが、テンプルトンがなにをしているのか探りだしてこい、そして知らせてくれ。陰に潜んで、きみの場合はヤマヨモギに潜んで、そこから出るな。とにかく報告を頼む。西部流の展開にしたりするなよ」

そう釘を刺してルーロンは出ていき、ジョーは〈ステットソン〉のつばを握ったままオフィスにとり残された。広いほうのオフィスで、知事が訪問者たちに大声であいさつや決まり文句を言うのが聞こえた。

ジョーも出ようとすると、ロイス・フォーンストロムがドア口で首をかしげて告げた。

「FBIのミスター・クーンがお待ちです」

控え室で、ジョーは帽子をかぶってクーンと握手した。知事との会見をまだ待っている住民やロビイストと目を合わせないように気をつけた。

ジョーが最後に会って以来、クーンは老けていた。胸と首に肉がつき、童顔にはストレスによるしわができていた。ダークブルーのスーツ、赤いネクタイ、ローファーという服装だった。

「久しぶりだな、ジョー」

「ああ」

「もっと久しぶりだとよかったんだが」

「おれもきみに会えてうれしいよ、チャック」

「ついてこいよ。これからぼくが見せるものを、あんたは気に入らないと思うが」

# 4

## ウルフガング・テンプルトンとは何者か?

ジョーとクーン特別捜査官は議事堂から連邦ビルまでのドライブの十分間で、家族の消息を伝えあった。ジョーと同じくらいの年齢だが、クーンのほうが結婚は遅く、ジョーには彼の話す家族の話が妙にノスタルジックに感じられた。クーンの長女はハイスクールの二年生で、不機嫌でろくに口もきかずいつも友だちと過ごすか、自室でメッセージのやりとりをしているという。ジョーは笑い、似たようなものだよと言った。クーンの息子はミドルスクールの二年生で、マコーミック・ウォリアーズのポイントガードとして認められようと奮闘している。

「自分はもっと大きく、足も速く、敏捷になれると思っているんだ」クーンは言った。「そうはならないんじゃないかと、どう話したらいい?」

ジョーは肩をすくめた。「ただ試合に行って応援してやれよ。かならず、彼はまず自分で気づく」

ジョーはシェリダン、ルーシー、エイプリルの様子を話した。そのあいだ、クーンはかぶりを振っていた。

「十代の娘が三人か。それでぼくが苦労していると思っていたとはな」

「苦労じゃないよ。だが、いまは気がかりではある」


シャイアンの中心部にある見栄えの悪い連邦ビルに入ると、ジョーは銃、携帯電話、バッジ、手錠、クマよけスプレーを預け、帽子は渡せないと警備係に言い張った。クーンがあいだに入り、問題ないと請けあった。持ちものを預けたかわりにラミネート加工された〈ビジター〉バッジをもらい、ジョーはそれを制服のシャツの胸ポケットに留めた。二人は一緒にエレベーターに乗り――ジョーの日常生活にエレベーターはない――個人用作業区画と旧型のパソコンがたくさんある広い部屋を通って、隅の支局長室へ向かった。

ジョーはクーンが好きだった。違う立場からではあったが、二人は長年いくつもの事件で顔を合わせてきた。クーンはプロで正直で、概して杓子定規だった。前任者たちと違って、彼は西部の山岳地方に留まって働くことを選び、FBI最小の支局をもっと高い地位への踏み台として利用しようとはしなかった。ジョーがすわると、クーンは知事側と交わした合意についてざっと説明した。ジョーはメディシンウィール郡へ行き、クーンに直接報告し、クーンがルーロンに知らせる。ジョーの役目は法の執行でも捜査でもなく、情報収集だ。ジョーはＦＢＩ捜査官の代理でも知事のオフィスの代理でもなく、危険な状況になったらただちに脱出する。

ジョーは両腕を肩の高さまで上げてぶらぶらさせた。「ご要望どおりの操り人形に見えるか？」

「じつにおもしろいよ」クーンは言った。「要は、メディシンウィール郡の住民は自分たちの猟区管理官がうろつきまわるのには慣れている。あんたが来ても騒いだりしないだろう。それに、もし彼らがあんたの身元を調べる気になったとしても、じっさいに長年ワイオミング州猟区管理官であるとわかる」

ジョーは両腕をひざの上に下ろした。「こいつは異例だ。きみが知事と敵対せずに協力しているとはね」

「ときには敵対しているように見えるのは知っている。たしかに、おたくの知事をかならずしも好きじゃない上司は何人もいるよ。だが、ここで少しでも関係を修復しようとぼくは努力している。連邦政府と西部の州の対立が、いつまでも続いちゃいけない。それにこの件で協力できれば、みんなが助かるんだ」

「わかった」

「さて、ウルフガング・テンプルトンとは何者か？」クーンはデスクの向こうから芝居がかった口調で言った。「答えはこうだ。われわれにはわからない」

そのあと三十分間、チャック・クーンはデスクの上のファイルをめくって要点を伝えた。メモをとるためにジョーがスパイラルノートを出そうとすると、必要ない、このファイルは問題のある部分を削除したコピーで、すんだら渡すからゆっくり読んでくれ、とクーンは言った。ジョーはすわりなおして耳を傾けながら、何度もかぶりを振った。

ウルフガング・ピーター・テンプルトンは、ペンシルヴェニア州東部のポーターズ湖とピクレル湖のあいだにある田園の屋敷で生まれ、父親は大学の学長で母親は小児科医だった。私立の寄宿学校へ送られ、陸軍士官学校に入学を許可された。テンプルトンは陸軍士官として従軍し、一九八三年のグレナダ侵攻の折、いくつもの英雄的行為によって勲章を授けられた。当時彼は、第一および第二レンジャー歩兵大隊と第八二空挺師団落下傘部隊から成る、陸軍緊急展開部隊の指揮官で、得意分野は特殊作戦だった。二十年にわたる軍隊生活のあと、テンプルトンは除隊してニューヨークで最初のヘッジファンド会社の一つを設立し、大成功をおさめた。また、グローバルな大型金融取引の有力な牽引者となり、スイスのダボスで開かれる世界経済フォーラムに毎年参加した。ニューヨーク州サウサンプトンの村、サガポナック出身のヒラリー（ロスチャイルド）・スウェインと結婚——花嫁は、防衛産業企業連合〈アレゲニー・グループ〉の二人の後継者の一人だった。結婚式はセントパトリック寺院でおこなわれ、〈タヴァン・オン・ザ・グリーン〉で催された盛大な披露宴は〈ニューヨーク・タイムズ〉に取りあげられた。テンプルトンは共和党員で政治的野心があると噂され、合衆国上院議員の選挙をにらんで、故郷ペンシルヴェニア州での準備委員会設置にゴーサインを出した。

クーンはデスクの向こうから四枚の写真をすべらせてよこし、ジョーは受けとった。最初の一枚はもっとも古く、テンプルトンは戦闘服を着て、浜辺——おそらくグレナダ——できわだった勇姿を見せていた。二枚目ではタキシードを着て、流れるような白いウェディングドレスの美しい女性——スウェインに違いない——と腕を組んで立っていた。三枚目では、デスクの向こうからまっすぐカメラに目を向けており、その背後の窓にはマンハッタンの摩天楼群が見えていた。最後の写真ではりゅうとした身なりの人々と台の上に立ち、ニューヨーク株式市場の朝の取引開始を合図しているらしい。

テンプルトンは痩せて骨ばっており、古風な王者のような品格がある、とジョーは思った。力強いあご、ワシ鼻、大きな手、広い肩。その目は知性と有能さと温かみを湛(たた)えていた。いちばん最近の写真では、テンプルトンはうっすらと口ひげをはやしており、一九三〇年代の映画スターのような粋な雰囲気を感じさせた。

クーンは引き続きファイルを読みあげた。二〇〇一年にテンプルトンは離婚し、9・11テロの直前に突然自分の会社を数百万ドルで売却して、世間から姿を消した。〈ウォール・ストリート・ジャーナル〉と〈インヴェスターズ・ビジネス・デイリー〉に彼の唐突な離脱について短い記事が載り、急成長の途中でテンプルトンは、イカロスのごとく〝金融界の太陽にあまりにも近づきすぎたのではないか〟と記者の一人は推測していた。このとき初めて彼の名前を聞いたのだろう、とジョーは思った――歯医者の待合室で〈ウォール・ストリート・ジャーナル〉を読んでいたときだ。

クーンは間(ま)を置いてからジョーに視線を上げた。「まったく別の惑星の出来事を読んでいるようだな」

「生まれて初めて、ジェームズ・ボンドの世界にいる気分だよ」

「軍隊、ビジネス界での成功、そして人生を変える決断に至るまで、ＦＢＩは彼に興味はなかったんだ」クーンはデスクの上の資料にうなずいてみせた。「あんたが疑問に思っていたならね」

「思っていた」ジョーは答えた。「だったらなぜファイルがある？」

「全部あとで集められたんだ、二〇〇六年以降に」クーンは親指で前のページをめくった。「これまでの背景(バックストーリー)はワシントンの局員がまとめた」

「では、別角度の裏話(フロントストーリー)はどうなんだ？」ジョーは聞いた。「なぜ彼についてファイルが作られた？」

ウルフガング・テンプルトンの名前が極秘の情報提供者の聞き取りで最初に出てきたのは

七年前で、中東の複数の政権から賄賂を受けとっていると疑われた合衆国上院議員の調査の折だった。情報提供者とその上院議員はダボスでの国際金融フォーラムに出席して知りあい、聞き取りの際、情報提供者は関連のないある出来事を持ちだした。二〇〇四年にセントルイスで発生した、大手醸造業の後継者が誘拐された未解決事件だ。当の相続人ジョーナ・ランプレヒトは尋常ならざる要注意人物だった、とクーンは説明した。この四十六歳のプレイボーイは加重暴行と強姦で二度逮捕されたが、腕利きの弁護団を雇って両方とも起訴を免れていた。

「ランプレヒトは有名人だった。そして若い女にデートレイプ・ドラッグを仕込んで襲う典型のような輩だった。被害者の一人がついに名乗りでて、ほかに三人の女性が〝ミー・トゥー〟と続いたんだ。ランプレヒト家がどう思ったか想像がつくだろう。ジョーナはタイやドミニカ共和国への買春ツアーにも関係していたらしい」

ランプレヒトには充分な暗黒街とのつながりがあり――敵もいたが――彼のランボルギーニ・アヴェンタドールがセントルイス・カントリークラブの並木道に無人で止まっているのが発見されたときには、だれも驚かなかった。無事に帰してほしければ五百万ドル払えという身代金の要求があったとき、ランプレヒト一族はFBIに通報してきた。二度目の連絡が三日後に届き、家族は法執行機関を巻きこむなという指示に従わなかったので、ジョーナは殺されると書かれていた。

クーンはファイルを参照して続けた。「容疑者はだれも浮かばなかったし、遺体も見つからなかった。脅迫状は分析に回されたが、どんな証拠も——指紋もDNAもなにも——採集できなかった。セントルイスで投函されて、マイクロソフトのワードで書かれ、レーザープリンターで印刷されていた。事件はまだ捜査中だ。しかし、この情報提供者はFBIに、ランプレヒト一族のメンバーがだれかを雇って二年前にジョーナを消した、という噂がダボスの大物たちのあいだで広まっている、と話した。彼が出した名前はウルフガング・テンプルトンだった。情報提供者によれば、ダボスに集まる高慢ちきな連中のあいだの了解事項として、だれかが私生活あるいはビジネス関係でなにか処理してもらう必要が生じ、問題なくすますために巨額の金を払う用意があるなら、ウルフガング・テンプルトンが連絡すべき相手だそうだ。

そのときにファイルが作られた。さて、話は二〇〇八年に飛ぶぞ。二人のコロンビア大学大学院生が寄宿舎の部屋で、魔法みたいなアルゴリズムを用いたコンピューターのアプリを発明したらしく、それを使うとネットを検索して、SNSやら検索履歴やら、くだらないものに基づいた同一嗜好の消費者のメールアドレス・リストを集めてくるんだ。特定の商品をかならず買う顧客のリストを作れると、二人は主張した。噂が流れると、すべての大手ネット企業が彼らのもとに殺到したんだ、なにしろまだそこまで個別に分析できる方法はだれも見つけていなかったからね。みんなが二人の小さな新規事業を買いたがり、入札が始まった。

ここで話している相場は何千万ドルだよ――」

ジョーは言った。「そのあとは知っている。読んだのを覚えているよ。入札の一週間ぐらい前、ブランドン・フォネズベックという三人目の大学院生が現れて、二人は自分の考案したアルゴリズムを盗んだのであり、それを証明する彼らからのメールがあると主張した。すると証拠を示す前に、フォネズベックのボートがロングアイランド沖で見つかって、彼は乗っていなかった。遺体は見つかっていない」

クーンは感心して眉を吊りあげた。「なんと、あんたは一日中入漁許可証を調べているだけじゃなかったわけだ」

「きみはなにを知っている?」ジョーは皮肉な口調で聞いた。「先を続けろよ」

クーンは微笑した。「さて、三年前、別の情報提供者がシリコンバレーのバーでハイテク企業のCEOたちとウオッカを飲んでいた。彼らは〈アップル〉を罵りつづけていた――いかにスティーヴ・ジョブズを嫌っているか、彼らに言わせればいかに自分たちの会社から才能ある人間をひそかに引き抜いて、そのおかげでジョブズが何千万ドルももうけているか。彼らの一人が冗談で、力を合わせて資金を集め、だれかを雇ってジョブズを消すべきだと言った。ただの冗談で、なにもしたわけじゃない。しかし、ジョブズが病気で世を去ったとき、情報提供者はこの会話を思い出した。その晩だれの名前が出ていたと思う?」

「ウルフガング・テンプルトン」

「まさに。ぼくが考えるに、ある階層の人間のあいだではこの男の名前は知られているんだ。自家用ジェット機で旅をして、何千万ドルもの価値を有する企業を所有している人間たち。つまり、大型金融取引の常連や政治家が混在する階層――エリートだ。彼らはダボス会議のような集まりで情報を交換する。そして問題についてオフレコで話しあうとき、どうやらウルフガング・テンプルトンの名前が出てくる」

ジョーはうなずいてすわりなおした。すっかり話に惹きこまれていた。

「彼を取り調べたことはあるのか？」ジョーは尋ねた。

「ぼく個人ではない。テンプルトンに注意を向けたことはなかった。だが、ランプレヒトの誘拐で彼の名前が出たとき、ニューオリンズ支局――テンプルトンは当時古い大農園邸宅に住んでいたようだ――の捜査官二人が、彼の家を訪ねた。テンプルトンはランプレヒト家とはなんの関わりもないし、なんのことかさっぱりわからないと話した。捜査官たちはファイルに、彼はきわめて礼儀正しく協力的だったが、捜査面では無益だったと記している。彼をマークする材料はなにもなかった――目撃者も証拠も――たんに、名前が挙がっていたというだけだ。ファイルを読んだが、なんというか、ＦＢＩにとってはばつの悪いものだったよ。テンプルトンは誘拐の日のアリバイがあったし、捜査官たちはしっぽを巻いて逃げ帰った」

「そしていま、テンプルトンはワイオミングに住んでいるのか？」ジョーはかぶりを振った。

「どうしてそんなことに？」

「それはぼくも知りたいよ。彼はＦＢＩが来たあとすぐにニューオリンズの邸宅を売りはらい、ひそかにメディシンウィール郡に家を買った。第三者の会社を通じて、目立たないように。そこに違法な点はないが、秘密主義の傾向はあきらかだ」

クーンは間を置いて業務記録をぱらぱらとめくった。「とはいえ、裕福でコネのある層にとってはそれほどめずらしいことではないと思う。ある不動産に関心があると噂が広まったら、価格が吊りあがるのを彼らは知っているんだ。だから、手続きがすむまで自分たちの名前は出さずに匿名で取引をする。そしてテンプルトンがワイオミング州に引っ越すと、捜査ファイルは閉じられた。ＦＢＩは最近あまりにも忙しくて、ゴシップの断片がいくらあってもマンパワーを投入できないんだ」

ジョーはだめ押しを待った。それは来た。

「ところが、ごく最近別の事件があった。じつは一ヵ月前なんだが、あんたも聞いているにちがいない」

ジョーは黙っていた。

「ヘンリー・Ｐ・スコギンズ三世の失踪だ」

ジョーは背筋を伸ばした。もちろん、耳にはしていた。スコギンズはビッグホーン川の岸辺にある自分の釣り用のロッジから、自前の警備チームが慎重に見張っていたにもかかわらず姿を消した。推測は誘拐から——地元住民やクロウ族に聞き込みをした結果、ハラスメントと人種差別の訴えがあったとはいえ、考えにくい——スコギンズが夜間に夢遊病で川へ歩いていって溺れたという説まであった。遺体は発見されていない。

「テンプルトンとヘンリー・スコギンズを結びつける根拠は？」ジョーは尋ねた。

「ないに等しい」クーンは両手で顔をこすった。「ただ、スコギンズが範疇（はんちゅう）にあてはまるというだけだ。きわめて裕福で、敵たちから大いに憎まれている。その敵たちはやはりきわめて裕福でコネがあり、いま特定したエリート層に属している。失踪理由の説明がつかない。遺体もない。ただし、今回は手がかりが一つあるかもしれないんだ、頼りないものだがな」

クーンは長いあいだ無言だった。

ジョーは言った。「おれが気に入らないかもしれない話に入るわけだな？」

クーンはうなずくと、ファイルの最後の数ページをめくった。

「警備チームの宣誓供述書は、ぼくにはうさんくさく思える。だが、読んであんたが判断したらいい。警備チームが聴取で正直に話していないことがあの晩起きた、というのがぼくの勘だ。それだけなんだよ——勘だ。自分で彼らを調べてみたい——とくにこのジョロヴィッチというやつ、警備の責任者。だがいまのところ、彼を連れてきたり現地まで行ったりする応援要員がいない。

しかし、ぼくと同時にあんたの興味も引くと思うほかのことが、二つあるんだ。クロウ族のベニー・ブラック・イーグルという男が、スコギンズ失踪の晩の明け方、川で釣りをしていた。彼は、自分がいた場所から一キロ半ほど上流の古くて使われていない滑走路に、自家用機が着陸したのを見たと言っている。一人の男が大きなダッフルバッグのようなものを川から自家用機に運び、そのあと自家用機は南東をさして離陸していったそうだ」

「その男かパイロットの顔は見えたのか?」

クーンは首を振った。「遠すぎたし、暗すぎた。かろうじて姿が見えた程度なんだ。だが、その朝くだんの滑走路を使う飛行計画を連邦航空局に出した者はいない」

「ダッフルバッグか――」

「人間を入れられる大きさだったかもしれない。違うかもしれない。クロウ族の男は自信がなかった。だが、テンプルトンがパイロット免許を持っていて、少なくとも一機、おそらく二機の自家用機を所有しているのはわかっている」

ジョーはとまどった。「この話の先は?」

「保留地の警察が、スコギンズ失踪の二日前に一人の白人の男と会った二人の女と話をした。男はスコギンズの地所の近くからハーディンのバーまで車で送ってくれたそうだ。女たちは彼に好意を持ったが、名前は聞かなかった。警察の似顔絵描きが呼ばれて、描かれたのがこれだ」クーンはデスクごしに粗い合成画を差しだした。

ジョーはそれを見た。けわしい顔つき、ワシ鼻、射貫くような目。ジョーの背筋に戦慄(せんりつ)が走った。

「ほかにもある」クーンはまだらのある白黒写真をすべらせてよこした。「スコギンズの地所のすべての電子監視装置は止められており、コンピューターからハードドライブがなくなっていた。だが、悪人どもが知らなかったにちがいない、木に取りつけられた古いトレイルカメラ（遠隔操作で撮影するカメラ）が一台あったんだ」

通りかかる野生動物の夜の姿を撮影するために、地主やハンターが使うトレイルカメラはジョーにはお馴染みだった。私有地を荒らす密猟者を捕まえるために、彼も利用していた。

写真は目が粗く質が悪かったし、あきらかに拡大されていた。闇を背景に木の幹が輝く白い縞模様になっており、雑木林は不気味で骸骨のようだ。一つだけの人影には焦点が合っていなかったが、遠くにはっきりと重いものを引きずっているように前かがみになって歩く男の姿が写っていた。

横顔はよく見えなかったが、肩の線や体格には充分見覚えがあった。

「あんたは彼をいちばんよく知っている」クーンは言った。「これは友だちのネイト・ロマノウスキか？」

「断定はできない」

「なんだって彼がウルフガング・テンプルトンと関わりあうはめになったのか、それを知りたい」

「おれもだ」ジョーはつぶやいた。

「ネイト・ロマノウスキと最後に会ったのはいつだ？」クーンは聞いた。

ジョーは顔を上げた。ＦＢＩはいくつかの未解決の失踪事件に関して尋問するために、何年もネイトを探している。クーンは前任者のような熱意をもって捜索をしてはいないが、ネイトはいまだに連邦政府の逃亡者リストに載っている。

「去年だ」ジョーは答えた。「おれの家に現れて、ブッチ・ロバートソン捜索の大混乱を収拾する手助けをしてくれた」

「それについて報告を受けた覚えはないな」クーンは冷ややかに言った。

「おれがしなかったからだ」

「だが、それ以来会っていないのか？」

「会っていない。ネイトは……変わっているんだ。ひょいと現れて、帰るときにはどこへ行くのかまったくわからない」

「どこに住んでいるか知らないのか？」

「知らない。アイダホだと推測していたが、違うらしい」

「思うに、彼はいまメディシンウィール郡を拠点にしているんじゃないかな」

ジョーは深く息を吸った。「ネイトには彼独自のスタイルがある。だが、誘拐犯でも殺し屋でもない」

「確信はあるのか？」

ジョーはひと呼吸置いてから答えた。「ある程度は」

最後に友人と会ったときのことを思い出した。ネイトはわずかに不安定に見えた――以前より興奮しやすく、暴力的になっている気がした。かつての精神的指導者に追われた前年にネイトが体験した悲劇のせいだ、とジョーは考えていた。

ネイトは独自の行動規範を捨てて、自制心を失ってしまったのだろうか？

クーンは言った。「ファイルを持っていって読め。ぼくは別の用件で五分以内にワシントンと電話会議をしなくちゃならない。質問があれば電話してくれ。そして向こうへ行ったら、わかったことをかならずぼくに知らせてもらいたい。あと、ジョー、ばかな真似はするなよ」

ジョーは答えなかった。あきらかになったことにまだ混乱していた。

「ジョー？」クーンは促した。

ジョーは腕時計を見た。十二時少し前。サドルストリングへ彼を戻してくれるルーロン・ワンの離陸時刻まで、四時間ある。

「車を借りられるか？」ジョーは尋ねた。

「あんたが政府の車を借りようっていうのか？　車両破壊記録保持者が？」

ジョーはにやりとした。「娘に冬のコートが必要なんだ。それにきみたちのところには政府の車でいっぱいのモータープールがある」

「いいか、うちの車両になにかあったら、容赦なく弁償させるからな」クーンはかぶりを振った。

「なにか起きるはずなんかないだろう?」ジョーはうっすらと笑った。

## 5

### ワイオミング州ララミー

プラスティックのトレーがアルミパイプ製の台の上をすべっていく。ジョーはシェリダンについて、ワイオミング大学ウォシェイキー・ダイニング・センターのモンゴル風中華コーナーのビュッフェの列に並んでいた。ランチタイムなのでカフェテリアは混雑しており、自分の制服姿――そして年齢――がどれほど目立つか、ジョーは知っていた。多くの学生たちから興味津々な、そして仰天したような視線を浴びている。シェリダンもそれに気づいて、牛肉の小間切れとモンゴル風ホットソースののった細麵(ほそめん)の皿を取りながら、同情をこめて父親を振りかえった。

娘のリードで、バーガー・コーナーもサンドイッチ・コーナーもサラダバーも、ジョーの好みのほかの四つのコーナーもパスされていた。

ジョーはシェリダンのほうに顔を寄せた。「ここは変わったな。おれがいたころは、スパムのインゲン添えか、マカロニ&チーズしか選択肢がなかった」

「やだぁ」シェリダンはぐるりと目を回した。

シェリダンの服装はほとんどの学生たちと同じだった。大学のロゴ入りのフード付きパーカ、スキニージーンズ、ブーツ、バックパック。シェリダンは金髪で澄んだ目で魅力的な上に、ぽかんとして自分を見ているたいていの学生たちに比べて、年齢より大人びている、とジョーは思った。自信に満ちた態度には感心するし、進学して最初の二年間は親が来たことにいつも当惑していたのに、いまはもうそうではないようだ。恥ずかしがるのは当然だと彼は理解していた。

自分の皿を見つめて言った。「なにを食べているのかわからないよ」

「牛肉、小エビ、野菜の入った焼きそばよ」オーダーしたのはシェリダンだった。「食べてみて」

ジョーは一声うなり、フォークを牛肉の切れ端に突き刺した。シェリダンは箸(はし)を使った。料理は、彼が思っていたよりもおいしかった。

「コートを持ってきてくれてありがとう」

「必要だろう」

「もちろんよ」シェリダンは箸で窓の外のグランド・ストリートのほうを示した。ぱらぱらと雪が降りだしていた。

「ところで、エイプリルにボーイフレンドができたんだって？」シェリダンはいたずらっぽい視線を送ってきた。

「なぜ知っているんだ？」

「フェイスブック。エイプリルはまたあたしを友だち認定することにしたの。昨夜その投稿を読んでたんだけど、本当にダラス・ケイツ？」

「ああ」

「彼はいわくつきの不良よ。あの子にそう伝えたいけど、エイプリルはきっと、あたしが意地悪で自分を傷つけようとしてるとしか思わない。でなければ、ダラスを横取りしようとしてるとか、そんなふうにあたしを責めるのよ」

ジョーはうなずいた。シェリダンとエイプリルの仲は少しましになったが、まだけんかが絶えない。エイプリルは一筋縄ではいかないのだ。

「あの子、いまパパとママに本気で怒ってる」

「だろうな。それもネットに書いているのか？」

シェリダンはうなずいた。

「フェイスブックなんか大嫌いだ」

シェリダンはくすくす笑った。

なぜ電話してきたのかジョーが聞く前に、彼女は言った。「で、どうしてここまで来たの？」

彼はためらった。浮かんできた言葉——派遣、特殊任務——はあまりにも陰謀めいている。

「知事にメディシンウィール郡で起きた事件の捜査を手伝うように頼まれたんだ。電話でいいのに、わざわざこっちまで呼びだされたんだよ」

彼女は間(ま)を置いて父親の顔を見つめ、いま聞いたことの裏にある手がかりを探そうとした。

「やめなさい」ジョーは制した。「それはお母さんがよくやる」

「パパが本当はなにを言っているのか探りだすためよ」彼女は軽やかに答えた。「じゃあ、その件はどうしても話せないのね？」

「そういうことだ」

シェリダンは核心に触れたことに満足したらしく、ほくそえんだ。

「この二ヵ月以内に、ネイトから連絡があったりしないだろうね？」

「ネイト？」彼女は驚いて顔を上げた。「ううん。どうして？」

シェリダンは鷹匠(たかじょう)ネイトの弟子で、去年彼女は最初の鳥を飛ばしはじめた。チョウゲンボウはちゃんと練習の成果を上げ、彼女はあらためてこのスポーツの魅力を確認した。ネイトがときどきメールでタカ狩りのこつを教えてくれていた、とシェリダンは口にしたことがある。大学が始まる前に、将来シェリダンが別の鳥を手に入れられるように祈って、二人はチョウゲンボウを空へ放した。

「ちょっと思っただけだ」

「パパの任務にネイトが関係してるの?」

ジョーは肩をすくめた。「そうでないといいんだが」だが、さっきトレイルカメラのモノクロ写真を見たとき、胃の腑に湧きあがった黒いヘビトカゲのような恐れが、この一時間で大きくなっていた。

「彼に会ったら、そう、よろしく言っといて。最近はタカ狩りに関しては悪い先生だって」

ジョーは微笑した。「伝えるよ」

沈黙が気まずくなるまで、二人は無言で食べた。やがてジョーは言った。「昨日電話してきたろう。用事があったのか、それとも誤発信?」

「用事があったの」シェリダンは目をそらした。

「伝言を残してくれていいんだ。じっさい、伝言があればなにがあったか見当がつくし、心配しないですむ」

「わかってる」

「だったら、次からは伝言を残してくれ。用事はなんだったんだ?」

シェリダンは深呼吸して、どう答えようかと考えているらしかった。「いま思うとばかみたいなの」

「話してみろ」

「寄宿舎の同じフロアにいる男の子なんだけど」彼女が言うと、ジョーはたちまち緊張した。

「カリフォルニアから転校してきたの。住所録によるとロサンジェルスから。あまりよく知らないんだけど、彼、ものすごくいやな感じがする」

ジョーは声を低めた。「いやな感じって、どんな？　ストーカー、あるいは暴行魔か？　おまえを困らせているのか？」

「違う違う、そんなんじゃないって」父親の推測をかき消そうとするように、シェリダンは両手を振った。「学期が始まってから、彼とは二言も話してない。だれとも、ほとんど話さないのよ」

ジョーは皿を脇に押しやって先を促した。説明をためらう様子から、父親を巻きこむべきかどうか迷っているのがわかった。あまり強く出て、娘が引いてしまってはいけない。

「あのね、名前はエリック・ヤング。三年生よ、それだけで変わってるの。あたしのフロアのほかの学生はみんな一年生。あとはキャンパスの外に住んでる。寄宿舎の全員参加のオリエンテーションに彼が来なかったとき、あたしは思った。『まあいい、彼はこういうことは全部前に経験してるから、たいした問題じゃない。きっと人見知りなんだろう』って。廊下で会ったとき、寄宿舎のアシスタントだって自己紹介したんだけど、彼はただじっとあたしを見ただけだった。あの目はタカみたいだった――黒くて死んでるような感じ。言ってる意味がわかる？　そのあと、あたしがそこにいないみたいにすぐ横を通り過ぎていった」

「彼は英語をしゃべるのか？　言葉がわからない交換留学生の可能性は？」

「あたしも最初はそう思った。たんに恥ずかしがり屋なのか、言葉に慣れてないんだろうって。でも、違ったの。ルームメイトに聞いたら、エリックは少し口をきくけど、言うことが薄気味悪いって。じっさい、ルームメイトによると彼は常軌を逸していて、最初の週にあてがわれた寄宿舎から移されたの。いまエリックは自分の部屋に一人で住んでる。ファーストパーソン・シューティングゲーム（本人視点で戦うコンピューターゲーム）をパソコンでやるだけ。音量を下げるように、二回も彼の部屋のドアをノックしなくちゃならなかった。エリックは音量を下げたけど、ドアを開けたりあやまったりはしないの」

「ファーストパーソン・シューティングゲーム？」

「そう。彼の部屋の外に立つと、聞こえるのはバン、バン、バン、バンて音と爆発音だけ」

シェリダンはため息をついた。「ね、あたしなんとかしようとはしてるの。親友になろうってわけじゃないけど、彼にこんにちはって言ったり質問したりして。彼が例の目つきで見返して通り過ぎていくと、とにかくいやな感じなの。エリックには友だちもいないし、全身黒ずくめで、完全に孤立してる。ほら」彼女はささやき声になり、ジョーの肩ごしに向こうを見た。「あそこにいる」

ジョーは思わず振りかえりそうになったが、シェリダンが手を重ねてきた。

「見ないで。あたしたちが自分のことを話してるって気づかれる」

「わかった」

かわりに、ジョーは皿を持ってトレーにのせて立ちあがり、置き場所はどこかと迷っているふりをして室内を見まわした。

エリック・ヤングはカフェテリアの入口を少し入ったところに立って、すわる場所を探しているようだった。そのまわりを学生たちが行き来していたが、彼は波立つ海の中の島のようにじっとしていた。ほっそりとした体格で、やつれた顔は無表情だった。カウボーイのウエスタン・ダスターコートに似た長く黒っぽい上着を着ているが、帽子はかぶっていない。一瞬後、ヤングは振りむきもせずカフェテリアからあとずさりし、入ってくる若い女学生二人ともう少しでぶつかりそうになった。二人はヤングをにらんだが、彼は無視してそのままあとずさり、いなくなった。

ジョーは背筋が冷たくなるのを感じた。そしてまたすわった。

「あたしの言う意味、わかった?」シェリダンは聞いた。「パパに彼のことを話してたときにあんなふうに現れるなんて、信じられない」

「だれかに相談したのか?」

シェリダンはうなずいた。「なんだか恥ずかしかったけどね。でも、うん、寄宿舎長と大学の警備局の人にも話した。だけど、正直なところ、彼は妙な感じがするとしか言えないのよ。寄宿舎長たちもパパと同じことを聞いた——彼はあたしになにか言ったりしたりしたのか、だれかを脅したのか——否定するしかなかったわ。だって、なにもしてないもの。こういうことにはルールや手続きがあるんでしょう。彼がなんらかの行動に出ないかぎり、彼らはなにもできないし、彼の市民権を侵害したりできない。あたしはそう言われた」

「ヤングは銃を持っているのか？」

彼女は肩をすくめた。「それはもちろん規則違反よ、でもあたしが知るわけある？ 寄宿生は自室に銃を置いてはいけないことになってるけど、大勢の男子学生は狩りをする。学生が、なんというか、ふつうだとわかってたら、知らん顔をするアシスタントもいる」

ジョーはすわりなおして娘を見た。

シェリダンが先に口にした。「もしこのキャンパスで無差別銃撃が起きるとしたら、あたしがまっさきに思い浮かべるのは彼。本当に彼のことを知ってるわけじゃないから、自分の考えだけの性急な判断だし、フェアじゃないのはわかってる。でも、いま見たでしょ……」

「ああ。その判断をおれも支持する。おまえの判断力を信じているし、おまえも自分を信じるべきだ、シェリダン」ジョーは声に力をこめた。「おまえはずっと自分の考えで判断してきた。たくさんのことを見てきたんだ、だから大丈夫だ。大学側になにを言われても、自分の直感を疑うな」

「じゃあ、どうしたらいい？」

「むずかしい問題だな。彼から目を離さない、それが肝要だ。おまえの心配を書面にして、大学当局にその記録を出しなさい。そうすれば、大学はなんらかの手を打てる。それから、もしなにかあったら——どんなことでも——彼がすることや言うこと、おまえが疑わしく思うことがあったら、大学の警備局員を呼んでそのあとすぐにおれに電話するんだ。約束するね？」

シェリダンはしばしためらってから答えた。「わかった」

「おれが渡した辛子スプレーはまだ持っているな？」

彼女はうなずいた。

「毎日肌身離さず持ち歩くんだ」

「そうする」

「いまどこにある？」

シェリダンは〝あたしの部屋のどこか〟というように首をかしげた。

「見つけて持ち歩きなさい。そして、おれに連絡する必要があってこっちがすぐに出なかったら、かならず伝言を残すんだ」

「パパが何百キロも離れたところにいたら、なにができるの？」

「おれがどれほど早くここに来られるか、驚かせてやるよ」

一拍置いて、シェリダンは言った。「いまはなんだかばからしい感じ。あたしのただの勘でパパを心配させるつもりじゃなかった」

ジョーは長女の手を握った。「あの男について、ちょっと調べてみるよ。なにかわかったら、大学当局に知らせるかもしれない。必要なければ、おまえの名前は出さないようにする。だが当面、おれに話したのをうしろめたく思う必要はないよ。正しいことをしたんだから」

「パパ……」シェリダンがつぶやいたとき、ジョーは昔の小さな女の子の面影を一瞬その顔に見た。「ありがとう。少し気分がよくなった」

「それがおれの仕事だ」

「ママには言わないでね。どれだけ心配するか、わかるでしょう」

「それは約束できない。おれたちは秘密を持たないようにしているんだ。だが、おれが家に戻る前に、二人で話したことをおまえがお母さんに知らせたらどうだ」

「ママはきっとあたしの部屋に引っ越してくる」シェリダンは笑って、緊張を解いた。「そうしたら、だれがエイプリルとダラス・ケイツに目を光らせるの？」

ジョーはうめいた。

これから授業だとシェリダンが言ったので、ジョーは娘と外への出口まで一緒に行った。シェリダンはすばやくハグして父親の頬にキスすると、教室のある建物へ向かう学生たちの群れに合流した。ジョーは思った。おまえの身にぜったいになにも起こらないようにする。

借りてきた連邦政府のクラウン・ヴィクトリアのほうへは行かず、ジョーは通路を寄宿舎へ、さらにその向こうの教室のある建物へ向かう学生たちの流れに加わった。「ねえ、猟区管理官、ぼくの入漁許可証を見ます？」と声をかけてきた若者二人を無視した。歩きながら怒りを押しこめ、通路の約百メートル先にいるエリック・ヤングを見つけた。黒ずくめの服装と、周囲のほかの学生たちが距離をとる様子で、少年は目立った。おそらくヤングを知らないか一度も会ったことがない学生が、思わず脇に寄って彼を通すことにジョーは気づいた。少年にはオーラがある。

そして、だれもそれについてなにもできない——するべきでもない——と思った。いまのところは。

教室のある建物のほうへ通りを渡ろうとはせず、ヤングは枯れた芝生を横切って脇道にそれ、寄宿舎のホワイトホールへ向かった。距離を保って、ジョーはあとをつけた。

二人の少女が玄関ホールにいて、IDをカードリーダーに通してドアを開けようとしていた。ジョーは一緒に入れるように二人のすぐ近くに行った。一人が振りかえったが、迷子にないった親ねと見てとってすぐに不安は消えた。彼は自分がそう見えるとわかっていた。

ヤングはロビーにも寄宿舎管理窓口にもいなかった。二つのうち一つが動いているエレベーターのほうへ、ジョーは向かった。階数表示から、だれが乗っているにしろ四階で降りたとわかった。シェリダンの暮らすフロアだ。

別のエレベーターのドアが開き、三人の男子新入生が出てきて、ジョーはそれに乗った。ドアが閉まって上昇が始まると、本能的に四〇口径グロックのグリップに右手をかけた。

四階は静かでがらんとしていた。エレベーターのドアが閉まると、ジョーは用心しながら廊下を歩いていった。シェリダンの部屋はいちばん奥で、赤い〈寄宿生アシスタント〉の掲示が、写真やお知らせのコラージュと一緒に派手に飾られている。夏に家の前で撮ったピケット一家の写真があった。ジョーは寡黙に見え、メアリーベスは美しく、三人の娘たちは性格が顕著に表れていた。シェリダンは魅力的で自信に満ち、エイプリルは目に悪意をちらつかせてしたりげに笑い、ルーシーは自分だけの日だまりにいるような笑顔を輝かせている。

彼はきびすを返してゆっくり廊下を戻っていった。新入生たちの個性や奇癖（きへき）が、やはりドアの外にディスプレーされている。写真、切り抜き、スポーツチームのロゴ、幼稚なものから深遠なものまである引用。廊下の中間あたりに位置する一つのドアだけが別だった。そのドアには小さな書体で名前を記した白いステッカーが貼ってあるだけだ。ジョーはかがみこんで読んだ。〈エリック・〝ファック〟・Ｙｏｕ~~ｎｇ~~（ユー）〉ファックの文字はＹｏｕｎｇのｎとｇを消したのと同じペンで書かれていた。だれが書いたのだろう——別の学生か、ヤング自身か？

　さらにドアに身を寄せると、シェリダンが言っていたような音が中から聞こえてきた。一発ずつの銃声、オートマティックの連射、苦痛の叫び、エンジンとヘリコプターの轟（とどろ）き。

ジョーはノックした。応答はない。そのあとドンドンと叩いた。中の少年に聞こえないわけがない。

なにをするか、なにを言うかはっきりわかっているわけではなかった。容疑者かもしれない人間を訪ねるときの、標準的な始めかたにしよう。いきなり自白したり、驚くべき情報を口にしたりする反応を引きだす方法だ。彼は言う。「なぜおれがここに来たか、わかっていると思うが」

ところが、応答はなくゲームの音が小さくなった。エリック・ヤングは返事をするのもドアを開けるのも拒否したのだ。

五分後、ジョーは立ち去った。

大学警備局の責任者も学生課の副主任も、ジョーの最悪の恐れを追認しただけだった。ヤングがじっさいなにかするまで、できることはない。これまで、彼は規則や手続きに違反していないのだ。ヤングから目を離さず、いまは公式に注意人物にはなったが、大学としては適切な立ち位置を保ち、ハラスメントや差別と受けとられるような領域に踏みこむわけにはいかないとのことだった。ジョーは彼らの立場は理解したものの、いらだちをおぼえながらララミーをあとにした。凶事の予感の影が、のしかかるようだった。

シャイアンへの帰りのドライブでまたもやトレーラートラックに前後をはさまれながら、ジョーはクーンの私用携帯の番号にかけたがすぐにボイスメールにつながった。

「ジョー・ピケットだ。カウンターにキーを預けて、そちらの車を空港に乗り捨てておく。貸してくれてありがとう。いままでのところ、どこも傷つけていない。まだ一時間かかるが。

あと、名前を一つ調べてもらえないか。エリック・ヤング、ロサンジェルス、カリフォルニア。いま綴(つづ)りを言う……」

## 6

### ワイオミング州サドルストリング

その晩、ジョーはキッチンのガス台のそばに立って、居間でやっているミュージカルの稽古をぼんやり眺めていた。メアリーベスが急いで作ったグリルドチーズ・サンドイッチを食べ、〈シャイナー・ボック〉ビールを飲んだ。シャイアンからのフライトのせいで、また夕食に間に合わなかったのだ。

床にショーのスペースを作るため、居間の家具は壁ぎわに寄せられていた。ルーシーが主役だ。彼女の声は自然で愛らしい。合唱する——そして巧みに書かれたフレーズを挿入する——のは、仲間の生徒のリーアン・ダウとルーシーの親友ハナ・ロバートソンだ。三人ともハイスクールのミュージカルで役がつき、集まってナンバーを練習するようになった。リーアンもハナも一晩泊まることになっている、とメアリーベスから聞いていた。

エイプリルは〈ウェルトンズ・ウェスタン・ウエア〉のアルバイトから帰宅したあと、自室にこもって夕食も食べず、だれとも口をきいていなかった。ジョーがドアをノックすると、エイプリルは叫んだ。「あっちへ行って！」彼は放っておくことにしたが、明日の朝には行ってくるよと声をかけたかった。

サンドイッチを食べ終わったとき、少女たちはコーラスを歌っていた。

黒、黄、茶、白
多様性こそ世界を正しく見せるもの
多様性、たーようーせいいいい

「なにを歌っているんだ？」ジョーは後ろにいるメアリーベスに尋ねた。

「多様性よ」

「ああ、それはわかった。これはあのレインボーなんとかっていう劇？」

「『レインボー・ドリームズ』よ。新しい音楽教師のミス・シャーリー・レメックスが作詞作曲したの。彼女は二十四歳で」メアリーベスは芝居がかったささやき声で続けた。「とっ、ても熱心なの」

ジョーはうなずいた。リーアンはあまり知らなかったが、ハナ・ロバートソンはよく知っていた。ハナは父親のブッチ——ジョーがど真ん中に巻きこまれた昨年の二人殺害事件で有罪になった——に、はるばるローリンズのワイオミング州刑務所まで母親パムと、月に一回車で面会に行っている。ハナは心に大きな傷を負っていた。去年はなんとか切り抜け、メアリーベスはハナを専門家のカウンセリングに連れていき、メアリーベス自身も自分流のカウンセリングをおこなった。ハナに馬の世話のしかたと乗りかたを教えたのだ。メアリーベスの話では、ハナは気に入ったらしい。

正しいことも間違っていることもない
わたしたちを強くするのはわたしたちの異なる文化
多様性、たーようーせいいいい

ジョーはたじろいだ。「歌詞はあれだけなのか?」

メアリーベスは夫の肩を叩いた。「きっともっとあるわよ」

「そうだといいが。だって、おれたちは正しいことと間違っていることがあると信じているじゃないか?」

「ぶつぶつ言わないの。三人が上手に歌っていることに感心してあげて、なにを歌っているかじゃなくて」

彼は黙ってビールを飲みほした。

「餌をやってくる」メアリーベスはまた彼の肩を叩いた。

ジョーはうなずいた。妻の夜の日課だ。

メアリーベスがキャンバス地のバーンコートを着て〈ボグズ〉のブーツをはくのを眺めた。ハナが歌をやめて、馬の世話の手伝いはいらないかと尋ねた。

メアリーベスが答える前に、ジョーは言った。「申し出ありがとう、ハナ。でも今晩はおれが一緒に行くよ。きみたちは練習を続けて」

「あなたが?」メアリーベスは驚いたが、すぐに了解した。ジョーは歌い手たちから離れたところで彼女と話したいのだ。

狭い納屋に一つだけの裸電球が、スライド式の馬房パネルの格子のあいだから寒々とした光を投げかけて、馬たちがゆっくり歩いている内部をフィルムノワールの監獄のように見せていた。メアリーベスは五十ポンドの梱(こり)から両手で厚い干し草の束をいくつか計ってとりだし、一束ずつ給餌器に押しこんで、反対側の黒いゴムの桶に入れた。三頭の馬はだれが最初に食べるか、夜の序列を作りなおしていた。ロホ、トビー、それからポークの順だ。

ジョーは納屋のドアに寄りかかって妻に見とれていた。各馬房に餌をやり終えると、彼女はパネルを閉めた。「シェリダンはどうだった? コートを届けたのよね?」

「届けたよ」

彼の口調があきらかに引っかかったらしく、メアリーベスは心配そうに夫を見た。

ジョーはエリック・ヤングの件を打ち明け、大学当局に知らせたし、ＦＢＩにもデータベースでエリック・ヤングを調べてもらうことにしたと話した。メアリーベスは不安そうな目で聞いていた。連絡をくれたらできるだけ早く駆けつけるから、とシェリダンに言ったと彼はつけくわえた。

「わたし――わたしたち――が五時間もかかる離れた場所にいなければ」メアリーベスはうつむいて、母親の本能的な恐怖の仕草で自分の体を抱きしめた。「こういうのは、よく悪夢に出てくるの」

「シェリダンは賢いし、周囲に注意を払っている。おれが思っていたよりずっとだ、率直に言って。あの子は正しい行動をとるよ」

シェリダンがこれまで試みた手段、相談した相手について、メアリーベスは尋ねた。基本的なところは押さえているとメアリーベスは同意したが、シェリダンがアシスタントをやめて寄宿舎を移るのはどうかと言った。そのあと考えながら、彼女はかぶりを振った。「だめね、あの子はぜったいにそれはしない。あなたに似ているもの。トラブルを避けて通るだけの分別はないわ」

ジョーは肩をすくめた。

「明日の朝シェリダンに電話する」メアリーベスは言った。

「心配させるからきみには言わないでくれ、とシェリダンに約束させられたんだ。だから、ここだけの話にしないと」

メアリーベスは顔をしかめた。ジョーは母親と娘の特別な絆をあらためて思い、シェリダンがまずジョーに連絡したことで、なおさらメアリーベスが不安がっているのがわかった。

「今回はおれの守備範囲だとシェリダンは考えたんだろう」ジョーはブーツの先を見ながら言った。

「そうね。でも、わたしこのエリック・ヤングについて自分で調べてみる」

メアリーベスは図書館のパソコンを使って州と全米の犯罪者データベースにアクセスできる。パスワードは知らないことになっているが、じつは知っているのだ。彼女のリサーチ力とその成果は、これまで数えきれないほどジョーを助けてきた。

「エリック・ヤングがそういうタイプなら、おそらくフェイスブックをやっているか、ネットになにか書きこみをしている。わたしがそれを見つけられて内容が危ないものだったら、そう、大学は手を打てるかもしれない。思うに、こういうタイプは完全に秘密には活動しないものよ。なにを考えているか、たいていい世間に洩らすの。

わたしがしていることを、シェリダンには言わない。でも、見つけたことをあなたに知らせる。そしてジョー、なにか見つかったら、なにをしていてもすぐにやめてただちにフォローして」

「わかった」

彼女はせつなげにほほえんだ。「ほんとに、子どもたちがみんな小さくて、すぐそばにいたからずっと目を光らせていられたころ、人生はなんて楽だったか。いまシェリダンは別の町にいて、エイプリルは一人のカウボーイのせいで脱線しかけていて、ルーシーは初めてのデートをしたがっている。みんながわたしから遠ざかっていくみたい」

彼女の目に涙がにじみ、ジョーは妻を抱き寄せた。「おれたちはできることはすべてしてきた。きみはおれの知るかぎり最高の母親だよ——おれたち二人の母親よりもはるかに素晴らしい。とくにきみの母親より。娘たちは大丈夫だ。きみも大丈夫だ」

「でも、もうわたしの力は及ばない」メアリーベスは彼の肩に向かってつぶやいた。

「そういうものなんだと思うよ」

メアリーベスが体を離して頰の涙を拭(ぬぐ)うと、ジョーはくわしい情報の多くは省いて知事に頼まれた任務を説明し、少し留守にする予定でいつまでかはかわからない、と伝えた。関係者の名前には触れなかったが、メディシンウィール郡の裕福な牧場主が上流社会の暗殺請負人かもしれない疑惑は話した。

「そんなばかな」メアリーベスは首を振り振り言った。「ワイオミングで？」

「牧場を基地として使っている疑いがある。聞いた範囲では、ワイオミングで事件を起こしたことはない。だが、おれも同感だよ——ばかばかしく思える」

「もしＦＢＩが正しかったら？」

「その場合は、彼に裁きを受けさせるのを手伝う。だが言っただろう、あまり近づきすぎないように厳しく命じられているんだ。おれの仕事は目と耳として働くだけで、西部流の展開になったら脱出する」

彼女は肩を落とした。「あなたにそれができたためしは一度もないわ、ジョー」

納屋の中は寒くなってきて、二人の吐く息が白くなった。金属パネルの向こう側で、馬たちが飼い葉を食むリズミカルな音が聞こえる。

「こんどこそはそうするよ。大丈夫」

メアリーベスは悲しそうに夫を見た。ジョー自身よりも彼のことをよく知っているように。

それから、彼は写真のことを話した。

「あのネイトであるはずがない、そうでしょ？」彼女は信じられないらしかった。

「確かに彼のように見えたんだ」

「なにか説明がつくはずよ。きっと彼はいるべきじゃない場所にいたか、遠くから見たら彼によく似ただれかだったのよ」

「そうかもしれない」

メアリーベスは間を置いた。「去年ネイトがここに来たとき、確かにどことなく変わった感じはした。タガが外れたみたいじゃなかった？　錨をなくして漂っているようだったじゃない？　自分の規範がどうあるべきか、もがいているような？」

ジョーはうなずいた。二人は何度かその話をしていた。ワインを五、六杯飲んだあとでメアリーベスの思いがネイトに向かうとき、彼は気にしないように努めたが、彼女はたびたびネイトのことを口にした。

「彼が多くのことをくぐり抜けてきたのは知っているし、どんな経験だったのか想像もできないわ。それでも、彼が殺し屋みたいになってしまうなんて考えられない。あなたは？」

「それを、はっきりさせられたらと思っている」

「そうできるといいわね」彼女は厚手のプラスティックのバケツを集め、干し草の梱のそばに重ねた。

そのあいだ、ジョーは寒い日の乗馬のあとメアリーベスが馬たちをおおってやる分厚い馬用ブランケットを下ろした。ブランケットは幅広で外側はキャンバス地だが、内側は柔らかなフリースでできている。彼はそれを裏返し、優しく振って広げた。

その音でメアリーベスは振りかえった。

「なにをしているの？」

彼は半メートルほどの高さの干し草の梱の上に、ブランケットを敷いた。「あなたが考えているとわたしが思っていることを、考えていないでしょうね？」

ジョーが答えないと、彼女は尋ねた。「そうなの？」

彼は後ろに手を伸ばして明かりを消した。突然暗くなり、馬房の外から入ってくる星の光だけがあたりを照らした。馬たちがあいかわらず飼い葉を食んでいる音がする。

「ジョー」メアリーベスはささやいた。「頭がおかしいわよ。女の子たちのだれかが、様子を見にきたらどうするの？」

彼は言った。「聞けよ」

家の中から、かすかに歌声がした。

黒、黄、茶、白
多様性こそ世界を正しく見せるもの
多様性、たーようーせいいいいい

「家の中は女の子だらけだし、おれはしばらく留守になる。きみを見つめてきみの声を聴けるのは今晩が……なあ、わかるだろう」

「もう、ジョー」だが、彼女は怒ってはいなかった。

終わると、ジョーは暗闇でベルトを締め、メアリーベスがブーツの片方を見つけるのを手伝った。家の中の歌声はまだ続いていた。

「いましたことが信じられない。パンツの内側に干し草が入っていると思う」メアリーベスは言った。

彼は笑った。

「それに、馬たちはずっと見ていたはずよ。きっと、あなたがわたしを襲っていると思ったわ」

ジョーは妻を抱き寄せて顔を上げさせるとキスした。

二人は家まで手をつないで歩き、裏口に着くまで離さなかった。メアリーベスは指で髪についた干し草をとり、上着をなでつけた。ジョーの肩からも、何本か藁を払い落とした。

「これで、人前に出られると思う」家に入る前に、彼女は言った。「ネイトじゃないことを祈るわ」

かすかに自尊心を傷つけられて、ジョーは答えた。「おれもだ」

「危険になったら、メディシンウィール郡から脱出すると約束してね？」

「もちろん」

「ところで」彼女はジョーの臀部を優しく叩いた。「干し草の上の情事をありがとう」

「こちらこそ、奥さま」

「習慣にしないでよ」彼女は穏やかにたしなめた。「気安い女だと思われたくないの」

## 7

## ニューヨーク・シティ

同じ夜、三千キロ以上離れた場所で、ネイト・ロマノウスキはマンハッタンのアッパー・ウエスト・サイドの七四丁目通りにある閉まった花屋の外で、白い小型ヴァンの運転席にすわっていた。三晩続けてここにいるので、通りにある褐色砂岩のアパートの住人たちのうち何人かの顔を覚えてしまった。だが、ヴァンの窓はスモークガラスになっており、住人たちから彼は見えない。毎晩六時四十五分ぴったりにアパートを出る、大きな丸いサングラスをかけた痩せた女性は、ブロックが火事になったかのようにドアから飛びだしてきて、ブロードウェイかアムステルダム・アヴェニュー方面へ急いでいく。行き先はレストランだろう、と彼が推測したのは、九時過ぎまで帰ってこないからだ。外に出て玄関前の階段に立ち、通行人か家の中の妻に見られないかとあきらかに恐れつつ、こっそりタバコを一本吸う専門職タイプの五十代半ばの男がいる。小さいがうるさいほどエネルギッシュなトイ・フォックステリアの散歩で、かかった瞬間に暴れまくるマスを釣ったかのようにあたふたする、禿(は)げかジョーナ・バンクは二度見かけた。悪名高いニューヨークの株主、ファイナンシャルアドバイザーにして、アメリカ史上最大クラスのネズミ講式利殖詐欺により、九千万ドル以上を投資家——その多くはネイトが駐車している一帯に住んでいる——からだましとった〝資産管理会社経営者〟。胴元が銀行という名前であることで、事件は皮肉な色合いを帯びていた。だが二度とも、最後の瞬間に作戦は中止になった。

今夜は決行できるよう、ネイトは願っていた。ニューヨークにはうんざりしていたし、この街は彼を疲れさせた。どんよりした空気は臭い——タクシーの排気ガス、異国風の料理、ハドソン川、歩道の排気口からの蒸気——それに音——やかましいクラクション、通行人の会話、街そのものの鼓動である雑音——に満ちていた。感覚的に負荷がかかりすぎる。

薄い空気、大空、広い静寂の空間、タカたちが恋しかった。ネイトはまた、正しい目的意識が恋しく、アリーシャ・ホワイトプリュームとヘイリーを求めるのと同じようにそれを求めていた。八百万人以上の人々のど真ん中で小型ヴァンの運転席にいるのではなく、裸で木の枝にすわってトゥエルヴ・スリープ川の流れを見ていられたら、どんなにいいか。

快適と感じる環境から完全に離れているのは、人生で初めてではない。自分はこの仕事をやれる。だが、そこにいくらかでも満足感を見出せると、みずからを納得させることはできなかった。

立案、偵察に何週間もかけた作戦のアシストのために、ネイトは派遣された。任務の中心を担うわけではない。メインはウィップというコードネームの男で、一ヵ月以上ニューヨークにいてバンクを尾行し、彼の習慣や行動を下見していた。バンクは投資詐欺の第一回公判の真っ最中で、当面はウエスト七二丁目通りにあるダコタ・アパートの自宅に毎晩帰れる。ネイトはウィップに会ったことはないが、写真を見て彼について簡単な説明を受けていた。

ウィップは長年この事業のメンバーであり、ほぼ一人だけの工作員だった。ネイトの考えでは、自分がウィップを知らないのと同じく、ウィップも彼をほとんど知らない。二人は与えられたコードネームで互いを認識している。ウィップとザ・ファルコン。事業に別の工作員が加わったことをウィップはどう思っているのだろう。

これまで、ウィップとの連絡はプリペイドの使い捨て携帯電話――毎日、新しい携帯で新しい番号――でおこなってきた。双方が追跡されたり監視されたりするのを避けるためだ。

ネイトがニューヨークに着いたとき、バンクは昼間は完全にアンタッチャブルだとウィップは言った。毎朝、連邦裁判所の執行官が車で迎えにきて、ニューヨークの南部地区にある裁判所へ連れていき、個人雇いのボディガード二人に守られてダコタ・アパートへ帰ってくる。ダコタのセキュリティを突破するのはまず不可能で、通りでバンクを倒すことの問題点は近所に設置された監視カメラの多さだ、とウィップは説明した。どこにでもあるのだ。ロンドン以外でこんなにたくさんの監視カメラは見たことがない、とウィップは言った。

ウィップの声は低くて抑揚がなく、ケンタッキー西部かとネイトが見当をつけたかすかな南部訛（なま）りがある。ウィップはネイトと親しくなる気がまったくなく、情報を伝えるときもできるだけ言葉数を少なくした。ネイトはいっこうにかまわなかった。同じ業界用語を使うので、ウィップも自分と同様に特殊部隊出身ではないかと思っていた。

ジョーナ・バンクの弱点は見つけているとウィップは言った。発見するために時間と労力を費やせば、つねに弱点は存在すると、ネイトは知っていた。どんな人間も百パーセント安全ではありえない。任務のためにターゲットに充分接近する方法は、かならずあるものだ。

毎晩七時から七時半のあいだに、バンクはスタッフもボディガードもなしで徒歩で一人ダコタを出る、とウィップは教えた。三千ドルする〈ドルチェ&ガッバーナ〉の法廷用スリーピーススーツから、野球帽、着古した革のボマージャケット、バギージーンズ、〈ナイキ〉のランニングシューズに着替えている。バンクの目的地は、八ブロック離れたブロードウェイと八〇丁目通りの角にある吟味された特製品ばかりの食料品店〈ザバールズ〉で、彼はそこで〝ノヴァスコシア〟――エシャロット・クリーム・チーズのベーグル――と、バニラとチョコレートが等分にかかったクッキーを一つずつ買う。そして八時前にはダコタに戻ってくる。ウィップの推測では、バンクのボディガードは彼の毎夜の短い外出には気づいていない。そうでなければ、一緒に行くか、自分たちが買ってくると言い張るだろう。

バンクは決まった往復のルートから外れなかった。ダコタを出たあと、西七二丁目通りをブロードウェイまで行き、人通りの多さにまぎれて〈ザバールズ〉までの八ブロックを歩く。だが、帰り道は食べ歩きしながら、違ったルートで戻ってくる。八〇丁目通りをアムステルダム・アヴェニューまで、そのあと七四丁目通りをコロンバス・アヴェニューまで、そして七二丁目通りに出てダコタ。着くと、出てきたのと同じ脇のドアから入る。

ウィップは、帰りのルートのあるブロックの照明が暗く、監視カメラも多くないのを確認していた。それは七四丁目通りのアムステルダムとコロンバスのあいだだ。そのブロックは静かな住宅街で、通りに面した商店は一つしかない――〈エイブラハムズ・フローリスト・ショップ〉で、営業時間中は店の配達用の白い小型ヴァンが正面に止まっている。ウィップが見つけた唯一の監視カメラは通りをはさんだ花屋の向かい側にある。

たいていの晩、エイブラハムはヴァンで最後の配達に向かい、そのまま帰ってこなかった。ブルックリンの自宅まで運転していくのだろう、とウィップは考えていた。そうでない晩は、ヴァンを駐車したままにしてロックし、エイブラハムは電車で帰宅する。いつヴァンが通りに止めたままになるのか、一晩中行きっぱなしになるのか予測する方法はなさそうだったが、ウィップが突き止めた。エイブラハムの最後の配達先によるのだ。配達がブルックリンの方向だったりブルックリンだったりするとき、エイブラハムはそのままヴァンに乗っていく。配達が別の場所かもうないとき、店主は電車で帰宅する。

そこで過去三晩、ウィップは匿名で六時過ぎの配達をブルックリン方面の三ヵ所の別の住所にネット注文した。すべて、受取人が不在だったら玄関前の階段に花を置いておくように指示した。渡されていたリストから選んだ、有効だが盗まれたクレジットカードで支払った。ウィップは携帯でヴァンの横の花屋のロゴを撮影し、ビニールのレプリカをアップタウンで作らせた。それからラガーディア空港の近くの店でほぼそっくりの二〇〇九年製シボレー・エクスプレス・カーゴ・ヴァンを見つけ、ネイトのために予約した。ネイトの仕事は、ヴァンを運転していき、エイブラハムが帰宅したあと空いたスペースに止め、あとの指示を待つことだった。このブロックの監視カメラのビデオを見ても、夜間にヴァンがあるかないかのパターンは一定していないとしか思えないだろう。

監視カメラには通りのヴァンははっきり映るが、反対側の歩道は見通せない。ヴァンのおかげで、歩道の五メートル半ほどの視界がさえぎられる。その五メートル半の範囲内でなにが起きても、見られることはない。

前の二晩とも、ネイトは使い捨ての携帯が鳴って、ウィップが「彼を捕捉した。ドアのロックを外して待機しろ」と言うのを聞いた。ネイトはアームレストのスイッチを押して車のロックを外した。助手席側のバックミラーで歩道を見ながら、ドアのハンドルに片手をかけ、いつでもスライディングドアから飛びだせる体勢をとった。

一晩目、ジョーナ・バンクはウィップが説明していた例の服装で、家への帰り道をできるだけ長く延ばしたいかのように、ぶらぶら歩いてきた。バンクの背後の離れた場所から、陰を伝ってすばやく忍び寄る姿があった。ウィップだ、とネイトは思った。

ヴァンの後部バンパーにバンクが近づいたとき、ネイトは何人もの熱中した話し声を聞き、目を上げると十人以上の身なりのいい男女が入り乱れて歩道をやってくるのが見えた。ちょうどヴァンのスライディングドアの横に来たとき、バンクは彼らの中に呑みこまれた。

「中止」ウィップが低い声で告げ、後退して闇に消えた。

男女のグループはチケットを手にして、一ブロック離れた〈ビーコン・シアター〉でダイアナ・クラールが歌うのを前に聞いたときのことを話していた。彼らは無意識に分かれて反対方向へ行くバンクを通し、彼が通り過ぎるとまた集まった。そのときにはバンクは六メートルほど先をダコタ・アパートへゆっくりと歩いていた。頭上の街灯の光から二歩離れて、監視カメラの視野に入っていた。

昨晩、バンクはぴったり同時刻に同じ場所に現れた。ネイトは通りを一瞥(いちべつ)した——今回はコンサートに行く人々はいない——そしてヴァンのロックを外した。ふたたび、バックミラーにバンクが歩いてくるのが映り、陰の中からバンクに近づいてヴァンにさえぎられた場所に来たら襲いかかろうとする黒い姿も見えた。ところが、もう一人いた——三十秒前にネイトのヴァンの横をブロードウェイ方向へ向かった女だ。なにがあったのか、女はきびすを返し、いま来たほうへ走って戻ってきた。ハイヒールが舗道にカッカッと音をたて、バンクはそれを聞いて振りかえった。

女は突然バンクの目の前に立ちはだかって叫んだ。

「あんたね、このくそったれ！」金切り声で叫ぶと、彼の顔に指を突きつけた。「最初わからなかったけど、あんただって気がついたのよ、この腐れ外道」

バンクは半分しか向きを変えていなかったので、その顔に浮かんだ疲れた困惑の表情をネイトは目にした。「失礼だが、なんの話かわからない。なにか誤解していらっしゃるようだ」とバンクが言ったとき、近づいていたウィップがぴたりと動きを止めた。

「あんたはジョーナ・バンクよ、この悪党」彼女は叫んだ。「あんたは祖母がすっからかんになるまでふんだくった。この世でいちばん優しい女性から最後の一ペニーまで盗んだのよ。い、い、いいさっさと地獄に落ちて一千年間焼かれるがいい」

バンクはあやふやな態度で肩をすくめ、女に背を向けて離れた。そのとき彼はヴァンのスライディングドアのすぐそばにいて、一瞬ネイトは彼が見えなかった。するとバンクは運転席側の窓の横に来て、うつむき、とりあうものかという態度だった。女はその横を走るように歩き、指を突きつけて罵（ののし）った。

「みんな、彼よ！」女は静かな建物の住人たちに呼びかけた。「ジョーナ・バンクよ。ここにいる、ニューヨークのどうしようもないくそったれのこそどろ！　ハイエナ！」

褐色砂岩のアパートの窓のカーテンは一つも揺れなかった。

携帯からささやき声がした。「中止」

「彼よ！」女はまだバンクにつきまとって叫んだ。「ここにいるのよ、ちくしょうが」

二人は角の街灯の光の中に入り、バンクが視界から消えるまで女はそばを離れず指で彼を小突いていた。


「彼を捕捉した。ドアのロックを外して待機しろ」

昨夜の出来事に対するバンクの唯一の譲歩は、ボマージャケットの襟（えり）を立てて野球帽を深くかぶって顔を隠すことだけだった。それに、下を向いて足早に歩いているようだ。

今夜、ブロックは無人だった。ネイトはヴァンのドアのロックを外した。

バンクは急いでヴァンに近づいてくる。そしてスライディングドアのすぐ横のブラインドスポットに踏み入る直前、ネイトはウィップが接近し、二つの影が一つになるのを見た。ネイトはヴァンのドアを開け、二人が体を投げだすように転げこむと後ずさった。ウィップはバンクを抱きかかえており、車体を揺らしてヴァンの床に倒れると、バンクの上に馬乗りになった。次の瞬間、ウィップの手にずんぐりしたリボルバーが握られ、バンクの目にパニックが走り、野球帽に銃口がぐいと押しつけられて頭が車の床に当たった。ウィップはもう片方の手でドアを乱暴に閉めた。

「おい、だれだか知らないが――」バンクは最後まで言えなかった。怒ったような、パンパンパンパンという発砲音が響いた。

ヴァンの中で銃声は大きく反響した。バンクはうっとうめいてもがくのをやめ、指先だけが反射的に助手席の背を叩いた。ネイトにはモールス信号のように聞こえた。そして、指先は動かなくなった。

車内には火薬のつんとくる臭いがたちこめていた。小口径か、減音装置付きだ、とネイトは思った。近所の住人がなにか聞きつけたとは思えない。ヴァンのドアは閉まっていたし、銃声はバンクの野球帽に銃口がきつく押しつけられていたせいでくぐもっていた。

ウィップが視線を上げ、ネイトは初めて彼の顔を見た。若く、少年らしさの残る青白い顔をして、頬骨は高く、茶色い髪をまっすぐ後ろになでつけ、開いた赤い唇から完璧な白い歯がのぞいていた。そして間隔の狭い目は突き刺すようだった。

「行け」ウィップは言った。「ゆっくりと、タイヤをきしらせるな」

ネイトはヴァンのエンジンをかけて発進し、コロンバスの青信号を渡って、さらに先へと走った。叫び声もサイレンも聞こえず、アパートの窓からのぞく顔も褐色砂岩の建物の階段に集まる人々も見えなかった。

彼は遺体袋を広げる音を聞き、死体を入れたときヴァンがかすかに揺れるのを感じた。ジッパーを閉める音がして、三十秒後、ウィップは助手席に来てシートベルトを締めた。

「床に血がつく前に遺体袋に入れた」ウィップは言った。「それでも、このヴァンの隅から隅まで掃除しないと」

ネイトはうなずき、右腿（もも）の上にのせてはいたがウィップがまだ銃を握っているのに気づいた。

「もうしまったらどうだ」ネイトは言った。

ウィップはうっすらと微笑した。「時が来たらそうする。心配か？」

「いや」

「この銃のことを考えているのか？」

「ちょっとな」

「二二口径ルガーLCRダブルアクション・リボルバー。撃鉄がフレーム内に収まっているから、服に引っかからない。弾倉に八発。初め四発は二二口径のショートを装塡（そうてん）する。残りの四発は二二口径のロングライフル・ホローポイント。あとの四発を使う必要があったことはない」

「なぜ二二口径のショートを？」ネイトは尋ねた。

「もうだれも使わないが、至近距離ではきわめて威力のある小口径弾なんだ。気づいただろう、音もごく小さいから消音装置を使う必要がない。それに弾は頭蓋骨を貫通しないので、射出口からいろいろ飛び散らない。弾は命中後、瓶の中のハチみたいに脳内を飛びまわる」

ウィップは間を置いて自分の銃を見下ろした。「もちろん空薬莢は排出されない、弾倉に残っているからだ」

ネイトは低くうなった。

「あんたもリボルバーを使うんだってな。だがとんでもなくでかい銃だろう」

「ああ」

「でかいからいいとはかぎらない」

「そう、でかいだけだ」

ウィップはなんと答えるか考えているようだったが、放っておくことにしたらしい。しばらくして、彼はネイトを見ずにフロントガラスに向かって言った。

「ジャージーのどこへ行くか知っているのか?」

「ああ」

ウィップは使い捨ての携帯を出して十桁の数字を打ちこみ、耳にあてた。

「終了」彼は言った。「一時間以内に着く」

相手の答えを聞いてから、通話を終えた。

「彼はなんだって?」ネイトは尋ねた。

「ぼくは善行をなしたってさ」

「彼はいつもそう言うのか?」

「ああ、言うよ」ウィップは低い声で答え、ルガーをジャケットの外ポケットに突っこんだ。「なぜなら、そう信じているから」

「あんたは？」

「ジョージ・ワシントン・ブリッジを通るんだ」ウィップは前方に手を振った。

「行きかたは知っている」

「一つ質問がある」少ししてからウィップは言った。「おたがい、知りあったほうがいいかな？」

ネイトはなんと答えるべきかわからなかった。


二十分の沈黙のあと——ウィップも沈黙を気にしないのがネイトはありがたかった——ニュージャージー・ターンパイクから州間高速道路八〇号線へ入り、ハッケンサックの出口で、ネイトはジョーナ・バンクがすわった姿勢になり、遺体袋の中で酔っぱらっているかのように左右に傾い(かし)でいるのに気づいた。

「おい」ネイトは声をかけた。

「なんだ？」

ネイトは肩ごしにあごをしゃくった。ウィップは振りかえった。「ああ、くそ」

それから躊躇(ちゅうちょ)せずシートベルトを外すと銃を抜き、遺体袋の中の揺れている頭のほうへ助手席から腕を伸ばした。この一発はさっきの四発よりはるかに大きく響き、バンクの死体はまっすぐ後ろへはねてドスンと倒れた。

「こんなのは初めてだ」ウィップは向きなおってシートベルトを締めなおした。「本当だ。このことは二度と口にしないようにしよう」彼はかぶりを振った。

「だからおれはもっと大型の銃を使う」ネイトは言った。

ニュージャージー州道北二〇八号線で、ネイトは尋ねた。「これを依頼したのがだれか知っているのか?」

「いや」ウィップはすばやく答えた。「ぼくは決して聞かないし、知りたいとも知る必要があるとも思わない。それに、正直なところどうでもいい。ジョーナ・バンクは最低の中でも最低のやつだった、あの年寄りのユダヤ人たちからだましとった手法。やつには大勢の敵がいたし、やつにしゃべってほしくない友人もいくらかいただろう」

「では、あんたはぜったいに聞かないのか?」

「聞かない。仕事が来るまでに、すべて念入りに調査されているのがわかっている。ぼくが聞くのは、ちゃんと偵察してターゲットの弱点をつかむ時間が充分かどうかだけだ。両方できたと満足がいけば、そのとき初めて動く」

「罪がないかもしれない相手を追ったことは?」

「ない」ばかげた質問だというようにウィップは答えた。「ないね。それはわれわれの仕事じゃない」

ネイトはうなずいたが、相手の答えに満足したかどうかはよくわからなかった。

だがウィップは聞かれたこと自体に興奮しているようだった。身を乗りだすとネイトに顔を向けた。「わからないのは、なんだってあんたがここにいるのかってことだ」

「おれにもわからない。まあ、彼に頼まれたからだな」

「だが、なぜだ？　われわれは一年に三、四件の作戦をおこなう。それぞれにたくさんの時間と金と計画が必要だ。今回のは二ヵ月半かけた。ぼくは一つの作戦も失敗していないし、注意を引いたことも警察に追われたこともない。いつも完璧に成功するのは、ターゲットを十全に調べて、やりすぎたりことを急いだりしないからだ……」

ウィップの口調が熱を帯びるにつれて、訛りがはっきりしてくるのにネイトは気づいた。

「要するに、われわれはずっと目立たないようにしている」ウィップは続けた。「レーダーをかいくぐり、いい仕事をしているんだ。ところが突然、彼はポニーテールの野生児をリクルートする必要を感じた……どうなっているのかわからない。悪気はないよ、もちろん」

「もちろんだ」ネイトは歯をくいしばって答えた。

「あんたを引っ張りこんだのは、二つのうち一つを意味している。一つは、ぼくの勘が鈍ってきていると彼が考えていることだが、それは筋が通らない。ぼくは鈍ってなんかいない、さっきニューヨークでやった仕事からわかるようにな。だからもし彼がぼくを入れ替えようとしているなら、別の理由があるはずだ」

ウィップは二本の指を伸ばして手を上げた。

「もう一つの可能性は、彼が作戦を拡大しようとしているってことだ。仕事の数を二倍か三倍にしようとしている。だが、人間と仕事が増えれば、それだけ露見の危険性も増える。だれにでも見張らなくちゃならない点は多すぎるほどあるんだ。どれかが見逃されたらどうなる、言いたいことがわかるかな」

「どちらの理由なのかはわからない」ネイトは言った。

「どうなっているのかかならず見つけだしてやる」ウィップはすわりなおした。「ぼくはいままでのやりかたが気に入っている。助けはいらないし、別の工作員も必要ない。そう思っている。ぼくかあんたかということになったら、外れるのはあんただ。悪気はないよ、もちろん」

「もちろんだ」

ヒルトップ空港はウエスト・ミルフォードから北へ五キロちょっとだ。小さな私有の滑走路で、管制塔も夜間の運行体制もない。ネイトは私有の格納庫の横の陰にヴァンを止めた。二人で車の内外を掃除し、側面の〈エイブラハムズ・フローリスト・ショップ〉のビニールのロゴをはがした。携帯をばらばらに砕き、ぞうきんと一緒に遺体袋に入れてジッパーを閉めた。ウィップは弾で遺体袋の布に穴を開けたので、舗道に血が落ちていないか確かめたが、ないと言った。

寒い夜で、あたりには霧がかかり、いっそう寒く感じられた。ネイトの吐く息は白く、手足の指は痺(しび)れはじめた。

低空で飛行機が近づいてくる音がして、闇の中を着陸すると彼らのほうへタキシングしてきた。

ネイトとウィップは遺体袋の両端をつかみ、小型機へ運んだ。

機内に遺体袋を持ちあげる前に、ネイトはウィップに言った。「外れるのはおれじゃないだろう」

# 8

ワイオミング州メディシンウィール郡

ジョー・ピケットは助手席で眠っているデイジーとともに国道八五号線を北へ走っていた。荷台には、首のまわりに環紋のある百五十羽のキジの成鳥を満載していた。デイジーは一時間半も後部窓からキジを見つづけたせいで、疲れ果てていた。

キジを運ぶのは、ジョーがメディシンウィール郡に入るために、ルーロンから指示を受けたLGD局長と彼女のマネジメント・チームが与えた仕事だった。州の北東の隅にあるこの郡は、昨年とくにきびしい冬を経験してキジが全滅してしまった。ハンターたちの不満を鎮（しず）めるために、ブラックヒルズにキジを補充する必要があった。地区担当猟区管理官ジム・ラッタが、ホークスプリングズにある州の養鳥場で育てられた新しい鳥を放す責任者だった。そういうわけで、ジョーとラッタが協力するのは妥当に見える。ともあれ、一つのアイディアだ、とジョーは思った。ラッタはジョーが来る本当の理由を知らない。

LGD局長のブレーンは、ジョーの一時滞在のために二つの任務を用意した。一つ目は、次の会計年度までに私有地の一般立ち入り許可狩猟地域の数を二倍にするという、局の方針に基づいたものだった。ジョーは地元の地主たちと交渉して自分の担当区域では五、六ヵ所増やしていたが、メディシンウィール郡ではまだ一つもなかった。方針を実現するために、ジョーは経験を生かしてラッタを手伝うことになっていた。

二つ目の任務のせいで、彼は不運なことにピックアップで南東へ四時間半走り、州の生物学者たちに手伝ってもらってビクビクしているキジたちが入った箱を積み、州の東端に沿って北上するはめになった。

進むにつれて景色は変化し、平らな農地は樹木のない不毛の草原になった。先週異例の寒い時期があって初冬の雪が降り、曇り空の下に雪はまだ残っていた。東方の谷間の骸骨のようなヒロハハコヤナギは葉を落としていたが、午後の遅い時間でもまだ霜におおわれていた。四方が荒涼として白くなだらかに起伏しており、ミュールクリーク・ジャンクションを過ぎてなおも北へ向かうと、新しく現れる車はほとんどなくなった。一匹のみすぼらしいコヨーテがしばらく道路と並行して走っていたが、ジョーが速度をゆるめて眺めようとすると、恥じるように方向を変えてしまった。

モンゴルの広大な草原を見たことはないが、初冬の白い布をかぶったこの景色に似ているのではないか、とジョーは思った。一帯はかつては何世代にもわたる大牧場が主だったが、いまは州外出身者の所有となっている。そこここに霜をかぶったアンガス牛がいて、通過するジョーをぼんやりと眺めていた。

ラスクの北で州道の脇に車を寄せ、ギヤボックスから出したキャンバスシートをキジの入った箱にかけてナイロンのひもで固定した。風は冷たく氷のようで、先方に着く前に鳥たちが凍死してしまうのではないかと心配だった。後部窓から見ているデイジーは、口から二筋のよだれをベンチシートの上に垂らしていた。

十五キロ以上走ったあと、道路はピンクになった。その理由は最初の道路建設作業員が地下の石炭の燃えがらを基礎に使ったからだと聞いたことがあるが、このピンクは楽しそうでも明るくもなかった——たんに奇妙で、この世のものとは思えなかった。

まばらな枯草の上にところどころ雪の残る大地に、点在するプロングホーンの群れがいかに完璧に溶けこむものか、彼は感心した。群れ全体がいっせいに動かなければ気づくことはほぼ不可能だ。まるで風景の一部にしか見えないのだ。

ハットクリークを渡ったあと、周囲を見渡しても家一軒目に入らず、ジョーは遠く離れた無人の惑星に一人きりでいるような気がした。聴いていたラジオ局も、はさまれた短いニュースのあいだに雑音ばかりになりはじめた。法廷に現れなかった悪名高いニューヨークの金融業者ジョーナ・バンクが失踪したというニュースだった。東部のマスコミはその話でもちきりのようだが、ジョーがいまいる世界ではなんのインパクトも関わりもなかった。彼はニュースをちゃんと聞いておらず、ワイオミング州にジョーナ・バンクという現実の銀行があることはわかった。手を伸ばしてラジオを消した。

まったくの孤立状態に心が浮きたっていることに、ずきりとする罪悪感を覚えた。前方には車のいない道路と新たな任務がある。しばし、エリック・ヤングとダラス・ケイツがもたらすストレスを脇に押しやり、あるワイオミング州の牧場主と彼について知ったことを考えた。

まわりにあるのは白い孤独と、どこまでも広がる景色だけだ。

ジョーはそれが気に入った。


昨夜眠れなかったので、ジョーは午前三時半にクーンから借りたファイルを開いた。コーヒーを淹れ、狭いオフィスのデスクの前にローブ姿ですわって、要点だけでもつかもうとページを繰(く)っていった。

ウルフガング・テンプルトンは魅力的な人物だった。なにもかも持っている――と思える――男がなぜ、すべてがうまくいっているように見えるときに手を引いて、別のことを始めたのだろう? そしてFBIの推測が当たっているなら、殺し屋稼業を始めなくてもテンプルトンには利益をもたらすほかのチャンスはいくらでもあったではないか? テンプルトンについてジョーが読んだ内容には、無謀さや無秩序を示唆(しさ)するものはなにもなかった。あらゆる点で、慎重で名誉を重んじるプロフェッショナルに思えた――アメリカのサクセスストーリーだ。ジョーは好ましく感じた。成功した人々をうらやんだり、貶めたくなったことは一度もない――もちろん、彼らが密猟者だとか、もっとひどい悪人だとわかれば別だが。ファイルをめくっていくと、テンプルトンの金融界における最後の日々についての〈インヴェスターズ・ビジネス・ダイアリー〉の小さな記事のコピーを見つけた。会ったとき、クーンはそれには触れなかった。見出しには〈CEOの苦い最後の一声〉とあり、テンプルトンが突然引退した週に掲載されていた。

記事によれば、社内の匿名の情報提供者の話として、テンプルトンは上級幹部と取締役を緊急会議に招集し、そこで「われわれの自由な事業システムは破壊され、修復は不可能だ」と宣言した。テンプルトンは怒っており、いまの経済状態の責任は〝手を出せないエリートたち〟と〝腐敗した政治家たちと組んでいる取巻きの資本家たち〟にあると糾弾した。不正工作がおこなわれているので、〝公正に、そして規則にのっとった道徳的指針に沿って競争する〟ことには、もはや意味がない、と彼は述べた。内部の情報提供者によれば、テンプルトンはもはや取締役会の会長は務められないが、システムの外で「正しいことをする」と言ったという。それがどういう意味なのか、どんなヒントも口にしなかった。

ジョーはすわりなおして「うーん」とうなった。

だが、ウルフガング・テンプルトンがワイオミング州のもっとも辺鄙で経済的に低迷している地域に移住したのには、あきらかに理由がある――そして、それが牧畜業の景気がいいからでないのは確かだ。メディシンウィール郡を選んだことに、長年考えた末の理由があるとしたら――あるにちがいない――ジョーにはわからなかった。

もちろん、テンプルトンがたんに一人になりたかったのなら別だ。それはまったく悪いことではないし、ワイオミング州の住民には、新来者に望む空間を与え、自分たちに関係のない事柄には首を突っこまない気風がある。知事のためにまさに首を突っこもうとしている自分に、ジョーはちょっとうしろめたさを感じた。

ただむろん、テンプルトンが人殺しなら話は別だ。

被害者たちについては、聞いていた以上の情報をクーンのファイルからは得られなかった。ジョーナ・ランプレヒトは二〇〇四年にセントルイスで拉致された。ブランドン・フォネズベックは二〇〇八年にロングアイランド沖で姿を消した。ヘンリー・P・スコギンズ三世は一ヵ月前にモンタナ州の釣り用のロッジから誘拐された――もしくはみずから立ち去った。

何本かの糸が彼らを結びつけているが、希薄なものだ。被害者はとてつもなく裕福で強力なコネがあり、国際的なエリート社会とつきあっていた。重要なのは、一人の遺体も発見されていないということだ。唯一の不審な関連は、どの事件においてもウルフガング・テンプルトンの名前が周辺でささやかれていたという点だ。

ジョーはかぶりを振った。弱い、きわめて弱い。弱すぎるので、自分なら郡検事長ダルシー・シャルクへの報告書にこんな状況証拠は含めないだろう。ダルシーは報告書を返してきて、もっと多くの事実が必要だと言うはずだ。事件と事件のあいだに何年も経過している――フォネズベックとスコギンズのあいだには五年もあり、多忙なヒットマン稼業のイメージとはたしかに合わない。

しかし、最近大忙しのＦＢＩが、時間をかけ関心を抱いてファイルを作成したのだ。ジョーにはわからない理由があるにちがいない。クーンでさえその理由を知らないのかもしれない。

ファイルに含まれていない似たような人々の失踪がほかにないのだろうか、とジョーは思った――ウルフガング・テンプルトンの名前が浮上していないだけで、何十人も失踪者がいる可能性もある。ＦＢＩの疑惑が正しければ、おそらくいるだろう。そのあげく、もしすべてが無駄な証拠あさりに終わったら……

しかし、事件報告書から名前を削除されている州犯罪捜査部(DCI)の捜査官のことがある。その男はテンプルトンについて調べるためにメディシンウィール郡へ派遣され、わずか数日後に部屋で火事が起きて焼死した。

そして、おそらくネイトの可能性が高い男の写真もある。

シャイアン川を越えると、〈これよりメディシンウィール郡〉とある銃弾の穴の開いた小さな標識があった。二十分後、風景はまたもや変化した。平地はなだらかな傾斜の丘陵地帯になりはじめ、さらに丘が連なりだした。まるで床の敷物が隅にたたまれていくようだ。その先はびっしりと森が茂った小さな山々に続いている。丘を濃くおおっているトウヒは鉛色の空の下で黒っぽい――だからブラックヒルズと呼ばれている――そしてけわしい小峡谷が丘に切りこみを入れ、白亜の断崖が突きだしたあごの骨のように森から露出している。

美しく入り組んだ地方だ、とジョーは思った。山が多いがビッグホーン山脈のように苛酷で危険ではない。一帯は妙に魅力的で近づきやすく、広い牧草地が小山で区切られている。道路そのものがまっすぐな道からくねくねと曲がるピンクの道に変わり、その道は前山の輪郭を抱きしめるように続き、ときには見えない隆起を乗りこえていく。

運転しながら、彼は森の中のいくつかの家を一瞥した。たいていは道路に近い木々の壁に隠れた古い家々だ。立地はいいが、今にも壊れそうで人が住んでいるようには見えない。住人がいると確認できた家には、地所のあちこちに古い車のコレクションと、もっと新しい四輪駆動のピックアップが何台も止まっている。黒くすすけた煙突からはたきぎの煙が上がり、トウヒの高い枝に散らされて低い空に吸いこまれていく。

ジョーは道路の脇にある古い標識を読むために速度を落とさなかった――あとでいい――

だが、かつては活気があってエネルギーと野心に満ちていた場所だったのに、いまは失敗した事業の証が存在するだけだ、という印象を受けた。とはいえ、野生のシチメンチョウの扱いづらい群れに道路を横断させるためには、一度速度を落とした。シチメンチョウはデブの酔ったニワトリのようによちよちと歩いた。

メディシンウィール地区担当猟区管理官ジム・ラッタは、ウィーデルの南方三キロ地点で待ちあわせようと言っていた。ウィーデルはメディシンウィール郡にまだ存在する三つの小さな地域社会の一つで、ほかの二つはメディシンウィールと遠い西の州境にあるサンダンスだ。

ラッタの緑色の狩猟漁協局のピックアップは道路から少しはずれた、森になった斜面の下の古い轍の道に止まっていた。合流するためにジョーが減速すると、ラッタはついてこいと手で合図した。

道は狭くぬかるんでおり、森の中を曲がりながら続いていた。樹木が密生しているため、ジョーはときどきラッタの車を見失ったが、ほかに道はないので前にいるとわかっていた。とうとう、けわしい上りを越えたあと、ラッタのピックアップが草の生えた空き地に止まっており、ラッタが降りてきてジョーが着ているのと同じ〈フィルソン〉のベストをはおるのが見えた。

ジョーはラッタの隣に駐車し、デイジーを外に出しておしっこをさせた。

ラッタは右手を差しだして近づいてきた。意味ありげな笑みを浮かべており、ジョーがその乾いたがっしりした手を握ると、彼は言った。「久しぶりだね、ミスター・ピケット」

「そうだな。あれはいつだった、二、三年前のワイオミング州猟区管理官組合の夕食会か？」

「七年前だと思うよ」ラッタは言った。「あれ以来おれは行っていない」

「七年もか」

「時間がたつのは速いな。ところで、キジを運んできてくれたんだろう」

「ああ」ジョーは帽子をかぶった。「あのキャンバスをはがそう、見せるよ」

ジム・ラッタはジョーより五、六センチ背が低く、肩と胸は厚く、頭は大きくて丸い。頬はふくよかで、カイゼルひげを生やしている。目は口ほどにはものを言わず——完璧なまでに法執行官の無表情な目だ——ブルドッグのような外見に似合わず、声は驚くほど高い。バッジによればナンバーは6で、ジョーより十年先輩に当たる。キャリアの最初のころのジョーと同じく、ラッタも地区から地区へ異動していたのは間違いないが、ジョーが採用されてからはずっとメディシンウィール地区を担当している。州の北東の隅から動かず、めったに出てこない。

テールゲートを下ろしてから、ジョーはピックアップの荷台に乗った。弱いみぞれのせいでテールゲートは濡れており、荷台の床はすべりやすかった。

ジョーがナイロンのひもを外していると、ラッタは言った。「こんなことを言うのは申し訳ないが、この鳥たちをウィーデルの地元の連中六人のところへ運んでいけば、相当なエネルギーの節約になったんだ。あの野郎ども、月末までにはこのキジを全部密猟しおわっているだろう」

ジョーはかぶりを振って同情の意を示した。

「じつのところ、あの無頼漢どもの一人がいま見えるんだ」ラッタは低い声で言った。

ジョーは黙っていた。

「わざとらしく探すなよ、だが、あんたの後ろの南東方向の丘の上に全地形対応車(ATV)が一台いる。偵察しているんだろう、この鳥どもをおれたちがどこに放すかわかるように」

そこで、密猟の常習者をあからさまに振りかえって見ずに、ジョーは箱の横にさりげなく移動して助手席側のバックミラーをのぞいた。ラッタが発見した男に狙いを定めるために、少しかがまなければならなかった。

背後の森になった丘の中腹、彼らのななめ後方に、頭を抱えているように見える男がちらりと目に入った。いや違う、とジョーは思った。双眼鏡を使っているのだ。

「昔の伐採用道路があそこにあるんだ」ラッタは言った。「やつはたぶん、おれたちが見えるようにATVの座席の上に立っているんだろう」

「だれだかわかるのか?」

「はっきりとはわからない。だが、きっとビル・クリッチフィールドだ。やつはグループのリーダー格でね。もしやつなら、おそらくすでにあの丘陵地帯でシカ、エルク、鳥を一人で密猟している。ほかのどんな男より多くの数を。親友のジーン・スミスは別だが。二人はウィーデルに住んでいるんだが、しょっちゅうこのへんに来ているんだ」

「彼らを捕まえたことは?」

「二度ある」ラッタは疲れた口ぶりだった。「六月の晴れた日に、スミスが年とった牝ジカのはらわたを出している現場をやっと押さえた。あと一度は、クリッチフィールドのピックアップの荷台に二十羽のキジの死骸があるのを見つけた。バーソロミュー判事は二度ともうまく見逃してやったんだ。イーサン・バーソロミュー判事に会ったことは?」

「ないね」

「なくてよかった。彼はなんというか、猟区管理官を……役立たずの気分にさせる」

「それで、これからどうする?」ジョーは湿ったキャンバスをたたみながら尋ねた。

「することはとくにない。キジを放して、クリッチフィールドとスミスに狩りつくされる前に、この空き地とウィーデルのあいだにあるいくつかの峡谷のどこかに隠れてくれるように祈ろう」

ジョーは間を置いてから言った。「ここはそこまでひどいんだな?」デイジーを呼びよせると、牝犬はピックアップの運転台に飛び乗った。

「ここはまったくの別世界さ」ラッタは答えた。

「一つ計画がある。いい計画じゃないが、ないよりましだ。彼らが密猟できるようにこの鳥たちを放すのは気に入らない。まったく頭にくるじゃないか」

「まあな」ラッタは肩をすくめた。「おれも前はすごくむかついたよ。だが、このキジたちを家に連れていくわけにもいかない。裏庭がそこまで広くないんでね」

相手はジョークのつもりだろうが、ジョーは笑えなかった。

「二人で交代で見張って、現行犯で捕まえられるんじゃないか。おれがここに来たから、あんたの守備力は二倍になったわけだし」

ラッタは顔をしかめて答えた。「ああ、そしてしょんぼりしたやつらをバーソロミュー判事の前へ引っ張っていくだろう、すると判事はおれたちがやつらを罠にかけたとか、そういうたわごとをのたまうんだ。さあ」ラッタは箱のほうにうなずいてみせた。「もう放そう」

「責任者はあんただ」ジョーは首を振り、かがんで箱を開けにかかった。

デイジーは見守っていたが、百五十羽のキジが一羽ずつ花火のごとく箱から飛びたって空き地の北側の暗い森の中へ滑空していくあいだ、運転台の中で拷問にかけられているかのようにクンクン鳴いていた。三分もしないうちに、箱はすべて空になった。新しい環境を観察でもしているのか、空き地の端の木立に何羽か止まっている。

「役所の仕事としてはこんなものだろう」ラッタは無関心な様子で言った。

ラッタが一度に同じ場所に全羽を放し、川の流域全体に散らばせなかったことに、ジョーは驚いていた。しかし、地元の猟区管理官はラッタであり、仕切っているのは彼だ。

ピックアップのドアの前で足を止め、乗る前に手袋をぬいでいたとき、ジョーは遠くで車が動きだし、2ストロークエンジンがうなりを上げるのを聞いた。ATVは木立の中を甲高い音とともに遠ざかっていった。

「ビル・クリッチフィールドは仲間たちに知らせにいくんだ、ショットガンを積みこんでスポットライトを充電できるように」ラッタの口調には苦いあきらめがにじんでいた。

いまの出来事に当惑しながら、ジョーは言った。「それじゃ、おれはあまり遅くなる前にモーテルを探してチェックインするよ」

「どこに泊まるんだ?」

「メディシンウィールの〈ウィスパリング・パインズ・モーテル〉だ」

ラッタはうなずいたが、心配そうだった。「あそこは少し前に火事があったところだ。聞いていないかもしれないが、シャイアンから来た気の毒な男が夜のあいだに焼け落ちたキャビンで死んだ」

「ああ、聞いている。だが、同じ場所で二度火事が起きる確率はどのくらいだ?」

「そんなふうに考えたことはなかったな」ラッタは言った。「おれはウィーデルに住んでいる。メディシンウィールへ行く途中、〈ブロンコ・バー〉で一杯おごらせてくれないか?

じっさい、あのモーテルがこの時期に満室ってことはないよ。本当のところ、客はあんただけだろう」

「それもいいな」ジョーは答えた。「長い一日だった」

「ああ」ラッタは腰に両手を当て、周囲の暗くなっていく森を見渡した。ほかにスパイがいないかと探すかのように。「どうしてシャイアンの本部があんたに何日かおれと行動しろと命じたのか話してくれないかな。自分が担当地区をちゃんと管理していないと言われているみたいだ」

ジョーはうなずいた。ラッタはすでに疑っている。それも当然だ、と思った。しかし、ジョーのほうにも聞きたい事柄がいくつかあった。

# 9

## ワイオミング州ウィーデル

ウィーデルのダウンタウンは一ブロックしかなく、崩れ落ちそうな朽ちかけた店がそこに並んでいたが、ほとんどは入口に板が打ちつけられて閉まっていた。唯一舗装されている道路は、わずかに残った商店街を二分して通る古い州道だけだ。商店街といっても、あるのは低価格の雑貨店、コンビニ、二十四時間セルフのガソリンスタンド、昔からある郵便局、工芸品、岩石、金物を売る店、そしてブロックのど真ん中にある〈ブロンコ・バー〉。住宅地への舗装されていない道は古い州道から分かれて、トレーラー二台連結の移動住宅や、下見板を張った家や、駅を間違えて降りてしまった王族といった風情でご近所を見下ろしている、二階建てのレンガ造りのヴィクトリア朝風の家がごたまぜになった地区に通じている。

ジム・ラッタの車と隣りあってバーの正面に駐車したときには、ジョーのピックアップのボンネットとフロントガラスに硬い雪の粒が当たっていた。通りにはほかの車やトラックはほとんど見当たらず、歩行者もいない。つのる夕闇と低い雲のせいで、ウィーデルはことのほか陰気な雰囲気で、バーの窓の〈クアーズ〉と〈ファットタイヤ〉のネオンサインだけが人待ち顔に明るかった。

ジョーはおとなしくしているんだよとデイジーに言い聞かせ、ラッタについて店内に入った。客は三人いて、全員野球帽をかぶって泥だらけのブーツをはいており、店の端から端まである長いカウンターに陣どっていた。それぞれの前にはビール瓶があり、画面で再現されている三ヵ月前のピュア・ミシガン400全国ストックカーレースの勝者に金を賭けているかのように、全員がスピードチャンネルを注視していた。三人とも赤い制服のシャツを着た猟区管理官二人を振りかえり、だれも悪いことはしていないと請けあう程度に長くジョーたちを見た。ラッタとジョーが自分たちを探しているのではないと確信すると、彼らの視線はレースに戻った。

バー自体は典型的だな、とジョーは思った。壁に飾られたほこりだらけのエルク、クマ、シカ、プロングホーンの頭部、荒削りの壁に画鋲で留められた常連の酔っぱらいたちの黄ばんだポラロイド写真。バーの鏡の上には、地元の米国銃所有者協会支部のための、二七〇ウィンチェスター・ライフルが当たる資金集めのくじの手書きのポスターが貼ってある。西部辺境風の古い掲示には、ことわざが書かれている。

屁をこく馬は決して疲れない

屁をこく男は雇うべき男

隅にあるジュークボックスではハンク・ウィリアムズ・ジュニアの〈ア・カントリー・ボーイ・キャン・サバイブ〉がかかっていた。

カウンターの向こうの女バーテンダーは、豊かな金髪でむっちりした体つき、幅広なスラブ系の顔立ちだった。「なにを飲む、ジム?」彼女はラッタに聞いた。

「〈クアーズライト〉を頼む」二つあるうちカウンターから離れたほうのブースに、ラッタはすべりこんだ。そしてジョーに言った。「いま体型に気を遣っていてね」

「おれも同じものを」ジョーはバーテンダーに言った。

女はカウンターの奥の冷蔵庫から瓶を出して栓を抜いた。そのとき、黒いヘンリーネックのシャツの袖をまくりあげたのでポパイ並みの前腕がのぞき、無数のビールの栓を抜いてきたためだろう、とジョーは思った。

ジョーはラッタの向かい側にすわった。席はカウンターからは離れており、ストックカーレースの音は大きかったので会話を聞かれることはまずないだろう。

バーテンダーはカウンターの後ろから出てきたが、右手に四本のビール瓶の首を指のあいだにはさんで持ち、瓶は眠っているコウモリのようにぶら下がっていた。左手には、鮮やかな黄色のポップコーンのプラスティック・バスケットを持っていた。彼女のシャツには〈うぬぼれないで、カウボーイ、あたしが見てたのは馬のほう〉と書かれていた。彼女のベルトの銀のバックルはディナー皿ほど大きかった。

「ハッピーアワーよ」テーブルに四本の瓶をどんと置くと、ラッタに言った。「あなたは知っているでしょうけど」

ラッタはにやりとした。「ショーナ、こちらはジョー。ジョー、ショーナだ」

ラッタとショーナが交わした表情から、二人の過去にはなにかあるのだろうとジョーは察した。「よろしく」彼はあいさつした。

「どうも」女の言いかたはおざなりだった。物慣れた目つきで上から下までジョーを眺め、結婚指輪に視線を止めると一瞬見つめてからまた彼の腕から顔へ上げた。目を合わせたときにはもう、彼女はジョーへの興味をなくしていた。

「このショーナは一九九七年の女性プロフェッショナル・ロデオ協会のバレルレース（ドラム缶の周囲をジグザグに馬を走らせて速さを競う女性ロデオ競技）の世界チャンピオンだったんだ」ラッタは教えた。

「あたしが若くて自分の馬より軽かったころの話よ」ショーナは言った。「ビールのおかわりがいるときは呼んで」カウンターに戻るまで彼女はラッタを振りかえらず、背もたれの高いスツールにすわるとレースの結果を見守った。

「愛想がいいね」ジョーはビールを一口飲んだ。グラスが出てくると期待はしていなかったし、頼むような店ではない。

「だいぶ前に女房が出ていったあと、ちょっとつきあったことがあるんだ。バレルレーサーは床上手だって聞いているだろう。そう、あれは本当さ」ラッタは恥ずかしげな笑みを浮かべた。

「彼女やあんたを侮辱（ぶじょく）するつもりはなかったんだ」ジョーは急いで言った。

「わかっている。彼女、とっつきが悪いんだ。いいんだよ」

ラッタが離婚したのをジョーは知らなかった。じっさい、彼のことはほとんど知らない。ワイオミング州には五十二人の猟区管理官がおり、みんなさまざまだ。ほかの猟区管理官と連絡を絶やさず、協力して働く者もいるし、しょっちゅう本部の風向きを気にして様子を伝えてくる者もいるし、完全に独立独歩で仕事をする者もいる。ラッタは最後のタイプだ。この職業で離婚はめずらしくない。おもな理由は、長時間の労働、遠隔地への赴任、そして安月給だ。ジョーはラッタが同僚同士のおしゃべりをして、新局長ＬＧＤと、狩猟漁業局が迎えようとしている変化をどう思うか、質問してくると思っていたが、彼はそういう話はしなかった。

「さてと」無表情な法執行官の顔にさっと切り替えたラッタに、ジョーはどきりとした。

「あんたはなぜここにいる？　おれが援助を必要としていないのは、上もわかっているはずだ。おれはここで二十三年間、なんの面倒も起こさず働いてきた。だが、おれは自分の仕事だけやる。新米を訓練するのもごめんだ。おれかおれのやりかたに問題があるなら、局から直接言ってもらいたい。おれをスパイするためにあんたを寄こすべきじゃないんだ」

「スパイするために来たんじゃないよ」

ラッタは手がかりを求めてジョーの目を見つめた。ジョーはまなざしを受けとめた。

「じゃあ、なぜここにいるんだ?」

「私有地への一般の立ち入り許可狩猟地域を増やすことが、LGDの懸案でね。彼女はここにそういう土地がまだないのを知っている。その点、おれが経験上あんたに協力できると、局長は思ったんだろう」

ラッタは視線をそむけた。では、ラッタには隠しているか疑っていることがなにかあるのだ。それがなんなのか推測するには、ジョーは彼をよく知らないし、親しくなってもいない。

「なんだか、おれはばかみたいだな」ラッタはつぶやいた。「思っていたのは……その、あんたが知事のために仕事をしてきたのはかなり有名だ、ジョー。あんたは目立たない存在じゃない、長年いろいろな事件に巻きこまれてきたじゃないか。だから、かの有名なジョー・ピケットがおれに張りつくために来ると聞いたときは、その……」

有名なジョー・ピケット。彼はその言葉を理解することもできなかった。

ラッタにこれ以上推測させて真実に近づかせる前に、ジョーは言った。「あそこでキジを放す前、あんたはここは別世界だと言った。あれはどういう意味だったんだ?」

ラッタはちょっと黙り、一本目のビールを飲みおえると脇に置いた。そして二本目に手を伸ばした。「どの地区にもそれぞれ独特の個性があると思う。自分の地区に関して、あんたには語るべき闘いの歴史が山ほどあるだろう」

「ああ。だが、いまはおれの地区の話じゃない」

不器用に質問をかわそうとしたのを見抜かれて、ラッタはおずおずと微笑した。「それで、前にここへ来たことはあるのか?」

「通り過ぎただけだ」

「暮らすにはきびしい土地だ。いくつかの観点では、ある種の男が求めるすべてがここにはある。別の観点では、なにもない」

ジョーは続きがあるかと待ってから促した。「そのことを説明してもらいたい」

「しばらくかかるぞ」ラッタはショーナの注意を引こうと振りかえった。「じっさい、おかわりが必要だ」

「おれはいいよ」ジョーは言った。

「ショーナ」ラッタは叫んだ。「おかわりを頼む」

「メディシンウィール郡が大きく発展するんじゃないかと思えた時期もあったんだ」ラッタはテーブルごしにジョーのほうへ身を乗りだした。「世紀の変わり目のころだよ。ここは金鉱の採掘も盛んだったし、炭鉱には何百人も雇われていた。今日来るとき、道沿いでそういう昔の跡を通ってきただろう。金鉱の持ち主はエリック・ウィーデルとメイダ・ウィーデルだった。いっとき、二人は州でも指折りの金持ちで、ウィーデルの町はたいしたものだったんだ。いまのざまを見ろよ」

ジョーは、車を止めて読もうとはしなかった歴史の説明板を思い出した。

「かつてこの場所はうんと景気がよかった。金、銅、石炭、石油――でかい製材所が二つもあって、伐採業もフル稼働していた。丘陵地帯のどこにでも、昔の伐採用道路が通っている。銅が大きかったんだ。三つの町はどれもめざましい成長ぶりで――メディシンウィールとウィーデルはライバルで一番になろうと競い、サンダンスは当時郡の三つの町の中ではもっとも小さかった。おれは古い新聞を見てみたが、メディシンウィールにはオペラハウスとオーケストラがあり、ここウィーデルにはダンスホールがあって、カリフォルニアやニューヨークから大物のエンターテイナーを呼んでいたんだよ。だって、女優のリリー・ラングトリーや魔術師のフーディニがこの町に来たことがあるんだからな。メディシンウィールには朝刊、それに夕刊もあった――一紙は共和党員向け、一紙は民主党員向け。

そこでだ、今日ここへドライブしてきてあんたはなにを見た？　美しい山と川、いやってほどたくさんいる野生動物か。気候はあんたが住んでいるところほどきびしくないし、風もシャイアン、キャスパー、ローリンズほど強くない。ここの山々は、ビッグホーンやウィンズやティートンやスノーウィ・レンジの山脈とは比べものにならないという者もいるし、そのとおりだ。ここのはきれいで優しい山々なんだ。崖から落ちたり凍死したりはしないし、いまいましいオオカミやグリズリーにケツを齧られることもない。ほかのところに比べたらここは天国さ。観光客もかつては、マウント・ラシュモアからイエローストーンへ行く途中でここを通ったものだ。中西部から来た金持ちたちが、景色がすばらしく気候も穏やかだと言ってここに別荘を建てた」

さらに四本のビールが運ばれてきたが、ジョーは一本目を飲みほしたばかりだった。ラッタはかまわず、三本目の瓶をつかんだ。

「ゆっくりね、カウボーイ」カウンターへ戻りながらショーナが警告した。

「おれのことはわかっているだろう」ラッタは答えた。

「だから、そこが問題なの」ショーナは言いかえした。カウンターの客の一人がばか笑いして、すばやく背を向けた。

ラッタは彼女と客を無視してジョーに語った。「一九二〇年のメディシンウィール郡の人口は七万人だった――シャイアンやキャスパーやワイオミング州のほかの町より多かったんだ。州都をシャイアンからここへ移そうって話まであったくらいだ。もちろん、当時はユニオン・パシフィック鉄道がワイオミング州を牛耳っていって、その話は立ち消えになったがね。だが、このあたりの古株連中はそのことでいまだにシャイアンを恨んでいるよ」

ジョーは微笑した。昔のスモールタウン同士の競争は根が深い。

「そこから始まったんだと思う」ラッタは聞かれるのを恐れるように声を低めた。「シャイアンとの闘いに敗れて、ここの人たちはそれを個人的に受けとめたんだ。けんか腰になり、不正な工作がおこなわれたと信じた。そうじゃなかったとしてもどうした、ってわけさ。最初は銅だった。鉱山と製材所の所有者はモンタナ州やサウスダコタ州へ投資を分散させ、手を広げすぎて銀行から信用貸しを切られてしまった。銅山は一九二〇年代に閉鎖され、一九三〇年代に金山も続いた。だが炭鉱は地下にあり、影響はないように見えた。ここの山から掘りだすよりはるかに安く、ジレット周辺で何百万トンもの石炭を露天掘りできると会社が知ったときでさえ、炭鉱は操業を続けたよ。このあたりには三世代目の炭鉱所有者がいて、彼らはじつにタフなやつらなんだ。しかし、環境保護局が五年前に山を閉鎖した。連邦政府は新しい大気浄化法を打ちだし、発電所は新しい洗浄塔システムを備える余裕がなかったんだろう。ここの石炭は燃やすと金がかかり、ジレットの硫黄含有量の少ない石炭が勝った。一年以内にすべての鉱山が閉まり、人々は銀行に家をとられて町から出ていったよ」

ジョーは同情して舌打ちした。よく聞く物語だった。

「州間高速道路九〇号線がここの北を通ることになり、観光客がさっさと郡の最北部を通過してもうこの町に寄らなくなって以来、観光業は死んだ。

そのあとここから材木を東へ運べる唯一の鉄道の分岐線が十年前に廃線になり、製材所がなくなった。これで伐採労働者は終わった。彼らがどんなだか知っているだろう？　伐採労働者は木を伐る。ほかになにもできない。天気が悪い時期の何ヵ月もの待機や、雪解けのときの全速力の作業には慣れている。だが、季節がよくなっても森へ入れないときは――くそ。彼らはふてくされる。次から次へと悪いことが続いた、おれはそれを言いたいんだ」ラッタはビール瓶を握りしめている両手を見下ろした。

「ここに残っているのは、最初からここにあったものだけだ。つまり、でかい獲物と素晴らしい生息地、留まることに決めたわずかな恨みがましい人たち」

ラッタは顔を上げた。「メディシンウィールにまだ住んでいるのは六十人だけだ。ここウィーデルには八百五十人ぐらいがしがみついている。そしてかつては郡でもっとも小さい町だったサンダンスには、千二百人が住んでいる。サンダンスの住民は自分たちの殻にこもって、郡の一部じゃないような顔をしている。だから、アメリカ合衆国のどこに行っても、ここよりみじめで怒りと恨みに満ちた九百人を見つけることはできないんじゃないかな」

「出ていった人たちはどこへ行ったんだ？」

「あちこちさ。この二、三年、多くはノースダコタ州へ向かって、例の〈バッケン〉の石油掘削事業に参加した。彼らは利口だったよ」

ジョーは尋ねた。「なにもすることがないのなら、その九百人はなぜここに留まっているる？」

「ここが好きだからだ」

「どうやって暮らしているんだ?」

「ふん、いろいろな無償給付さ。たいていは失業手当で暮らしている。福祉援助、社会保障、なんでも。障害があるという書類をだれにでも発行してくれる医者がサンダンスにいるんだ。男たちの半数が障害者手当をもらっている。狩猟シーズンには、こういう男たちを大勢山で見かける。彼らになにができるのかはじつに驚きだよ。エルクの四半分をかついで十五キロ以上歩く――いやまったく、わかるだろう。年のうち二、三ヵ月はかなりの連中が狩猟ガイドとして雇われているし、十五人ぐらいはハイレベルな野生狩猟動物処理施設で働いている――じっさい、芸術的な技術だよ。あとは、ただぶらぶらしている。

問題は、だれもそれを恥と思っていないんだ。会社や州や連邦政府から悪い手を配られたせいだと、みんなが考えている。だましとれるものはなんでももらう権利があるように、ふるまっている。そしてあまり長いことそうしているので、それが生きかたになってしまった」

「おれの町にも何人かそういうのがいる」ジョーはデイヴ・ファーカスのことを考えながら言った。

「そうだろう」ラッタは自分自身の思いに沈んでおり、ジョーには彼の心は読めなかった。ラッタはなにか話したいことがあるのに、口にするべきかどうか迷っているようだ。

「言ったように、いま商売になっているのは狩猟と釣りだけだ。獲物はたくさんいる。おれはずっと忙しいよ」

ラッタが語っていた密猟者の件をジョーは考えたが、その話題は避けておいた。そのかわり、こう尋ねた。「あんたはなぜ留まっている?」

「素晴らしい点が二つある」ラッタはようやく答えた。

ジョーはバーの中を見まわしてから聞いた。「どんな素晴らしい点が?」

「ウィーデルにいい家を持っているんだ。車で来たとき、ヴィクトリア朝風の古い家を何軒か見ただろう?」

ジョーはうなずいた。

「おれは十年前、特売で一軒を買ったんだ。もとはウィーデルの古い名家の所有だった。まさか自分の生涯であんな家に住む日が来るとは思っていなかった。寝室が六つ、バスルームが三つ、裏には馬車置き場がある。いずれ案内するよ」

「見てみたいね」ジョーはとまどった。猟区管理官が自分の家を所有して、官舎に入らないのは局の方針に反している。しかも寝室が六つある邸宅とは——古いとはいえ。

「それに、娘がここを気に入っているんだ。あの子には離れたくない友だちが何人もいる」

「娘さん?」

ラッタはせつなげな表情で顔を上げ、その目にはうっすら涙がにじんでいた。

「おれのエミリー。十三歳なんだ」

「むずかしい年ごろだな」ジョーは言った。「わかるよ」

「あの子はなにも悪くないんだ、ジョー。女房はここが辛抱できなくて、別れたときエミリーを連れていかなかった。車に荷物を積んでオレゴンへ逃げだし、おれに筋ジストロフィー症の四歳の娘を残していった」

ジョーは殴られたような気がした。「ジム、おれにはどんなだかとても想像できないよ。娘さんは大丈夫なのか？」

「いまはな」ラッタは視線をそらした。「あの子が歩こうとして転んでばかりいたときは、どうしようもなくつらかった。あの子は体の動きがぎくしゃくしていると女房は言った——発達が遅いんだと。しかし、筋ジストロフィー症だった。あのとき医者は宣告した、十八歳か二十歳までしか生きられないだろう、その前に筋肉が弱りきって呼吸不全で死ぬって。だがいまは、四十歳まで生きられるかもしれないと言うんだ。四十歳まで！」

「よかったな、ジム。なにが変わったんだ？」

「エミリーはラピッドシティで手術を受けた。側弯症があったんだ——脊柱が湾曲する異常。あの子の筋肉では車椅子にすわっていることもできなくて、死にかけていたも同然だった。手術のおかげで脊柱がまっすぐになって、寿命が二十年延びた。手術の件でおれは州の保険会社と何年も闘った。彼らはずっと支払いはできないと言いつづけていたんだ。だが、とうとう手術ができた」

ジョーはほほえみ、ラッタの突然の感情の発露に客たちは気づいているかどうか、カウンターのほうを見た。気づいていなかった。だが、ショーナはすべてを理解して同情をこめた視線を返した。

ラッタはごしごしと紙ナプキンで目を拭い、ジョーは見ないふりをした。

「くそ。あんたに感傷的な話をするつもりはなかったんだ。ただ、エミリーのことになると、われを失うところがあって」

「いいんだ。おれにも娘たちがいる。おれがあんたの立場だったらと思っても、想像もつかないよ」

「楽じゃなかった。いまでも楽じゃない」

「保険会社が解決してくれてよかった」

ラッタはハッとして顔を上げた。「だれがそう言った？」

ジョーはとまどった。「あんたは何年も闘ったって……」

「保険会社が解決したんじゃない。善意そのもののある人がいなかったら、いい結果にはまったくなっていなかっただろう」

「それはすごい。その人はだれなんだ？」

「ミスター・テンプルトンだ。彼はこの郡の半分を所有している」

うなずきながら、ジョーは心臓がどきっとするのを感じた。「彼のことは聞いているよ。いい人なのか？」

「本物の聖人さ。彼がいなかったら――」ラッタは途中で口をつぐんだ。「エミリーの話はもういいだろう」彼はぶっきらぼうに続けた。

「聞いたのはミスター・テンプルトンについてなんだが」

ラッタの無表情な法執行官の顔が戻ってきた。その顔でじっと見つめられたので、ジョーはまた落ち着かない気分になった。

「あんたがここへ来た理由が彼でないといいんだが、ジョー」

ラッタの口調から、今夜の話はこれで終わりだとわかった――もしかしたら、ラッタは思っていた以上にしゃべりすぎたのかもしれない。これから数日をともにするのだから、ジョーは無理をしてラッタの気分を害したくはなかった。いまのところはまだ。

「さて」ラッタはすわりなおし、ジョーがまだ一本目だというのに五本目のビールを飲んだ。「そろそろ行かないと。新しいクソ局長のために書類を作らないといけない。それにエミリーはもう家に帰っているはずだ」

ジョーはうなずいた。

「明日七時半にサンダンスの〈ロンガボー〉で朝飯を食おう」ラッタは誘った。

そしてぎくしゃくとブースを出て立ちあがった。少しよろめいたが、慣れた様子で姿勢を正した。飲酒の問題を抱えた猟区管理官に会ったのは、ジム・ラッタが初めてではない。それに彼の事情を考えれば無理もない、とジョーは思った。

「そうだ」ラッタは言った。「ビッグホーンへ戻る前に、家に来てエミリーに会ってくれよ」

「ビール代はおれが持つよ」

「そんな必要はない」

「そうしたいんだ」

「じゃあ、明日な」ラッタは帽子をかぶった。

「運転は大丈夫か?」

ラッタは大声で笑いだした。「よしてくれ。まだ今晩は始めてもいないよ」

ジョーはラッタがよろよろと出口へ向かうのを見守った。ショーナも見ていたが、彼が近くまで来ると目をそらした。ラッタが取っ手に手を伸ばしたとたん、ドアが開いた。猟区管理官は下がって、入ってくる迷彩服の男二人を通した。

男たちの服装とラッタに向けた軽蔑の笑みから、ラッタと彼らのあいだにも過去にいきさつがあったのだろうとジョーは察した。だが、三人は言葉を交わさなかった。ラッタは男たちを避けているようだった。ラッタが店を出るまで、二人の男は立ちどまってしたり顔の笑みを浮かべていたが、ショーナに〈バドワイザー〉の六本パック二つの持ち帰りを頼んだ。

ジョーはブースを出る前に携帯をチェックした。メールもメッセージもシェリダンからは来ていなかったが、メアリーベスから一件入っていた。〈もうホテルにいる?〉

ジョーは返信した。〈まだだ。じきに電話する〉そして携帯を胸ポケットにしまい、立ちあがった。

ジョーが支払いをするためにショーナに近づいたときも、二人の男はまだカウンターのそばに立っていた。ジョーは彼らの視線を感じた。ショーナが六本パック二箱をカウンターに置くと、背の高いほうの男が言った。「つけにしてくれ」

ショーナはぐるりと目を回し、ジョーに向きなおって二十ドル札を受けとった。お釣りの四ドルを彼女が数える前に、ジョーは言った。「それは取っておいてくれ」

彼女はにっこりしたが、ビジネスライクな笑顔だった。「ありがとう、ミスター。あなた、ハンサムでしかも気前がいいのね」

ジョーはなんと答えていいかわからなかった。

「なんだってんだ」迷彩服の男の一人がつぶやいた。「ここらでいちばん必要ないのは余分なクソ猟区管理官だ」

ジョーは彼らのほうを向いた。三十代後半のすさんだ顔つきの男たち。いまつぶやいた男は風雨にさらされた浅黒い肌に無精ひげを生やし、カウボーイハットの下から黒い巻き毛をのぞかせている。一九五〇年代のハリウッド映画のカウボーイよろしく、帽子の横側のつばをまっすぐ上に折っている。目は薄い青で、カウンターに置いた大きな両手は傷跡だらけだ。伐採労働者か炭坑作業員だろう、とジョーは見当をつけた。ラッタの話からすると元、だな、と思いなおした。もう一人の男は相棒より背が高く、二メートル近くありそうだ。色は白いが、やはり長時間野外にいる肌をしている。ちらほらと白髪がまじった赤っぽい髪が、襟元まで伸びている。ハンサムと言えなくはない、とジョーは思った。盛りを過ぎたサーファーきどりの田舎者、といったところか。

「ちょっと来ているだけだ」ジョーは答えた。

「そうか、ぐずぐずしないで出ていきな」浅黒い男がにやにやした。背の高い男は笑いをこらえ、自分の手に視線を落とした。

ジョーは浅黒い男に手を差しだした。「ジョー・ピケットだ」

浅黒い男は応じるかどうか一瞬ためらった。ジョーは相手の目を見つめた。男はジョーの出かたにとまどっていた。

ビル・クリッチフィールドとジーン・スミスか、とジョーは思った。背の高いクリッチフィールドが名乗って狩りの相棒を紹介し、それを裏づけた。

ジョーは淡々と言った。「今晩狩りに行くつもりのようだが、外はもう暗い。獲物はなんなんだ？」

「シギ（スナイプ）（卑劣な人間の意味もあり）だよ」クリッチフィールドはジョークのつもりなのだ。

スミスはまだうつむいたままだが、笑いで肩が震えている。

「そうか、十二のとき〝シギ狩り〟に行ったのを覚えているよ。二二口径を持って、男たちに森へ連れていってもらった。自分たちがシギをおれのほうへ追いたてるから、木のそばにすわっていろと言われた。ところが、彼らはおれをそこに置き去りにしてビールを買いにいってしまったんだ。いい思い出だよ」ジョーは言った。「あんたたちはきっと許可証とスタンプを持っているだろうから、調べる必要もないかな」

クリッチフィールドとスミスは視線を交わした。質問に怖気(おじけ)づいているのではない、とジョーは感じた――どう対処するか考えているのだ。

とうとう、クリッチフィールドが答えた。「おれのは家に忘れてきた」

「おれもだ」スミスも急いで言った。

「それじゃ、シギ狩りに行く前に家に寄ったほうがいい」

クリッチフィールドは肩をそびやかした。彼はジョーより大柄だ。「いいか？　このあたりでいばりちらす前に、ジム・ラッタとよく話をしたほうがいいぞ。彼はおれたちを知っているし、取り決めも知っている」

「許可証なしで狩りをする取り決めか？」ジョーは聞いた。

「ああ、取り決めがあるんだ」クリッチフィールドの後ろからスミスが答えた。

ずっとカウンターにいた三人の客のうち二人が立ちあがってビール代を置くのに、ジョーは気づいた。どうやらつけにはしていないらしい。

ショーナは、テニスのファンがラリーを見るようにやりとりを眺めていた。「あたしには関係ないことよ、外でやって」

「外でやることはなにもない」ジョーはベストをはおった。そして二人の男に目をやった。

「そうだな、ビルとジーン？」

「ラッタと話せ」クリッチフィールドは言った。「それから元いた場所へとっとと帰れ」

ジーン・スミスがささやくのが聞こえた。「間抜け野郎が」

「会えて嬉しかったよ」ジョーは言った。「また出くわすだろう」

「そうならないことを願うよ」クリッチフィールドは答えた。

ジョーはショーナに声をかけた。「きみにも会えてよかった」

ショーナは無表情な目で見返したが、かすかな笑みを浮かべていた。

外では、ジョーが出てくるのを見てデイジーがクンクンと鳴いた。空気は湿って冷たく、ウィーデルにある一本だけの街灯が青い光の円を投げかけていた。ジョーのピックアップの隣には、荷台に四輪駆動のATVを、牽引したトレーラーにもう一台を積んだ泥だらけのフォードF－250が止まっていた。自分のピックアップへ歩きながら、彼はフォードの運転台の中を一瞥した。ショットガン、実包(シェル)の箱、小型スポットライトがあった。

ピックアップに乗りこんだあと、濡れたフロントガラスの向こうの〈ブロンコ・バー〉を見た。クリッチフィールドとスミスが、〈ファットタイヤ〉のネオンサインの両側の窓から彼を見つめていた。クリッチフィールドがなにか言い、スミスがうなずいた。

車をバックさせるジョーの脳裏では、ハンク・ウィリアムズ・ジュニアの曲の歌詞が幻のサウンドトラックのように流れていた。

## 10

ワイオミング州メディシンウィール

メディシンウィールの町は、穴ぼこだらけの郡道を約二十七キロ北に行ったところで、ジョーの目には強風に吹き飛ばされそうに見えた。みすぼらしいガソリンスタンドとコンビニ――閉店している――が町の入口にあり、ほかに営業しているのは〈ウィスパリング・パインズ・モーテル〉だけらしく、町から八百メートルほど離れた森のある丘の上に隠れるように建っている。道路の両側に三つの明るく灯った小さな標識があったので、見つけるのは簡単だった。〈ウィスパリング・パインズ・モーテルは旅路のオアシス〉〈ウィスパリング・パインズ・モーテルでわが家のようなくつろぎを〉〈ウィスパリング・パインズ・モーテルでおばあちゃんのもてなしを〉

どんなおばあちゃんだろう、とジョーは好奇心をそそられた。

オフィスになった平屋建ての家の両側にそれぞれ四棟ずつ、八棟の小さなキャビンがある。いや、七棟だ、とジョーは思った。東側には黒こげの骨組みの小さな残骸が見える。あそこに州犯罪捜査部の捜査官が滞在していたのだ。

狭いオフィスのロビーのカウンターには、鍵とメモが置いてあった。メモには〈ミスター・ピケット――ゆっくりお休みを、あまり遅くなければベルを鳴らして。遅かったら、明日チェックインしてね。いい夢を、アナ・B〉アルファベットのｉの点は全部ハートマークになっていた。照明の薄暗いロビーの壁は、カントリー調の俗悪な飾りもので埋めつくされている――手書きの農民とその妻や、長いまつ毛とあどけない目の牛たち。〈わたしの心は孫たちのもの〉〈鞍にまたがったら馬は走るもの〉〈最愛の宝物はわたしをおばあちゃんと呼ぶの〉〈キルト作りが趣味なのに家の中はバラバラ〉といった、かわいらしく気恥ずかしい言葉が刻まれたたくさんの木の板。

ジョーはそのわざとらしさにムズムズしてため息をつき、鍵をつかんでカウンターのブザーを押した。奥の部屋でチャイムが鳴るのが聞こえたので、少し待った。

「ミスター・ピケット?」

「そうです」

アナ・Bが暗い廊下から現れ、大きな笑みを浮かべて鉄縁のめがねの奥で目をきらめかせた。丸い顔は青白くて締まりがなく、田舎のおばあちゃんの風刺漫画のようだった――きっちり巻いた銀髪、リンゴのような頬、前身ごろにハートのアップリケがいくつもついた大きすぎるトレーナー。

カウンターの下の束から古風な宿帳を出すと、ビニールのバラをテープで留めたペンと一緒に差しだした。ジョーがそれを持って帰りたくならないようにだろう。

「全部の欄を埋めてくださいね」彼女は言った。「八番キャビンをご用意したわ。うちでいちばん居心地がよくてゆったりしているのよ、あなたの予約は一週間になっていたから」

「ありがとう」ジョーは名前、住所、車のナンバーを記入した。

「ここへは初めて?」

「ええ」

「どうしてまたメディシンウィールへ?」

「仕事です。わたしは狩猟漁業局の職員で、二、三日ジム・ラッタを手伝うことになっているので」

「ああ」彼女は指先を唇に当てた。「あのとても気の毒な。すごくいい人なのよ。ご家族のことはとても悲しいわ」

「ええ、そうですね」

「彼の小さな娘さん——とっても素晴らしい子。ちょっとしたハンディキャップをものともせずにがんばっているのよ」

彼は宿帳を書きおえ、クレジットカードを添えて返した。彼女はカードを古い手動式の押印機に驚くほどの勢いで押しこんだ。

そのとき、ジョーは彼女の後ろの壁に何十年も前の認定書が掛かっているのに気づいた。アナ・バーソロミューを一九九一年度のメディシンウィール郡ベスト・ビジネスウーマンと認めたものだった。

「あなたがアナ？」彼は尋ねた。

「もちろんそうよ」

「判事のご親戚ですか？」

「兄よ」彼女ははまだ微笑を絶やさずに答えた。だが、探るような目つきになって聞いた。

「彼と面識があるの？」

「いいえ、まだ」

「このあたりにいれば、きっと出くわすでしょう。人はあまり残っていないから」

ジョーは鍵を見た。「あそこの一番キャビンはどうしたんです？」

「ああ」質問に打ちのめされたように、彼女は答えた。「夜中に焼け落ちてしまったの。恐ろしかった、ほんとに恐ろしかったわ。とても悲しい出来事だったの、ミスター・トンプソンがあのとき中にいたから」

「火事の原因は？」ジョーは尋ねた。

アナはかぶりを振って、質問に含まれた不吉なほのめかしを打ち消した。「まだはっきりとはしないんだけど、捜査官たちの話では、彼はベッドでタバコを吸っていたんですって。

キャビン内での禁煙について、うちでは厳しい規則があるんですよ。あなたはタバコは吸わないでしょうね？」

「吸いません」

「そう、よかった。あんなひどいことになるなんてね。ミスター・トンプソンは感じのいい人じゃなかったけれど、あんな死にかたをするべきじゃない……」彼女は自制して首を横に振った。「彼についてこんなことを言わなければよかった。ちゃんと知っていたわけじゃないんだから、悪口みたいなことを口にしちゃいけないわね」

ジョーはうなずいた。

「念のために、あれ以来ここの配線を全部新しくして検査したのよ」彼を安心させるように説明した。「なにもかもきちんとしてあるの。保安官事務所は徹底的な捜査をして、うちにはなんの落ち度もないと判断されたわ。だから、なにも心配しないで」

「心配していませんよ」

クレジットカードの領収証の控えをオリジナルから切り離すあいだ、彼女は間を置いた。

「指輪をしているのね。結婚しているの？」

「ええ」

「お子さんは？」

「娘が三人」

「全員女の子」歌うような口調だった。「それは素晴らしいでしょうね。子どもたちは本当に祝福そのものだもの。そして、孫ができてごらんなさいよ！　世界一すてきな宝物よ。お孫さんはまだ？」

「まだ先ですよ」

「そうね、あなたは若く見えるもの。あたしは四人いるのよ。四人の小さな天使、おばあちゃんが大好きなの」

ジョーは微笑して、相手が孫の名前と年を教えているあいだ壁のたくさんの〝おばあちゃんグッズ〟のほうを眺めた。いちばん年上は十二歳だそうだ。アナはジョシュ坊やについて話しはじめ、彼は五分間拝聴した。

ようやく、彼女はカウンターごしに親しみをこめてジョーの腕を叩いた。「あらあら、孫たち全員のことは聞きたくないわよね。きっともう飽きて、自分の部屋へ行きたいでしょう」

「いやまあ……」

「いいのよ。ここに泊まってくれて嬉しいわ。今晩、お客さんは一人なの」

「そのようですね」

「ここは昔はとても繁盛していたのよ」彼女は言い訳じみた口調になった。「以前は炭鉱や林業の労働者で一年のほとんどは満室だったの。だから、どのキャビンにもキチネットがついている。でも最近、不景気でガスの値段も……」

「つらい時代だ」ジョーは出口へ向かって歩きだした。

「ミスター・Tがいてくれて本当に助かるわ。ときどきハンターのお客さんをここに送りこんでくれるし――なにかの用事で彼と会う人たちにもここを紹介してくれる。その必要がないのはわかっているのよ、だって彼はこの郡で最大のホテルを持っているんだもの。だから、親切心からそうしてくれるのよ。彼がいなかったら、あたしたちどうしたらいいか」

「ミスター・T？　ウルフガング・テンプルトンですか？」

「ええ、そうよ、素晴らしい人。とってもとってもとっても素晴らしい人だわ」

「寛大な人だと聞いていますよ」ラッタの話を思い出してジョーは言った。

「彼はあたしたちの救世主と言ってもいい。彼がいなかったら、この郡はおしまいよ」

「すごい誉め言葉だ」

「だって全部本当のことだから」彼女は高い声で力を込めて続けた。「なにしろね、火事の翌日に彼自身がここへパンとコーヒーを差し入れにきてくれたの。それに男たちを何人か片づけの手伝いに寄こしてくれた。彼のところの営繕の人たちは保安官と協力して、ほかのキャビンの配線に問題がないのを確認してくれたのよ。しかも、絶対にお金を受けとろうとしなかった。ミスター・Tをよく知っているわけじゃないの――兄と違ってね――でも、彼はうちの悲惨な出来事を知って、援助したいって。そういう人なのよ」

八番キャビンのデスクの上には、ラミネート加工された工作用紙にアナの手書きで記された長い規則リストが置かれていた。ジョーがスペアルームに荷物を収めるあいだに窓の下の古めかしい電気ヒーターが作動して低い音を発し、キャビン内にほこりと蛾の燃える臭いがたちこめた。別の客がここを使ったのはいつのことだろう、とジョーは思った。

フラスクから安っぽいプラスティックカップにバーボンを二オンスほど注ぎながら、メールをチェックした。

携帯でメアリーベスにかけ、二人は二十分しゃべった。メアリーベスにもシェリダンから連絡はなく、図書館のパソコンが今日はほとんどダウンしていて、エリック・ヤングについてなにも調べられなかったことにいらだっていた。エイプリルはまだ自室ですねており、ルーシーはお芝居の練習に行っているという。不思議なことにロホの額から一部の毛がなくなっており、きっと馬房のドアにこすりつけたせいにちがいない、とメアリーベスは言った。

ジョーは彼女にキジのこと、ジム・ラッタに会ったこと、〈ウィスパリング・パインズ・モーテル〉のことを話した。

「じつに……かわいらしい田舎っぽさでね」

「わたしは気に入ると思う？」

「気に入らないだろう」彼は椅子の背にもたれて室内を見まわした。壁に飾られている複製画——古きよき西部を描いたC・M・ラッセルズ——は何十年も前のもので色褪せていた。

それから、妻に明日図書館に行ってネットが復活していたら、二つの名前ともう一件の事柄を調べてほしいと頼んだ。

「ビル・クリッチフィールドとジーン・スミスだ。なにかあるとおれは踏んでいる。それから、脊柱側弯症の手術にどのくらい金がかかるのか調べてもらいたいんだ」

最後の頼みはうしろめたく感じた。

「興味深いリストね」彼女は言った。「ジョー、深入りしていないでしょうね？　約束どおり？」

「もちろんだ」

疲れきっていたのに眠れなかった。見知らぬ場所での最初の夜は、いつも長い夜になる。寒さを追いはらうためにヒーターが作動すると、うめくような音がしてしきりにカチカチいった。音がやむと、外の静けさは恐ろしいほどで、マツの梢（こずえ）を渡る風の音しか聞こえなかった。

外の道路でタイヤが砂利を嚙む音が二度した。ヘッドライトがキャビンの薄いカーテンを照らして過ぎたとき、彼はぱっと起きあがった。ピックアップをロックする前に数種類の武器を部屋に持ちこんであり、ベッドのそばの隅に立てかけておいた一二番径レミントン・ウィングマスターのほうへ手を伸ばした。ダブル0（オー）バックショットが込めてある。だが、モーテルの空き地に車を乗り入れた者がだれであれ、Uターンして去っていった。ドライブスルーのように。

たんに間違った場所で曲がっただけなのか、彼の滞在先を何者かが調べにきたのかはわからない。

そのあと、目が覚めたときキャビンが自分のまわりで燃えていたらと考え、服を着た。

ウィーデルの下の丘陵地帯にぽつんとある伐採用道路をジョーが見つけたのは、午前一時だった。車で暗い森の中へ曲がると、前方の轍の泥の中に新しいタイヤの跡が見えた。みぞれがヘッドライトの光を裂くように横切り、彼はヘッドライトを消してバンパーの下にあるスニークライト（車の足元だけ照らすライト）に切り替えて、ジム・ラッタと午後に行った丘を上っていった。

草地になった頂上に着いたとき、彼の用心はほぼ必要なかったとわかった。なぜなら、木木の下では大々的に殺戮（さつりく）が進行中だったからだ。

ジョーはピックアップの運転台の中に留まったが、横の窓を下げた。高木限界のすぐ下には、急いで止めたらしい空のトレーラーを牽引したピックアップがあった。木立の中には、ショットガンの衝撃的な発砲音と走りまわるATVの甲高いエンジン音がこだましている。ときおり、ATVがスピンしてヘッドライトが何本もの幹のあいだに閃（ひらめ）いた。それに銃口から噴きだす赤い光も。一度、木々から銃で追われた雄のキジの逆さになった涙形の形が見えたが、すぐに撃たれてぱっと羽を散らし、蹴(け)られたフットボールのように草地を跳ねた。止められたピックアップのそばに、そのキジは着地した。

叫び声が上がった。「やったぜ、こんちくしょう！　ハ！」

つかのまの静寂は、彼らが再装塡しているあいだだけだった。

ジョーは携帯を出してジム・ラッタの自宅にかけた。直接ボイスメールにつながった。

「ジム、ジョーだ。午後あの鳥たちを放した場所に来ている。銃撃の真っ最中だ。草地の下のほうにあったのはたぶんビル・クリッチフィールドのピックアップだし、ＡＴＶが走りまわっている音と盛んな銃声が聞こえる。この男たちは、キジがまだ散らばらず固まっているうちに全部密猟する魂胆だと思う」

彼は間を置いた。「ここはあんたの担当地区だし、おれは大物ぶりたくなんかない。だが、こういうことをするやつらは大嫌いだ。二時まで待っている。あんたがつきあって逮捕する気があるなら、折り返し電話してくれ。そうでないなら、おれは町へ戻る」

数分後、同じメッセージをラッタの携帯にも入れ、自分の位置と状況を通信指令係に伝えた。無線は雑音が多く、夜間当直の通信指令係が自分の言ったことを理解したかどうか心もとない。しかし、もしジョーが地上から姿を消したら少なくとも手がかりにはなるだろう。

ショットガンの銃声は続いている。

とうとう、ジョーはショットガンを手にしてデイジーに待っていろと命じ、ピックアップから降りた。デジタルカメラに暗視用のレンズがほしいという要望が認められていたらと思ったが、そのとき、狩猟漁業局所有物の破壊記録を持つ職員には七千ドルもする偵察用機材を与えるだけの信頼が置けない、と言われたのだ。

だから、携帯のカメラを使った。ピックアップ――〈ブロンコ・バー〉の外に止まっていたF‐250――とそのナンバープレート、運転台の中のショットガンのシェル数箱、ピックアップから木立へ続くATVの泥だらけの軌跡。ジョーはかがみこんで、木立の中から撃たれて草地に落ちていたずたずたのキジの写真もしっかり撮った。フラッシュの光の中に、首のまわりに環紋のある雄の色合いが鮮やかに浮かびあがった。金色と朱色に、みぞれのしずくがビーズのように輝いている。

立ち去る前に、自分がいたことを知らせるためにフロントガラスのワイパーに名刺をはさんでおいた。そのあと、重い足どりで丘の上へ歩いて戻った。歩きながら振りかえって、自分を追跡するために森からATVが飛びだしてこないのを確認した。

運転台に乗りこみ、ジョーは手を伸ばしてデイジーの頭をなでてやった。「そう、ここはまったく違う世界だな」

# 11

## サンドクリーク牧場

翌朝、牧場本部のはるか上の南向きの森の斜面で、客が到着する前に、ネイト・ロマノウスキは百年前の掘っ立て小屋の屋根にまたがり、内側を亜鉛メッキした新しい直径十五センチのパイプを、年代物の石の煙突に通していた。はしごはひさしに立てかけてあり、銃はすぐに手の届く、はしごの右の手すりの上部に吊るしてある。

前夜の雪と雨はやんで空は晴れ渡っていたが、大気にはまだ濡れたトウヒと湿った森の地面の匂いが漂っていた。高い屋根からだと、三百六十度の視界がはるか彼方まで広がっている——南と西はなだらかな森の丘が続いてやがて平原となる地点まで、東はサウスダコタとの州境までが目に入る。北西のぽつんと遠い円錐形の尖塔のような岩山は、朝日に輝くデヴィルズタワーだ。

掘っ立て小屋はサンドクリーク牧場の本部から約一キロ半、本部より三百メートル以上高い位置にある。本部の建物郡は谷間を流れる川の曲線に沿って広がっている。ゲスト用キャビン、納屋、倉庫、厩舎、城のようなロッジそのものを含めて、建物は二十ほどだ。いまのように気圧の低い朝には、気温が上がって大気に漂っていくまで、たきぎの煙が白い布のようにに本部一帯をおおっている。だが、そこにうごめく人々や陰謀とともに牧場は充分離れているので、ネイトはときどきその存在を忘れることができた。

古い掘っ立て小屋の周囲に最初に造ったのは、かつて牧童たちが馬用に使っていた納屋を利用した、タカの禽舎だった。タカたちは頭巾をかぶせられて止まり木の上におり、鉤爪からは足緒が垂れている――アカオノスリ、ソウゲンハヤブサ、そしてブラックヒルズでなぜか彼を見つけ、飛び去って以来一年以上たってから戻ってきたハヤブサ。自分の経験とタカ狩りの書物から、戻ってくるタカはきわめて稀だと知っていたので、この雌を見て彼は驚いたが、ハヤブサはいまここにいる。再会は感傷的ではなかった――雌はただ西方の上昇気流から下りてきて、掘っ立て小屋の屋根に止まったのだ。胸の毛のまだら模様からこの雌を認めて彼が前腕を伸ばすと、ハヤブサは舞いおりてぎごちなく腕に着地した。バランスをとるために、鉤爪を袖にくいこませて。

彼は声をかけた。「おまえか」

ネイトはまだどう考えるべきかわからなかった。この雌が自分の過去の人生と環境をこれほどまでに想起させなければいいのに、と思い、彼女の帰還になにか意味があるのではという気持ちを振りはらった。もしそうなら、彼にはその暗示をしっかり理解する用意ができていなかったからだ。

尾根でこの古い小屋を見つけてから三ヵ月で、ネイトは禽舎を造り、ドアと窓を取りかえ、丸太の隙間に詰めものをし、屋根を葺き、梁を補強した。石とコンクリートの基礎がしっかりしていたのと、煙突から鳥の巣を除去して表面の石をサンドペーパーで磨いて煤を掃除したら、暖炉がきわめてちゃんと造られていたのは、嬉しい驚きだった。

昔ここを建てたカウボーイたちは自分たちの仕事を心得ていた。カウボーイにしてはめずらしいことだ。反知性派の連中が建てたとは思えない耐久性を、小屋は備えていた。

ネイトはプロパンタンクをここに運ばせた。そしてプロパン燃料の発電機も昔の肉の貯蔵庫に納め、そこだと動いていてもほぼ音がしなかった。内部は、配線がまだむきだしで、たきぎストーブは掃除して磨いて水平にする必要があったが、まもなく来る冬に耐えられるようにここをリノベーションする時間はまだ何日もある。

客もまもなく来る。木立の中の昔の伐採用道路を上ってくる一台の車がちらちらと見え、彼は眉をひそめてリボルバーの握りに手を触れた。ピックアップが近くまで来ると、サンドクリーク牧場の白のGMCだとわかった。乗っているのは一人だけだ。横顔からそれがだれか知ると、彼はパイプを通す作業に戻った。

「ああ」ピックアップを納屋の横に止めて降りてくると、彼女は言った。「ここは平和ね。あなたが牧場から離れて暮らしているのもわかる。あっちはてんやわんやよ、そしてけさはもう……まったく！」

初めて会ったときに知った彼女の名前はリヴ・ブラナン。ファーストネームはオリヴィアの略称かとネイトは思ったが、聞かなかった。すらりとして引き締まったアスリート・タイプの体つきで、豊かな漆黒の髪を太い三つ編みにしている。コーヒー色の肌、ハート形の顔、幅の広い口、ハッとするような緑の目。色褪せたタイトなジーンズをはき、牧場のロゴ――城のようなロッジの輪郭――の下に〈サンドクリーク牧場〉と刺繍がしてある赤のダウンを着ている。

ブラナンはテンプルトンの助手の中でも幹部格らしく、長年この仕事についている。有能で効率的でコネのある女性だ。ほかのスタッフはブラナンに敬意を払っているが、彼女が偉そうにする場面をネイトは見たことがない。掘っ立て小屋用の建築資材の注文と、タンク、プロパン、発電機の運搬について彼が尋ねたとき、彼女はすぐさまどこに手配するか調べ、「まかせておいて」と言った。リヴ・ブラナンを除けば、ネイトはまったく興味がなかった。

避けられない内部抗争について、牧場の運営やスタッフ間の序列や

牧場の幹部クラスが一堂に会したのを見たのは、ネイトが到着したときが最初で最後だっ

た――牧童頭の〝ビッグ〟・ディック・ウィリアムズ、リヴ・ブラナン、ゲストサービス支配人のジェイン・リンゴルズビー、〈ブラック・フォレスト・イン〉と獲物の処理施設を管理している男、それに〈サンドクリーク牧場アウトフィッティング・サービス〉を仕切っているビル・クリッチフィールドとジーン・スミス。

ウィップはそのときはおらず、だれも彼の名前を出さなかった。ウィップはいちばん大きなゲスト用コテージに一人で住んでおり、ネイトは二番目に大きなコテージを提供されたが、断わった。これまでのところ、雇われて以来ネイトはウィップと敷地内で顔を合わせずにすんでいた。

「あなたが帰っていると聞いたの」リヴは腕を組んで、ピックアップのフロントフェンダーに寄りかかった。

こんなあたりまえの言葉には答える必要を感じなかった。パイプはしっかりと通り、パイプに開けた穴と煙突がぴったり合うようにするために、彼は少し動かしながら一声うなった。上着のポケットから板金ビスを出し、最初の穴にあてがうと中の管にしっかりとはまるまで指で回して、それからねじ回しに手を伸ばした。

「おとといの夜に飛行機が来たと耳にしてね。この二日、朝食のときあなたを探したけど、あなたが現れたことがないのを思い出したの。だから、ここでキャビンの手直しをしているんじゃないかと」

「そうだ」ネイトは最初のビスを留めながら答えた。「だからもう帰っていいよ」

彼女は笑った。「まさか」リヴには心地よい南部のアクセント――ルイジアナ州？――があり、要点をはっきりさせたいときに訛りは強くなる。自分が魅力的で、このあたりではとてもエキゾチックな容貌だと自覚している。「煙が晴れるまで下へ帰る気はないわ。だから、あなたにはしばらくつきあってもらう」

「ほう、そうなのか」

「あなたの檻の中の三羽を見た」彼女は禽舎を指さした。「前にここへ来たときは二羽しかいなかったわよね」

「そうだ」

「もう一羽はどうしたの？」

ネイトはため息をついた。「あの雌はただ現れたんだ。二年前、おれたちは知り合いだった」

リヴ・ブラナンは片目を閉じて考えてから言った。「前に持っていた鳥があなたを見つけたってこと？」

「鷹匠は自分の鳥を持たない。鷹匠とタカはパートナーなんだ」

「忠実な猟犬みたいなもの？」

「まったく違う。狩りのパートナーに近い」

「飛んでいってしまったら、どうやって戻ってこさせるの?」

「戻ってこさせない」

「だったら、なぜ戻ってくるの?」

彼はまたため息をついた。「古代からある芸術を解説している暇はいまないんだ。雪が降る前に小屋を直さないと」

「それじゃ、あの鳥はただ現れたのね」リヴは言った。「わたしみたいに」

「ただし、鳥はおしゃべりはしない」彼は、ピーチクパーチクというように手を開閉してみせ、彼女をからかった。

リヴは動じなかった。「近いうち、この鳥たちが飛ぶのを見たいわ。見物に招待してくれる?」

「無理だな」

彼女はまた笑った。「あなたがときどき木に登って裸でそこにすわっているというのは本当? 牧場で噂になっている」

ネイトは間を置いてから顔を上げた。「いまは寒すぎる」

彼女は感心したような叫びを上げて手を叩いた。「じゃあ、本当なのね。やわらかな白い肌にしみができたりしない?」

ネイトは答えなかった。二本目のビスを留めて、ねじ回しにもう少し力を入れられるようにバランスをとった。

「あなたの家族はどこの出身なのか、もう一度教えてくれる？」

「最初から教えていない」

「わたしの家族はルイジアナ州ホーマ出身、テルボンヌ郡よ。五世代前からね。あっちにも個性的な人たちは多いけれど、ここへやってくるような人たちは全然違う。とくにけさときたら。だから彼らから少し離れたかったの。そこで、ここへ上ってきてあなたに会うことにした」彼女はこれ見よがしの態度で言った。

ネイトはうなった。

彼女は笑い、あきれたように首を左右に振った。「たいていの男はそこまですげなくわたしを追いはらおうとしないけど」

「そうだろうね」

リヴはバンパーから離れて小屋に近づいてきた。一瞬、ネイトは彼女がはしごを上って屋根の上の彼のそばに来るのかと思った。それはやめてもらいたい。ところが、はしごが動くのを見て彼は吊るしてあった銃を急いでつかみ、そのあと彼女ははしごを離して自分のピックアップに立てかけた。

「これでわたしと話さないわけにはいかなくなった」リヴはいたずらっぽい笑みを浮かべた。

「いや、話はしない」

「じゃあ、聴くしかないわね」その声は笑いを含んでいた。ネイトはリヴの笑いが、そして彼女のほほえみが好きだった。そうでなければいいのに、と願った。

心の底から願った。掘っ立て小屋をリノベーションしようと思ったおもな理由の一つはそれだった——毎日彼女に会わなくてすむように。最初に会った瞬間から惹かれるものがあり、彼には予想外であると同時にショックだった。無視しようと努めた。だが、彼女が訪ねてきたことから、相手にも惹かれる気持ちがあるのはあきらかだった。

「ねえ、こんなの変よ。わたしがあなたと話してもなにも問題ないの。牧場のだれにでも聞いてみて。彼らは言うでしょう、わたしはお高くとまっていて、なんというか超然としているって。わたしがミスター・Tと長年一緒にいるのを彼らは知っていて、それをどう考えたらいいのかわからないのよ。でも、わたしはあなたが二人でなにを話したのか、だれにも言わないとわかっている、あなたはおしゃべりじゃないから。間違っていないでしょう？」

ネイトは黙っていた。

「ミスター・Tがあなたを自分の二番目の稼ぎ手だと信じていると言うなら、わたしはあなたを信じる。単純なことよ。これ以上稼ぎ手が必要かどうかは神のみぞ知るね」

ネイトは稼ぎ手という言葉が気にくわなかった。

「あそこにはストレスが多すぎるの」二、三分後、リヴは言った。「緊張とストレス。牧場で暮らすのは機能不全の大家族と暮らすようなものよ。普通の仕事みたいに昼間だけただ顔を合わせるってわけにはいかない。一緒に食事をしなくちゃならないし、夜も会わなくちゃならない——一人になれるスペースがあまりないの。ミスター・Tがどうしていつも冷静でいられるのかわからないわ。わたしなら、全員ぐずるのをやめてさっさと仕事に戻れと言う。さもなければ町へ戻れって。どうやって彼が我慢しているのかわからない、本当に。どれほど自分がミスター・Tを尊敬しているかはわかっているの、たとえこういう状態の一部は彼自身が招いたのだとしても。だから、とんでもないこの人里離れた場所に彼が移ったときもついてきた。家族にここへ引っ越すと話しても、叔母はどこかも知らなかったわ。彼女、ワイオミング州はネヴァダ州の近くだと思っていた」

彼は煙突のまわりを動きつづけ、ねじを留めていった。

リヴは両手を腰に当てた。「気づいているかどうか知らないけど、このあたりには噂話に興じる大勢の女たちはいないのよ」

ネイトは彼女を見ずに手だけ上げて答え、さっきよりも早く閉じたり開いたりしてみせた。

「その手、やめて。これからいいところなんだから。城にいる二人の女性を知っている？　おっぱいを整形している二人。赤毛と金髪の？　だれのことを言っているかわかる？」

「いや」

「じつはね、ミスター・Tはそろそろ辞めてもらいたいと彼女たちに話したの。いつものように感じよく伝えた。高額の退職金を提示して、規定どおりの手順でね。ところが二人は気に入らず、普通よりもうんと不満を爆発させた。アドリアンという金髪のほう、わたしはもとから好きじゃなかったの。言わせてもらえば、彼女はとっくに辞めさせられてしかるべきだった」

ネイトはしばし思った。リヴの声はほかのものと同じだ。木々を渡るそよ風、鳥のさえずり。彼が閉めだすことを学んだほかのもの。だが、自分が彼女の声の音色と抑揚を楽しみ、それが音楽的で不思議と気を紛(まぎ)らわしてくれるのに気づいたことを、しぶしぶ認めざるをえなかった。

たくらみを打ち明けるように、彼女はささやいた。「ミスター・Tはだれか新しい人を迎えいれる準備をしている。彼とは長く仕事をしているから、ぴんとくるのよ、ミスター・Tは恋をしている」

ネイトは我慢できなかった。彼女に目を向けた。リヴには嫉妬する様子はなかった。じっさい、その展望に喜んでいるようだった。

「そうなのよ」彼女はうなずいた。「彼は壁を塗りかえて、古い家具を取りかえている。ずっと使っていたデカダン派風の円形ベッドを、すてきな四柱式のベッドに買い替えたの。だから、どういうことかと思っていた。前から聞いていたの、『いつあのいやらしい有閑階級風ヒュー・ヘフナー（『プレイボーイ』誌を創刊した出版人・実業家）・ベッドを捨てるつもり？』って。そうしたら彼は、あれは城を買ったときからここにあったんだ、って。それはそうなのよ。でも、彼があの間抜けな女二人を追いはらって、新しいベッドを注文するから選ぶのを手伝ってほしいとわたしに言ったとき、わかったの。新しいレディを迎えいれるんだって。彼のために嬉しくてたまらないわ。彼は寂しかったんだと思う。あの間抜け女たちは確かに気のきいた話し相手じゃなかったもの。だからこんどの新しいレディ——彼女はかなり特別な存在にちがいないわ」

ネイトは煙突の作業に戻った。

「そして、今晩までにここから出るのに——スタッフがラピッドシティの空港まで送っていくの——荷造りしなくちゃならないことを朝食の席であの二人がぶつぶつ言っているさなかに、地元の田舎者のスタッフ二人が現れて、彼に会いたいと要求したのよ。普通ならああいう連中はうやうやしく玄関に立って、従順にふるまう。だって、彼からなにかをもらいたがっているんだから。ところがこの二人はまっすぐ朝食用食堂に入ってきて、すぐに彼と話す必要があるって言うじゃない。まったくの礼儀知らずよ、このあたりのほとんどの人たちと同じ。泥だらけで不潔で、服に血や鳥の羽がついていた。げんなりする」リヴは顔をしかめた。

「わたしは二人をミスター・Tのオフィスへ案内した。彼はいつものように穏やかで冷静だったけれど、二人は興奮しまくっていたわ。大きな問題が起きたと言って、例によってミスター・Tが解決してくれるものと期待していたの。わたしがオフィスを出たあとも、彼らは次から次へとしゃべりまくっていた。このあたりの問題のすべてをミスター・Tが解決できるわけがないじゃない？　できると一部の人たちは考えているみたいだけど」

リヴは独り言のように話し、何度もうなずいてから続けた。「でも、あの二人は言ったの、ウィップが戻っているのを知っているって。それはだれも口にすべきではないことなのよ。スタッフは全員彼の名前を出すのを禁じられている、あなたの名前を出さないのと同様にね。全員よ。あの田舎者たちときたら、ウィップを寄こしてそのばかげた問題を解決してもらいたいと、ミスター・Tに頼んでいた」

彼女は指を一本立てて振りまわした。「それはできない。ミスター・Tにウィップを寄こしてくれと頼むなんて。とにかくウィップは放っておいて、彼を見たり目を合わせたり話しかけたりしないこと。それが規則よ。とにかくあの男は放っておくこと。彼の名前を出すなんて、あの間抜けどもはなにもわかっていないし……どんな人間を……相手にしているのかわかっていない。ウィップは――」そこでいったん口を閉じた。「彼はこの世でもっとも冷酷な人間よ、関わるべきじゃない。こういうことで関わるべきじゃない」

彼女は間を置き、ネイトは待った。

「問題がなんなのか聞いたのか？」

「全体は聞かなかった。新しく来た猟区管理官についてだったわ」

彼の指からビスがこぼれて、屋根を伝って下の地面に落ちた。

「なにか落としたわよ」彼女は拾おうとしてまた近づいてきた。「ちょっと待って。拾って持っていってあげる」

「いいんだ」ネイトは言った。猟区管理官？「別のがあるから」

とにかくリヴは拾い、はしごを戻して上りはじめた。屋根に着いて彼に小さなビスを渡したとき、二人の指が触れ、ネイトの心の奥深くがずきりとした。感じるのを恐れていたものだった。

「もう行く時間だろう」彼は言った。

「ねえ、ミスター・ファルコン、あなたといちゃつくのはむずかしいのね」

「ああ」

「なにが問題なのか話してくれる気はある？」

「ない」彼は顔をそむけた。

# 12

## ワイオミング州サンダンス

　ジム・ラッタはサンダンスの〈ロンガボー・カフェ〉での朝食の約束に一時間遅れていた。ジョーは腕時計を見て二杯目のコーヒーのおかわりを頼んだ。コーヒーが必要だった。〈ウィスパリング・パインズ・モーテル〉へ戻ったあと三時間しか寝ていなかったからだ。

〈ロンガボー〉はメイン・ストリートの郵便局の向かいにあり、早朝に開いている店は周辺ではここだけだった。泥がはねたピックアップが何台も外に止まっており、ジョーはキッチンの両開きのドアを背にした隅のブースを選んだ。ここからなら客たちを観察できるし、ジム・ラッタが来たときにあいさつできる。ジョーが七時に到着すると、店は州間高速道路九〇号線の建設現場へ向かう道路補修作業員でいっぱいだった――カントリーフライドステーキ、卵三つ、たっぷりのグレイヴィという、ボリュームのある朝食を注文する男たち。天候やボスに対する不満をさんざんぶちまけてから、彼らは七時半に立ちあがるとランチボックスを持っていっせいに出ていった。

待っているあいだ、ジョーは携帯をチェックした――シェリダンから電話もメッセージもない――そのあとメニューの裏に書かれていたロンガボーの生い立ちについての話を読んだ。十五歳のハリー・ロンガボーは一八八七年に幌馬車に乗ってペンシルヴェニアから西部のサンダンスへやってきた。そこで馬と鞍と銃を牧場から盗もうとして、すぐに逮捕された。一年半の刑期を務めるあいだに、サンダンス・キッドという呼び名にあらためた。

建設労働者たちが去ったあとは、地元の客たちが次々と入ってきた。二十代の終わりか三十代の初めの若いみすぼらしい男女が店の中央のいちばん大きなテーブルを占領し、就学前の子どもたち三人をほかの椅子にすわらせた。子どもたちはうるさくて行儀が悪く、母親は静かにと叱った。父親はすりきれた〈カーハート〉のバーンコートを着ており、ぬぐと黒いヘビーメタル風のTシャツと手首まであるタトゥーが現れた。けさはあきらかに仕事へ急ぐ途中ではないな、とジョーは思った。

二人の男の子がテーブルの上の容器に入っていたジャムの包みの投げあいを始めたとき、父親は容器を子どもたちの手の届かないところへ遠ざけ、タバコに火をつけてそっぽを向いた。

「まだ待っているの?」ウェイトレスがジョーに尋ねた。太っていて髪はピンクで、カーゴパンツとフード付きパーカという格好だった。小さな銀色の輪を左の鼻孔につけており、ジョーは思わず見つめてしまった。

「あと少し」彼は答えた。

「ジム・ラッタを待っているの？」ジョーの赤い制服のシャツのほうにうなずいてみせた。

「そうだ」

「ここに来るよ。ほとんど毎日来る。待っているあいだに注文する？」

彼は〈ワイルドバンチ〉を注文した——卵三つ、ベーコン、トーストだ。

ハリー・ロンガボー、ブッチ・キャシディ、強盗団〈ワイルドバンチ〉の古い肖像写真が店のカウンターの上に飾られていた。そこに写ったサンダンス・キッドはスーツを着てネクタイを締め、カイゼルひげを生やし、山高帽(やまたかぼう)をかぶっていた。いまの犯罪者も身なりをちゃんとすればいいのに、とジョーはぼんやりと思ったが、考えなおした。そんなことだれももうしない。

ラッタに連絡しようかと携帯に手を伸ばしたとき、本人がカフェに入ってきた。ラッタはぶっきらぼうにジョーにうなずくと、ウェイトレスに「いつものを、ステフィ」と声をかけた。

反対側の席にどさりと腰を下ろし、ジョーのほうに身を乗りだした。ラッタの目は血走ってなかば閉じており、鼻と肉付きのいい頬には百本もの血管が浮きでていた。ジョーと同じくらい寝ていないようだった。

「夜中にあんたのメッセージを受けとった」ラッタはどなるように言った。

「どうしたのかと思っていた」ジョーは答えた。

ラッタは悲しげに首を振った。「あんた、ここへ来なければよかったのに」

「眠れなかったんだ」

「ここはおれの担当地区だぞ、くそ」

「わかっている」

「だったらいったいなにをやっているんだ？」ラッタは怒ると同時に懇願していた。

「おれの仕事だ。おれたちの仕事だ」ジョーは答えた。

彼は携帯に保存しておいた画像を出した。「ほら」携帯をラッタに渡した。「現場を押さえたよ。スクロールすれば彼らのピックアップ、ナンバー、死んだキジの写真がある。ズームすればキジの脚につけた養鳥場のバンドも見える。時刻の記録で犯行時間がわかる」

ラッタは写真をスクロールしながら眉をひそめた。個々のショットをズームインするのにぶつぶつ言っていた。現代世界には自分の親指は大きすぎるのだとこぼした。

「それはクリッチフィールドの車だろう？」ジョーは聞いた。

ラッタは同意し、それから携帯を自分の前に置いた。

「なんてことを、ジョー」ラッタはかぶりを振った。「次に眠れないときは、みんなと同じくソリティアをやるかマスでもかいてくれないか？」

ジョーは答えないことにした。

「昨夜あそこへ戻るとなぜ話してくれなかった？」ラッタは尋ねた。

「伝えようとした。あんたが電話に出なかった」

「くそ、あんたはやっかいなスズメバチの巣をつっついたぞ」

ジョーはとまどった。「そうなのか？」

ラッタは例の法執行官の無表情な目になっていた。「あんたは自分の名刺を彼らのフロントガラスに残してきた」

ジョーはうなずいた。「だったら、もうそのことを聞いたんだな？　じゃあ、連中が連絡してきたのか？　だからけさ遅れたのか？」

「それはどうだっていい。ここはおれの地区で、おれが自分のやりかたで対処する。うろうろして持ち場を荒らさないでもらいたいんだ」

「そんなふうに感じているなら残念だ」ジョーは歯を食いしばった。

ラッタが話を続ける前に、ウェイトレスが注文の品を運んできた。二人とも〈ワイルドバンチ〉だった。

「おれはなんとか事態を丸くおさめてみる。だがしばらくは、あんたに手伝ってもらうのはご免こうむる、わかったか？」

「丸くおさめるってなにを？」

二人の男が入ってきて店内に冷たい一陣の風が吹きこんだ。ベージュの制服からして一人はあきらかに保安官だ。狭い肩幅、太鼓腹、スクエアトゥの黒のブーツ。目のくぼんだ、野外で過ごしてきた顔で、考えこんでいるような表情を浮かべていた。そしてちょっとだけ長くジョーに視線を向けた。もう一人はネクタイを締め、スラックスをはいて長いグレーのトップコートをはおっていた。入ってくるとき両人とも彼らをちらりと見たが——狩りの盛んな郡では、赤いシャツを着た猟区管理官二人はつねに注目の的だ——店の反対側のブースに腰を下ろした。トップコートを着た年上の男は大きな四角い頭に銀髪で、深刻そうな表情を浮かべていた。ジョーがあいさつの意味でうなずくと、保安官は目に入らなかったかのように急いで連れのほうを向いた。

ラッタも彼らが入ってくるのを見ていたが、猟区管理官の顔は色を失っていた。

「だれなんだ?」トーストの端で卵の黄身をすくいながら、ジョーは尋ねた。

「R・C・ミード保安官とバーソロミュー判事だ」ラッタは聞かれないように小さな声で答えた。

「じゃあ、あれがバーソロミュー判事か。昨夜彼の妹に会ったよ。似ているな」

「早く食べてここを出よう。話しあわないと」

ジョーはうなずいて食べた。腹ぺこだった。いたずらな男の子が投げたジャムの包みが脚に当たっても顔も上げなかった。

「けさ出かける前に、家で理学療法士と会わなくちゃならなかった」ラッタは料理をほおばりながら言った。「それで遅れたんだ」

ジョーは思った。その言い訳を考えるのにずいぶんかかったな。

勘定をすますと、ジム・ラッタは昨夜〈ブロンコ・バー〉を出たときと同様にうつむいて店をあとにした。ジョーとは外で落ちあおうと言った。判事と保安官にラッタがあいさつしなかったのは、するよりも意味深長だ、とジョーは思った。

出口へ歩きながら、ジョーは例の家族がすわっているテーブルを迂回し、保安官と判事の席にわざと近づいた。二人とも気づいたふうもなかった。

ジョーがそばを通ったとき、R・C・ミード保安官が判事に言った。「ほら、彼だよ。偉大なワイオミング州のために野生動物の規制を強化しにきているのは」

ジョーは足を止め、振りかえった。判事はにやにや笑いをこらえているようだった。

ミード保安官はジョーに言った。「犯罪行為をおこなっている者を見つけたら——上着のポケットに多すぎるナゲキバトを入れているとか——かならず911に電話してくれ、おれが狙撃チームを呼ぶから。いいね？」

「それは自分で処理できると思いますよ」ジョーは言った。「だが、申し出には感謝します、保安官」

「そのためにおれがいるんだ」ミードは言って、判事と視線を交わした。

「ジョー・ピケットです」彼は手を差しだした。

「わたしはイーサン・バーソロミュー判事だ」判事はおざなりに握手した。「〈ウィスパリング・パインズ・モーテル〉での滞在を楽しんでくれ」

「これまでのところ、なかなかですよ」

判事は少し間を置いた。「それからベッドでタバコを吸わないようにな。気の毒なアナはこれ以上キャビンを失うわけにはいかないんだ」

「心に留めておきましょう」ジョーは答えた。そして帽子をかぶり、二人に言った。「では失礼」

判事はうなずいた。ミードは言った。「あんたのことは全部わかっているんだ」

ジョーは眉を吊りあげた。

「バド・バーナムとカイル・マクラナハンはおれの友人だった」ミードは、鉛の重しを落とすように二つの名前を口にした。バーソロミューが説明を求めて保安官を見ると、ミードは続けた。「トゥエルヴ・スリープ郡の保安官だった二人だ、このジョー・ピケットはそこから来た。二人ともジョーは目の上のたんこぶだ、と言っていたよ。バーナムは地上から姿を消し、マクラナハンは謎めいた転落死を遂げた。あなたも聞いているだろう」

「聞いている」バーソロミューは答え、違った角度から見るように視線をジョーに向けた。

ミードは言った。「あっちにはいま新しい保安官がいる、脚が動かないとか。よくは知らないがね。だがおそらく、彼も前任の二人と同じく、地区の猟区管理官が保安官事務所の仕事に首を突っこむのをよく思っていないはずだ。とにかく前任者たちはそう話していた」

ジョーは言った。「彼はマイク・リード保安官だ。任務遂行中に撃たれて対麻痺になった。車椅子が必要だがすぐれた男です。能力になんの問題もない」

ミードはジョーに言った。「この郡ではおれの邪魔はしないでくれ。二度とあんたに出くわすのは願い下げだ。こと保安官に関しては、あんたは疫病神らしい」

言いかたは冗談めいていたが、本気だとジョーにはわかった。

「そして、わたしの法廷にも近づかないでくれるとありがたいな」バーソロミューが言った。「取るに足りない狩猟漁業規則違反者がぞろぞろ来なくても、未決訴訟で手いっぱいなんだ」

「あなたの言っているのは、夜にキジを密猟する地元の住民とかですか?」ジョーはなにくわぬ顔で聞いた。

バーソロミュー判事の目をなにかがよぎった。ミードは、ジョーがほのめかしたことが理解できないふりをした。

「そういうことだ」バーソロミューはきっぱりと答えた。「ささいな事件で時間を浪費したくない」

ウェイトレスが彼らの朝食を持ってきたので、ジョーは脇にどいた。

「お会いできてよかった」そう言って、店を出た。

ジム・ラッタは彼らのピックアップ二台のあいだに立って、そわそわと足を動かしていた。

ジョーの携帯を手に持っていた。「あんた、これを忘れていただろう」

「ありがとう」ジョーは受けとった。

「いまあの二人となにを話していたんだ？」

「ただのあいさつだよ」

「それだけか？」

「それと、おれがどこに泊まっていて昨夜なにが起きたか、この郡のだれもが知っているらしい事実について」

「狭い町なんだ。みんながしゃべる。それをあんたに言おうとしていたんだ」

「あんた以外は」ジョーはラッタのそばに立った。「あんたはこのあたりのだれにでもしゃべる必要はなさそうだ。あんたは彼らのあいだを幽霊みたいに通り抜ける。気づいたんだ」

見張りがいないか確かめるようにラッタは振りかえった。「それを二人で話す必要があるんだ。あんたの車と犬をモーテルに置いて、今日はおれの車で出かけないか？　話していただろう、一般の立ち入り許可狩猟地域を増やす件について教えてもらいたい」

ジョーはためらったが同意した。

ラッタのあとからサンダンスを車で出ながら、ジョーはメッセージを逃していないか携帯を確認した。なにもなかった。

ところが、写真が削除されていた。


サンダンスから東のメディシンウィールへ向かうラッタの車に、ジョーはついていった。彼らが横切っている長い草地に、ほかの車の姿はなかった。草地の両側は森になった丘陵地帯で、細い川が右側に見え隠れしていたが、岸は密生した茂みでおおわれていた。オジロジカの小さな群れが川の近くで草を食(は)んでおり、二台のピックアップが通りかかっても顔も上げなかった。

ラッタの車とのあいだに充分な距離を空けてから、ジョーはチャック・クーンの私用の携帯の番号をスクロールした。見つけると親指で番号を押し、携帯をスピーカーにしてひざに置いた。ラッタはバックミラーで自分をチェックしている可能性があり、話しているところを見られたくなかった。


二回鳴ったところでクーンが出た。「手みじかにな、ジョー。ワシントンDCの親玉たちと会うために廊下を歩いているところなんだ」

「指示されたとおり、報告の電話だ」

「なにかあったか?」

「たいしてない。ただ、これまで会った全員がおれがここに来ていることを知っていたようだ」

「だが、理由は知らないだろう？」

「彼らがなにを知っているかは知らないが、常連で満員のバーへ入りこんだ気分だよ――おれは目立っている。しかし、ウルフガング・テンプルトンがこのあたりで尊敬されているのは確かだ。彼を褒めたたえない人間にはまだ会っていない」

「興味深い」クーンは言った。「しかし、われわれと協力できそうな材料をだれか話してくれそうか？」

「わからない」

「ミスター・ロマノウスキがそのへんにいることをだれかが知っている気配は？」

「ない。だが、とくに尋ねてもいない」

「尋ねてみろ」

ジョーはうなった。

「では、まだ内部告発者はいないんだな」クーンは言った。

「まだいない。だが、ここではおれが理解していないさまざまなことが起きているらしい」

彼はクーンにキジを届けたこと、それから夜中の密猟現場に行ったことを話した。

「あんたの名刺を残したって？」クーンは信じられないという口調だった。

「ああ」

「ジョー、あんたは目立たないようにすることになっていたんだぞ。その点は話して、あんたも同意したじゃないか」

「チャック、彼らはおれがここに来たことをすでに知っていたんだ。いまはおれが本物の猟区管理官だと知っている。ほかの用事で来たとは思わないだろう」

クーンはちょっと黙った。「なるほど、一理あるな。あんたの偽装は確立したわけだ」

「偽装じゃない。おれは間違いなく猟区管理官だ。だが、わからないのは、なぜこの卑劣な密猟者二人がここでは法を超越しているように見えるかなんだ。地元の猟区管理官は彼らを検挙したがらないし、保安官は聞く耳を持たないし、判事は法廷に呼びたがらない」

「どうしてわかるんだ?」

「全員がおれにそう言った」

「それがみんなもう起こったわけか?　あんたは時間を無駄にしないな」

「あとで住民たちの名前をメールするよ」ジョーは言った。「きみたちが調べたらなにかわかるんじゃないか」

「了解」

「ここの猟区管理官はなにか隠しているようだ。なにがどうなっているのか、いままでおれに洩(も)らしたよりもはるかに多くのことを知っていると思う」

「彼とはうまくやっているのか?　しゃべるかな?」

「まだわからない」ジョーは答えた。「ちょっと疑っているみたいだから、うんと用心してかからないと。あの密猟者たちをおれが突き止めたことを、なぜかよく思っていない。同僚の猟区管理官をスパイするような真似は本当にいやなんだ、わかるだろう。正当とは思えない」

「よしよし。彼からできるだけ情報を取って、知らせてくれ」

「同情と理解をありがとう」

「どういたしまして」

廊下をきびきびと歩いているらしいクーンの足音が聞こえた。話すとき、クーンの息遣いはかすかに荒かった。

ジョーは言った。「おい――エリック・ヤングについてなにかわかったか？　調べてくれと頼んだだろう？」

「部下の一人に命じておいた」クーンはいらいらした口調だった。「今日はまだ彼に会っていないし、その件でメールがあったかどうかわからない」

「だが、わかったら教えてくれるな？」

「ああ、もちろん。さあ、もう行かないと。連絡を絶やすな」

ジョーは携帯を切った。顔を上げると、ラッタがバックミラーでこっちを見ているのに気づいた。

アナ・バーソロミューは、〈ウィスパリング・パインズ・モーテル〉の中庭で温かいシナモンロールの皿を持って二人を出迎えた。焼きたてよ、と彼女は言った。

「朝飯を食べたばかりなんだ」ラッタはにやりとしてアナに言い、ジョーはデイジーを八番キャビンへ連れ戻した。「だけどよかったら、あとで食べるのに一つ二ついただいていくよ」

「温かいうちが最高なのよ」アナは陽気な声で言った。「でも、ペーパータオルを持ってきて二人分包んであげる。田舎を車で走りまわっていたら、あなたたちはぜったいにお腹が空くんだから」

ジョーは上着と革のブリーフケースをピックアップから取ってきて、シナモンロールを待っているラッタのそばに戻った。

「立ち入り地域のガイドラインと書類だ」ジョーはブリーフケースを持ちあげてみせた。

ラッタはうなずいた。「アナは州で最高のシナモンロールを焼くんだ」

「シナモンロールは好きだよ」ジョーは言った。自分でも間の抜けた答えに聞こえた。しかし内心では考えていた。彼女はなぜおれたちがここへ戻ってくるのを知っていたんだ？

ラッタの局支給のピックアップはジョーのものより新しかったが、運転台の中はきわめて見慣れた感じがした――ダッシュボードの上のＧＰＳ装置、下の無線機、フロアコンソールには証拠採集キット、輪ゴムで留めたたくさんの地図、床には空薬莢、ヒマワリの種の食べこぼし。運転台の中央の銃架に固定してあるM14穴照門付きカービン、ベンチシートのあいだには銃口を下にして押しこんであるコンバット・ショットガン。

「助手席にすわるのは変な感じだ」ジョーは乗りこんでドアを閉めた。

「そうだろうな」ラッタはメディシンウィールを出る道へハンドルを切った。

ラッタはなにかに気をとられているようだった。天気の話にも行き先の話にも乗ってこなかった。

心はよそにあり、それをどう切りだすか考えているらしい。

とうとうジョーは言った。「おれの携帯から写真が消えた」

ハンドルを握るラッタはジョーと視線を合わせなかったが、こう言った。「どういうことだ?」

「削除されていた。心当たりがあるんじゃないか」

「けさ見ていたとき、間違ったボタンを押してしまったかもしれない。ああいういまいましい今風のものは苦手なんだ」そしてつけくわえた。「ちくしょう、すまなかったな」

「それは問題じゃないとおれたちにはわかっている。クリッチフィールドのピックアップについた羽や血やほかの証拠を見つけて、ララミーの科研へ送ればいい。つまり、本気で彼を捕まえる気があればだ。だが、ここはあんたの担当地区だし、あんたが決めることだ」

ラッタは答えようとして、口を閉じた。しばらく走ってから、ため息をついた。「写真をスクロールしていたとき、〈初期化する〉とかいうところを押したかもしれないな」

「ほう、かもしれない？」ジョーは皮肉な口調で答えた。

「わかった、わかったよ。クリッチフィールドとスミスを押さえるのにいまはタイミングが悪い。複雑なんだ。だが、とにかくやっても甲斐はないんだよ、ジョー。これについてはおれを信じてくれ」

「立件しようとはしているのか？」

間を置いて、ラッタは答えた。「そんなところだ」


車は森になった丘陵地帯の曲がりくねった州道を進み、サンドクリーク牧場の本部へ続くアクセス道路に入った。トウヒとポンデローサマツのほか、谷間にはヒイラギガシの茂る一帯もあった。車窓から、ジョーは森の中にいるシカと野生のシチメンチョウを見た。

ピックアップはY字路にさしかかり、ラッタは左へ曲がった。ジョーはまた歴史的な標識が一瞬で過ぎるのに気づいた。川の下方の平地に、いくつもの小塔を備えた切妻屋根の赤い建物を目にしてジョーは驚いた。その本館の外には二十台以上の四輪駆動車が止まっていた。南側の棟には、二台の古いピックアップが並んで止まっているだけだ。

「いったいあれはなんだ？」ジョーは聞いた。建物は場違いもいいところだった。看板には

〈ブラック・フォレスト・イン〉とあった。

「以前は炭鉱の所有者の家だった」ラッタは言った。「ヨーロッパの城みたいに見えるように建てたんだ。二、三年前まではひどい状態だった。ホテルに改造しようとした者もいたが、自分がいったいなにに手を出しているのか知らなかったんだよ。来る客はスタージス（ハーレーダビッドソンのライダーの聖地）へ行く途中のバイカーで、連中はあそこをさらに荒らしてしまった」

「リノベーションしたようだね」建物のすっきりした輪郭、新しいアスファルトの駐車場、新しい屋根を見て、ジョーは言った。

「かなりな。部屋の二割の内装をやりなおして、この時期はハンターたちで満室になる。彼らにとって便利なことに、南端の棟は狩猟動物を解体処理する施設になっているんだ、話しただろう――郡ではここだけだ。フル稼働だよ」

「車を二台見た」

「地元民だ。獲物を処理するとき、このあたりの人間を五、六人雇うんだよ。とても立派な設備だ――おれが見たうちでも最高の部類さ。あそこは清潔そのものだ。のこぎりとかはステンレスで、作業員は白い上着にエプロンをしている。腕がいいから、おれは自分が獲ったシカやエルクを持っていって、解体してもらっているよ。よかったら帰りにちょっと寄って、ジャーマンソーセージも買える。うまいソーセージを作っているんだ」

「だれが所有者なんだ？」

「テンプルトンだ。彼がここを救済した」ラッタは答えた。

「知っていればな。〈ウィスパリング・パインズ・モーテル〉じゃなくてあそこに滞在できたのに」

「あそこのバーはかなり騒々しいよ」ラッタはにやにやした。「とくに狩猟シーズンのあいだはな。だからいまのところのほうがいいだろう」

ジョーはうなずいた。「これから会いにいくわけだから、ウルフガング・テンプルトンについて教えてくれないか?」

「どんなことを知りたいんだ?」

「あんたは彼を好いているようだ。おれが会った人もみんなそうだ。引っ越してきてなにもかも買い上げる大地主には、あまりないことだよ」

ラッタはうなずいた。「彼がいなかったら、この郡はどうなるかわからない」

ラッタは運転しながら、ここに来て以来テンプルトンがいかに寛大で無欲な慈善家だったかを語った。

「とにかく、ハイスクールの六人制サッカーチームに新しいユニフォームが必要なら、ミスター・テンプルトンが買ってくれた。郡の博物館に新しい屋根が必要なら、ミスター・テンプルトンが資材を購入して自分のところの従業員を寄こして直してくれた。鉱山が閉まってほぼだれも医療保険に入れなくなり、診療所が閉鎖されそうだと聞くと、ミスター・テンプルトンがパキスタンから医者——ドクター・ライージャ——を連れてきて、多額の寄付をして診療所を立派なものにしてくれた。とにかくみんなを助けてくれるんだよ、ジョー」それですべて説明がつくかのように、ラッタは言った。

「この郡が始まって以来、最大の雇用主なんだ」彼は続けた。「失業した伐採労働者や炭鉱労働者をガイドやアウトフィッターや彼の牧場のカウボーイや料理人や、さっきの施設の作業員として雇っている。この郡の四分の三は、急場しのぎの金をミスター・テンプルトンからもらっているようなものだ」

「興味深いな」

「ああ。彼がいなかったらおれたちはどうなるか。政府の小切手とEBTカードだけだからな、いまのところ」

「EBT?」

「カード形式の食料切符だよ。連邦政府はいま紙のクーポンの食料切符のかわりにそれを発行している。デビットカードみたいなものだ。クーポンはもらう者に恥ずかしい思いをさせるんだろう」

冗談めかしているのかと、ジョーはラッタを見たがそんな様子はなかった。

「しかも、彼はあんたとエミリーも援助している」ジョーは言った。

「そうだ」ラッタはジョーのほうに顔を向けた。「心からの善意だけで、だれがそんなことをしてくれる？　なにしろ、彼はサウスダコタ一の外科医を見つけて、おれとエミリーを自分の飛行機でラピッドシティへ行かせ、手術を受けさせてくれたんだ。考えてみろよ」

「彼は自家用機を持っているのか？」

「二機」ラッタはクーンのファイルにあったとおりの答えをした。「牧場本部に滑走路があって、ミスター・テンプルトンは自分の飛行機をそこの格納庫に入れている。いいか、彼はパイロットなんだ。自分で操縦しておれたちを連れていってくれた。それにエミリーが退院したときは、自家用機で向こうへ来て連れ帰ってくれたんだ」

「聞きにくいんだがな」ジョーはできるだけくだけた調子で言った。「そういうことをする金を彼はどこで手に入れたんだろう？」

ラッタはまた前方の道路を向いた。「牛さ、もちろん。それに二つの牧場でたくさんの牧草を育てている」

「そうはいっても、ほかにも資金源がありそうだ。知り合いの牧場主たちは土地はたくさん持っていても、現金はあまりない」

「それに、ガイド業や狩猟ビジネスもあるし、狩猟動物処理施設もある……」ラッタの声は小さくなっていった。

ジョーの問いは宙ぶらりんのままだった。

「わからない」ついにラッタは言った。「彼は以前、東部の金融業界の大物でやり手だったと聞いている。きっと景気のいい時期に大金を稼いだんだろう」

話しながら、ラッタは道路からよく均（なら）された砂利道に入った。〈サンドクリーク牧場〉と記された堂々たる鋳鉄（ちゅうてつ）のアーチの下を、車は通った。

アーチをくぐったとき、ジョーは小さな監視カメラが両側の鋳鉄の柱に設置されているのに気づいた。

「なぜカメラがあるんだ？」ジョーはラッタに指さしてみせた。

「牛泥棒への用心だよ」ラッタはすばやく答えた。

「このあたりでは多いのか？」

「もちろんだ。牛の値段が上がっているのは知っているだろう。だから二、三年前、牧場はメインの一本を除いてすべての古いアクセス道路を閉じた。牛泥棒は運搬（うんぱん）トラックを一ヵ所からしか入れられない。メインゲートだ」

「なるほどね」

「ミスター・テンプルトンはなにもかも考えているんだ」ラッタはそう言ってうなずいた。

「なあ。あんたがここに来たときに、鷹匠と会ったことはないか？　背が高くて、金髪をポニーテールにしているんだが？」

ラッタはとまどった顔をした。「ないな。なぜだ？」

「いや、ちょっとね」

「そいつはだれなんだ？」

「おれがいつも目を光らせている男だ。過去にいろいろあって」

ラッタはそれ以上聞かなかった。

ジョーは前方に目をやった。道は、細いが深い流れの曲線に沿って続いている。午前中の水生昆虫の羽化を狙ってマスがライズするのが見えた。水面の同心円はかなりのもので、マスが大きいことを物語っていた。フライ・フィッシャーマンとして、ジョーは胸が期待でうずいて竿とウェイダーを持ってくればよかったと思った。

「ミスター・テンプルトン本人と会えるかもしれない」ラッタは言った。「おそらく一般立ち入り地域について話す相手は牧童頭になるだろうが」

ジョーは失望を隠そうとした。

「でももしミスター・テンプルトンと話せたら、ジョー、あんたに頼みがあるんだ」

「なんだ？」

「話はおれにさせてくれ。あんたは質問が多すぎるようだ」

ジョーは考え、クーンの叱責とメアリーベスにした約束を思い出して答えた。「了解。ここはなんといってもあんたの地区だ」

砂利道を進んで暗い峡谷の入口にさしかかると、両側から丘が迫ってきた。ジョーはずっと川そのものをちらちら見ていたが、牧場の様子にも気を配った。直立した頑丈な鉄条網のフェンス、水路の生息地復元作業、排水路と牛用の柵の巧みな配置。廃棄された車や牧場用資材が昔から積みあがっているような場所はどこにもない。広大な地所は素晴らしく、よく管理されている。

峡谷を上っていくと道は曲がりくねって狭くなりはじめた。左側にはずっと峡谷の赤い壁が続いている。前を一瞥すると、この先に続く四つのカーブの外側のコーナーが見えた。四百メートル以上先のいちばん遠いカーブに、対向車のピックアップのグリルが一瞬見えた。

「おっと、くそ」ラッタはつぶやいてすぐに速度を落とした。

ジョーは注視した。カーブを曲がった対向車はもう見えない。だが、彼もその車を認めた。

「あれはビル・クリッチフィールドの車だ」ラッタは切迫した口調で言った。「すぐ降りろ」

ジョーは説明を求めてラッタに目を向けた。

「もし彼があんたに気づいたら……」

「気づいたら?」

「とにかく降りろ」ラッタは二百五十メートルほど上流の、川の反対側のポンデローサマツの密生した茂みを指さした。「あそこで落ちあおう。すぐに拾うから」

「しかし……」

「行け」ラッタは歯ぎしりするように言い、目を光らせた。

「あんたの地区だからな」ジョーは車のドアを開けて飛び降りた。道路の脇の勾配はけわしく、地面はゆるかった。彼は底までころがるように下った。なんとか止まって振りかえると、ラッタの腕が運転台から伸びて助手席のドアを閉め、ゆっくり車を発進させるのが見えた。

混乱したまま、ジョーは川まで密生した茂みをかき分けていった。大気はビャクシンとヤマヨモギの香りがする。頭上で二台のピックアップが近づく気配がした。ラッタとクリッチフィールドが車幅ぎりぎりで止めて、あいさつを交わすところを想像した。さもなければ、ほかの言葉を。

聞きわけるには離れすぎていたが、ジョーはクリッチフィールドがとげとげしい声でどなるのを聞いた。足を止めて聞き耳をたて、やっかいなことにならないといいがと願った。ショットガンを持ってくればよかったと思い、とっさに官給の銃のグリップに触れた。

川は一ヵ所が狭くなっていて彼は飛び越えることができたが、あぶないところだった。着地したとき、ブーツのかかとが両方とも反対岸の泥に沈み、彼は両腕を前に振りまわしてバランスをとり、また水中に戻らずにすんだ。

上流へ歩きながらときおり止まって耳をすませ、道から見られないように茂みの中から出なかった。またもや、クリッチフィールドの声が高くなったり低くなったりするのが聞こえた。クリッチフィールドがラッタにどなっているか、感情的になって話しているようだ。たぶん自分のピックアップで見つけたジョーの名刺の件だろう。さっきのラッタのパニックに駆られたようなふるまいに、ジョーはまだあっけにとられており、もし彼が一緒に乗っていたらクリッチフィールドはどうしたのだろうと思った。ラッタに説明してもらわなくては。

頭上に暗いマツの茂みがある、川の長いゆるやかな曲がり目を進んでいたとき、ジョーは自分が一人ではないことに気づいた。予想外だったのは、『華麗なるギャツビー』からぬけだしてきたような男と遭遇したことだった。

# 13

## サンドクリーク牧場

「どうも」ジョーは声をかけた。「今日はついていますか?」

ジョーの声に、上流でキャストしかけていた男は凍りついたように動きを止めた。びくりとしたりさっと振りむいたりはしなかったが、フライのラインは落ちて彼の足首のまわりにまとまりなく重なった。そして、男はゆっくりと顔をこちらへ向けた。冷静な表情だった。

ジョーは長年大勢の釣り人と出会ってきたので、相手の反応が異様だとわかった。普通なら、赤い制服のシャツを見た釣り人はぎょっとして、すぐにしゃべりだすか許可証を出そうとする。一度だけ違っていたことがあった。数年前、シエラマドレ山中でのことで、あのときの反応に続いた出来事は戦慄(せんりつ)すべきものだった。

男は若くすらりとして、スポーツマンらしい体格だった。しかし途中にあった赤い城のような建物と同様、場違いに見えた。このフライ・フィッシャーマンは現代のウェイダーではなく英国風のウェリントンブーツと体にぴったり合ったカーゴパンツをはき、ぴんとしたボタンダウンの長袖シャツとVネックのクリーム色のベストを着ている。まるでハリウッド・スターだな、とジョーは思った。高い頬骨、きちんとバックに整えた茶色の髪、濃い青の目。高価そうな竹製の竿を持ち、肩に昔風のびくを下げている。

「楽しんでいますか？」ジョーは尋ねた。

「ええ」男の声には南部訛りがあり、鼻にかかった感じに聞こえた。

「さっき、でかいライズを何度も見た。まだ水面まで上がってくるんですか？」

「ええ」

「ドライフライで大物のマスを狙うほど楽しいことはありませんね？」

釣り人はその場に立ちつくし、竿は空中に突きだしたままだった。男はゆっくりと竿を下ろして言った。「そう、まったくです。秋でも午前中に羽化があるんですよ。ところで、あなたは不法侵入をしているんじゃないかな」

ジョーは言った。「そうかもしれません」

頭上の高いところで、あいかわらずラッタとクリッチフィールドの声が聞こえる。どうやら、まだ道に停車しているらしい。ジョーは斜面に目を向けて、自分も釣り人も角度的に上から見えない位置にいるのを確認した。

「ジョー・ピケットといいます。ワイオミング州猟区管理官です」

「ああ」釣り人はうなずいた。「あの居場所を間違えている猟区管理官ですか」

「居場所を間違えている?」

「故郷では、自然保護官と呼んでいますが」

「お国はどちらです?」

「ここではありません」

「つまり、ここでは新顔?」

「だが、居場所を間違えてはいない」男の言いかたには刺があった。

では、彼もおれを知っているのだ、とジョーは思った。ジョーは二、三歩脇に寄った。ななめ後ろから釣り人を観察するためだ。武器を持っている様子はないが、ベストの下を見分けるのはむずかしい。

「びくの中味を見てもさしつかえありませんか?」

釣り人の顔をなにかがよぎった。軽蔑の表情だ。「これはきわめて異例ですね。なぜ知りたいのかうかがってでも?」

「もちろん。あなたが合法的に釣りをしているのを確認したいだけです、そう信じていますが。千二百ドルはする竹の竿と、八百ドルはするビンテージもののびくを使う人はだれだって、漁業規則を完璧に守っているはずだ」

釣り人は近づいてくるジョーに視線を据えていた。「あなたは竿について自分が思っているほどご存じない。これはライル・ディッカーソン・モデル8013です。一九五九年製で、九千七百五十ドルしました」彼は効果を狙って間を置いた。「こういう細い川ではそれだけの価値が充分ある。現代のグラファイト製のような機能性はありませんよ、もちろん。でも、使っているうちにわかってくる感触とバランスがある」

相手に近づきながら、ジョーは口笛を吹いた。

「そこで止まって」釣り人は声にきびしさをこめた。そのとき、ジョーは男の静かさに危険を感じた。

「ちょっと見たいだけです。見せるかどうかはあなた次第だ。無理じいはしない。だが、びくの中味を見せるのをあなたが拒否すれば、問題になるかもしれない」

「問題？」

ジョーはうなずいた。

「猟区管理官、あなたは私有地に侵入している。これは私有の川ですよ」

ジョーは立ち止まり、背をそらして両手の親指をジーンズのベルトループにかけた。「失礼だが、これは自然に流れる川で、私有の池ではない。ワイオミング州の法律には変わった点があるので、あなたが勘違いするのもわかります。いいですか、この州では地主は土地を所有している——川床も——だが、水そのものは違う。水は公共のもので、魚も同じです。つまり、ワイオミング州狩猟漁業法は私有地にも適用される。

ことをややこしくしたくはありません。だから、よかったらびくの中をちょっと見たいんです。重そうだ。あなたは竹の竿の扱いが本当に上手なようですね。わたしもフライ・フィッシャーマンで、本物のプロには敬意を抱いていますよ」

釣り人は答えなかったものの、プロと言われたことに気をよくしたようだった。

男はあごを上げたが、まばたきをしない目は揺るぎもしなかった。まっすぐ見返したとき、ジョーは首筋がひやりとするのを感じた。出くわさなければよかった、と思わせるなにかが、この男にはある。ジョーが予想していたよりも深くシリアスななにか。

ひと呼吸置いて、釣り人は空いているほうの手でびくの革ひもを解き、ふたを持ちあげた。革ひもに〈ウィップ〉という言葉か名前が刻印されているのに、ジョーは気づいた。彼は前へ出て中をのぞいた。どっしりしたブラウントラウト数匹は、きらきらした斑点のある磨きをかけた銅のようだった。魚を温めないために、土手から摘んできた濡れた長い草を中に敷いていた。

「素晴らしい」ジョーはマスを数えた。「十匹で、一匹たりとも三十五センチを下らない。あなたはたいした釣り人ですね」

「二、三年前に始めたんです」男の声のとげとげしさは少し和らいでいた。「フライ・フィッシングをしていると、驚くほどリラックスできる」

ジョーはびくを示した。「お名前はウィップ?」

「あだ名です」

「フルネームは？」

「それはいまは関係ないですよ、猟区管理官」

「キャッチ・アンド・リリースを考えたことはないんですか？　そうすれば、ほかのだれかにもこういう美しい獲物を捕まえるチャンスができる」

「考えたことは一度もないな」ウィップはそっけなく答えた。「狙って完璧なフライを使って完璧なキャストで上げたあと、魚を放すのはぼくには理解できません。すべての手順を踏んだあと魚を放すのは、結局魚自体への侮辱（ぶじょく）です、真剣なスポーツをくだらないものにしてしまう。わかりますか？」

「いいえ」

「ぼくが漁獲制限を超えているというつもりじゃないでしょうね？」

「いいえ、超えていませんから」ジョーはまた背筋を伸ばしてすりきれた〈ステットソン〉帽をかぶりなおした。「十二匹が上限で、あと二匹は釣れますよ。だが、問題がある」

「なんです？」

ジョーはため息をついて、無念さを装った。「十二匹釣れるが、体長三十センチを超えていいのは一匹だけです。この大物のマスは一匹残らずサイズ超過のようだ」

ウィップは動かず、口も開かなかった。

「はっきりさせましょう、そしてあなたの許可証と生息地保全スタンプを見せてもらうことから始めましょうか」

　釣り人が財布に手を伸ばす気配はなかった。

「聞こえませんでしたか。あなたの許可証とスタンプを調べなければならない。決まった手順なんです」

「どうするつもりです?」男は低い声で尋ねた。「ぼくを逮捕するとか?」

「そうはならないでしょう。だが、違反切符を切るかもしれない。そしてあなたが適切な許可証を持っていないか、従うことを拒否すれば、われわれが二人とも望まないやっかいな事態になるかもしれません」

　男は冷静だったが不満をくすぶらせていた。ジョーは左手でクマよけスプレーをつかむか、右手を銃にかけるか、頭の中でリハーサルしたが、そういう状況にならないように祈った。

　ウィップがこう言ったときは、ほとんど聞きとれなかった。「あなたは自分がなにをしているかわかっていない」

「じつのところ」ジョーはジーンズの尻ポケットから召喚状の束をとりだした。「こういうことは前にもあった。漁業規則違反、許可証とスタンプ不所持で違反切符を切ることはできるが、あなたが書類を出してくれれば二つ目は撤回します。だからまず、お名前を……」

　ジョーが言いおえる前に、彼自身の名前が上から呼ばれた。

「ジョー!」ラッタだった。驚愕している声だった。

ジョーは上の道路を見た。遠くで、クリッチフィールドの車が峡谷を下っていく音が聞こえた。クリッチフィールドとラッタがこんなに長くなにを話しあっていたにしろ、解決したらしい。

「ジョー、くそ、まったく、ジョー!」

「どうした、ジム?」

ラッタはジョーから釣り人に、そしてまたジョーに視線を移した。彼は両腕を振っていた。声は甲高(かんだか)く、動揺しきっていた。

「ジョー、すぐさまここへ登ってこい。その男は放っておいて、ここへ来るんだ」

ジョーはふたたびとまどった。釣り人を振りかえると、彼はかすかに微笑していたが、そこには悪意が感じられた。まるで、自分はジョーに危害を加えないでおくが、ジョーは頭が鈍(にぶ)すぎて自分がどれほど太陽に近づきすぎたか理解していない、と思っているかのようだ。

釣り人に向かって、ラッタは叫んだ。「こんなことになって申し訳ない。彼はこのあたりの人間じゃないんだ。なにをしているか、わかっていない」

「そう、わかっていない」釣り人はラッタにというよりジョーに言った。

ジョーは邪魔されて怒っていた。「ジム……」

「ここへ来い」

ジョーは深呼吸してごくりとつばを呑みこんだ。そして釣り人に言った。「どうやら、気にさわることをしたようですね」

「どうやら、そのようだ。もう行ってもらえますか、そうすればぼくは引き続きこの朝を楽しめる」ウィップはかがんで足もとのラインを回収しはじめた。「釣るべき魚たちがいるんでね」

怒りと屈辱で耳をほてらせてラッタのほうへ斜面を登るあいだ、ジョーは背後で釣り人が満足げにささやくのを聞いた。「きっとまたお会いすると思いますよ、ミスター・ジョー」


ピックアップの運転台に乗りこむと、ジョーは乱暴にドアを閉めてラッタに言った。「いったいなんだっていうんだ?」

「ここへはミスター・テンプルトンに会いにきたんだ」ラッタは歯を食いしばるようにして答えた。「彼の客や部下にいやがらせをするためじゃない」

「いやがらせはしていない。自分の仕事をしていたんだ」

「おれの地区で、おれが見ている前でな、ちくしょう」ラッタはぐいとギアを入れて車を出した。彼の顔は紅潮しており、あごの下にはチョーカーのように汗の玉が連なっていた。

「おれは努力しているんだ、ジョー。よきもてなし役、よき同僚であろうとしている。死ぬほど努力しているんだ。ところが、あんたがおれをコケにしてくれたのはいまので二度目だ。これ以上いつまでやっていけるかわからない」

「なにをやっていくって？」

ラッタの目が光った。「あんたがけがをしたり殺されたりしないようにする、そういうことだ」

「そういうことは忘れたらどうだ。そのかわり、はっきり話してくれないか？」

「あんた自身のためなんだ」

「じゃあ、あそこにいた男はだれなんだ？　ウィップだとか？　どうして彼を守るのがそんなに大切なんだ？」

「彼のフルネームは知らない」

「だったら、なぜおれにやめろと注意した？」

「関わりあいにならないほうがいい男だ、おれを信じろ」

「ウィップとは、いったいどういう名前だ？」

「そういう質問をするな」

ジョーが別の質問をする前に、峡谷が開け、森になった丘に囲まれた広大な緑の牧草地が現れた。最近刈られた青草は、晩生（おくて）の草のカーペットの上に分厚い列になって並んでいる。岸の縁（ふち）まで茂みにおおわれたサンドクリーク川が、牧草地を曲がりくねって流れている。

くたびれた麦わらのカウボーイハットをかぶった初老の男が、刈り跡の列のあいだをこちらに背を向けてＡＴＶを走らせていた。ジーンズと長靴をはき、ぼろぼろの色褪（いろあ）せたシャンブレーのシャツを着ていた。ＡＴＶの後ろには、バンジーコードでシャベルが取りつけてある。

「あれがミスター・テンプルトンだ。今年最後の干し草刈りを検分している」ラッタは言った。その声には畏敬(いけい)がにじんでいた。

# 14

ワイオミング州サドルストリング

同じころ、デスクについたメアリーベス・ピケットは、ＲＭＩＮ（ロッキー山脈情報ネットワーク）もＦＢＩのＶｉＣＡＰ（暴力犯罪者逮捕プログラム）も、トゥエルヴ・スリープ郡図書館のコンピューターで開けたのでほっとしていた。背をそらして、画面をのぞかれるほど客もスタッフも近くにいないのを確認してから、携帯電話のアプリを使って郡検事長ダルシー・シャルクから何年も前に聞いたユーザー名とパスワードを出した。助けが必要な必死の調査のさなかにダルシーはその情報を教えてくれ、そのあと忘れたか――ダルシーを知っていればありそうもない――見て見ぬふりをすることにしたらしい。データベースは両方とも、資格のある法執行関係者しかアクセスできない決まりになっている。メアリーベスの結婚相手は法執行官であり、彼のために無料でリサーチを頼まれる場合が多いので、彼女はこの情報を持っていることをなんとか正当化していた。

午前中の最初の一時間半は忙しくてシステムにアクセスできず、高速のネットワークをまた利用できるか確認できなかった。古い図書館のインターネットはダウンする場合も多く、IT担当のスタッフは常時維持することができないようだった。電流の急増に関係している、と彼は主張していた。だが、けさメアリーベスが開館しようと到着すると、担当はもう来ていて復旧していると保証した。早朝、新聞を読みにくる客たちはいま定期刊行物セクションでくつろいでおり、年寄りの住民の何人かは居眠りしている。メアリーベスは夜のあいだにボックスに入れられた返却本の一覧表を作り、次の一時間はメールや問い合わせに対応して過ぎていった。スタッフ会議の予定は十一時からで、つまり彼女には実質一時間ほどデスクでの自由時間がある。

始める前に、いつもの習慣で家族の居場所を頭の中でチェックした。みんながどこにいるか、なにをしているか、次にいつ家族と話したり会ったりできるか確かめずには、先に進めないのだ。

ルーシーは学校だが劇の稽古があるので帰宅は遅くなるだろう。

エイプリルはハイスクールから直接、〈ウェルトンズ・ウェスタン・ウエア〉での夕方からのバイトのシフトに入り、もしダラス・ケイツが連絡してきたり店に来たりすれば有頂天で、そうでなければ不機嫌な顔で帰ってくるはずだ。

シェリダンはワイオミング大学で三時限目の授業が始まるところだ。安全で心配ない状態で勉学に励んでいるといいが。きっと今夜あたり電話してくるだろう。

そしてジョーは何百キロも離れた場所にいて、おそらくなにかのトラブルに首を突っこんでいるにちがいない。

メアリーベスはキーボードの隣にある走り書きのリストを見て、まずだれを調べるか一瞬考えた。問答無用で最初はエリック・ヤングだ、と思った。kで終わるＥｒｉｋ。

最後にデータベースにアクセスしたときからユーザー名とパスワードが変わっているのではないか、古い情報を打ちこむと捜査の対象になるのではないかと、いつも心配だった。だがいままでのところ、情報は変わっておらず、ＦＢＩが彼女を尋問に来たことはない。

メアリーベスはユーザー名とパスワードを打ちこみ、ログインした。地方と全米の両データベースは入力促進記号と検索条件の画面になった。

〈エリック・ヤング〉と入力し、ＶｉＣＡＰの地域絞りこみで〈ロサンジェルス地区〉を指定した。サーチが終わるまで、彼女は息を止めていた。

四人のエリック・ヤングに前科があった。四十二歳以下の男は一人もいなかった。おそらく彼はこの地域でなにかやっているのではないかと推測し、同じサーチをＲＭＩＮでもかけてみた。なにもヒットしなかった。彼女は口笛を吹いてコーヒーを一口飲み、サーチはほとんど無益だったことを悟った。エリックは何歳だろう、十九、二十、せいぜい二十一？　その場合は、カリフォルニアを離れる前になにかしていても、彼の記録はメアリーベスがアクセスできない未成年者データベースにしまいこまれている。

自分のアプローチには別の問題もある、とわかっていた。シェリダンはジョーに、彼は〝ロサンジェルスから来たエリック・ヤング〟と話していた。しかし、エリックが彼のファーストネームか、セカンドネームか、ニックネームか確かめる方法はない。〝Ｙｏｕｎｇ〟が〝Ｊｕｎｇ〟かほかからの派生である可能性は？　彼の実名を確かめる方法は、大学の学生データベースでクロスチェックするか、シェリダンに協力を頼むしかない。

だが、それを避ける道はあるはずだ、とメアリーベスは思った。なにはともあれ、大学あるいはシェリダンに連絡する前にあらゆる可能性を除外しておくことはできる。冷静に考えぬけば、解決法はつねにある。

一分もしないうちに、メアリーベスは身を乗りだしてＶｉＣＡＰとＲＭＩＮのウィンドーを最小にし、全米の人探しサイトにログインして同じ検索をかけた。

カリフォルニア州には四十五人のエリック・ヤングがいて、ロサンジェルス地区だけで十六人もいたが、最後がｃのエリック・ヤングは何百人もいた。メアリーベスは最後がｋの十六人のエリックだけに絞った。四人がコヴィーナ、それぞれ二人がアナハイム、ハーモサビーチ、ハンティントンビーチ、トランスにいた。モンテレーパーク、プラヤデルレイ、リアルト、ヴェニスには各一人。

順番に、それぞれの場所にアクセスした。データベースにはもちろん名前が載っているが、住所や自宅の資産価値やおよその年齢も書かれている――ときには〝不詳〟だが。三十歳以上の名前をすべて除外すると、七人のエリック・ヤングが残った。全員が年齢不詳だった。

彼女は七人のリストを別にした。サイトにはそれぞれの住所と、グーグルアースによる自宅の写真も載っていた。プラヤデルレイの二百八十万ドルの邸宅から、ヴェニスの共同住宅、コヴィーナの私書箱、トランスの〝不詳〟の住所まで、さまざまだった。何百万ドルもする邸宅に住む家族は息子を州立大学にはやらないはずだと彼女は思い、そのエリックは除外した。同様に、住所が共同住宅や郵便局の私書箱になっている家族も、子どもを州外の大学へ行かせる余裕はないと考えた。もちろん、中間層で結果が出なければ全員をやりなおせばいい。

そこで可能性は三つになった。コヴィーナの七十万八千ドルの家（同じ郊外の私書箱所有者の両親かもしれない）、モンテレーパークの五十六万五千ドルの家、リアルトの二十六万八千ドルの家。

エリック・ヤングを生みだし、彼をワイオミング大学に入れるべく遠いララミーへ送りだしたかもしれない家々を見ながら、メアリーベスの鼓動は速まった。

すぐにロサンジェルス地区の個人電話リストにアクセスし、三軒の電話番号を手に入れた。

驚いたことに、二軒が応答した――モンテレーパークの家の家政婦と、リアルトの強いメキシコ訛りのある在宅中の母親だった。

メアリーベスはまずこう言った。「もしもし、ララミーのワイオミング大学の学生さんのエリック・ヤングのお宅を探しているんですが……」法執行機関とも大学当局とも関係なく聞こえるように気を配った。

相手は二人ともうちではないと答えた。モンテレーパークのエリック・ヤングはUCLAの学生だ、と家政婦は話した。リアルトのエリック・ヤングはコーコランにあるカリフォルニア州刑務所に投獄されていた。メアリーベスに話しながら、母親は泣きはじめた。

どちらの場合も、メアリーベスはあやまった。

コヴィーナの家では、大学生の母親と思われる年齢の女性の録音された声に、伝言をどうぞと言われた。メアリーベスは考えた。メッセージを残し、携帯に電話をくれるように頼んだ。

だが、コ、ヴ、ィ、ー、ナ、だ、と思った。

もっと時間のあるときに、〝エリック・ヤング〟と〝コヴィーナ〟のくわしいサーチをすることにした。たぶんこのエリックがどこの学校に行っていたか、ブログか新聞に名前が載ったことがあるか、などが判明するはずだ。もしかしたら、長い黒のトレンチコートを着ていたせいで放校になったとか、小動物の虐待で逮捕されたことがあるとか、わかるかもしれない。これほどかんたんに解決する可能性を思うと、かぶりを振るしかなかった。

スタッフ会議とランチのあと、デスクでさらに長い時間をかけて続きのリサーチができるといいが。

ワイオミング州メディシンウィール郡のウィリアム・クリッチフィールド（別名ビル・クリッチフィールド）、ユージン・スミス（別名ジーン・スミス）の名前をメアリーベスが打ちこむと、ＲＭＩＮのデータベースは反応した。

前科のリストをスクロールしながら、口笛を吹いた。小切手の偽造、数回の飲酒運転、住居侵入、加重暴行、不法な身体接触、狩猟動物の乱獲、許可証なしの釣り、数回の仮釈放違反。二人はチームで行動しているらしい。なぜなら小切手詐欺と飲酒運転以外の罪は、すべて同じ日付で記録されているからだ。

「大当たり」と彼女はつぶやき、ジョーに送るためにサイトのテキストをコピーしてワードにペーストした。

ジョーが向こうに着いてからすぐに調査の手伝いを頼んできたことが、メアリーベスは気になっていた。観察して報告するだけにするという誓いを、彼は守っているのだろうか。だが、夫をよく知りすぎているので、彼女にはその答えがわかっていた。頼まれた情報を送ることで、ジョーが早く向こうを出て家に帰ってくるように祈るだけだ。

情報を送ろうとしていたとき、この五年間、二人の男はともに起訴もされていないし有罪にもなっていないことに気づいた。それ以前の犯罪歴の多さを考えて、彼女はもう一度検索をやりなおした。しかし、新たな事実は上がってこなかった。

週一度の会議のためにほかの図書館員や支援スタッフが集まりはじめたので、メアリーベスはデータベースからログアウトし、検索履歴を削除した。

ハンドバッグに入れようとしたとき、携帯が振動したので画面を見た。〈非通知番号〉

コヴィーナだ、と思い、だれにも聞かれないように会議室のドアに背を向けて応答した。

「もしもし?」

相手の声はためらいがちだった。「少し前に電話してきました?」

コヴィーナの家の留守電メッセージと同じ女性の声だが、さっきよりよそよそしく疑いが感じられた。

「はい、わたしです」

「なぜ電話してきたんです? 伝言は聞いていませんが、発信のエリアコードが307で……」女性は最後まで言わなかった。

「ワイオミング州からかけたんです」

「わかっています」女性の口調は疲れていると同時に警戒している、とメアリーベスは感じた。

メアリーベスが説明する前に、女性は言った。「いつかこの電話が来ると思っていました、ああ神さま、彼はなにをしたんです?」
メアリーベスの背筋を戦慄が走った。

## 15

### サンドクリーク牧場

「おれがリードするから口を閉じていてくれ」大きなヒロハハコヤナギの陰にテンプルトンがATVを止めている場所へ、刈りたての牧草地を横切りながら、ラッタは肩ごしにジョーに言った。

「わかった」ジョーは簡潔に答えたが、憤慨していた。まだラッタに怒っていたし、彼がしょっちゅう警告するのにうんざりしていた。

ラッタは数歩先を必要以上に速く歩いている。ジョーより先に牧場主のもとに着こうとしているのだ。

ラッタの肩の向こうで、体がこわばった様子のテンプルトンがATVから降りるのをジョーは見た。牧場主は長い腕を上げて伸ばしてから、下げて両手を腰に当てるとかすかに訪問者に会釈した。

ジョーが最後に見た写真よりも、彼は老けていた。着古した作業服姿にもかかわらず、テンプルトンは育ちのよさを失っていなかった。ジョーが写真から想像していたよりさらに背が高く痩せており、短い髪の色は黒よりも銀のほうが目立つ。感情を表わさない、鋭い知的な目をしていた。以前は薄かった口ひげは、幅も長さも上唇全体をおおうまで伸びて両端が少し垂れており、タバコの〈マールボロ〉の宣伝の男に似た雰囲気だ。印象的な人物だな、とジョーは思った。男でもつい二度見してしまうタイプだ。

胸ポケットで携帯が振動するのを感じ、足を止めてとりだした。メアリーベスからのメールで、〈できるときに電話して。E・ヤングについての情報〉と書かれていた。

ジョーはたたずんで、すぐにかけるべきかどうか考えたが、緊急だとは書かれていなかったので、少し待てるだろうと思った。とくにテンプルトンが真正面にいるいまは、かけられない。この牧場主と直接会えるチャンスは二度とないかもしれないし、会えば自分の任務は終了に近づくかもしれない。彼は携帯をポケットに戻した。視界の隅に、ラッタがこの機会にジョーとの距離をさらに広げようとしているのが映った。

ラッタは牧場主に近づいてあいさつすると握手を交わし、テンプルトンの耳に顔を近づけてなにかささやいた。テンプルトンはラッタから聞いたことになんの反応も示さなかったが、やんわりとラッタを脇に寄らせてジョーのほうへ進みでた。

「ウルフガング・テンプルトンだ」大きな乾いた手で、彼はジョーと握手した。「このあたりのほとんどはわたしの土地なんだ」声音は平板だが、権威を感じさせた。

「お会いできてよかった」ジョーは自己紹介してから言った。「いいところですね」

「見かけよりはいろいろある場所だよ、それは間違いない」テンプルトンは丘陵地帯へ顔を向けた。

テンプルトンの発言には表面上より深い意味があるように、ジョーは思った。

だが、それがなにかわかる前に、ラッタがあからさまに二人のあいだに割って入った。

「ミスター・テンプルトン、しばらく前にサンドクリークの下流に一般立ち入り許可狩猟地域二ヵ所を設ける話をしたのを覚えていますか、郡道のはずれの……」

許可地域の枠組み、地主および地元社会の利点、親善の促進などについて、ラッタはえんえんと説明した。彼がこんなに多く、しかも早口でしゃべるのを聞くのは初めてだった。ジョーはそのまま、口はさまずにおいた。ラッタは神経質になっていて、おそらく萎縮もしているのだろう。ジョーは、ウルフガング・テンプルトンの人となりを読みとることに集中した。

初対面のときの勘を信じることを、ジョーはメアリーベスから学んでおり、釣り人、ハンター、野外を好む個人との長年の出会いを通じて、その能力に磨きをかけてきた。テンプルトンの第一印象は、自分の欲求をやりとげる情熱と、それを実現させる忍耐力を合わせ持った人間だということだった。また、牧場のフェンスや道路や排水路ばかりか干し草の収穫までも、みずからの手で調べる完璧主義者でもある。なにも言わずラッタの話に一心に耳を傾けているように見えたが、それは疑わしいとジョーは感じた。テンプルトンは生涯で何千回もプレゼンを聴いてきて、どんなときも三十秒以内にその提案の多すぎる言葉数を本質にまでそぎ落とし、プレゼンテーターが思い描くよりもすぐれた一つの文にまとめられる男のようだ。

ジョーは何度も邪悪な男たちと出会ってきた——極度に暴力的な犯罪者や、秘めた動機と意図を持つ犯罪者——だが、テンプルトンはその種の雰囲気を発散してはいない。また、テンプルトンの態度にはなにか、倦怠(けんたい)と疲労困憊(こんぱい)を思わせるものがあった。猟区管理官の善意はわかっていても、自分はあまりにも多くのものごとを抱えていてラッタに割く時間はない、というような。

州との交渉や合意についてラッタがしゃべるあいだテンプルトンはわずかにうなずいていたが、その目はまず刈られた牧草の列に、次にジョーに向けられた。ジョーへの視線は長く留まり、彼は居心地の悪さを感じた。

立ち入り許可狩猟地域を私有地に設ける場合の財産税の軽減についてラッタが話している途中で、テンプルトンはさえぎった。「わかった、一ヵ所作ろう」

ラッタは驚いたらしい。ふたたび利点についての説明を始めた。

「一ヵ所と言ったんだ」テンプルトンはきっぱりと答えた。「すべての書類を牧童頭のミスター・ウィリアムズに送ってくれ。境界を設けることに関しては彼とだけ相談してほしい。

きみとミスター・ピケットから連絡があると彼に伝えておく」

「思っていたよりすんなりいきました」ラッタは笑った。「ご質問やご心配があるかと――」

「その件はわたしの優先順位リストのトップではないが、とにかくイエスと言った」テンプルトンはジョーのほうを向いた。「なかなかイエスを答えと捉えられない人たちもいるんだな。では、あなたはこのあたりは初めて？」

ジョーはうなずいた。

「お住まいは？」

「ビッグホーン山脈地帯です」

ラッタが言った。「彼がここにいるのはほんの二、三日です。この立ち入り許可地域の交渉を何度かやった経験があるので、それで――」

テンプルトンは手を振ってラッタを黙らせ、そっけなく横を向いた。ジョーにはこう言った。「いいところだろう？」

「ええ」

「入植者を一、二代さかのぼれば、手つかずの大自然だったんだ。この郡で周囲に目にするものは最初の見本というわけだよ、崩れかけていてもね。考えてみてほしい、たとえ古く見えてもいかに新しいか。ほとんどの文明は何世紀も積み重なってできている。ここは違う。あなたが見ているのは野生の土地を馴らし、そこから生活の糧(かて)を得ようとする最初の試みなんだ。ブラックヒルズ・バージョン1。スー族とシャイアン族については勘定に入れていない――最初にここに来たのは彼らだ。だが、彼らは狩りをして通り過ぎた。ティピー（皮・布張りの円錐形テント）の跡以外、なにも残さずに」

ジョーはうなずいた。

「無口なんだね？」

ジョーはラッタにもうなずいてから言った。「彼はわたしがしゃべりすぎると考えています」

テンプルトンは大きく息を吸ってゆっくりと鼻から吐いた。

「ある種の方法でわたしを守らなくてはいけないと、ここの大勢の人々が感じているのは奇妙なものだ。かつてはチャーミングだと思っていたが」

どういう反応をしたものか、なんと答えたものか、ジョーはわからなかった。

ラッタがまた口をはさむ前に、別の車が牧場のアクセス道路を州道へ上っていく音が聞こえた。

三人とも目を上げると、ドアに〈サンドクリーク牧場〉のロゴをつけた最新型の白のサバーバンだった。スピードを出しすぎているので、急カーブの向こうから対向車が来たら正面衝突しかねない、とジョーは思った。タイヤはもうもうとほこりの雲を舞いあげている。

サバーバンが通過したとき、ジョーは中に三人の人影を見た――前部にはドライバー、後部二列には一人ずつ女性がすわっていた。窓はスモークになっていたが、青白い手がテンプルトンにさよならと手を振るのが見えた。

テンプルトンも手を振りかえした。「出発したか」彼は言った。「ラピッドシティの空港へ行って、それぞれ来たところへ帰る」

「だれなんです？」ジョーは尋ねた。横からラッタがにらむのを感じたが、知らないふりをした。

「ゲストだよ」テンプルトンは答えた。「訪問しているだけなのを忘れたゲスト」

テンプルトンは遠ざかる車を見送った。サバーバンが最後の丘を曲がると、肩から重しがとれたかのように表情が和らいだ。

「たくさんのゲストが来るんでしょうね」ジョーは言った。

「ああ。いいのも悪いのも」

「車に乗っていた二人はいいほうなのかと思いますが」

「そう。だが、ひじょうに特別な人がとってかわるのでね」

ジョーは眉を吊りあげた。

テンプルトンは続けた。「状況や現状がどうあれ、まっすぐにこちらの目を見て人間を判断し、彼女自身をさらけだしてくれる特別なだれかに突然出会って、ほかのすべてのことが消えていき、彼女が自分の人生の一部になるとわかる。おそらく、大きな一部に。そういうことがありうるというのは、人生の驚嘆すべき事実だよ。それが起きたときは、いまの生活の再考が重要だ」

ラッタはぽかんと口を開けた。あきらかにどう反応したらいいのかわからず、テンプルトンがジョーに対してこんなふうに話していることに少々ショックを受けているらしい。

「がらくたを整理する潮時だと悟るんだ」そう言いながらテンプルトンは片手を上げ、去っていくサバーバンの記憶に向けてか、指をひらひらさせた。

「特別な女性に出会って牧場へ戻ったあと、わたしはさっきの二人をもう見ることすらできなかった。キャヴィアとシャンパンを供される晩餐から、夕食にスパムの缶詰を開ける家に戻ったような違いだった。だから、あの二人には出ていってもらって空気を浄化する頃合いだったんだよ」

「その特別なレディはいつこちらに？」ジョーは聞いた。

「もういつ着いてもおかしくない」テンプルトンは夢想に浸っているようだった。

「さっき川で別のゲストに会いましたよ。ウィップと名乗っていたが、興味深い男だった。ヴィンテージものの竹の竿で釣りをしていた。「ああいうのはめったに見かけない」

テンプルトンはハッと現実に戻ったかのようだった。「それはたぶんわたしの大事な仲間だろう」

「彼は違反切符を切ろうとしたんです」ラッタが言った。「さいわい、わたしが事態を見て止めましたが」

テンプルトンは賛意を示してうなずいた。「それはよかった」

ジョーは言った。「もしまた彼が大型の魚を多く釣りすぎていたり、許可証を持っていなかったりしたら、かならず違反切符を切ります。あなたのほかのゲストに対しても同様です。だから、規則や規定がどうなっているのか皆さんに知らせておいたほうがいいのでは」

ラッタがうめいた。

テンプルトンはジョーに向きなおった。「その点は真剣に考えなおしてもらえないかな。わたしの仲間には、そう、あなたは嫌われないほうがいい」

「そのメッセージはよくわかりました。機嫌を損ねないように気をつけたほうがいいゲストはほかにもいますか？」

進行中のゲームに気づいているように、テンプルトンは微笑した。「ほかのゲスト？」

「そう、野外に出て狩猟漁業局の規則など無視して行動しそうなほかのお仲間とか。たとえば、許可証なしで釣りをしたり、禁猟中のキジを撃ったり。あとは許可なくタカ狩りをしたり――そういったことです」

タカ狩りという言葉にテンプルトンの口の隅がぴくりと動いたことに、ジョーは気づいた。

「なぜ聞くのかな？」

「ジョー、もう行かないと」ラッタがせかした。

テンプルトンは言った。「そう、わたしは牧草地の検分に戻らないと。雨が降らなければ、刈られた草を明日梱にする作業にかかれる。今年最後の刈り入れなんだよ」

時間をとってくれたことと立ち入り許可狩猟地域開設に同意してくれたことに、ラッタはたいそうな感謝の言葉を述べ、ジョーの腕をつかんで引っ張っていこうとした。

「お会いできてよかった」ジョーはテンプルトンに言った。

「こちらも」テンプルトンは、まるで初めて見るかのように冷ややかにジョーを眺めた。

ラッタにこう言ったとき、テンプルトンの態度は真剣だった。「きみの計画について、明日まではミスター・ウィリアムズに連絡しないでくれ。わたしの特別なゲストのための歓迎レセプションと夕食会の準備で、彼は今晩忙しい」

「わかりました、ミスター・テンプルトン」ラッタは答えた。

ジョーに向かって、テンプルトンは言った。「〈ウィスパリング・パインズ・モーテル〉の設備に満足しているといいが」

ジョーはうなずいた。もちろん彼は知っているわけだ。だが、どの程度知っているのだろう?

「彼のゲストについてのあれはいったいなんだったんだ?」ピックアップの中に戻ったあと、ラッタは叫んだ。「口を閉じて、話はおれに任せろと言ったじゃないか?」

「あんたはたっぷり話した」

ラッタは手首でハンドルを勢いよく叩いた。「彼はあんたと友好的に接していたのに、いきなりあんたは彼自身の土地で彼のゲストの話を持ちだして、詰問しはじめた」

「詰問というのは言い過ぎだ」

「そして、タカ狩りをしているだれかについてのあれはなんだ？　このあたりのタカ狩りの許可を出しているのはおれだが、だれも申請していない。あれはなんだったんだ？」

ジョーは肩をすくめた。「ちょっと思いついただけだ」

「なんてことだ」ラッタは吐き捨てるように言った。

「彼が招き入れる特別な女性とはだれだ？」ジョーは尋ねた。

「まったくわからない。どうしておれが知っているとか関心があるとか思うんだ？　おれには関係ないし、あんたにも間違いなく関係ない」

「たいした女性なんだろうな」

「どうだっていい！」ラッタはどなった。「彼のプライベートな人生だ。過去には大勢の女性がいたよ。南部出身の黒――失礼、アフリカ系アメリカ人――の女性もいて、ふるいつきたくなるほどの美人だ。彼女がまだあそこにいるのかどうかは知らない。彼女たちのだれにも興味はないし、あんたもそうあるべきだ」

「彼があの話を始めたんだ」

「たんなる世間話だ。愛想よくしようとしただけだよ。それなのに、あんたはめちゃくちゃにしてくれた」

「まあ、おれはあんたやここのみんなのように、彼に掌握されたくないんだ」

ラッタが答える前に、ジョーは続けた。「このあたりでなにが起きているのか教えてくれ。あんたはしゃべるのが好きだ、だからしゃべってくれ。あんたが連中につかまれている弱みはなんだ、そしてこの地区には法律を超越している一団がいるのはなぜだ。おれについて彼らになにを聞かれて、そしてなにをしゃべった？」

「言えない」ラッタはやっきになって拒んだ。

「だったら話は終わりだ。おれの車まで送ってくれ」

「終わりだとも、あんたの言うとおりだ。おれはもうあんたを守ってやれない。おれの地区でなんでも好きにすればいい」

「守ってもらいたくないし、必要ない」ジョーは答えた。「あんたがそんなことを言うなんて、ここはどういう場所なんだ？　ここの住民全員がおれとおれの仕事を知っているのはどうしてだ？」

「もう話しただろう」ラッタは砂利道で乱暴に何度かハンドルを切りかえして、もと来た方向へピックアップを向けた。「ここは違う世界なんだ。あんたが属していないのは明白だ」

「そこは、同意するよ」

二人はしばらく黙って、それぞれの怒りをくすぶらせていた。ラッタと別れるまで、ジョーはメアリーベスに電話するのを控えていた。この猟区管理官にはなにごとも知られたくはなかった。

州道に出ると、ラッタは言った。「おれがあんたの立場なら、犬を連れ、荷物をまとめて今晩家へ帰る。立ち入り許可地域に関する手助けは忘れろ。おれだけでできる」

「まだおれを守っているのか？」ジョーは尋ねた。「だれから？　なにから？」

「くそ。おれは自分自身も守っているんだ。エミリーのことを考えなくちゃならない」

ラッタの口調は和らいで不安と懊悩（おうのう）が漂い、ジョーは彼が気の毒になった。

「おれたちの協力は終わりだ」ジョーは言った。「だからといって、すぐには出発しない。しかしおれがなにをしようと、あんたを巻きこみはしない」

「そのほうがいい」ラッタは長い震えるような深呼吸をした。

メディシンウィールに近づくと、ラッタは言った。「このことすべてを報告書に書かないだろうな？」

ジョーは答えなかった。

「ここだけの話にすると言ってくれ。二人の猟区管理官同士のたんなる誤解だ。おれは新しい局長をまったく知らないし、彼女に悪い印象を与えたくない」

「彼女に報告書を送るつもりはないよ」ジョーは答え、それは嘘ではなかった。「送らないでくれ。おれたちの関係が終わっておれが脇に下がれば、ことはすむ。もしあんたがおれも敵に回すなら、話は別だ」

ジョーはラッタを見た。相手の目には恐怖と決意がないまぜになっていた。そして、それよりも悪いものはない。

ラッタは別れも告げず〈ウィスパリング・パインズ・モーテル〉の駐車場でジョーを降ろし、走り去っていった。駐車場にはジョーのピックアップしかなく、まだ客は自分一人かと彼は思った。ラッタの車の後部バンパーがライトを点滅させながら道路の脇の木立を遠ざかるやいなや、ジョーはメアリーベスに電話した。

「エリック・ヤングのことでなにがわかった？」彼は尋ねた。

「未成年のデータベースにはアクセスできなかったけれど、調べられた範囲では彼に前科はない。でも、彼の母親を探りあてたと思う」

雲はサウスダコタ州へ流れていき、真昼の太陽が頭上で照ってアスファルトを温めていた。

ジョーはピックアップのグリルに寄りかかった。

メアリーベスは午前中の調査についてくわしく語った。「だれかが前触れもなくわたしに電話してきて、『シェリダン・ピケットのお母さんですか？』とか『ルーシー・ピケットのお母さんですか?』とか聞いたら、最初にわたしの頭に浮かぶのは交通事故よ。でなければ、ほかの恐ろしい事故」

「そうなのか?」

「そうよ。母親ってそういうものなの」

「了解」

「どうも。でも、唐突に知らない人がかけてきて『エイプリル・キーリーのお母さんですか?』って聞いたら、そうね、たちまちほかのシナリオが山ほど浮かぶ。留置場に入れられているとか、パトカーの後ろに乗せられているとか、たぶんそんな場面を想像するでしょう。ぜったいに認めたくはないけれど、それが本心」

ジョーはうなずいた。相手からもっとくわしい話を聞かなければ、自分はいまのような想像はまったくしないだろうと思いながら。

「だから、ミセス・ヤングが『いつかこの電話が来ると思っていました、ああ神さま、彼はなにをしたんです?』っていきなり口走ったとき、こわくなったのよ、ジョー。この女性はエリックはなにかとんでもないことができるのを知っている。信じて――母親にはわかるの。それで、シェリダンにトラブルが迫っていると確信した」

ジョーは大きく息を吸った。「そのあと相手はなんと言ったんだ?」

「なにも」メアリーベスはため息をついた。「彼女は電話を切ったの」

「またかけてみた？」

「いいえ。すぐにかけなおしたら、怯えさせてしまうと思って。あきらかに、わたしと話したくないし、息子についてなにも聞きたくなさそうだった。考えてみて。もしわたしがララミーの警察署長か大学の警備責任者で、電話してきたとしたら？　衝動的に口走る前に、ミセス・ヤングはわたしがだれなのか、なぜかけてきたのか聞こうともしなかったのよ」

ジョーは言った。「今晩もう一度かけて話してみたら？　その、母親同士として？」

「そのつもり。彼女はまたエリアコードを見て出ないかもしれないけれど、わからないでしょう？　もしかしたらそれまでに息子と話しているかもしれないわ。とにかく、わたしとしてはやってみるしかない。一方で、調査は続ける。ヤングがカリフォルニアからララミーへ行くまでのあいだに、どこか別の場所で痕跡を残している可能性もある。それに、まだSNSは手つかずなの。彼はフェイスブックをやっているはずよ、それに、たぶんブログやサイトに書きこみをしている」

「新しい情報がわかったら教えてくれ。おれは携帯を身近に置くようにするから」

「そうだ。あなたはほかに二人の名前を挙げていたわね……」

メアリーベスは、ビル・クリッチフィールドとジーン・スミスのくわしい前科記録を伝えた。

「この五年間はまったくなにもなしか？」

「調べたかぎりはなにも」

「妙だな。二人とも更生したようには見えなかった」

「わたしも変だと思った」

ジョーは間を置いて考えた。「おれが話したあの裕福な牧場主なんだが。彼がこの郡へ越してきたのは五年前なんだ」

しばらく黙ってから、メアリーベスは尋ねた。「関連は?」

「確かなことは言えないが、あの二人が突然模範的な市民になったとは思えない。しかしあきらかに、だれも二人を逮捕していない。町の警官か保安官かジム・ラッタとやりあってて当然なんだが。二人とも例の牧場主の下で働いているのか、彼の弱みをなにかつかんでいるのか。だが、前のほうだろう」

「だったら二人に近づかないで、ジョー」メアリーベスは警告した。

彼はうなずいたが、もちろん妻には見えない。

「ジョー?」

「わかった」

「ジョー、状況はどうなっているの?」

「ヒートアップしている。ここにはあまり長居しないほうがよさそうだ」

そう言いながら、ジョーはモーテルのオフィスへ目を上げ、アナがあわてて窓辺から引っこむのを見た。そこでジョーを見張っていたのだ。

「よくやってくれた」彼は言った。「現時点ではＦＢＩよりきみのほうが結果を出しているよ。驚かないけどね」

「仕事をすませて早く帰ってきて」メアリーベスは言った。「ミセス・ヤングからなにを聞くことになるか心配だし、あなたは急いでララミーへ行かなければならなくなるかもしれない」

## 16

ワイオミング州メディシンウィール

ジョーはメアリーベスとの通話を終え、〈ラングラー〉の尻ポケットから八番キャビンの鍵を出した。

ドアノブに手を伸ばしたとき、チェックインのときアナ・Bが話していたことが脳裏に浮かんだ。デイジーは彼が外にいるのを聞きつけたらしく、早く会いたくてドアの内側で鼻を鳴らしている。だが、ジョーは鍵を差しこまなかった。

あとずさると、チャック・クーンの私用の携帯に短縮ダイヤルでかけた。

二回鳴ったところでクーンが出た。

「おれが伝えた三つの名前に関する情報を迅速に提供してくれて、ありがたいよ」ジョーはあいさつがわりに言った。

「いいか」クーンの声には静かないらだちがこもっていた。「ぼくはいま忙しいんだ。われわれみんなそうだ。昨夜州間高速八〇号線で、越境してきた九人の不法入国者を満載して東へ向かうヴァンを州のハイウェイパトロールが停止させた。それ自体はどうってことないが、そのうちメキシコか南米からは四人だけだった。三人がイエメン、二人がチェチェン。想像できるだろう、いったいどうなっているのか解明するために全員が総力を挙げている。あんたの要請から部下をはずさなければならなかったのは申し訳ないが――」

「気にするな。メアリーベスが全部調べたよ。だが、電話したのはそれが理由じゃない」

「一分ぐらいしか話せない」クーンは声を低めた。スーツ姿の男たちでいっぱいの部屋から

「ちょっと失礼」と言って廊下へ出ていく支局長の姿を、ジョーは思い浮かべた。

「充分だ。二十分以内にきみのオフィスの固定電話にかけなおすよ」

「だが、ぼくはデスクにいないだろう」

「いいんだ。いてもらう必要はない。かかってきた電話はそっちのサーバーに記録されるよな？」

クーンは答える前にちょっとためらった。「ああ。しかし、それは大っぴらに知られていいことじゃない」

「おいおい。きみたちＦＢＩがなにもかも記録しているのはみんなが知っているよ。とにかく、かならず通話を記録して、知事に送る場合に備えて文字起こししてほしいんだ。立件するときにそれを参照する必要があるかもしれない」

「ジョー、なにがわかったんだ？　一触即発の状況に聞こえるぞ」

ジョーは一人でにやりとした。「まだ爆発してはいないが、マッチの火はつけたかもな」

「なんの話をしているんだ？」

「ことを始動させる頃合いだ」

「おい、ちょっと……」クーンは警告しようとした。

「会議に戻らなくちゃならないんだろう。あとで説明するよ。きみの携帯にかける」

「取り決めを思い出せ――」

「タイムリーな情報提供にもう一度礼を言う。これまでのところ、おたくの連中はじつに役に立ってくれた」ジョーは通話を切った。


デイジーを外に出し、キャビンの裏の木立で運動させてやり、排泄もさせた。牝犬が木の幹のあいだを軽やかに駆けているあいだ、ジョーは八番キャビンの裏側の電線と電話線が外壁に入っている部分を調べ、並んでいるほかのキャビンの配線と比べた。アナがオフィスの別の場所から彼を見張っているといけないので、さりげない態を装った。

犬を走りまわらせていたとき、一台の車が駐車場に入ってくる音がした。木立の中から出ずに、八番キャビンの向こう側をのぞくと、二台のATVを縛りつけたトレーラーを牽引した、ミシガン州ナンバーのシボレー・シルヴァラードが見えた。ピックアップの二台には狩猟やキャンプの道具がぎっしりと積まれており、大柄で口ひげをはやした迷彩服姿の男二人が降りてきた。彼らは伸びをすると、モーテルのオフィスへ入っていった。どうやらチェックインするハンターたちらしい、とジョーは見当をつけた。では、アナ以外にモーテルにいる仲間ができるわけだ。

プラスティックのおもちゃを投げてデイジーにとってこさせて遊んだあと、そろそろ中へ入ることにした。ミシガン・ナンバーの車が駐車場でUターンして帰っていくのを見て、ジョーは驚いた。ハンターたちがモーテルか値段に不満を感じたのか——あるいは追いかえされたのか——と思い、後者ならなぜだろうと考えた。

キャビンの中で、彼はまたデスクの前にすわり、スパイラルノートに自分のための覚え書きをしたためた。書いたものを三度読みかえしたあと、クーンのオフィスの番号にかけた。クーンがいないと言っていたように、すぐボイスメールにつながった。

ジョーは言った。「州犯罪捜査部(DCI)？　こちらはワイオミング州猟区管理官ジョー・ピケットだ。ドン・ホワイト部長と話したい。もちろん、お待ちする」

背の硬い椅子の上でまっすぐすわりなおし、十数えてから言った。「ドン？　ジョー・ピケットだ。知ってのとおり、いまメディシンウィール郡にいて、ご要望どおり二日ほど嗅ぎまわってみた」

なにか質問されているかのように、間を置いた。「そうだ。じきに報告書を送るが、あなたは州司法長官のもとへ直接届けたくなるはずだと警告しておきたくてね。そちらの憂慮(ゆうりょ)は当たっている。ここは腐っているし、予想よりさらにひどそうだ。あなたが考えていた大陪審のアイディアだが、これほど大きくて広範囲な事件に対してはうってつけだろう。郡全体が芯まで腐りきっていると思う」

彼は覚え書きを見て、もう一度十数えてから続けた。

「そうなんだ。とにかく、わたしは弁護士でも検事でもない。だが、明日の午後までに召喚状と起訴状をそちらがとれるだけの犯罪的陰謀の強力な証拠を集められると思う。今日の午後、秘密の情報提供者と会う予定だ、だから供述を録音できるし、別の内通者とも明日の朝会う。二人とも進めるのに充分な情報をくれているが、報告書を書くためには正式におこなう必要がある。わたしが彼らの実名を入れずに書面にしても問題ないか?」

ジョーはデイジーを見た。牝犬はうずくまって、架空の会話を熱心に見守っていた。デイジーに向かって眉を上げ下げしてみせると、犬は床の上で尻尾をぱたぱたさせた。

「オーケー、了解した」彼はまた覚え書きに目を落とした。「二人は報復を恐れていて、名前を出したくないんだ。そしてここでは、わたしもその点を軽視できない。だれもが通じあっているように見える。

だから、今後は情報提供者の保護をあなたに確約してもらえれば、しゃべっても大丈夫だと彼らを安心させられる。しかし、いままで知りえたことからすると、大陪審の前で証言させるとなったら、そちらは最低限でも、ほかの多くの容疑も含むＲＩＣＯ法（特定の違法行為によって不正な利益を得ることで組織的犯罪をおこなう活動を規制し、犯罪行為に対する刑事罰と民事責任を定める法律）違反のケースとして動くべきだろう。

わかった、書類手続きに入れるように名前が必要だと言っていたな。話がついたのなら、いまから綴りを言う。いいか？」

ジョーは三十秒開けた。「最初はウィリアム・〝ビル〟・クリッチフィールド。五年前までは前科だらけの地元のチンピラだ。

ユージーン・〝ジーン〟・スミスはクリッチフィールドの相棒で、彼の前科歴も同様だ。わたしの推測では、二人とも地元の住民を黙らせてなだめておくためにサンドクリーク牧場に雇われている。彼らは脅しを使ってそれをやっている。二人の情報提供者のほかに、クリッチフィールドとスミスがこの五年間なにをしてきたか、証言してくれる住民たちを大勢見つけられると思う。だれも傷つけたり脅したりできない場所に彼らが勾留されれば、名乗りでてくる人々がいるはずだ。

オーケー、次は郡保安官Ｒ・Ｃ・ミード。彼はここで起きていることをすべて知っているようだが、唯一クリッチフィールドとスミスに関しては見て見ぬふりをしている。召喚状をとって、彼の銀行口座の記録を調べるといい。給料以外の支払いが振り込まれていても驚かないね。ミードは悪賢い古狸で、ゲームを心得ているからしっぽをつかみにくい。だが、刑務所入りが現実になってきたら、彼も悟るだろう。どんな元保安官も、自分がローリンズにぶちこんだ囚人たちと顔を合わせたくはないよ。

次はイーサン・バーソロミュー判事。ああ、彼の名前の綴りはもう知っている？　そうか。判事はミードと共謀している。クリッチフィールドやスミスのようなコネを持つ連中が、買収できない法執行官に邪魔されずに活動できるよう、二人は共同戦線を張っているんだ。そう、判事がだ。そこまで根深いんだよ。彼の銀行口座も調べるべきだ、彼の法廷の訴訟事件一覧表も。どんなケースが判事のもとには持ちこまれないのか、あるいは持ちこまれてもただちにはじかれるか、調べてみると興味深いだろう。

ミード保安官はバーソロミューを裏切るかもしれないし、逆もまたしかりだ、取引と引き換えに。だが、それはあなた次第だよ」

ジョーは水を一口飲んでから――しゃべりすぎだ――続けた。

「あと二人」忸怩たるものがあったが、どこまでも正直にやることが肝要だとわかっていた。チャンスはワンテイクだけだし、信用性がなければならない。「ジェイムズ・〝ジム〟・ラッタ。地元の猟区管理官だが、彼を名指しするのはつらい。支払いについては知らないが、あきらかになんらかの見返りを受けとっていて、賄賂に当たるレベルまでいっているかもしれない。そしてもう一人」ジョーは思惑があって声を高めた。「サンドクリーク牧場の客だ。南部出身の紳士だが、横柄で場違いな感じだ。彼の役割はわからないが、あきらかに例の大物と近い。竹の竿で釣りをしているんだ、ああいうものがどれほど高いか知っているだろう。

ウィップという名前で通っている、なにかを縮めた呼び名だと思う。まだフルネームはわからない、でも今晩か明日までには調べるよ。こう言うのはただの勘だが、彼に探りを入れたら驚くべきことが出てくるように思うんだ。その偽名をそちらのデータベースでチェックして、なにかわかるか見たほうがいい。ウィップという名の男はそうたくさんはいないだろう。

ああ、大勢なんだ。そしてそのリストに追加もあるかもしれないし、訂正する必要も出てくるかもしれない。われわれ二人とも、これがどれほど上までいきそうかわかっている。

じっさい、今日テンプルトンご本人に会ったよ。あれ以上感じのいい人物もなかなかいない。だが、起訴状をふりかざされたら、いまの男たちの一人かそれ以上が、そちらで個々に締めあげられれば口を割るよ、賭けてもいい。取引に応じて、自分より上の立場の人間を告発するだろう。いまはそんなところだ」

そのあとジョーは一拍置いた。「ありがとう、ドン。感謝する。メールの受信箱から目を離さないでくれ、そしてちゃんと読んでくれよ」

ジョーは通話を終えた。部屋はひんやりしているのに、彼はうっすらと汗をかいていた。目を閉じて、へまをしなかったことを祈りながら話した内容を思いかえした。しかし、もしへまをしていたとしても自分にできることはあまりない、と悟り、恐ろしくなった。

制服をぬいで着古したスナップボタンのカウボーイシャツと黒いフリースのベストに着替

え、服と持ちもの全部をベッドの上のダッフルバッグに詰めた。だが、ひげ剃り用の道具は一晩泊まったと見えるようにバスルームに残しておいた。急いで出なければならなくなったら、引っつかんでダッフルバッグに放りこめばいい。あたりを見まわしてすべてを入れたことを確認するあいだ、天井を見上げずにいるのはむずかしかった。

デイジーを呼んで外のピックアップへ行くと、牝犬は運転台に飛び乗った。〈ウィスパリング・パインズ・モーテル〉をあとにして午後の日ざしの中へ出ていくとき、アナがオフィスの窓からのぞいているのにジョーは気づいた。

# 17

ワイオミング州サンダンス

一時間半後にサンダンスで、二ブロック離れた閉店した自動車修理店の裏の、使われていない屋外駐車場によく目立つ緑のフォード・ピックアップを隠した。そのあと、ジョーは町はずれの牧畜用具店に並ぶ中古の三輪と四輪のATVを見て歩いた。エンジンがついている中古ならなんでも売っているようだ──トラクター、バックホー、小型トラック、乗用芝刈り機、干し草用収集機。砂利の車置き場はオイルでよごれ、油圧液の臭いがした。

狭いオフィスで、ふっくらと逆毛を立てた髪型の女が電話をしながら用心深く彼を見ていた。しゃべっているとき、くわえているタバコが上下に揺れる。ジョーは彼女に手を振って、ATVの列のほうを示した。女は、空いているほうの手で〝すぐ行くから待ってて〟という身振りをした。彼はわかったとうなずいた。

オフィスの上の看板には〈返品不可、交換不可、全品返品不可〉と書かれていた。

ポケットで携帯が振動──メッセージが着信──したので彼はとりだして画面を見た。チ

ャック・クーンの私用の携帯からだった。〈伝言を聞いた。いったいなんだ、くそ〉

ジョーは微笑して返信した。〈連絡を待て〉

携帯をポケットに戻したとき、狭いオフィスから女が頭を振りながら出てきた。

「ごめんなさい。お客さんがいるのは見えたんだけど、銀行の話が長くて。この店をやっていくために、リボルビング方式の支払いにしたいんだけど、向こうの要求がとんでもないのよ。あたしが始めたこの店を奪いとる気みたい、でも二十八年もやってきたんだからね。銀行は連邦政府の政策のせいだと言うけれど、あたしは連中のせいだと思う。店を閉めて、このあたりのほかの人たちと同じように福祉に頼るほうがずっと楽かも」

女は背が低くがっちりした体格で、卵形のヘルメットのような髪型に、ジョーはバッキンガム宮殿の衛兵を思い出した。派手な花柄のブラウスを着て、きつすぎるジーンズと傷だらけの赤いカウボーイブーツをはいている。

「ケリ・アン・ファーヒーよ」女は並んだATVのほうにさっと手のひらを振ってみせた。

「この店はあたしの、そしてあなたはハンターね。森の中へ入っていけてシカとかエルクを運んでこられるものを探しているんでしょう」

「そんなところだ」ジョーは答えた。

「こういうのを買うにはちょうどいい時期よ」彼女は言った。「ハンターは国中からここへ来るけれど、どれだけ大勢がオハイオとかまで牽引していかずに、装備を投げだして帰るか知ったら、あなた驚くわよ。だからうちには在庫がたくさんあるの」

「なるほどね」

「とくに気になるのはある？」

ジョーは比較的新型の緑のポラリス・スポーツマンのほうにうなずいてみせた。ボディとフレームはへこんでいるが、新しいノビータイヤ（トレッド面がいぼ状になっている）が四輪ついてるし、後部のラックにはサドルバッグが、前部のキャリア台には頑丈なライフル用ケースがとりつけられている。

「びっくりよ」彼女は気を鎮めるように一歩下がった。「あなたはまっしぐらに一番の値打ちものを選んだ。嘘じゃない。これは地元の牧場主のところから来たばかりなの。走行距離はほとんどないし、お望みの場所へ行けてなんでも引っ張ってこられる馬力がある。牧場主はそのケースのところに灌漑用のシャベルをとりつけていたけれど、きっとあなたの狩猟用ライフルにぴったりよ」

「おれもそう思っていたよ」ジョーは言った。

女は燃費やホイールベースや4ストロークエンジンのスペックについて、よどみなく説明した。そしてそのATVに乗るとエンジンをかけて、ハンドグリップのアクセルを動かした。エンジンが高い音を発して耳をつんざくほどの轟音になり、あたりにツンとくる青い煙が充満した。そのあと彼女はエンジンを切った。

彼女は前に乗りだして肘をハンドルバーにのせ、秘密を分かちあうかのように声を低めた。

「そしてね、あたしから盗んだも同然の安値で買ったとだれにも言わないと約束してくれれば、五千ドルでいい。地元の人間にあなたがしゃべったら、みんなこの店に殺到して自分たちにも値引きしろと言いはじめるわ」

ジョーはケリ・アン・ファーヒーが気に入った。腕のいいセールスウーマンだ。

「まず確認してみないと」彼は携帯を出した。

彼女は訳知り顔でほほえんだ。「奥さんに伝えて、それに乗って買物にも郵便ポストにも行けるって。このベビーをご近所で乗りまわしたら、二十歳若返った気分になるって」

「すぐに戻るよ」ジョーは車置き場の端へ歩きだした。

「あたしはオフィスにいる」彼女はウィンクしてATVから降りた。「あなたが奥さんと相談しているあいだに、ほかのハンターが来てかっさらっていかないことを祈りましょう」

ジョーが電話すると、チャック・クーンは不信でいっぱいだった。「ぼくは伝言を三回聞いて、いまだにあんたが本気なのか妄想に陥っているのかわからない」

「おれもそうなんだ」

「説明しろ」

「わかった」ジョーはちょっと振りかえって、ファーヒーがオフィスにいて、権利書にサインさせようとすぐそばに来ていないのを確かめた。「用件は二つだ。おれは〈ウィスパリング・パインズ・モーテル〉に滞在することにした、州犯罪捜査部（DCI）の捜査官が泊まっていたところだからだ。客は本当におれ一人しかいない。だが、こっちは狩猟シーズンだ。知っているだろう――あんたは知らないかもしれないが――このあたりは秋のあいだだけ車が集まる辺鄙な地域だ。たいていのハンターは泊まる場所をえり好みしたりしない。だからあのモーテルにいるのがおれだけというのは、妙に思える。今日、何人かのハンターが追いかえされていたよ。〈ブラック・フォレスト・イン〉というところには大勢のハンターがいるんだ。追いかえされたハンターたちはたぶんそこに泊まることになるだろう。

モーテルの女性オーナーから聞いたが、ウルフガング・テンプルトンが客を回してくれる最大手だそうだ。どうやら、彼は自分となんらかの仕事をしにきた人々を、好んでそこに送りこんでいるらしい。女性オーナーは、テンプルトンを素晴らしい人物だと思っている。みんなそう思っている」

「彼女は信用できるのか？」クーンは尋ねた。

「わからない」ジョーは間を置いて続けた。「どうかな」

「とにかく……」

「モーテルには七棟のキャビンが残っている。オーナーの話では、火事のあとテンプルトンは残ったキャビンの配線が大丈夫かどうか確認するために、自分のところの営繕係を寄こしてくれたそうだ。そこでおれは考えた」

「いつだって危険のど真ん中だな」クーンは皮肉な口調で言った。

ジョーはとりあわなかった。「昨夜、キャビンの中でメアリーベスと携帯で話したんだ。そのとき、あんたに伝えたのと同じ名前に触れた。クリッチフィールドとスミスだ。そうしたら今朝、車で走っているときに前からクリッチフィールドの車が来ると、ジム・ラッタは怯えておれを見られないように車から降ろしたんだ」

「昨夜あんたが二人を警戒させたことと関係しているんじゃないか？　フロントガラスに名刺を残してきたんだろう？」

「おれも最初はそう思った、だがそれだけじゃないといまは考えている。ただ文句を言う以上の争いになるのを、ラッタは避けたかったんだろう。チャック、おれはモーテルのキャビンには隠しマイクと、おそらく監視カメラも仕掛けられているんじゃないかと疑っている。盗聴されていると思う。おれがメアリーベスと話して二人の名前を挙げたのを、何者かが聞いて彼らに知らせたんだ」

クーンはちょっと黙った。「じゃあ、テンプルトンが聞いていたと？　いまも聞いているのか？」

「盗聴器の向こうにだれがいるのかはわからない」ジョーは言った。「だが、メアリーベスと話してしばらくしてから、モーテルに一台の車が現れた。見なかったが、音が聞こえた。

何者かが様子を調べにきたんだと思う、おれのピックアップがそこにあっておれが部屋にいるかどうか」

「それはたいした材料じゃないな」クーンは苦々しく言った。

「ああ」

「じつのところ、被害妄想みたいに聞こえる。悪気はないよ、もちろん」

「おれの直感だけなんだ。この郡で出くわすだれもかれもが、なにかを知っていて、説明できない関係でつながっているように見える。今朝、彼らはジム・ラッタに早々と事情を説明したんだと思う、だからラッタは朝食に遅れてきた。保安官と判事がレストランにやってきたのは、おれを監視して、なにを話すか盗み聞くためだろう。そしてラッタがおれをサンドクリーク牧場へ連れていったのは、テンプルトンに会わせると同時に彼におれを値踏みさせるためだ」

クーンは長いため息をついた。「では、大きな陰謀が潜んでいるというのがあんたの意見か。どうだろうな。いまの話にはすぐ動ける材料はない」

「そうだな」

「じゃあ、なにをやろうとしているんだ、ジョー？　取り決めを思い出せ。あんたの仕事は嗅ぎまわって情報を集めることだ。話を聞いていると、現地を挑発しているみたいだぞ」

「もう言ったはずだ。きみへの伝言の内容のどれかが真実だとわかるかどうか、試している」

「マッチの火をつけたわけだ」

「それがおれのやっていることだ」

「録音に残した名前の全員が関わっているかもしれないのか？」

「わからない。しかし、彼らの大部分がそうだとしても驚かないよ。キャビンが盗聴されているという考えが正しければ、これで彼らをいぶりだせるだろう。互いに対立しはじめるかもしれない」

クーンは言った。「あんたの部屋の配線を調べに、うちの鑑識を一人行かせることはできるかもしれない」

「どのくらい時間がかかる？」

「二日ほど」

「忘れてくれ。そのころにはこの件は終わっている、どう転ぶにしても」

「ジョー、あんたは地元の保安官と郡の判事の関与を示唆している。同僚の猟区管理官は言うに及ばずだ。そしてテンプルトン本人——彼の名前も挙がった。彼らについてあんたがつかんでいることがそれで全部なら、これはあぶない領域だぞ」

「ああ。だが、考えてみてくれ。おれはだれも公式の容疑者にしてはいない。じっさい、もしキャビンが盗聴されていなければ、おれがやったのは独り言を言うことと、違う相手へのおかしな伝言を留守電に残しただけだ。もしおれが全面的に間違っているとしても、じっさいになにをやった？　なにもしていない、ただきみを怒らせて悩ませただけだ」

「こいつは規則に基づいていない」クーンは言いかえした。「現場の捜査官があんたのしたことをするのは、ぼくなら決して許さない」

「おれはきみの部下じゃない」

「その点はまったくありがたいよ」言葉とはうらはらに、クーンの口調は和らいだ。クーンがめまぐるしく頭を働かせ、これまで聞かされたことの意味を考えている姿がジョーの目に浮かんだ。クーンは尋ねた。「あんたの推測が正しいとして、それが本当だと証明できるまでどのくらいかかると思う？」

「すぐだろう」ジョーは答えた。「明日の午後までに必要なものを揃えるというきみへのメッセージで、そのあたりはわざとぼかしておいた。だから、連中が聞いていたら、あまり時間がないとわかるはずだ。行動に出るか、四散するかのどちらかだろう」

「そこがぼくは心配なんだ。状況が暴発したらどうする？」

「そのときはここから出る。必要以上に一時間でも長く留まりたくはない」

ジョーは大学にいる娘のこと、すぐに自分が対処しなければならないかもしれないことを、あらためてクーンに話した。

「その件を忘れていたよ。すまない。あんたが問い合わせたあの名前な。あまりにも抱えている案件が多くて……」

「中東のテロリストどもだろう。ああ、覚えているとも」

「われわれはそうは呼べない」クーンはどなるように答えた。

「了解」

「それで、あんたには本当に情報提供者が二人いるのか、それともほかのあれやこれやに伴う妄想か？」

「情報提供者はいない」ジョーは答えた。「いたらいいんだが。ウルフガング・テンプルトンが畏れ敬われるべき最高の存在だと考えていない人間が、だれかこのへんにもいるはずなんだ」

「もう一つ尋ねたい」クーンは言った。「あんたが言っていたこの南部の紳士というのはなんだ？　どういう立場なんだ？」

「さてね。だが、彼を外すことはできなかった。ＦＢＩが話を聞きたい男かもしれないぞ。彼にはおれを落ち着かない気分にさせるなにかがある。そして、あんなふうにおれと出会うはずじゃなかったんだ。ラッタもテンプルトンもそのことを心配していたようだった」

「それから、相棒のロマノウスキはどうだ？」

ジョーはかぶりを振った。「彼についての手がかりは皆無だ」

「本当に？」

「本当に」

「そうか、わかった。隠していることはなにもないな？」

ジョーはすぐには答えなかった。「中古のポラリス・スポーツマンを買う許可がほしいんだが。狩猟漁業局の予算はぎりぎりだし、おれにはこれ以上車両を買う権限はないんだ。こういう買物ができる裏金がきみたちにあるのは知っている。五千ドルの掘り出し物なんだ、セールスウーマンがおっしゃるにはね。天下のＦＢＩにとっては大海の一滴だろう」

「なにを買うって？」

「ＡＴＶ。全地形対応車だ」

「そいつは危険じゃないのか？」

狭いオフィスでクレジットカードを渡すと、ファーヒーは機械にカードを通した。家計が赤字にならないように、ＦＢＩが月末までに支払い分を振り込んでくれればいいが、とジョーは思い、これから来る請求書についてメアリーベスに前もって話しておくことを心に刻んだ。知事が給与を上げてくれたのはありがたかったが、この買物は増加分ではまかなえない。

「それで、どのあたりで狩りをするつもり？」彼女は尋ねてきたが、カードの認証を待っているあいだのただの世間話だとジョーは感じた。

「サンドクリーク牧場で狩猟許可をとっているんだ」

彼女はハッとして目を上げた。「そうなの？」

ジョーはうなずき、引くに引けない方向へ話を振ってしまっていないといいが、と念じた。

「あそこは本当に広いわよ。所有者は五年ぐらい前に越してきて、なにもかも買いあげはじめたの。ほかの牧場や、古い建物や、なんでもかんでも。このあたりの人たちはたいてい、ミスター・テンプルトンのところで働いているか、彼に借りがある」

「そんな話を聞いたよ」相手がこの話題を続けてくれることを願って、ジョーは言った。

「最初は死ぬほど怖かったのよ、だって彼が農場や牧場の備品を売る店を出そうとしているって、噂があったから。そうなったら競争になって、うちは商売あがったりになるのがわかりきっている。このあたりは景気があまりよくないから」

「だが、店は出さなかったんだな」

「まだいまのところはね」彼女はため息をついた。「でも、やりかねないと思う。このあたりで独力でやっている人たちに対して、ミスター・テンプルトンは親切には見えないの。そしてね、あたしは独力でやっている女なのよ。この手で二人の息子を育てたシングルマザーで、福祉のお金は一セントだって受けとっていない」

「じゃあ、彼はあなたが気にくわないのかな?」

ファーヒーは笑いだした。「あたしがいることにさえ、彼は気づいていないと思う。だけど、取り巻き二人は気づいているから、サンダンスで新しい立派な販売店をやったら成功するだろうって、彼に進言するかも」

ジョーは思った。ク、リ、ッ、チ、フ、ィ、ー、ル、ド、とスミス。

「どんな人なんだ?」

「ミスター・テンプルトン?」

「ああ」

「彼は地域社会にたくさんの貢献をしている」彼女は熱のない口調で言った。「彼がスポンサーになっていない、あるいはなんらかの出資をしていないケースはほとんどないわ。で、どうして聞くの? 彼と知り合い? 雇われているとか?」

この質問にジョーは驚いた。「いや、知り合いでもないし、雇われてもいない」

「ちょっと確かめただけよ。そうだとしたら、あなたは数少ない人たちの一人。その点、あたしと一緒ね」

「では、テンプルトンはあらゆるものに手を出しているってことか?」

「ありとあらゆるものに」

「それのどこが悪いんだ? 地域に博愛主義者がいるのはいいことじゃないか」

彼女はとまどった顔で見返した。

「ものごとに金を出して、スポンサーになってくれる人間」彼は説明した。

「そうね。でも正直なところ、ときどき考えるのよ。自分が疑い深いだけだと思うけれど、親切でお金持ちだからこの郡のためにあれだけいろいろやっているのか、それともこの郡を支配したいからやっているのか、って。そんな疑問を持っているのは、たぶんもうあたしだけだと思う。前はあたしの考えに賛成する人たちもいた。だけどミスター・テンプルトンは一人また一人ととりこんでいって、自分の側につかせてしまったの。それがお金の力なのね」

クレジットカードが認証されて、明細書が舌のように機械から出てきた。彼女はちぎって、署名できるようにジョーに渡した。

署名しながら、彼は尋ねた。「飛行機で出かけているあいだに、テンプルトンはどうやってそんな金をこしらえているのかな?」

答えるかわりに、ファーヒーはあいまいに笑って肩をすくめた。おしゃべりは終わりだ。

数分後には、ジョーは雑草だらけの路地をATVで走ってピックアップを隠した場所に着いていた。さっき雑貨店で買っておいた折りたたみ式のスロープ二本を使って、ATVを運転して荷台へ上げ、アイボルト二つにひもでしっかりと固定した。そしてゲートを閉めた。

情報提供者を見つけたのだろうか、と思った。

町から出る途中でコンビニ兼ガソリンスタンドに寄り、自分の車とATVを満タンにした。サンドクリーク牧場の本部へ行って戻ってくるだけの燃料を、新しい買物にちゃんと満たしておきたかった。

## 18

### ワイオミング大学、ララミー

授業のあいまに、シェリダン・ピケットは一人でエレベーターに乗って寄宿舎ホワイトホールの四階へ向かった。教科書——『刑事司法制度序説』と『化学１０２０』——を胸に抱えて、隅に立っていた。刑事司法制度の授業は、好きでもあり、嫌いでもあった。刑事司法制度は自分の思考回路に組みこまれているのだ、と彼女は思った。

四階でエレベーターのドアが開く前に、大きく深呼吸して気合を入れた顔を作った。笑顔だ。寄宿舎のアシスタントになるというのは、もはや入学して最初の二年間のような無名の存在ではいられないということだ。いまシェリダンは住んでいるフロアの学生全員が——それにおせっかいな舎監二、三人も——自分に注目しているのを知っている。寄宿生にとってシェリダンの行動はお手本であり、規則を曲げているところを決して見られないように、彼女は注意している。

扉が開くと複数の男の声が聞こえたが、エレベーターに乗ろうとして前に立っている者はいない。彼女は自分の部屋へ歩きながら声がしたほうをちらりと振りかえり、廊下の端でルームメイト同士がさかんに身振り手振りをしているのを見た。シェリダンは足を止めた。

二人はマット・ニコルとデイヴィッド・ハンサードで、ともにコディ出身の一年生だ。最初のルームメイトとはうまくいかずに、お互いを見つけて組むことにした。もっとも大きな部屋の一つである廊下の端の角部屋に入居している。シェリダンの目には、フード付きパーカを着て帽子をななめにかぶり、バギージーンズをはいている、ごく普通で元気いっぱいのワイオミングの少年に見える。狩りと釣りが好きで、大酒飲み。いま、なにかで派手にけんかをしている。これほど大声を上げる二人を、シェリダンは見たことがなかった。

あいだに入るのはシェリダンの役目ではないが、けんかをエスカレートさせたくもない。廊下に立って二人のほうに目をやるだけで、注意を向けているというシグナルを送ることになる、と彼女は思った。それだけで争いがおさまる場合も多い。

ニコルはどなっている最中に彼女に気づき、ふいに静かになった。

シェリダンは彼に手を振った。

ニコルから離れて部屋に入って見えなくなっていたハンサードは、ニコルがどなるのをやめた理由を確かめに突然ドア口に現れた。

シェリダンはハンサードにも手を振った。「あなたたち、どうかした?」

それには答えず、ニコルはルームメイトを見た。だが、ハンサードはにやりとして「ああ、どうも。なんでもありません」と言い、部屋のドアを閉めた。

シェリダンはさらに三十秒ほど待った。まだけんかをしているなら、静かにやっているのだろう。ここまででいい、と思った。

そのとき、すぐ前から近づいてくる足音が聞こえた。どなり声がまだ続いていたら足音はかき消されていただろう。目を向けると、エリック・ヤングの部屋から一メートルも離れていないところに自分が立っていたことに気づいた。ドアの下から細い光が洩れており、二本の足の影が光をさえぎっていた。

彼はそこにいる、とシェリダンは思った。ドアのすぐ向こう側に立っている。彼女の言葉を聞き、廊下で起きていることを聞いている。彼の部屋のドアの奥からはなんの音もしない――ビデオゲームの音も、テレビの音も、音楽も。ドアがなければ、自分はエリック・ヤングの真ん前にいるのだ。

冷静に、声をかけた。「エリック？」

返事はない。

もう少し大きな声で言った。「エリック？」

ドアの下から足の影が消えた。音をたてずにあとじさったのだ。

彼女は身震いし、自分の部屋に向かった。ドアを閉めて鍵をかけたときにはほっとした。

デスクに教科書を置いて、パソコンに入れた〈パンドラ・インターネット・ラジオ〉のクラシック・カントリー・チャンネルを選んだ。はっきりとは説明できない理由で——出身地のせいかもしれない——ジョージ・ストレイトやクリス・ルドゥーやパッツィ・クラインの歌いかたは、感情を整理するときに心地よく感じられるのだ。〈パンドラ〉が彼女の心を読んだかのように、クリス・ルドゥーの〈ルック・アット・ユア・ガール〉を流した。だが、まわりにだれかがいるときにこのチャンネルを聴いたことはない。あまりにもださいから。

部屋の壁には額入りの写真がたくさん飾られており、大部分は携帯のカメラで撮った女友だちとのセルフィーだ。家族の写真もある——全員が堅苦しい服装で、シェリダンはとくに写りがよく見えるフォーマルな一枚——それに、二年前の夏に馬の囲いのそばで友だちが撮ってくれた普段着の一枚。ビッグホーン・ロードの家の裏にある囲いの手すりに腰かけたパパ、ママ、ルーシー、そしてシェリダンもカメラのほうを見ている。ママはジーンズ姿で——乗馬するときの服装——ロホに乗ったばかりだった。エイプリルはいらいらした表情で脇に立っている。そして背後で強盗みたいに納屋の後ろから顔を出しているのは、ネイト・ロマノウスキだ。このスナップ写真らしい雰囲気が、シェリダンは大好きだった。だれもポーズをとっていないし、ネイトはこのとき不意打ちを食らった。タカ狩りの師匠であるネイトの写真を、彼女はこれ一枚しか持っていない。彼が撮られたがっていなかったのは間違いない。

ドアがノックされたとき、彼女は急いでインターネットラジオを消して、のぞき穴から外を見た。エリック・ヤングだったら、どうしよう。

だが、いたのはマット・ニコルとデイヴィッド・ハンサードで、二人とも両手をポケットに突っこんでうつむいていた。

「あら、どうも」彼女はドアを開けた。

彼らは口ごもるようにあいさつした。

「なにか用？ ランチに行く前に少しなら時間があるけど」

ニコルはおまえが言えよというふうにハンサードを見た。ハンサードは口を開いた。「ちょっとだけ話してもいいですか？」

「もちろん」

「中に入ってドアを閉めてもかまわないかな？」

シェリダンはちょっとためらったが、あとじさって脇に寄った。どちらも彼女の部屋に入ったことはない——二人とも相談しにくるようなタイプではないのだ。彼らは用心深く入ってきて、写真や飾りつけを眺めた。そのへんに下着が散らかっていなくてよかった、とシェリダンは思った。

「あなたなら信頼できますよね？」ハンサードは言った。「みんな、あなたは冷静だって言ってる」

彼女は肩をすくめた。「場合による。本当に悪いことなら――」

「そうなんです」ニコルは重々しく言った。

「確かじゃないよ」ハンサードは反論し、黙ってろという表情をルームメイトに向けた。

「なんなの？」

「オリエンテーションのとき、あなたの部屋のドアはいつでも開いてるって言ってましたよね。あなたを信頼できなければ、おれたちは大学から追いだされるかもしれない」

これはジレンマだ。シェリダンはなんの話か聞きたかったが、自分を――そして彼らを――危険にさらすようなことを知りたくはなかった。

「言えるのは、あたしはフェアにやるってことだけ」彼女は言った。「あなたたちが凶悪な犯罪をおかしたのなら、通報しないわけにはいかない。でも、もしそうでないなら――」

「ほらね？」ニコルはハンサードに言った。「ここに来るべきじゃないって言ったろ」

「彼女は寄宿舎のナチスじゃないよ、ほかの何人かとは違う」

「なんなの？」シェリダンは尋ねた。

ハンサードとニコルはまた視線を交わし、ハンサードが告白した。「おれたちの銃がなくなったんです」

シェリダンは息を吞み、指先で口をおおった。思わず出てしまった仕草だ。「どういう意味？　どこからなくなったの？」

「おれたち、それぞれベッドの下に入れてたんだ」ハンサードは答えた。「学生は寄宿舎に銃を持ちこんじゃいけないのは知ってます。おれたちは間抜けじゃない——銃の扱いかたは心得てるし、弾も入ってなかった」

「おれのには入ってた」ニコルが訂正した。

「彼のだけです、たぶん」ハンサードはシェリダンの顔を見ようとしなかった。

「わかった」彼女はデスクに寄りかかった。「大学内で銃を所持してはいけないのを、あなたたちは知ってるでしょ。どんな火器も寄宿舎には持ちこまないと寄宿生の合意書にサインしたし、そのことはオリエンテーションでも話した」

ニコルとハンサードはぼやくように認めた。銃所持は大学内で許されている、ただしワイオミング大学の警備局に保管されていればの話だ。届けを出して保管庫におさめられているなら、どの学生も銃三挺（ちょう）とボウガン一挺を所持できる。出し入れには写真付きの身分証明書が必要だ。

「しくじっちまったんです」ハンサードは説明した。「三週間ぐらい前に標的射撃に行って、夜遅く帰ってきた。保管所へ持っていくつもりだったんだ、だけどその時間がなかった」

「何挺の銃の話をしているの？」

「四挺」ハンサードは答えた。「おれの一二番径のショットガンとルガー三五七マグナム・リボルバー。マットのは二二三ブッシュマスターと九ミリ・セミオートマティック・ピストル」

「装塡されてるのはピストル？」彼女は尋ねた。

ニコルはおずおずとうなずいた。

「なくなったのはいつ？」

「そんなのわかりませんよ」ハンサードは言った。「この三週間のうちのいつだって可能性はある。さっきまで二人とも確かめもしなかったんだ――そのことでけんかしてたんです。おれが嚙みタバコの缶を落としてベッドの下に転がらなかったら、なくなってるのに気づきさえしなかった。取ろうとしてかがんだら、綿ぼこりしか見えなかった」

「あのピストルはどうしても取り戻さないと」ニコルは言った。「おばあちゃんのなんです」ハンサードは言った。「ショットガンはおやじのです。おれがなくしたとわかったら、殺されちまう」

「あなたたち以外に部屋の鍵を持ってる人はいる？」シェリダンは聞いた。

二人ともかぶりを振った。ニコルは言った。「それは考えてみたんです。じつはその、おれたちの部屋は一種のパーティルームになってて。金曜の夜と週末はドアを開けっぱなしにしてるんです。ときにはおれたちがだれかの部屋へ行って、自分たちの部屋はそのまま開けてる。おれたちの冷蔵庫にはビールが常備されてるのをみんな知ってるし、ふらっと入ってきて一本持っていく。だれでもあそこに入って銃を持ちだせた」

シェリダンは目をつぶり、明白な方法——大学の警備局に知らせる——以外にやりようがあるかどうか考えようとした。だが、通報すれば過剰反応を招きかねない。公共スペースに持ち主不明のバックパックがあるとだれかが通報しただけで、学期初めに全キャンパスがすでに一度封鎖された。結局、バックパックには教科書とグラノラバーが詰めこまれていたことがわかった。

「からかわれてるならいいんだけど。もしかしたら、友だちの一人がおれたちがあわてふためくのを見たがってるだけかもしれない」ハンサードは言った。

「それはありそうなの?」

「おれたちの友だちを知らないでしょう」ハンサードはぎょろりと目を回した。「一人なんか、マットのベッドに小便をして、マットは二日もそれに気づかなかったんだから」

「黙れよ」ニコルは真っ赤になった。

「おれたち、追いだされたくないんです」ハンサードは言った。

「わかった」シェリダンは言った。「ここまでならあたしはやるけれど、それ以上はだめ。いまはもう、あなたたちから聞いたからあたしも同罪よ。二日間あげるから、そのあいだに銃を取った人間を見つけだして。友だち全員と話をして。メールやメッセージや、なんでも必要なものを送って。もしだれかがあなたたちに悪ふざけをしたのを白状したら、銃を取り戻して預けるべきところへ預けるのよ。そうすれば、二度としないなら忘れてあげる。でももし銃が見つからなかったら……」

「おれたちはどえらいことになる」ハンサードは言った。

「あたしたちはみんなどえらいことになるのよ。だれかにiPodを盗まれたのとは、わけが違うの」

二人が去ったあと、シェリダンはランチに行く食欲を失っていた。同時に、自分に怒りを感じていた。楽な方法は、結果がどうなろうとも警備局に連絡することだったろう。でも、二人が退学になる責任を自分が負いたくはなかった。彼らは悪人ではなく、愚かなだけだ。ほかの新入生みんなと同じだ。

シェリダンは携帯を見つめて、パパに電話してアドバイスをもらおうかと思った。でなければ、この際ママでも。きっと大騒ぎするだろうけれど。

ニコルとハンサードはサドルストリングで一緒に育ったほとんどの少年たちと変わらない。銃は生活の一部なのだ。

そして、エリック・ヤングのドアの下に見えた二本の足のことを考えた。

シェリダンは手を伸ばして〈パンドラ〉のサイトの〈PLAY〉をクリックした。またクリス・ルドゥーだ。曲は〈フックト・オン・アン・8セコンド・ライド〉。

# 19

## サンドクリーク牧場

その日の午後遅く、ネイトは自分の掘っ立て小屋へ向かって車がまた山を上ってくる音を聞いた。南側の壁に新しいガラスと窓枠を設置していたところだった――開口部が直角ではないのでむずかしい作業だ。ショルダーホルスターをつけてから、だれが来たのか見に外へ出た。

「またきみか」リヴ・ブラナンが牧場のピックアップを止めて降りてくるのを見て、ネイトは言った。彼女は四角い白の封筒を手にしていた。

ブラナンはいたずらっぽくほほえみ、やがて満面の笑みになった。彼に対抗するのを楽しんでいるかのようだ。

「こんどは、公式の仕事で来たのよ」

彼女は歩み寄って封筒を渡した。日中気温が上がったので、けさの体を包む赤いダウンコートはもう着ていない。ぱりっとした白いボタンダウンのシャツの襟(えり)を開け、ストリングタイをゆるく締めて、魅力的かつビジネスライクに見えた。またコートを着ていてくれれば、とネイトは思った。

封筒を受けとると、宛名はシンプルに〈ネイト・R〉となっていた。

「レディご本人――そう呼ぶのはわたしがまだ彼女の名前を知らないからだけど――はラピッドシティ着の遅い便で今晩到着する予定。どうやら海外からのフライトらしくて、休息が必要なの。でも、ミスター・テンプルトンは明日の夜盛大な牧場風の歓迎ディナーを開きたいと思っていて、あなたにも出席してほしいんですって」

「では、これを開封する必要はないな？」

「開けなくちゃだめよ。この場で直接出欠の返事ができる」

「おれが忙しかったら？」

彼女は目を見開いて、口の中に虫でもいたかのようにほうっと息を吐きだした。「なにをしていて忙しいの？」

「家の修理だ。あるいはハトを探す。居場所の手がかりはあるんだ」

「ハト？　町中にいる鳥じゃないの？」

彼は首を振った。「かならずしもそうじゃない。ハトは古い建物の、たいていは梁（はり）に集まる。牧場の端に古い建物――二つの納屋――が見えるが、あそこはハトの天国だと思う」

「どうしてハトがほしいの？」

「タカの訓練に使う」

「じゃあ、ハトは標的ね」彼女は淡々と言った。

「そうだ」

「もっとましな言い訳が必要よ」

「おれが出席したくないとしたら？」

彼女は聞かなかったかのように手を振った。「彼があなたをここへ喜んで迎え入れたときのこと、覚えている？　あれと同じよ。新しいＶＩＰが到着したとき、家族の一員として歓迎されていると感じてほしいから、彼は全員の出席を望む」

ネイトは一声うなった。

封筒を開けて中のカードを見た。

「取り決めがあったと思っていたが」

「これは特別。彼女のためだもの」ブラナンは彼女という言葉に微笑を抑えた。心の奥底では嫉妬しているのだろうか、とネイトは思った。性的な意味ではなく、牧場への新たな女性の登場は、ブラナンの自由とテンプルトンとの距離に支障をきたすかもしれない。

「ネクタイ着用か？」

「いいえ」

「上着は？」

「あなたのために一着見つけてくる。出かけて買ってくる必要はないわ」

彼はかぶりを振った。

ブラナンはネイトの腕をつかんだ。「あなたがそこにいるのは重要よ。ミスター・Tが出席してほしがっている。自分でそう言ったの」

「では、交渉の余地はないわけだ」

「残念ながら。出席の返事と受けとっていい？」

ネイトは深呼吸してからため息をついた。彼女は説得がうまい。シャツの布地を通して、前腕に彼女の指のぬくもりを感じた。彼女に離してほしくなかった。それにあの微笑……

「そうだ。ミスター・Tはディナーのあとちょっとあなたと話したいそうよ。長くはかからない――彼は彼女をもてなさなくちゃならないんだから。でも、ディナーが終わったあと二、三分残ってほしいと伝えてくれと、とくに頼まれたの」

「おれにまた任務を頼みたいのか？」

「そっち方面にはわたしは関わらないの」

「なるほど、そうだろうとも」

皮肉を言われて彼女は鼻孔をふくらませ、ネイトの腕を離すと両手を腰に当てて彼のほうへ顔を突きだした。「オーケイ、ミスター、わたしは後方でこまごまとした手配はするかもしれない。旅行の予約、前払い金、偽の身分証明書――そういう事柄ね。そして、そっち方面は得意中の得意なの。だけど、任務をたちあげることには関わっていない。ミスター・Tが自分ですべてやるの」

「わかった」ネイトは両手を上げてみせた。「そう怒るな」

「あなたって人には、まったくいらいらさせられる」彼女は冷静になって言った。「ここのほかのだれだって、わたしを侮辱したら長くはいられなくなるのに」

彼はこのときもう少しでブラナンを引き寄せるところだった。彼女を腕の中に抱きあげて掘っ立て小屋へ運んでいきたい衝動を抑えた。相手が抗わないのはわかっていた。この応酬は口実だったのだ――二人とも、なにが芽ばえているか知っている。だが……

「そうそう」彼女はさっさとピックアップへ歩いていきながら肩ごしに言った。「ミスター・Tは銃は持ち込み禁止だって」

ネイトは眉を吊りあげた。

「ミスター・ウィップも来るけれど、彼にも同じことを伝えた」

ネイトはたじろいだ。「彼はなんだって？」

「あなたよりはるかに礼儀正しかった」彼女は髪をかき上げた。「わたしが頼めば、ミスター・ウィップはなんでもしてくれる」

そういうことか、とネイトは思い、冷酷な微笑を彼女に向けた。

「そんなのじゃないわ。彼はわたしのタイプじゃないの。あまりにもお金持ちのお坊ちゃん風で。わたしにとっては、とても大切な同僚の一人にすぎない。彼はそれ以上を望んでいるかもしれないけれど、そうなるとプロとはいえない。ミスター・Tは難色を示すでしょう」

「一つ聞きたい。ミスター・Tはきみがときどきここへ来ているのを知っているのか？　公式の用事がなくても？」

ブラナンは車に乗ってドアを閉めた。エンジンをかける前に、彼女は答えた。「いいえ、あなたもそれは言わないでくれるとありがたいわ。彼はやはり難色を示すはずよ」

「じゃあ、たぶん明日の夜に」ネイトは言った。

「彼女にはわたしに対するより愛想よくしてね」ブラナンは砂利の上で車をバックさせながら叫んだ。

## 20

ウィーデル〈ブラック・フォレスト・イン〉

ジョーが州道から侵入自由な草だらけの小道に入ったのは、午後も遅い時間だった。ウィーデルから三キロちょっと離れた古いリンゴ園を通る道だ。車を止めると、落ちた果実を食べていた太った鳥たちが何百羽も飛びたった。長年果樹の手入れも剪定もされていないのはあきらかで、三分の一は節だらけの黒い骸骨のようになっていた。古い農家が一軒あったが、窓ガラスは割れ、開いた玄関ドアは脅しの声を上げる悪霊の顔のようだ、とジョーは思った。だが、あたりにはだれもいない。

ジョーはスロープを設置して、ピックアップの荷台からATVを草の上にバックで降ろした。落ちていたいくつものリンゴを太いタイヤが砕き、ツンとくる臭いが漂った。廃屋の横のびっしりとからまったギンヨウグミの茂みの奥深くに、ATVを隠した。ショットガンをATVのライフルケースに移し、サドルバッグに予備の弾薬、瓶入りの水数本、双眼鏡、スポッティングスコープ、ツールバッグ、マグライト、カメラ、証拠採集キット、郡の地形図、

〈フィルソン〉のベストを入れた。

そのあと、またピックアップの運転席に戻った。

駐車場に入って八番キャビンの前で車を止めると、アナ・Bの顔がオフィスの窓に現れた。ジョーが降りて振りかえると、彼女の顔はもう消えていた。

天井の照明器具を見ないようにしながら、彼は大げさにあくびをして伸びをすると、暗い寝室へ入っていった。そこに監視カメラがあるとしても、ベッドは照明器具から死角になっている。ジョーはベッドにあおむけになり、スプリングをきしませた。

一時間待ってから、腕時計を見た。五時半。そっと転がってベッドを離れ、裏の窓の掛け金を外して開けようとしたが、動かない。改装したときに窓が開かないように塗り固めたのだろう。意図的なものか、あるいは不注意な間違いか。

レザーマン・ツールの長い刃を窓と木枠のあいだに差しこみ、塗り固められた部分を慎重にはがしていった。左右両側も同様にした。

ようやく、力を入れるために両脚を踏んばると、窓の上側の枠に手のひらを当てて押した。木の裂けるような音がして窓は開いた。音が大きすぎたか？

それでも、彼は片脚を下枠にかけ、前傾姿勢になって肩と頭を開口部から出した。そして地面に下りた。着地したときひざに激痛が走り、和(やわ)らぐまで待っていると、いくらかましになってきた。かつては痛まなかった箇所の痛みに、自分はまだ慣れていないと思った。そしてこの先、痛みは増していくのだろう、と考えて憂鬱な気分になった。

視線を上げると、デイジーが窓の下枠に前足をかけて、悲しそうに見下ろしていた。

「ステイ」低い声で命じた。牝犬は低くうめいてキャビンの中に戻った。鳴きはじめたりしないように、ジョーは祈った。デイジーを残していきたくはなかった。

気をとりなおし、爪先立ちになってできるだけ静かに窓を閉めた。出てきたときと同じようにキャビンの中へ戻らなければならない場合に備えて、少しだけ開けておいた。

それからきびすを返し、マツの木立に入った。乾いた松葉のカーペットをブーツが踏みしだいていく。前ポケットにはATVの鍵が入っている。携帯はミュートにしてあるが、メアリーベスかFBIからメッセージか電話があったら気づくように、右の胸ポケットにしまってある。

シェリダンからも連絡があるかもしれない。

トウヒとポンデローサマツの森を通る古い伐採用道路が何百もあった。行きたい場所への道を探すのに、地形図を見る必要があるかどうかわからなかった。

ATVに乗ってエンジンをかけ、〈ブラック・フォレスト・イン〉のおおよその方向をめざして下草が茂りすぎた伐採用道路を飛ばしていった。

予想よりも地形はけわしく、木々はびっしりと茂っていた。数ヵ所で倒木が道をふさいでおり、彼はいつのまにか危険を避けて茂みの中を走っていた。太陽が西方の丘陵地帯の稜線にかかり、光が木々の梢から消えていくと、気温は急降下した。

森になった丘陵地帯を北東へ抜けるのに、三十五分かかった。彼は二度森から出て、リボンのような遠くの州道を確認した。伐採用道路ではほかのハンターにもATVにも出会わなかったが、〈ブラック・フォレスト・イン〉に近づくにつれて、朝がたについたらしいタイヤの跡が見えた。

密生したアスペンの木立を走っていたとき、右側に木の幹ではないどっしりしたいくつかの姿を認めた。エルクの小さな群れ——牡が一頭、若い一本角が一頭、牝が三頭、仔が一頭——が木立の中に彫像のように立っていた。この群れに気づかなかったエルク・ハンターがどのくらいここを通ったのだろう、と思った。ハンターに遭遇したとき、逃げるのではなくじっとしている知恵を学んだエルクがいると聞いていたが、これまで出会ったことはなかった。エルクたちの適応力に敬意を表して、彼は速度を落としたり見とれたりせずに、視界の隅から群れが消えるまで視線を前に向けつづけた。

日没には、木々はまばらになり、ジョーはATVの速度を徐行にまで落とした。眼下の広大な段丘では〈ブラック・フォレスト・イン〉の明かりがまたたいている。丘を下っていくあいだ、鮮やかな夕映えを背にした屋根の小塔は妙に中世的に見えた。ヘッドライトをつけてもいい暗さだったが、つけることで必要以上に自分の到着に注意を引きたくなかった。

駐車場はカリフォルニアやニューヨークといった遠くの州のナンバープレートをつけた四輪駆動車であふれており、ホテルの北側にある押しつぶされた草地の間に合わせの囲いも泥だらけのＡＴＶでいっぱいだった。駐車場では、みすぼらしいハンター二、三人がそれぞれの車に寄りかかってビールを飲んでいた。ひげ面の男があいさつがわりに瓶を掲げてみせた。

ホテルの南側では、三台のピックアップが獲物の処理施設の積み降ろし場で順番が来るのを待っていた。横を通るとき、ジョーは様子を眺めた。迷彩柄で派手なオレンジ色の服を着たハンター二人が、ミシガン・ナンバーのピックアップを積み降ろし場にバックさせていた。白いエプロンをつけた作業員が獲物を仕留めたハンターたちを手伝って、大きな牡ジカ二頭の後ろ脚に鉤を取りつけ、死骸を中に運んでいた。獲物の内臓は抜かれていたが、皮はまだはがされておらず、ジョーは本能的に白い許可証のタグが死骸についているかどうかチェックした。タグはあった――枝角に針金で留めてあった。制服は着ていないし任務中ではないので、違法に狩られたシカが目の前で受けとられるようなジレンマがなくて、ほっとした。

北側の囲いにほかの二十台と一緒にＡＴＶを止め、降りた。内腿と手のひらが4ストロークエンジンの振動でひりひりと痛む。道のほこりやマツの花粉や泥が服にたっぷりとついているので、ただのハンターに見えるだろうと思った。

大気は秋のロッキー山脈の狩猟キャンプの匂いがした。冷気、マツ、森の腐葉土、車のガソリンやディーゼルオイルの排気ガス、こぼれた血、濡れた皮、生肉の金属的な刺激臭。窓の〈クアーズ〉ビールの黄色いネオンサインを浴びて、彼は酒場の入口で足を止め、すべてを吸いこんでその親しんだ匂いに溶けこんだ。

酒場は暗く、紫煙が漂い、騒がしかった。ミュールジカ、エルク、オオツノヒツジ、クーガー、プロングホーンの古いほこりをかぶった頭部の剝製が、壁をおおっている。小さな白いクリスマスのイルミネーションが枝角や角に結びつけられ、ちかちか光る投げ縄に囲まれているような気分にさせられる。まだ狩猟用の服を着たままのハンターたちがカウンターの前にたむろしたり、テーブルを囲んで立っている。ベルトに銃を差したままの男たちも数人いたし、だいたいはさやに入れたナイフやのこぎりを所持していた。てんてこまいのウェイトレスが、水滴のついた缶ビールやショットグラスを満載したトレーを持って彼らをかき分けている。葉巻とタバコの煙、カウンターの奥の狭い調理場から漂うハンバーグステーキの匂いが、ジョーを包んだ。調理場にいるのは気むずかしげなしなびた老人で、両手の指がそれぞれ二本しかない。てんてこまいのウェイトレス以外、酒場に女性の姿はない。

入店に際して最初の心配は、すでに会っていて自分を見分けられる住民と出くわすのではないかということだった。だが、店内のハンターたちはみな州外から来ているのがすぐにわかった。この男たちは少し早い〝クリスマス前の休暇〟中なのだ。

ジョーが入ってくるのを数人のハンターが見て、うなずいてあいさつしてきた。彼はうなずきかえしてカウンターへ行った。一人きりのハンターは変わっているが、めずらしくはない。だが、相棒を待っているふりをして、彼は何度か期待するようにドアのほうへ目をやった。背後からは、失敗した射撃やスタックした車や、小便をしていてライフルに手が届かないときに、二頭の大きな牡が真正面の森から出現して走っていってしまったという、インディアナ州から来た気の毒なリッチーについて、大声だが悪気のないジョークが聞こえてくる。

「ボブ・プーロコヴァだ」バーテンダーが声をかけてきた。「みんなプーロと呼ぶよ」

「〈クアーズライト〉を頼む」ジョーは注文した。プーロはやつれた顔で歯がなく、つるつるに禿げた頭の下方に白髪が逆さの蹄鉄形にちょぼっと生えている。

「シカを獲ったか？」氷の入ったバケツに手を入れて未開栓の瓶をカウンターに置きながら、プーロコヴァはあいさつがわりに尋ねた。

「エルク狙いなんだ」ジョーは答えた。嘘ではない。

「手に血がついてないね」バーテンダーは皮肉な笑みを浮かべた。

「わけがあってね」ジョーはあいまいに答えてため息をついた。「ところで、ここに空いている部屋はあるかな？　かなり混んでいるようだが」

「あるかもしれないが、フロントのアリスに聞いてみないとだめだよ。ペンシルヴェニアから来た男二人がエルクを仕留めて今日チェックアウトした。だが、おれから聞いたとは言わないでくれ。ここはハンターですぐ満員になるんだ」

ジョーはビールにうなずいてみせた。「これを置いておいて、フロントへ行ってくるよ」

「持っていけばいい。もう一本いるか？　でなきゃストレートのウィスキーは？」

「まだ一本目を開けてもいない」

「いまはハッピーアワーなんだ。七時まであと二十分、一本の注文にもう一本ついてくる」

「おれはいいよ」ジョーは答えた。

「ご自由に」プーロコヴァはぎょろりと目を回した。「メニューを知りたいか？」

「ああ」

「ハンバーガーかチーズバーガー、シングルかダブル」バーテンダーのプーロは調理場のしなびた老人のほうへあごをしゃくった。「それがメニューだ、本館のレストランへ行きたいなら別だがな。あそこじゃ、牛肉だったら世界中のあらゆる料理が楽しめる」

ジョーは微笑して、ダブルチーズバーガーを頼んだ。

「ダブルチーズバーガー一個！」プーロは振りむきもせずに叫んだ。

メインロビーにあるフロントは、古めかしい節くれだらけのマツ材でできた書見台程度のものだった。ロビーは高い錫(すず)天井になっており、たきぎを燃やした百年来の煙の匂いがした。

フロントの向こう側にはブリーチした黄色い髪の頑固そうな女性が立っており、タバコを吸いながら紫煙ごしに目を細めて前を見ていた。名札には〈アリス・プーロコヴァ〉とある。

「シングルルームは空いているかな？」ジョーは彼女の前の開いた宿帳のほうにうなずいてみせた。

「亭主に言われてここへ来たの？」アリスは尋ねた。どうやらあのバーテンダーは夫らしい。

「ああ」

「さっき空いたばかりの最上階の部屋があるけれど、まだ掃除がすんでいないから貸せないわ」

「そこでかまわないよ」

彼女は不機嫌な顔をした。「もう夜だから清掃スタッフは帰ったあとなの」

「それでもかまわない」ジョーは財布に手を伸ばした。彼女の口が固く結ばれている様子から、追いはらわれそうな気配だった。「現金でいい？」

彼女は意味ありげに眉を吊りあげて言った。「ええ、いいけど」つまり、ジョーを宿帳に載せずに現金を自分のポケットに入れてしまえば、どちらにとってもクレジットカードで追跡される処理は残らないというわけだ。

「百ドルよ」アリスは言った。

ジョーは二十ドル札五枚を出し、財布にはあと三十ドルだけになった。

「ということは、あたしが休憩中に自分で最上階へ行って用意しなくちゃ。だから、あと二、三時間は部屋に入れない」

「結構だ」

彼女は宿泊登録カードを渡し、ジョーは記入して返した。

「これが鍵」そう言って、アリスは登録カードに目を通した。自分が背を向けたら、丸めてゴミ箱に捨てるのではないかとジョーは思った。「〈ブラック・フォレスト・イン〉へようこそ、ミスター……」彼女は姓を発音するのに苦労した。

「ロマノウスキ。ネイト・ロマノウスキだ」ジョーは教えた。

「さっき言ったように、二、三時間たってからにしてね。最後に出た客が残したビールの空き缶やいろいろなゴミの中で寝たくなければ」

「それはご免こうむる」

「滞在はいつまで、ミスター・ロマ-ノースキ？」

ジョーは肩をすくめた。「たぶん今晩だけだ」

その答えに彼女は甲高(かんだか)い笑い声を上げた。「じゃあ、明日はかならずなにかを仕留める自信があるのね」

彼はうなずいた。「足跡を見つけたと思うんだ」

一時間たち、ジョーが〈クアーズ〉を二本飲んでダブルチーズバーガーを食べたあと、酒場の南側の屋内ドアが開いて三人の男たちがのろのろと入ってきた。彼は腕時計を見た——八時半。狩猟動物処理施設が受付を締め切ってから三十分過ぎている。男たちは勤務時間を終えたところなのだろう。疲れきっているようだった。彼らのうち二人は、夕方ジョーが駐車場に入ったとき、ミシガンから来たハンターたちを手伝っていた従業員で、見覚えがあった。赤いひげが顔の下半分をおおっている大柄な男は、まだ血のついたエプロンをつけたままだ。赤ひげの男ともう一人はカウンターの隣合ったスツールにすわり、三人目はすわる場所を探してジョーのほうへやってきた。

ジョーの両側のスツールは空いており、彼は近づいてくる従業員にどうぞと合図を送った。相手の男はうなずいて、重いため息とともにジョーの左側に腰を下ろした。彼は背が低く丸丸と太っていた。薄くなりかけた黒髪、酒飲みらしい赤いだんご鼻。

「ビールを一本どうだ？」ジョーは、目の前の開けていない五本の缶とショットグラス三杯のウィスキーを示した。「客全員に一杯おごる連中がいて、おれが目を上げるたびに増えているんだ。とても全部は飲みたくないよ」

従業員はジョーの意図をはかりかねてこちらを見た。「知りもしない相手にビールをおごってくれるだと？」「冗談だろう？」

「いや。今日シカかエルクを獲ったやつはだれでも客全員に一杯ずつおごるというルールを、あそこの男が始めたんだ。おれはただここにすわって一人で考えごとをしていたんだが、飲みものがどんどん運ばれてきて。一本でも……二本でも好きに飲んでくれ」

「すごい取り決めだな」従業員はにやりとして、急いで〈クアーズ〉の半分をぐびぐびと流しこんだ。「くそ、今日みたいな日のあとはとくにうまい」

「仕事が忙しかったのか?」

「まったく、あんたには想像もつかないよ」男はかぶりを振った。「今日はシカ三十頭とエルク七頭を引き受けたんじゃないかな。ピックアップの荷台から獲物を降ろして作業場へ運ぶのでもうくたくただ。終業時間が待ちきれなかったよ」

「そうだろうな」ジョーは言った、相手はビールを飲み干し、死亡を告げるようにアルミ缶を押しつぶして二本目に手を伸ばした。

男はちょっとためらった。「本当にいいのか?」

「もちろんだ。おれは明日早いし、二日酔いにはなりたくない」

「おれが仕事に出るときはいつだって二日酔いさ」男は笑って、ジョーのコレクションからもう一本ビールを引き寄せた。

三十分後に三本のビールを飲みおえ、男はウィリー・マッケイと名乗った。無言のうちに取引が成立していた。ジョーがただで酒を飲ませるあいだは、彼はしゃべりつづける。パートタイムなんだ、とマッケイは言った。無料食料クーポン・カード（EBT）の限度額以上を補うためで、彼もほかの作業員も現金でもらっているので課税収入にならず、税金の上でも助かる、と説明した。不景気で完全にだめになるまでは、伐採労働者をしていたということだった。

ジョーは狩猟動物処理施設に話を戻した。「もし明日仕留めたら、おれのエルクをそこへ持ちこもうと思っているんだ。ここだけの話、あんたならそこで処理してもらうか？　おれは獲物の扱いにはうるさいんでね」

「そりゃもう、迷わずここへ持ちこむよ、おれは狩りはしないけどな。ここより手際のいいところはほかにない、保証するよ」

「自分のエルクだと確認するのはどうやっている？」ジョーは尋ねた。「別人の獲物を荷台に戻されるのはごめんだ」

「そんなことありえないさ」マッケイはその質問にちょっと気を悪くしていた。「おれの仕事の一部は、運ばれてくるすべての死骸の後ろ脚と臀部(でんぶ)にタグをつけることなんだ。取り違えなんかぜったいに起きないようにしている——たとえハンバーガーにしてでもだ。あんたは持ちこんだものを返される、千パーセント保証する」

「それを聞いて安心したよ。で、あんたたちの勤務時間は朝の六時から夜の八時まで？」

「やんなっちゃうほど長い一日さ」マッケイはため息をついて、最後に残ったジョーのビールに手を伸ばした。もっと頼むと口にする必要さえ感じていないらしい。ジョーはバーテンダーにあと二本、と合図した。

マッケイは話を続けた。「厚さ二・五センチのステーキと肋骨付きの肉にするのがお望みなら、そのとおりに処理する。肉を蝶の羽みたいに開いてほしいなら、手間賃で少し高くなるが、お望みどおりのものになる。一部をバーガーやソーセージやジャーキー用に加工したければ、ああ、おれたちは最高のものを作るぜ」

「働いているのはあんたたち三人だけなのか？」ジョーは離れたスツールにすわっている二人のほうを示した。

「ときには七人いる。じつのところ、今日はもっと人手が必要だった。だけど雇ったやつらが来なかったんだ。だから、おれがこんなにくたびれているんだよ。最近の若いやつらはどうなっているんだ？　仕事に道徳観念てものがないのかね？　連中はビデオゲームをやったり、一日中 iPad をいじったり、そういうことをしているほうがいいんだ。なにしろ汗水垂らして働きたくないんだよ」

ジョーは肩をすくめた。

「なあ」新しいビールが来ると、マッケイは突然言いだした。「作業場を見たいか？　おれが大口をたたいているんじゃないとわかるよ」

「見学ってことか？」

「そんなところだ」

あまり気が進まない、とジョーは思った。ところが、群れているハンターたちの向こうにロビーから酒場へ入ってくるビル・クリッチフィールドとジーン・スミスが見え、彼は言った。「行こう」

「いまから？」ビールを口に運びかけていたマッケイは尋ねた。

クリッチフィールドとスミスはハンターたちのあいだでよく知られているらしく、五、六人が進みでて二人と握手し、今日の収獲について話しはじめた――まるで、承認を求めているかのように。その理由がジョーにはわかった。酒場にいる男たちのほとんどは狩りの旅を、テンプルトンの獲物が豊富な私有地へのアクセスを握っているこの地元の男二人を通じて予約したのだ。

「いまから」ジョーはマッケイに答えてスツールの上で体を回し、クリッチフィールドとスミスに背を向けた。制服のシャツを着ていないので彼らが自分に気づくとは思わなかったが、油断はできない。「ビールは持っていけばいい。戻ってきたらもう一本おごるよ」

「そいつはいいね」マッケイはスツールから下りた。酒場に入ってきたときより元気がいい、とジョーは思った。ビールで栄養補給したようだ。

クリッチフィールドとスミスに背を向けたまま、マッケイについてハンターたちのあいだを通り、南側のドアへ向かった。そばを通ったとき赤ひげの従業員が眉を吊りあげたので、マッケイは言った。「この人が見学したいって」

「なにも散らかすなよ」ひげの男は言った。「それから出るときにはかならず照明を消して、全部の鍵をかけなおすのを忘れるな」

背後でドアが閉まると、ジョーはほうっと安堵のため息をついた。

狩猟動物処理施設は予想よりも大きく、宣伝にたがわず清潔で殺菌ずみに見えた。横の壁に沿って長いステンレスのカウンターがいくつも並び、中央には頑丈な鋼鉄のテーブルがある。使いこまれているがしみ一つない肉切り台のまわりには、ナイフや手斧(ておの)が置かれている。壁のフックには骨切り用ののこぎりが吊るしてある。清掃用のアンモニアの臭いがして、これまでジョーが見てきた同様の場所と違って肉や血の金属的な臭いはしなかった。外の積み降ろし場へ続く大きなアコーディオン・ドアはしっかりと閉められ、鎖と南京錠で鍵がかかっていた。

「どう思う?」缶ビールを持った手を下ろして、マッケイは自慢そうに尋ねた。

「すごいね。あんたたちは自分の仕事にとても誇りを持っているようだ」

マッケイは肩をすくめた。「じっさい、おれたちはこうするしかないんだ。狩猟シーズンにはときどき戦場みたいになる。だが、だれかがミスター・T本人に訴えたら、彼は二年前のある晩ここへ現れて、おれたち一人一人をこきおろしたあげくに職工長をクビにした。今後は、ここを病院の外科病棟並みにしたいと彼は言った。へまをすれば、またいつ彼が現れてみんなを解雇しはじめるかわからない——あるいはもっと悪いことになるかも」

「それはウルフガング・テンプルトン？」ジョーは聞いた。

「ああ、彼がここ全体の所有者なんだ。宿泊施設、レストラン、それに狩猟動物処理施設。言ったように、彼は現金で払ってくれるし気前がいい。この仕事を失いたくないし、ほかの連中もそうだ。だから、ここをしみ一つないように清潔に保っている」

「もっと悪いことになるかもというのは、どういう意味だ？」

マッケイが顔を近づけてきたので、ビール臭い息が漂ってきた。「ついさっき酒場に入ってきた二人の男に気づかなかったか？　カウボーイハットをかぶって、まるでくそったれの貴族か領主様みたいにふるまっていた？」

「見たよ」ジョーは答えた。

「やつらはミスター・Tの部下でガイドと狩猟の商売を仕切っていて、いばりちらすんだ。ミスター・Tは、やつらがどれほどむかつく野郎か知らないんだと思う」

「どんなやつらなんだ？」

「残忍な悪党さ」マッケイは首を振った。アルコールで口が軽くなっていた。「だれかが仕事をちゃんとやっていないとか生意気な口をきくとか思ったら、やつらは外へ連れていってケツを鞭で叩くんだ。新人を雇うのがどんどんむずかしくなっているのは、それが理由の一つだと思うよ。へまをしたらケツをどやされるって噂が、広まっている」

ジョーは同情してかぶりを振った。

マッケイは言った。「あのチンピラどもとは関わりあいにならないようにしているんだ」

「きっとそれがいいよ」

「ぜったいそうさ。なあ、ここの全体を見たいか？」

クリッチフィールドとスミスはまだ酒場にいるだろうから、ジョーは同意した。


マッケイの案内で冷凍室になった肉の保管庫を歩くあいだ、彼のおしゃべりは止まらなかった。吊るされている皮をはがれた獲物の量の多さに、ジョーは仰天した。あまりにも数が多く、ぎっしりと詰めこまれているので、あいだを歩くと肩が獲物の後軀（こうく）にぶつかってしまう。ぶつかったものは隣にぶつかり、全体がわずかに揺れる。マッケイが説明していたとおり、それぞれの死骸にはだれが持ちこんだのか記したタグが複数つけられていた。

マッケイが手順を説明していたとき、ジョーは奥の壁に別の大きな鋼鉄のドアがあるのに気づいた。話しながらマッケイが横に動いたので、彼の背後のドアの側柱のそばに最先端のキーパッドがあるのが見えた。

「あの中にはなにが？」彼は尋ねた。

マッケイは立ち止まって振りかえった。「ああ、あの部屋は牧場専用なんだ」

「つまり？」

「自分のところの牛肉をこの狩猟動物と一緒にしたくないんだ。だから、自分たちの牛肉はあそこに吊るしている」

「キーパッドで施錠する必要があるのかな？」

「従業員のだれにもくすねられたくないんだろう」マッケイは肩をすくめた。

「たいした設備だね」ジョーは言った。

マッケイはビールを飲みほして缶をつぶした。「まだおごってくれる気はあるか？」

「ああ」ジョーは答えた。


クリッチフィールドとスミスがいなくなったかどうかマッケイが確かめにいくあいだ、ジョーは南側の入口で待っていた。そしてマッケイにもう一本ビールをおごり、自分は失礼すると言って外へ出た。

積み降ろし場に沿って設備の東側へ歩きながら、冷凍室になった保管庫の場所を思い出した。この石の外壁の反対側は、テンプルトンの私用の牛肉保管庫だ。そこになにがあるかを示す窓も出入口もなかった。

ジョーは眉をひそめ、あごをさすった。

## 21

### サンドクリーク牧場

ジョーはツールバッグからはさみを出して、サンドクリーク牧場の西の境界線を区切る鋼鉄のT字形柱にピンと張られた三本の有刺鉄線を留めていたワイヤを切った。手元が見えるように、ヘッドランプを装着していた。ATVは背後の木立の中でアイドリングしている。外した有刺鉄線を倒木二本で地面に平らにしてから、またATVに乗って境を越え、そのあと倒木をどかした。いつも携帯している干し草の梱を作るためのワイヤで、フェンスをとりあえずゆるく直した。

あたりを一瞥し、戻ってきたときにいま作った出入口を見つけられるように祈った。周囲のどこまでも続くマツの森には、どんな目印も特徴も見当たらない。牧場の西側へ向かって彼が辿ってきた、かすかに残る昔の伐採用道路があるだけだ。監視カメラが設置されていた入口のゲートをまた通る危険はおかせない、と事前に決めていた。

長年にわたり、ジョーはめったに私有地に侵入したことはない。だが、どうしても必要な場合が二、三回——傷ついた動物を探したり、ハンターや釣り人を救助したり——あったので、つねに応急修理用のカッターとワイヤは持ち歩いている。

それでも、良心がうずいた。自分はいまここで制服も着ずに、招待もなくワイオミング州知事のあいまいな権威だけで私有の牧場に侵入している——ジョーが捕まったり逮捕されたりしても、当の知事はおそらく知らないと言うだろう。これは、彼が偽名で〈ブラック・フォレスト・イン〉にチェックインしたあとのことなのだから。

道を探しながらATVで山を上っていくとき、彼は速度を落とし、ATVのヘッドライトの黄色い光の円から外れないように目をこらしていた。走っている古い道は手入れされておらず、何度もやぶや倒木に先を阻まれた。ときおり、前方の暗闇に緑色の小さな点が二つ現れた——シカかエルクの目が光を反射しているのだ。一キロ半ほど、彼は轍の道にある最近エルクが通った跡や糞を辿って進んだ。やがて群れは散って、森へ入ったようだった。

この古い道がどこに着くのかまったくわからなかったが、彼の行きたい方角に向かっている。東の上方。自分の位置がつかめるブラックヒルズの稜線を見つけられたら、森のある谷間を見下ろせたら、たぶん携帯の電波が入ってメッセージをチェックし、電話もできるはずだ、と祈るように思った。

ビッグホーン山脈の山頂でスタックした前のピックアップに置いてきた小型無線機のかわ

りに、狩猟漁業局は新しいものを支給してくれていない。このときまで、ジョーはそれを残念に思ってはいなかった。星空の下、前方に見える頂が丸い峰々から判断して、自分は正しい方角へ進んでいると考えられる。そうであれば、じきに双眼鏡で眼下の牧場本部が見え、建物の配置がもっとよくわかるはずだ。

尾根を越えたとき、突然ヘッドライトの光の中に掘っ立て小屋が出現し、エンジンを切る暇もライトを消す暇もなかった。とっさにブレーキを踏み、動きを止めた。ATVのタイヤの下から舞いあがるほこりが光の中で渦巻いた。

十五メートル先にある建物を見た驚きからわれに返り、ケースからショットガンを抜いた。ATVから降りて左側の木立のほうへ五、六歩進み、小屋のドアが開くか、窓のカーテンが揺れるのを待った。

どうしてここにいるのか、家の住人になんと説明しよう？　ジョーは嘘をつくのがへただ。迷子になったハンターと間違われるように祈った。

必要なら一二番径バックショットを装填して身を守れるように、ウイングマスター・ショットガンのスライドリリース・ボタンを押しながら、不注意だった自分を罵った。心臓がどきどきして、耳の中に血の昂りが聞こえそうだった。

だが、なにも起きなかった。

小屋には人が住んでいるように見える。横には伐りだしたばかりの材木や建築資材が積んであり、刈られた草の端の地面には車のタイヤの跡が見え、外側の丸太には鮮やかな多色の電線がU字釘で留めてある。屋根の新しく亜鉛メッキされた錫の煙突は、まだ使われてもいないようで、ジョーのATVのヘッドライトの光を反射している。

二、三分待ったあと、ジョーは用心深くATVのエンジンを切り、ヘッドライトを消した。中にいる人間が夜中に彼が来た音に気づかないなどということが、あるだろうか？　充分離れた場所までATVを押して丘を下り、エンジンをかけて山から後退することも考えたが、まずは小屋のほうに引き寄せられた。テンプルトンの牧童が住んでいるのか？　だれか中にいるのか？

木立の中にいるあいだにヘッドランプの光を最弱にして、慎重に観察した。古い小屋がまだ工事中なのは間違いないが、外からでは中にだれかいるのかどうかわからない。小屋のそばの納屋に車はなかったが、入ってすぐの場所にクレート・サイズの箱が支柱の上にのっているのが見えた。箱の中からガサガサという音が聞こえる。

ジョーは箱に近づいて身を乗りだした。正面は開いていて金網におおわれており、ランプのレンズを少し傾けると、頭巾をかぶせられた三羽のタカが視界に飛びこんできた。棒の上に止まって彼のほうを向いている。存在に気づいているのだ。アカオノスリ、ソウゲンハヤブサ、驚くほど見慣れた感じのするハヤブサ。手作りの革の頭巾と革の足緒は、最後にこの鳥を見たときと同じだ。

「ネイト」ジョーはつぶやいた。

そして、掘っ立て小屋へ引き返した。

深呼吸して、閉まっている正面のドアに近づいた。ドアの側柱の横に立ち、手の甲で柱を叩いた。中のネイトがとっさに銃をつかんでドアごしに発砲してこないともかぎらない。

「ネイト。ジョー・ピケットだ」

中から反応はない。もう一度ノックした——さっきより強く——そして言った。「ネイト。入れてくれ。話がある」

反応はない。

ネイトが撃ってくる可能性はまずない、と思った。動揺するような男ではない。とはいえ、驚かせていい相手でもない。

ジョーはノブを回してみた。鍵はかかっていなかった。ドアを押し開けて入り、ヘッドランプで一つ目の巨人キュクロプスのように中を見た。

三十秒後、この掘っ立て小屋の住人の正体について、疑いはなくなっていた。タカ狩りの道具——頭巾、足緒、鈴、おとり——がテーブルの上に乱雑に置かれている。一つだけある本棚に、タカ狩りについての大昔の書物が、戦争、戦術、特殊作戦に関する本と並べて置かれている。そして本棚の端にある小さな額の中には、腕にタカを止まらせた少女の写真が入っていた。十五歳のシェリダンはカメラに向かってぎごちなく笑い、風で金髪が顔のまわりになびいている。写真を見てジョーは胸を突かれた。シェリダンがいまよりも若く世慣れていないこと、そしてネイトがそれを飾っていたことの両方が原因だった。

大きく息を吸って、心臓の鼓動と呼吸を整えようとした。

彼を見つけた。だが、どうする？

ネイトはあきらかに留守だが、いまにも帰ってくるかもしれない。武器と帽子はなく、外に車もなかった。ベッドの上に服がたたんであるところを見ると、遠くには行っておらず、処理したばかりのライチョウの肉が冷蔵庫でマリネされているので、まもなく戻ってきそうだ。

友人は自分だけの世界で暮らしている、とジョーは知っていた。ネイトは真夜中によく出かける。裸で木の上に何時間もすわっていたり、ときには魚になった気分を味わうためだけに呼吸用の管（くだ）をくわえて川や池に潜ったりする。規則正しい生活はしないし、タカたちに餌をやったり飛ばしたりする以外、決まった習慣はない。夜明けに現れるかもしれないし、いまかもしれない。

あるいはもう外にいて、ジョーがなにをするつもりか黙って観察しているのかもしれない。

ネイトの居場所を見つけたわけだが、彼と話をしたいのかどうかよくわからなかった。もし友人がサンドクリーク牧場にいるなら、ネイトのウルフガング・テンプルトンとの関わりがはっきりする。そしてＦＢＩが疑っていることが本当なら、モンタナ州のスコギンズの地所の監視カメラのビデオは、ネイトが現場にいたと証明するのに充分な証拠かもしれない。誘拐と殺害は、ジョーには見逃せない犯罪だ。

考えをめぐらせながら、彼はさらに十分間小屋に留まった。このまま去ることも、待つことも、待ち伏せすることもできる。だが、どれも正しいとは感じられなかった。

結局、ジョーはポケットからショットガンのシェルを一つ出して、真鍮の部分を下にしてテーブルに立てた。かつてネイトは自分がそばにいると知らせるために、ジョーの家の郵便受けに五〇口径の弾を残していった。ネイトはシェルに気づいて、彼がここに来たと知り、自分で結論を出すだろう。

おそらく、ネイトのほうから彼に近づいてくるはずだ。

掘っ立て小屋を背後に、丘の中腹を走るアクセス道路を眼下にして、ジョーは空き地の端に短い三脚を立ててスポッティングスコープをとりつけた。牧場の建物の明かりが下方でまたたいている。星々と月の光の中で、ロッジのシルエットが見えた——小塔と尖った屋根のせいで、たしかに田舎の城に似ている——付属の建物、納屋、家畜小屋、ゲスト用キャビンの一群も。敷地へ入る道路は、柔らかな黄色い柱上灯の光で照らされている。暗いリボン状のサンドクリーク川が谷間をくねくねと流れている。

モーテルのキャビンで、グーグルマップを使って牧場の衛星写真は見ていたが、画面に出てきたのは真夏に撮られたショットだったため、メインロッジと付属の建物は木々で隠れていた。いまは枝から葉が落ちて、全体のレイアウトがよくわかる。

夜間撮影はまったく得意ではないのに、自分が撮った照明のついた眼下の牧場のデジタル写真の明晰さに彼は驚いた。この距離では人間を、とくに動いている人間を捉えるのはむずかしいのではないかと思った。だが、州の科学捜査研究所のコンピューターの達人ならナンバープレートを読みとれるかもしれないと思い、カメラのディスプレーと長距離レンズを使って城の横に止まっている車にズームし、とりあえずスナップ写真を何枚か撮った。

ジョーにとってもっと重要なのは、牧場本部自体の規模の大きさと広がりをとにかく把握することだった。ほかの牧場本部には何度も行ったことがあるが、これほどまでに威風堂々としたエレガントなデザインと建築は初めてだ。

下から叫び声が、それからドアが乱暴に閉まる音がして、ジョーの耳がぴくりとした。フラッドライトが点灯し、城の前の広大な芝地と、暗闇のせいでジョーが気づいていなかった舗装された円形の私道を照らしだした。城の背面が邪魔で、叫びながら出てきた人間は見えなかった。ジョーはスコープの視界を城の輪郭沿いに動かし、だれなのか一目でも見ようとした。

突然の騒ぎの原因が、上の掘っ立て小屋の前にいる自分の存在でないことを祈るしかない。そのとき、視界の隅に本部へ続く木立の中の道路を閃くヘッドライトが近づいてくるのが見えた。だれかが訪れようとしており、ライトをつけたのがだれであれ、到着がまもなくであることを知っていたようだ。

全体が見えるように、ジョーはカメラとレンズから離れた。つかのま、白いシャツかジャケットを着た女性が芝生に現れて、視界の外にいる人々に合図するのが見えた。ジョーは前かがみになり、カメラの焦点を合わせた。ほんの一瞬、建物の正面へ歩きだして見えなくなる前の彼女をはっきりと目にしたが、速すぎて写真は撮れなかった。若く、魅力的な黒人――ラッタが話していた女性だ。責任者らしい権威をもって、彼女はだれかに両腕を振ってみせた。

〈サンドクリーク牧場〉のロゴが前部ドアに入った長い白のSUVが木立を抜けて、円形の私道に入ってきた。ジョーがレンズを向けて連写するあいだに、車は城に近づいて、その正面で建物にさえぎられて視界から消えた。楽しそうなあいさつの声が、谷間から上まで聞こえてきた。

なにが起きているにしろ、こんなファンファーレとともに到着したのがだれにしろ、判別はできなかった。彼はカメラのディスプレーをチェックしてうめいた。フラッドライトの下の車のショットはぼやけてモザイクをかけたようになっていた。この距離からだし光も弱いので、ＳＵＶに乗っていたのがだれか、何人いたのかも、わからなかった。
「おれは情けないスパイだな」ジョーはひとりごちた。

一キロと少し離れた、谷間を流れるサンドクリーク川の岸辺の密生したヒロハハコヤナギとコーラルベリーの木立の中で、ネイト・ロマノウスキは全景を見ていた。タカたちの餌にするために、下流の使われていない納屋の屋根裏に罠をかけて捕まえたハト数羽が、中でうごめいている黄麻布(おうまふ)の袋を持っていた。

姿を現す理由はなく、城の正面で投光照明がついたときにぴたりと動きを止めていた。彼はさらに木立の中へあとずさった。

牧場のスタッフたちが、リヴ・ブラナンに指示されて玄関からぞろぞろと出てくるのを、ネイトは見守った。彼女は円形の私道の端に沿ってスタッフたちを横並びで立たせた。まるで英国のドラマのワンシーンのようだ。働いている彼女を見て、ネイトはどきりとした。ブラナンがスタッフたちを勢ぞろいさせると、ウルフガング・テンプルトンが登場した。彼は大きな両開きのドアの中央に立ち、内部からの光に背面から照らされていたが、すぐに外のポーチに進みでた。

テンプルトンの糊(のり)のきいた白いオープンカラーのシャツ、薄いベージュ色の〈ステットソン〉が見えた。まるで王族を迎えるかのように、堅苦しくフォーマルな感じだ。

白のサバーバンは速度を落として円形の私道を近づいてくると、城の正面で止まった。ネイトが知らない従業員が運転席から出てきて、乗客のためにドアを開けるべく後部へ回った。

ＳＵＶはネイトと正面の階段のあいだに止まっていたので、エスコートされて降りてきた女は見えなかったが、テンプルトンの反応は見えた。一瞬立ち止まってから、彼は弾むように階段を下りてきて女を迎えた。スタッフたちは歓迎の意を示して道を開けた。新しい恋人が階段を上るのをエスコートするテンプルトンを、ネイトは見つめた。テンプルトンは女のほうにかがみこみ、階段を上る彼女の背中に手を添えていた。女は黒っぽいスカートにマッチするジャケットを合わせ、髪は光沢があって黒っぽかった。

階段のいちばん上で、彼女は振りかえってスタッフたちに感謝した。そのときネイトは、ポーチの光の中に幅広の口と完璧な白い歯の輝きと磁器の人形のような顔を見た。

腹のど真ん中にパンチをくらった気がした。

## 22

### ワイオミング州ウィーデル

ようやくフェンスを直しておいた箇所を探しあてたあと、ジョーは自分が通れるようにまた下げたワイヤを張りなおした。ネイトを見つけたことに、心は乱れていた。また友人に会いたかったが、状況を考えると出くわすのは避けたい。

サンドクリーク牧場についてさらに調べられたことに満足した。テンプルトンの恋人の到着によって、先方の警戒は二、三日ゆるむだろうかと考えたが、それは疑わしい。せめて撮った写真の何枚かがもっとはっきりしていたらいいのだが。ＦＢＩの科研が、捜索をかける相当の根拠となるなにかを写真から発見してくれることを願った。だが、それも可能性は低い。

ＡＴＶで山を下っていくあいだに夜は冷えてきた。ジョーはいったん止まってバックスキンの手袋と〈フィルソン〉のベストを身につけた。〈ブラック・フォレスト・イン〉へ戻ったとき、そこは暗く静かで、窓の明かりがまばらにつき、酒場のジュークボックスから低く腹に響くベースの音が聞こえてくるだけだった。

ジョーは小道からそれないように敷地を回りこんで、〈ブラック・フォレスト・イン〉とウィーデルの町の中間まで来た。ブレーキをかけてエンジンを切り、瓶の水を半分飲んで腕時計を見た。

真夜中の十二時。

この外出が思いのほか長くかかったことに驚いた。メアリーベスにメッセージを送って、自分が無事で明日できるときに電話すると伝える以外、なにかやるには遅すぎる時間だ。エリック・ヤングについてもっと情報がわかっていたら、メアリーベスからボイスメールやメッセージがいくつも来ていたはずだ。

寒さの中、親指で不器用に文字を打ちながら、チャック・クーンにメッセージを送った。

〈テンプルトンには死体を埋める数千エーカーの土地がある。捜索するＰＣのために必要なものはなんだ？〉

ＰＣとは〝相当な根拠（プロバブル・コーズ）〟という意味だ。

朝になる前にクーンはメッセージを見てくれるだろうか、と思った。

ジョーはＡＴＶを廃園になった果樹園に止め、〈ウィスパリング・パインズ・モーテル〉

へ徒歩で帰った。疲れきっていた。裏の窓を開けて、デイジーと服を詰めたダッフルバッグを回収し、〈ブラック・フォレスト・イン〉へ戻って一晩過ごすつもりだった。駐車場に狩猟漁業局のピックアップが止まったままで、なにかおかしい――ジョーが病気になったかけがをしたか、室内で指示を待っているか――と連中が気づいて、彼をいぶりだそうとするまで、一日の猶予はあるはずだと思った。彼の様子を見にだれを寄こすだろう？　いちばん可能性が高いのはアナだ。

そのころには、チャック・クーンと部下の特別捜査官たちが充分な背景を突き止めて北へ急行し、捜査を引き継いでくれるといいのだが。ジョーにとって、それは早ければ早いほどいい。

ところが問題が起きた。最初、彼は疲労で自分の目がおかしくなったのかと思った。

自分のキャビンの裏へ行くまでの最後の木立の向こうに、青白い柱上灯の光に照らされてぽつんと駐車場に止まっている彼のピックアップが見えた。何者かがその下にあおむけでもぐって、両腕をエンジンのほうに伸ばしている。

ジョーは頭を振り、目をこすってもう一度見た。やはりいる。

身を低くして、前方がのぞけるように手のひらでムレスズメの枝を曲げた。一人が車の下にいるだけでなく、ピックアップの反対側に、ジョーのキャビンを見張るように立っているかしゃがんでいるもう一人の、足首とブーツが目に入った。二人とも、識別できるほどはっきりとは見えない。

車台の下から金属と金属がこすれる音がした。もぐっている男が手工具を使っているのだ。真夜中過ぎに彼のピックアップの下にもぐる理由が、ほかにあるだろうか？　彼らはあきらかに、彼の車のエンジンかドライブトレーンの部品を取りはずしている……あるいは彼の車になにかを仕掛けている。追跡装置か、爆発物か。ＤＣＩの捜査官のように、おれを焼き殺すわけにはいかない、と思った。それではあまりにもあからさまだ。だから今回は、別の手段に出ようとしている。つまり、自分のキャビンが監視されているという疑念は正しく、何者かの注意を喚起したということだ。

駐車場全体が見える位置まで移動した。アナ・Ｂのジープはオフィスの横のいつもの場所に止まっている。彼女の部屋に明かりはついていない。ジョーのもの以外、駐車場にほかの車はない。しかし……

だれが彼のピックアップに細工をしているにしろ、ここまで歩いてきたはずはない。この郡には徒歩で移動する者はいない。ワイオミング州には徒歩で移動する者はいない。彼らの車は近くに止めてあるにちがいない。

低い姿勢のまま、ジョーは駐車場から見えないと確信できる位置まで下がった。それから立ちあがり、あたりを見まわした。ショットガンをＡＴＶのケースに置いてきたことを悔やみ、乗るときに邪魔なので、背中のベルトに差していた四〇グロックを外さなければよかったと思った。

モーテルへのアクセス道路のほうへ、木から木へと慎重に移動した。土取り場のジョーのいる側はやぶがびっしり茂っており、彼の姿を道路から隠してくれた。だが、やぶを押し通るときの枯れた落葉を踏む音が心配だった。

離れた道路脇の暗闇に、一台の車が止まっているのが見えた。上りのほうを向いている角型のSUV。マツの木陰の奥深くなので、星や月の光も届かない。ほかにだれか車内にいるのかどうかは、暗すぎてわからなかったが、薄い色で、屋根に自転車かルーフラックを搭載していた。

自分自身と犬の身を案じながら、ジョーは待った。外の男たちの存在を聞きつけるか感じとるかしてデイジーが吠えはじめたら、彼らはあわてて逃げだし、ジョーが中にいると確信するだろう。だが、吠えればデイジーが危険な目に遭わないかと不安だった。男たちは動揺してキャビンに入り、牝犬を黙らせるかもしれない。彼としてはそのまま放っておくわけにはいかない。もしそうなったら、危険を承知で――武器もないのに――身をさらすしかない。

モーテルへの曲がり角がある二十メートルほど上方の道路の、彼がいる側の土取り場に柱上灯があり、青い光を投げかけている。ジョーのピックアップに張りついている男たちがなにをしているにしろ、終わればそのSUVへ戻らなければならないはずだ。そのとき、闇の中でやぶをかき分けて帰りはしないのではないか。

道路を歩いて車に戻るなら、だれなのか見えるはずだ。

ジョーは待った。デイジーは吠えなかった。


十分後、駐車したSUVへ戻っていく二つの人影が柱上灯の光の中に入った。背の低いほうの男のカウボーイハットの特徴のあるつばの折りかたから、ジーン・スミスがかぶっていたものだとわかった。光の中に入ってから出るまでのあいだに、ビル・クリッチフィールドの横顔がほぼ見えた。クリッチフィールドが手に持っている小さな道具箱は、歩くたびに前後に少し揺れた。

二人がそばを通るときジョーは息をひそめ、ばくばくしている自分の心臓の音が彼らに聞こえないように祈った。

クリッチフィールドとスミスは道路を渡り、乗るために車の前部ドアを開けなかったのでジョーは驚いた。車のフロントバンパーの前で彼らは二手に分かれ、後部ドアへ行って開けた。〈ウィスパリング・パインズ・モーテル〉へ来るのに、クリッチフィールドのピックアップではなく別の見たことのない車を使ったのだ。

後部ドアが開いたとき、車内灯がついた。ほぼ真っ暗闇なので、目がくらむほど明るく感じられた。

だが、クリッチフィールドとスミスが座席にすべりこむまでの二秒ほどのあいだに、ジョーは乗っているのが彼らだけではないと知った。

運転席にいたのはR・C・ミード保安官だった。隣の助手席には私服のジム・ラッタがすわっていた。ラッタの表情は石のようだった。

ジョーは目を閉じてため息をついた。ラッタ。

ミードは車を発進させたがヘッドライトをつけなかった。Uターンせずにバックで道路へ出て、後部ライトの赤い光をジョーに浴びせた。そしてミードはハンドルを切ると、道路を下りはじめた。そのとき、車内で低い会話が交わされたが、ジョーにはよく聞きとれなかった。下方の木立の向こうにSUVが消えてから、ヘッドライトがついた。

SUVの上にあったのはルーフラックではなく、保安官事務所のGMCユーコンの点滅ライトバーだった。

まずネイト、こんどはミードとラッタか、とジョーは思った。ほかにだれが、自分は不利な側にいると今晩あきらかにしてくれるのだろう?

ジョーは機械に強くないが、ミニ・マグライトをくわえてピックアップの下にもぐったとき、彼らがなにをしたのかすぐにわかった。

スミスは安物のプリペイド携帯電話――サンダンスのコンビニでジョーが目を留めたのと同じもの――を車台に取りつけていた。電気絶縁テープで前部アクセルに巻きつけて固定していた。携帯の電源は入っていたがマナーモードになっていて、二本のワイヤ――一本は赤、一本は白――がプラスティックの本体から伸びていた。携帯からそのワイヤを辿っていくと、鋼鉄のアンダーガードを迂回したり通したりしながら、車の後部中央へ続いていた。そこで、ワイヤはガソリンタンクの金属壁の外側に貼りつけられた、拳大の薄灰色のかたまりにつながっていた。

ジョーはこの組立てを見つめて考えた。粘土のようなものは間違いなくプラスティック爆薬、おそらくC－4かセムテックスだろう。ワイヤは、粘土に差しこまれた細い銀色の管――雷管――の中へ続いている。計画としては、彼のピックアップに爆弾を仕掛けておいて、そのときが来たら携帯に電話する、すると後部の爆発物が爆発して彼の車はみずからの燃料で真っ二つに吹き飛ぶわけだ。彼らはジョーを尾行する必要さえない――メディシンウィール郡の道路、できれば携帯の電波が入るけわしいジグザグの道路を彼が車で走っているのを確認するだけ――そして短縮ダイヤルを押す。

次の瞬間、ボン、だ。

おそらくジョーは負傷するか即死するか、車をコントロールできず山から転落するだろう。ガソリンの炎がピックアップを焼きつくして部品を溶かし、取りつけられた携帯電話はあとかたもなくなっている可能性が高い。

それでも、これはずさんでいちかばちかのやり口だ。計画にいくつも穴がある。州かFBIの科学捜査研究所が爆発の元凶を特定し、プラスティック爆薬の製造元を突き止め、ワイヤと携帯電話の起爆装置を発見するかもしれない。プリペイド電話は購入先を追跡され、だれが買ったか判明するかもしれない。

自分が彼らの注意を引いているのはわかっていた。最初に思ったのは、すぐに追うことだった。ビル・クリッチフィールドとジーン・スミスを見つけるのはむずかしくない。だが、どうするべきか――二人を逮捕して、共謀者のR・C・ミード保安官が管理している郡の留置場へ連れていくのか？　あるいは、たぶん関わっているバーソロミュー判事の前へ？

それに、自分はどんな応援もあえて呼ぼうとは思わない。ラッタが巻きこまれており、たぶん町の警官や保安官助手も同様だ。無線を通じての通信指令係の要請はたちまち共謀者全員の耳に入ることだろう。

過去には、だれを応援に呼べばいいかわかっていた。ネイト・ロマノウスキだ。しかし、ネイトもどうやら一線を越えてしまったらしい。

そして、彼はメアリーベスとの約束を思い出し、明日メディシンウィール郡を出ると心に誓った。

だが問題は、FBIとDCIがあとを引き受ければいい。

だが問題は、引き継ぎのために大軍が到着するまで、自分自身の安全を確保できるかだ。

ある考えが浮かんでハッとした。爆発物が運転中に彼を殺すために仕掛けられたのではなく、彼に警告するために離れたところで爆発させるためだとしたら？　四人の男が事件と結びつけられない地点まで遠ざかった、いまこの瞬間に携帯電話にかけるとしたら？

ジョーは胃が引きつるのを感じ、携帯を凝視して受信でディスプレーが光らないように祈った。急いでガソリンタンクまで這いもどり、手を伸ばして――自分の動きは信じられないほどのろく思えた――粘土から雷管を抜いた。それから端を切断し、携帯を巻きつけたテープも電源も切った。いま彼らが電話してもなにごとも起こらない。安堵とともにそう思った。

「悪かったな」ジョーはピックアップのベンチシートにいるデイジーに声をかけて、駐車場を出た。「一晩中閉じこめてしまった。だが、おまえは番犬としては怠け者だぞ」

牝犬は彼の言葉ではなく声に反応して、助手席側ドアのそばで尾をぱたぱたと振ってみせた。

爆弾の部品は運転台の床の大きなビニールの証拠品袋に入れてある。携帯電話はオフにしてあり、ワイヤと雷管はなににも接続されていない。だが、ジョーは爆発物のかたまりには不安な気持ちだった。果樹園まで、穴ぼこや石に気をつけながらことさらゆっくり運転していった。目的地に着いてエンジンを切ったときには、ほうっと息を吐いた。だが、ドアを乱暴にではなくそっと閉めた。

この動きに敵はとまどうだろう、と思った。アナは間違いなくジョーが姿を消し、ピックアップがないと夜明けに連絡する。彼の部屋をちょっと調べれば、夜のあいだに荷物をまとめて出ていったとわかるはずだ。

彼らはどうするだろう。ピックアップに取りつけた携帯に電話する前にジョーの居場所を確認しようとするのか？　あるいは、パニックになって、きれいに仕留められると確信できるまで手を引くのか？　どちらにしても、彼らは混乱し……警戒するだろう。

デイジーに言い聞かせて、ATVの後部荷台に飛び乗らせた。〈ブラック・フォレスト・イン〉の部屋の鍵は前ポケットに入っており、身を隠して少しでも眠るにはあそこよりいい場所は思いつかない。ATVのエンジンをかけ、ピックアップから離れていこうとしたとき、一つの考えが浮かんで彼はにやりとした。

そして、ATVのハンドルバーのスロットルを戻し、ピックアップへ行った。C－4が果樹園までのドライブで爆発しないほど安定しているなら、山道でもなんとか大丈夫だろう。だが、〈ブラック・フォレスト・イン〉まで彼はずっとゆっくり慎重に運転した。凍るような寒さにもかかわらず冷や汗をかきながら、石やでこぼこを避けた。

頭上では、厚い積乱雲の壁が北西へ進んでおり、星の光をかき消していた。

ジョーとデイジーがホテルのロビーに入ったとき、フロントには外と同じくだれもいなかった。彼は帽子をぬいで腿で叩き、つばに一センチ以上積もっていた雪を払った。酒場へのドアは閉まって鍵がかかっており、中の明かりも消えていた。壁に飾られた何十年も経過した牡のムースがほこりだらけのガラスの目玉で見ることができるなら、肩にATVのサドルバッグ二つをかけ、ショットガンを手にし、疲れた黄色のラブラドール犬を従えた、よごれて身なりの乱れた男を目にしただろう。

ジョーはフロントの裏へ回って宿泊名簿を調べた。ネイト・ロマノウスキの名前はない。三一八号室の横にアリスは〈清〉と記しており、番号は渡された鍵と合っていた。〈清〉は〈清掃中〉の略なのだろう、アリスが部屋を貸していない理由だ。ほかのすべての部屋は埋まっていた。

彼は幸運に感謝した。百ドルの現金はいまアリスのポケットの中なので、ジョーは偶然だれにも干渉されない場所で一人きりになれたわけだ。

三一八号室は狭くて暗く、カーペットのカビとよどんだ時間の臭いがした。木目調の壁紙は、屋根の雨漏りか壊れた天井のパイプのせいでふくれていた。ダブルベッドの中央はへこんでおり、ひもで吊るされたワット数の低い裸電球に照らされていた。小さな窓の、レースでできているように見えるカーテンは閉まっていた。どうやら、テンプルトンたちはまだここはリノベーションしていないらしい。

カーテンを開けると、駐車場が見えた。窓はなんとか開くが、小さすぎてそこから出ることはできない。

ジョーが肩で押しても、差し錠はきちんとドアの木枠に入らなかった。そこで、チェーンロック――二センチほどのベニヤ板に小さなねじ二つでいいかげんに固定されていた――に加えて、部屋にあった唯一のハードバックの椅子の上部を、楔(くさび)がわりにノブの下に当てた。そしてサドルバッグ二つを重しがわりに椅子の座面に置いた。

携帯の充電を始め、ショットガンのレシーバーにシェルをこめて、ベッドの頭板のそばの隅に立てかけた。四〇グロックはベッドの右側の床に置いた。いざというときには、暗闇でも手が届いてすばやく構えられる位置に。

服を着たままベッドにあおむけになると、スプリングがきしんだ。午前二時半で、隣の部屋の薄い壁ごしに聞こえてくるいびき以外、ホテルは静まりかえっていた。

多少でも寝るつもりなら、ハンターたちが起きだして仲間の部屋のドアを叩き、銃や装備を持って廊下をひしめきながら歩きだすまで、三時間ある。

ジョーは明かりを消して目を閉じたが、眠る気になれなかった。ネイトは丘陵地帯にいて、自分のピックアップの下にはさっきまで爆弾があり、朝にはテンプルトンの手先がジョーを探しにくるだろう。

短く惨めな夜に、彼は備えた。

# 23

〈ブラック・フォレスト・イン〉


「どういう意味だ、明日までだめだって？」ジョーは怒ってチャック・クーンに聞いた。

「現実的には、二日かかるかもしれない」

「本気なのか？　二日のあいだにおれは死んでいるかもしれない」

「外を見たか？」

ジョーはうめいてベッドから降り、よろよろと窓辺へ行った。へたったマットレスで寝たせいで、腰が痛かった。

外の地面を雪がおおっており、まだ降っていた。マツの森は二つの色調に変わっていた。白と灰色。降る雪の向こうで木々は幽霊のように見え、丘陵地帯は静かで無音だ――まるですべてがしばし止まってしまったかのように。

「例によって風が強まっているから、シャイアンはもっとひどい」クーンは言った。「どこもかしこも閉まっている――空港も州間高速道路も学校も。部下の半数はけさ来ることもできなかったよ。なんてひどい吹雪なんだ。天気予報はなにも言っていなかったんだぞ、起きてみたらホワイトアウトさ」

ジョーはうなった。

もう三十分もクーンと電話している——途中でメアリーベスから電話が入って、かけなおすと告げただけだ——前夜に起きたことすべてと自分の疑いを、要約して話した。科研のためにさわらずに残しておかず、爆発物を外したことにクーンは怒ったが、ネイト・ロマノウスキの居場所を見つけたことには強い興味を示した。じっさい、この支局長は意気揚々としてさえいるようだ——これにはジョーの神経は逆撫でされた。ジョーの話に、クーンは驚くほど勢いづいたように感じられた。この男はいま狩りにかかったのだ、本物の証拠で武装して。気持ちは理解できたものの、自分の状況を思えば共感はできなかった。わびしいホテルの部屋、寝不足、クリッチフィールドやほかの連中に見つかるのではないかというつのる恐怖のせいで、クーンの熱意を分かちあう気になれない。

クーンは声に出しながら考えているようだった。「そっちでの作戦にあたって、とうとう起訴に持ちこめる証拠を入手できた、真夜中の爆弾魔たちのおかげだ。あんた自身が四人について証言できるんだな？」

「そうだ」

「写真は撮ったか？」

「いや」

「撮っておけばよかったのに」

「チャック、あのときはそんなこと思いも及ばなかったし、そんな危険をおかせたかどうかわからない」ジョーは間を置いた。「だが、彼らは写真がないとは知らない」

クーンは低く笑った。「われわれはあんたが撮ったと示唆することができる、そう言いたいんだな。たとえば、『あんたたち四人が保安官のSUVに同乗している写真を、ジョー・ピケットが撮っていたとしたらどうだ?』そして彼らの反応を見る」

「そうだな」

「だれかにしゃべらせられれば――そしていまや四人の容疑者がいる――一人か二人が証拠につながる証言をするかもしれない。ぼくはとくにビル・クリッチフィールドを締めあげてやりたいね。彼が、あんたのピックアップの下の爆弾とウルフガング・テンプルトンを結びつけるリンクじゃないかと思う」

「だから昨日、きみの留守電にばかげた伝言をしたんだ。おれは彼らを隠れ場所から追いたてようとしていた」

「そしてきっとそれが功を奏したんだな。でも、ぼくはまだあんたのやりかたすべてを大目に見ることはできない」

「へえ、そうか」ジョーは言った。

埋められた遺体をソナーで探すために、州犯罪捜査部(DCI)とFBIの科研を牧場へ派遣することについて、二人は話しあった。

クーンは言った。「だから、これをきちんとやるのがよけい重要になってくる。あんたの話からすると、われわれは集められるだけの人員で郡を急襲し、なにが起きたか相手がわからないうちにすべてを一度に入手する必要がある。四人の爆弾魔をそれぞれ孤立させた状態で押さえられるように。一人ずつ捕まえたら次々と他の者たちに警告がいくだろう。つまり、われわれには少なくとも四つの逮捕チームが必要で、サウスダコタかモンタナから応援がいる。鑑識チーム全員をそのモーテルのキャビンへ行かせて、あんたがあると言う監視装置を見つけだし、爆発物専門家にあんたが見つけた仕掛けを調べさせないと。これだけの規模の作戦になると、ワシントンの許可がいるな」

「それにはどのくらいかかるんだ?」ジョーは尋ねた。

「言ったように、二日だ。官僚組織がどう動くか――あるいは動かないか、知っているだろう」

「おれはできるだけ早くここを出たいんだ」ジョーは虫食いのあるカーテンを手の甲で少し開け、また外をのぞいた。ほとんどのハンターの車はとっくに出発していた。新雪の上で獲物の足跡を追うほど、彼らを興奮させるものはない。「このあたりのみんながみんなのことを知っている。おれの居場所を突き止めるのにたいした時間はかかるまい」

「いくつか電話をかけるよ」クーンは言った。「ワシントンと話したらまたあんたに電話する。いま部下たちは少しずつここに集まりはじめている。だから今日の午後までには、どのくらい人員を確保できるかもっとはっきりするはずだ。それから、ルーロン知事に彼の偵察員が今回の件を大きくこじ開けたかもしれないと予告しておく。知事には作戦を進めるよう祝福を与えてもらわないとな、なぜなら彼は前に——何度も——自分の承認なしにワイオミング州でことを起こした連邦政府の役人は逮捕する、と宣言しているんだ」

ジョーはクーンの口調に揶揄（やゆ）を感じ、にやりとした。

クーンは続けた。「こんどはなにも問題はないと思う、なぜなら知事があんたをそっちへ行かせたんだからな。だが、すべてが完璧に運んでも、ここからそっちまで陸路で五時間かかることは忘れないでくれ。この天候では空路は無理だ。だから、われわれが着くまであんたは身を低くしてレーダーに引っかからないようにしていてくれ」

「おれは報告をしたら家へ帰ることになっていたはずだ。そういう取り決めだった」ジョーは言った。

「その取り決めはもう用なしだ」クーンは笑った。「いまはあんたにいてもらわないと困る。われわれがその四人の爆弾魔に立ち向かうときに、あんたがいるといないとでは大違いだ——とくにその中に別の猟区管理官がいるとあっては。彼らはあんたの顔を見て、昨夜モーテルであんたが自分たちを目撃したと知る必要がある。それで圧力をかけられる。そうだろう？」

「まあな」ジョーは落胆した。

クーンはちょっと考えた。「思うんだが、彼らが一緒にいるはっきりした写真をあんたが撮っていなくても、保安官の車の中から痕跡とＤＮＡの証拠を採取できれば現場にいたことを裏付けられるだろう。指紋や微量の爆発物があれば言うまでもなく。いま、その爆発物はどこにある？」

「安全な場所に」ジョーは答えた。

クーンは間を置いた。「どういう意味だ？」

「彼らが探そうとは思わない場所に隠した。おれからは以上だ」

「しかしもし――」

ジョーはクーンの考えを自分の口で言ってやった。「もし彼らがおれを見つけて、きみたちがここへ着いたときにおれがいなくて、爆発物がどこにあるかわからず、連中が現場にいたと証言できなかったらどうする？　まあ、そうなったらたぶん、きみたちが動く別の理由ができることになる」

クーンはくすりと笑った。ジョーはいい気分ではなかった。

「なにをするにしても、ジョー、彼らの注意を引くな。いまいるところでじっとして、姿を見られるな。彼らにあんたを見つけさせて、われわれが手を付ける前に状況が吹っ飛ぶような危険はおかせない」

「思いやりがあるな」

「ああ――別にそういうつもりじゃなかったんだが」クーンは悔いているような口ぶりだった。

「だが、そういう意味だった」

ジョーはクーンの沈黙を同意と受けとった。

「ここでしばらく動きがとれないんだ」ジョーは自分のピックアップが遠く離れた森の中にあること、いつそこまで行けるかわからないことを伝えた。

「ほかにもあるんだ」ジョーはつけくわえた。「金がいる」

「ぼくたちみんな金がいるよ」

「そうじゃなくて――現金がいる。使い果たした、そういうことだ」

「知事は特別手当をくれなかったのか？」

「くれなかった」

「うん――それは困ったな」クーンはため息をついた。

二人は話しあって、クーンがFBIの緊急資金から七百ドルをジョーとメアリーベスの銀行口座に直接振り込むことになった。それができれば、ジョーは酒場にあるATMから引き出せる。早くそうなることを彼は願った。

「金は返してもらう必要がある」クーンは言った。

「話は知事にしてくれ」

クーンはうなったが、承知した。

「いつ動けるかわかったら、すぐに連絡する」クーンは言った。

ジョーが短縮ダイヤルでメアリーベスにかける前に、携帯に電話が入った。クーンが折り返してきたのだ。

「早かったな」

「はは。違うんだ、言わなくちゃいけないことがあったのを思い出した。いままで忘れていたよ。ウィップという南部の洒落者(しゃれもの)について、あんた話していただろう?」

「ああ」

「彼についてなにかつかんだかもしれない。われわれが入手した写真があんたの説明に合致しているんだ。いまからそっちの携帯に送るから確認してくれ」

「で、彼は何者なんだ?」

「ノースキャロライナ州シャーロット出身の、ロバート・ウィップルという男じゃないかと思う。部下がＦＢＩのデータベースを調べたら、彼に関連して何件かヒットしたんだ。もしそれがこのロバート・ウィップルなら、二度と彼に出くわさないほうがいい」

「ご忠告ありがとう」要約できるようにクーンが書類をめくる音を、ジョーは聞いた。

「ロバート・ウィップル、自称ウィップル、湾岸戦争時の〝砂漠の嵐〟作戦において、ＣＩＡの秘密工作員だった。彼は、テロリスト容疑者を正式な審理や裁判所の許可なしに他国へ引き渡して、尋問する部隊にいた。だが同じ部隊の告発者によって秘密を暴かれた。その告発者は、協力しようとしないイラク共和国防衛隊員二人をウィップルが殺害した、と主張した。彼によれば、ウィップルはもう一人の目の前で防衛隊員一人の後頭部に二二口径のピストルを発射した。怯えたイラク人はウィップルに彼が知りたいことをすべて話したが、その情報は間違っていたのがわかった。ウィップルは翌週戻ってきて、しゃべった男の頭部にも弾を撃ちこんだらしい。

そしてだな、告発者が申立てをする前に、ウィップルは煙のように姿を消した。逮捕されることはなく、消息もわからなかった――どうやらいままでは。だが、彼の名前は五、六件の著名人の失踪事件で取り沙汰されている、テンプルトンと同じように。裏世界の連中は彼の名前――ウィップル――を知っているようだが、ウィップルを直接殺人に結びつけるに足る情報は持っていない」

ジョーは胃がこわばるのを感じた、ふたたび、窓のカーテンを少し開けた。駐車場に新しい車は止まっていない。

携帯が鳴り、彼はクーンから送られてきた写真を開いた。

「そうだ」ジョーは言った、茶色い髪、まぶたの垂れた目、女性的な口元。「彼だよ」

「なんと」クーンは笑った。「そっちは危険なアウトローの巣になっているな。今回の件を解決したら、ぼくは昇進できるかもしれない」

ジョーは嘆息して通話を切った。

メアリーベスに電話する前に、ドアがせわしくノックされた。ジョーは一瞬凍りつき、ショットガンのほうへ一歩踏みだした。ノックの勢いは相当なもので、まるでキツツキのようだ。

「清掃です」フロントのアリスの声がした。デイジーが吠えた。

「どうしていま始めるんだ？」ジョーはむさくるしい部屋を見まわしながらドアごしに尋ねた。

「なんですって？」彼女は疑わしげに聞きかえした。

「いいんだ。なにも必要ない」

「いま聞こえたけど犬が中にいるの？　犬は二十ドルの別料金がかかるのよ」

「払うよ」

「今日は狩りに行かないの？」彼女は尋ねた。「ほかのみんなはもう行った。夜のあいだに雪が降って、まだ降っているわ」

「ああ」

「それじゃ、一日中自分の部屋にいるつもり？　タオルかなにかいらない？」

「いらない」

「具合でも悪いの？」

「いや」

「だったら、ドアの下から犬用の追加の二十ドルをよこして」

ジョーはぐるりと目を回して、財布を抜くと最後の二十ドルを出した。それをドアの下にすべらせると、アリスは両替機並みのすばやさで引ったくった。

「ほかにもあるのよ、ミスター・ロマーノースキ。今晩もこの部屋に宿泊するなら、前払いしてもらわないと。いまみたいにドアの下からよこしてくれればいいから」

ジョーはちょっと考えた。彼女が即金でほしいなら、自分は宿泊名簿には載らず、二人の無言のうちの契約は続くことになる。

「今晩きみに払うよ」ジョーは言った。「ATMで現金をおろさなくちゃならないんだ」

「現金と言ったわね？」

「ああ」

アリスは間を置き、なにか考えているようだった。一瞬、だれかが彼女と一緒にいるのかとジョーは恐れた。ドアにはのぞき穴がないので確かめられない。

「ねえ」彼女はぐっと声を低めた。聞くために、ジョーはドアに顔を付けるようにしなければならなかった。「けさ男が二人来て、あなたみたいな外見の男を見なかったかと聞いたの。犬のことは言っていなかったけれど」

クリッチフィールドとスミスだ、とジョーは思った。

「あなたは宿泊名簿に載っていない、と答えた。本当のことだから」

「ありがとう」アリスを信じていいものかどうか迷った。だが、彼女が真実を語っているのでないなら、とっくに彼は訪問者を迎えているはずだ。

「あの二人、好きじゃないのよ。一度だっていい感じがしたことはない。何年も前から。でも、あなたが知りたいんじゃないかと思って」

「感謝するよ」ジョーは言った。「本当にありがとう」

「もちろん」彼女は共謀者めいた口調になった。「ということは、この部屋の料金はいま上がったってことよ」

彼は顔をしかめた。「いくら?」

「一晩五百ドルかな、最低二泊——前払いで」

「つまり千ドルか」

「そう」彼女はささやいた。

「今晩払うよ」

「そのほうがいいと思う」彼女は言い、もう一度聞いた。「本当に新しいタオルはいらない？」

ジョーは急いでクーンにメールして、最低千二百ドルの借入れが必要で、それ以下ではだめだと伝えた。それから、怒りを爆発させるFBI特別捜査官を思い浮かべた。

メアリーベスにかけたとき、ジョーはつのりゆくパニックを気取られないようにつとめた。当面彼女にも──自分にも──できることがなにもないときに、心配させることはない。サドルストリングも雪が降っている、でも午後の遅い時間にはやむ予報だ、と彼女は言った。トゥエルヴ・スリープ郡図書館と学校は天候のせいで休みになったが、明日はたぶん開くだろう、と。

そのあと、カリフォルニアのミセス・ヤングが電話に出ようとしない、と彼女は言った。

「307のエリアコードを見て、出ないんだと思うの。本当にやきもきする」

エリック・ヤングに結びつくフェイスブックもブログも見つけられないことにも、気がもめると彼女は続けた。そのこと自体が不安だった、彼は偽名でウェブ上にいる──そのはずだ──と想定していたからだ。

昨夜はなにをしていたのかとメアリーベスに聞かれて、ジョーは偵察に出ていたとだけ答え、急いで話題を変えた。「シェリダンからなにか連絡はあった?」

「大学も今日は休みなの。シェリダンにメッセージを送って様子を尋ねたわ。なにも問題はないって返事が来て、それだけ。わたしもさらには聞かなかったの。でも、今日あとで電話してみるかもしれない。たぶん寄宿舎の自分の部屋で暇にしていると思うから」

「なにかあったら知らせてくれ」

「そうする」

「じゃあ、娘たちは今日家に一緒にいるんだね?」

「ええ、そうよ。ルーシーは起きて休校だと知ると、また寝た。エイプリルは朝食を作っているわ」

「どうしたっていうんだ?」

メアリーベスが受話器のマイクをおおう音がして、彼女がどこか――たぶん廊下――自由に話せる場所へ移動するまで、彼は待った。メアリーベスの声はほとんど聞こえないほどのささやき声だった。

「なにがあったか知らないけれど、あの子はずっと天使なのよ。善良なエイプリルが戻ってきた。けさ休校だって聞いたとき、にっこりしたくらい」

「なにが、あの子の人生観に変化をもたらしたんだ?」

「わからない、でもまだ聞くつもりはないの。なにしろ、一日中あの子と家に閉じこもっているんだから」

「いい知らせだな。ダラス・ケイツの一件が終わったんじゃないか」

妻は鼻を鳴らした。「それはありそうもないわね。でも、わからない――もしかしたら彼は様子を察して、ロデオ・サーキットに来るようにエイプリルをせっつくのをやめたのかも。なんであれ、あの子は不機嫌じゃないしドアを乱暴に閉めない。それだけで充分よ」

ジョーはうなずいた。「遅くても二日後には家に帰りたいよ。ここを出る準備はできているんだ」

「ええ、帰ってきてくれると嬉しい」

「メアリーベス、きみと娘たちを愛している」自然に出た言葉だった。

彼女は一瞬黙ってから尋ねた。「あなた、大丈夫?」

「問題ない」

「シェリダンが言ったことと同じ。二人とも、完全に信じていいのかわからないわ。いま、あなたのせいで怖くなった」

「怖がらなくていい。まだ全部は話せないが、FBIが勇んでここへ向かっていて、捜査を引き継ぐ。すぐに終わるはずだ――少なくともおれの役割は」

「よかった。約束を忘れないで」

「ああ」

「ジョー、昨夜わたしに電話しようとした？　公衆電話かどこかから？」

「いや」彼は目を細めた。「メッセージは送ったが、電話はしていない」

「あら」

「どうして？」

「昨夜だれかがわたしの携帯にかけてきたの。シャワーを浴びていたので気づかなかったんだけど、メディシンウィール郡の局番だった。メッセージも残っていなかったけど、妙だと思って」

　ジョーは聞いた。「何時ごろ？」

「夜中の十二時前後」

　ジョーは思いかえした。自分はＡＴＶに乗ってサンドクリーク牧場から引きあげているところだった。

「おれじゃない」そう言ったとたん、一つの可能性に思い当たった。

　メアリーベスが先んじた。「ジョー、そんな予感がしていたの。ネイトだとしたら？」

「彼はここにいる」ジョーは答えた。

　彼女は間を置いてから声を高めた。「そのちょっとした事実を、いつわたしに話すつもりだったの？」

「じきに」

「彼に会った？」

「いや。だが、彼のサンドクリーク牧場の住まいを見つけたと思う」

「違うといいけど、彼が……」メアリーベスは言いはじめたが、最後まで続かなかった。

「おれも同感だよ」

「でもかけてきたのが彼なら、なんの用だったのか知りたい」

ジョーも同じことを考えており、なにか言おうとしたとき、デイジーがぴたりと動きを止めてドアを見つめているのに気づいた。牝犬は最初低い警戒するような声を発し、最後に二度大きく吠えて薄い壁を震わせた。

ジョーは言った。「切らないと」だれかが外の廊下にいる。

彼は携帯をベッドに放り、ショットガンに手を伸ばしたが、そのとき遠ざかっていくブーツの足音が聞こえた。

三十秒間ショットガンをドアに向けたままにしていたが、デイジーは落ち着き、外でも音はしなかった。やがてジョーは窓辺へ行き、虫食いのあるカーテンを少し開けた。結局、カーテンはレースではなかった。

「ああ、くそ」ジョーは声に出して言った。

外の駐車場を、ジム・ラッタがホテルから自分のピックアップへ歩いていた。降る雪に両肩をすぼめ、両手をポケットに突っこんでいた。彼の車はアイドリング中で、マフラーから排ガスが立ちのぼっていた。ラッタがドアを開けたとき、ジョーはちらりと同乗者を見た——少女だった。娘にちがいない。

だれかに電話するためにラッタが携帯を出すことはなかった。

いかい、いい

しかしこれは。

# 24

ワイオミング州ブラックヒルズ

ジョーはサドルバッグを持ち、ドアの鍵を開け、デイジーを呼び、走って階段を下りて、がらんとしたロビーを通り抜けた。アリスの姿はなかった。きっと彼に味方したあと隠れているにちがいない。駐車場へ出てATVの運転席から二十センチ以上積もった粉雪を払ったが、ラッタのピックアップの姿はもうなかった。

ATVにまたがってエンジンの轟音（ごうおん）を響かせ、急発進すると百八十度向きを変えて駐車場の雪についたばかりのタイヤの跡を追った。〈ブラック・フォレスト・イン〉の敷地を出て、すでに衣服を通して染みこんでくる寒さや目に突き刺さってくる雪の粒のことを考えまいとした。ラッタがジョーの居所を暴く前に先回りしなければならない。わからないのは、どうやったらいいかだ。

タイヤの跡は道路の真ん中についており、ラッタは雪かきをされていない州道を慎重に運転している。彼に追いつくチャンスはある——だが、そのあとどうする？　ラッタを道路から押しだすことはできないし、そんなつもりもない。エミリーが一緒に乗っているのだ。

出発してから五分後、降りしきる雪の向こうにピンクのテールライトがかすかに見えた。道路にはほかにだれもいないから、ラッタに違いない。自分がどのあたりにいるかわかった――ウィーデルの町に向かって山を上るジグザグの道のすぐ手前の、平らな直線だ。これでは、前に出てラッタに停車させる方法はない。

テールライトを視界におさめつつ、ジョーは車間距離を保った。ラッタがバックミラーで彼の車に気づいたり、電話をかけたりしないといいが。自分がラッタの立場だったらと考え、エミリーに聞かれない場所に行くまであの猟区管理官が電話しないのを期待した。ウィーデルまでは十三キロ近くある。

ジョーは思った。車と地形を有利に利用するんだ。

そして頭だけ向きを変えて「踏ん張れ、デイジー」と叫び、ATVの速度を落とした。上り坂の右側の森に隙間を探し、見つけるとハンドルを切った。隙間の道は獣道と変わらなかった。

ATVのフロントエンドが両手の下で持ちあがって丘を上っていき、彼は座席から立ちあがって前傾した。デイジーの温かな体を背中に感じながら、上りに合わせてロワー・ギアに切り替えた。太い後輪が雪煙を巻きあげ、タイヤの接地面が雪の下の地面に着くと土や草のめていった。

かたまりも飛んだ。ATVは小さな若木を十以上なぎ倒し、前輪が倒木や露出した岩をかすめていった。

深い森の中、丘を半分ほど上ったところで、ATVは立ち往生することが多くなった。車輪が狂ったように空転し、次に右の後輪が露出した花崗岩(かこうがん)の角に乗り、ATVはかなり先の斜面にジャンプした。またスピンアウトしたり深雪の中で減速したりするわけにはいかないので、ジョーはスロットルを開いたままにしてとにかく落ちないようにした。逃げだす馬に乗っているのと同じだ。両側を黒い濡れた木の幹が過ぎていき、低い枝の下を突進してどさっと雪が落ちてきたときは、一瞬目が見えなくなった。

上りながら顔から雪を払ったが、襟と袖に雪が詰まってしまった。溶けた雪が小川のように背筋を伝って、ジーンズの中に流れこんだ。脚も手も感覚がなくなっていた。

丘の頂上で白い雪をまき散らして茂みを抜けると、いつのまにかタイヤ跡のない州道の中央にいた。しばしATVを止めた彼の心臓は激しく打っていた。

デイジーが温かい湿った舌で彼の首筋の雪を舐(な)めた。

目を細く狭め、降雪を通して左側に視線を向けると、二番目の急カーブを曲がろうとしている黄色いヘッドライトの光が見えた。道の真ん中にいる自分に、ラッタが気づくように、ジョーは祈った。

すぐそばに来るまでラッタの車は止まらず、ジョーにはフロントガラスの奥の不安げな顔が見えるほどだった。ワイパーが動いていても、エミリーの口の動きで「あれはだれ、パパ？」と言っているのがわかった。

エンジンをアイドリングさせたままジョーは道の中央のＡＴＶの上から動かず、雪の向こうの相手を観察した。

とうとう、ラッタはパーキングブレーキをかけて、ピックアップのドアを開けた。エミリーが寒くないようにエンジンはかけたままにしている。相手の声をちゃんと聞くために、ジョーはＡＴＶのエンジンを切った。

「ジョー！」ラッタは叫んだ。「いったいどうしたんだ？」

自然に驚いたふりをしようとしていたが、あまりうまくいかなかった。

「あんたの車はどこだ？　なんだってこんな日にＡＴＶに乗って外にいる？　それに、こんな道のど真ん中にいるなんてどうしたんだ？」

ジョーは答えた。「あんたを止めにきた」

ラッタは自分の車とジョーの中間で足を止めた。

「一緒にいるのはエミリーだな」

エミリーは薄茶色の髪を真ん中分けにして、大きな茶色の目が映えるお洒落な黒縁(くろぶち)めがねをかけていた。無邪気そうでとても愛らしかった。外見からは、ジョーには少女の肉体的なハンディはわからなかった。

ラッタは言った。「ああ。けさ、学校が休みになったんだ。だから今日この子はおれと出かけている」

「昔はおれの娘のシェリダンともよくそうしたよ。一緒に車に乗ったものだ」

ラッタは注意深くジョーを見守りながらうなずいた。

「ジム、昨夜スミスとクリッチフィールドがおれの車の下に爆薬を仕掛けたとき、あんたが保安官の車の中にいるのを見たんだ。あのときまで、あんたが連中と関わっていなければいいとずっと思っていた。だが、あんたは腐っている、ジム、そしておれたち二人ともそれはわかっている。おれがわからないのは、どの程度腐っているのかだ」

ラッタの顔はぴくりともしなかったが、空気が少し抜けたかのように両肩ががっくりと落ちるのがジョーにはわかった。

「FBIとDCIがいまここへ向かっている。彼らは名前のリストを持っていて、あんたも載っている」

「くそ」ラッタはつぶやいた。

それからラッタは手を上げてパーカのジッパーを開けた。パーカの右前を後ろに払ったので、銃の台尻に裾がかかった。彼の右手はグロックから数センチのところにある。拳銃は予備でめったに装塡しないジョーと違い、ラッタは規則に従っていて、すんなりと抜いてスライドを引かずにすばやく十四発発射できそうだ。

ジョーはエミリーのほうへあごをしゃくった。「ここでなにをしようというんだ？　道の真ん中で西部の決闘を再現するのか？　おれたち二人とも、子どもにこんなところは見せたくないだろう、ジム」

ラッタは無表情で、まなざしはそっけなかった。「狩猟漁業局では全員あんたが拳銃ではなにも撃てないと知っている」

「だからこれを持ってきている」ジョーはケースから台尻が突きでているショットガンに向かってうなずいてみせた。ラッタの視線はジョーの仕草が示すほうを追った。溶けた雪がワニスを塗った台尻で水滴になっていた。

ジョーは二人のあいだに沈黙が流れるにまかせた。もしラッタが銃を抜いたら、自分は前に飛びだしてショットガンをつかみ、ＡＴＶを遮蔽物にして後ろへ倒れこみながら撃つつもりだった。もし狙いが外れた場合、ラッタのピックアップのグリル――そしてエミリーの探るような顔――が相手の猟区管理官の真後ろになければいいがと願った。事前にシェルを薬室に装塡していたかどうか、あるいは先台をスライドして送りこまなければならないのか、思い出せなかった。ラッタが自暴自棄の行動に出ないことを無言で祈った。

ジョーは言った。「娘さんは、おれたちがなにをしているのか、いま不審に思っている。彼女の顔が見えるよ。子どもの前でおれを撃ち殺したりしたくないだろう、おれも撃ちかえしたくない。この状況に娘さんは混乱している」

ラッタは言った。「おれだって混乱しているんだ、ちくしょう。あんたはおれのここでの生活をぶち壊した。娘はおれを善人だと思っている。おれがローリンズの刑務所に行くはめになったら、あの子はどうなる？　おれのことをどう思う？」

「わかるよ。信じてくれ。だが、いまがあんたの頭の使いどころだ。おれと手を組めば、FBIはあんたに手加減するはずだ。知っていることを彼らに話して協力すれば、エミリーと離れずにすむ方法があるかもしれない。こういう場合どういう仕組みになっているか、知っているだろう」

「ときにはうまくいく。そうならないこともある」

「あんたの唯一のチャンスだ、ジム」

ラッタは言いかえした。「裏切りを考えた人間にテンプルトンの部下たちがなにをするか、あんたはわかっていない。家族にだって手を出すんだ、彼らはまずエミリーを狙うだろう」

「娘さんが法執行機関に保護されていれば大丈夫だ。彼らが全員檻(おり)に入れられれば手は出せない」

ラッタは黙り、大きく息を吸って、吐いたときにその息は震えていた。心を決めようとしているのだ。

ジョーは言った。「ATVをどかして、おれとデイジーを乗せてもらえないか？　車の中でどうすればいいか話しあおう」

「必要のないことはエミリーに知らせたくない」ラッタは言った。「くそ、あの子を失望させるのは最悪だ。そんなことになったら、もう生きていたくない」

ジョーはATVの座席から立ちあがり、ケースからショットガンを抜いた。ラッタに脅しと思われないように、さりげなく持って道路脇の木の幹に立てかけたが、その前に一瞥するとシェルは装塡されていた。

ラッタのほうを向いて言った。「このATVを道路から押しだすのを手伝ってくれないか、そうしたら出発できる」

ラッタはしばしたたずんでいたが、パーカのジッパーを上げるとジョーのそばに来た。二人は手をATVのハンドグリップにかけ、急カーブの道の端へ押していった。ATVはあっというまに見えなくなったが、雪をかぶった木々にぶつかりながら視界の外で止まるまで、大きな音をたてた。

「おいで、デイジー」ジョーは牝犬を呼び、ラッタのピックアップへ歩きながら彼に言った。「賢い選択だ、ジム。きっと彼らはまずあんたの家を調べるだろう。危機が過ぎるのを待つあいだ、行ける場所はあるか？　クリッチフィールドやスミスやほかの連中が探そうと思わない場所は？」

ラッタはうーんとうなった。「山の反対側にキャビンがある。夏のあいだだけここに滞在する男の持ちものだ。おれは鍵の隠し場所を知っている」

「とりあえず、そこにしよう」

ジョーの荷物をラッタのピックアップの荷台に放ると、金属の道具箱とエミリーの折りたたまれた車椅子のあいだに収まった。

乗りこむと、ラッタはすぐに窓ガラスが曇らないように車内の換気を最大にした。ジョーの服は濡れて蒸気が上がっていた。体が温まるまで、彼は震えと闘った。エミリーはラッタとジョーにはさまれてすわり、デイジーはジョーのひざのあいだに体を押しこんでいた。

「エミリー、こちらはジョー・ピケット。おれと同じ猟区管理官で、友だちだよ」とラッタが紹介したあと、エミリーの関心はもっぱらデイジーに向けられており、少女が伸ばした手を牝犬は舐めた。

「デイジー、かわいい犬ね」エミリーは言った。

「でも、濡れているときはあまりいい匂いじゃないだろう」ジョーは言った。

「平気」エミリーはそう答えて父親のほうを向いた。「これからどこへ行くの?」

「おれが知っている場所だ。天候がよくなるまで、しばらくそこで待っていられる」

エミリーはラッタの答えを考えた。「わかった。宿題を持ってきてるから。デイジーも一緒?」

「ああ」ラッタは言った。

「なら、いい」

ジョーはほっとしたが、警戒心は解かなかった。まだラッタを信用できないが、娘が自分とジョーのあいだにすわっているからには、いま裏切ったりはしないはずだ。ある意味でエミリーは人質のようなものだ、と思って、彼は困惑した。そんな状況がいやだった。


ラッタは四輪駆動にして道路から外れ、山越えのルートらしい荒れた轍の跡に乗り入れた。

ジョーは携帯を貸してもらえないかと彼に頼んだ。

ラッタは疑わしげにジョーを見たが、携帯を渡した。ジョーは履歴を調べ、ラッタは彼の意図に気づいてうめき声を上げた。

「どうしたの、パパ?」

「なんでもない」ラッタは急いでなにげない表情を装った。

ラッタは昨晩六回クリッチフィールドから電話を受けていた——午後九時から午前二時のあいだ——そして、けさも四回かかってきていた。一方、ラッタの側からはクリッチフィールドとスミスに三回ずつ、ミード保安官に二回電話していた。ジョーは時刻を確認した。〈ブラック・フォレスト・イン〉でジョーを見つけたあと、ラッタがだれにも連絡していなかったのでほっとした。

ジョーは携帯からバッテリーを抜きとってポケットに入れ、そのあとラッタに返した。二人ともこの意味をわかっている、とジョーは思った。クリッチフィールドとスミス——より可能性が高いのは保安官——は携帯のGPSで彼らを追跡できなくなった。それに、ラッタが電話するリスクを残すほど、彼を信じられなかった。

ジョーはラッタの無線の電源を切り、それからマイクとの接続を抜き、コードが垂れたままにした。二人のどちらかが通信指令係に連絡しようとしたら、ミード保安官か部下が傍受するのは間違いない。

「しばらくは身を潜めないと」ジョーは言った。「ジム、ほかに電話か無線機を持っているか?」

「電話はない、だが、荷台のギアボックスの中に小型無線機が二台ある」

ジョーはうなずいた。あとで考えよう。そのあと、別のことを思いついた。狩猟漁業局は最近、猟区管理官全員の車両の運転席の下に、見えないようにGPS追跡装置をつけた。猟区管理官が銃で脅されて運転を強いられた場合——もしくは車そのものを盗まれた場合——通信指令係が位置を特定できるようにするためだ。

「失礼」ジョーはエミリーに声をかけて、彼女のひざごしに身を乗りだした。運転席の下に手を伸ばし、GPS追跡装置のワイヤをぐいと引き抜いた。

「そのことは考えてもみなかった」ラッタは言った。「これであんたはまた州の備品をぶっ壊したぞ」

「おれの特技だ」ジョーは答えた。

エミリーに事の次第をなるべく悟られないように、ジョーはつとめた。とても賢い子だった。さいわい、大きな目でエミリーを見つめているデイジーに、少女は気をとられている。

「じゃあ、彼らには知らせなかったんだな」ジョーはラッタに言った。

「チャンスがなかった」

「あんたの行き先を、彼らは知っていたのか？」

「どうかな。おれたちはみんな同じ地域をカバーしていると思う。〈ブラック・フォレスト・イン〉がリストに載っているのは確かだ」

「やっと、運よくひと息つけるわけか」ジョーはため息をついた。

エミリーが尋ねた。「二人とも、なんの話をしてるの？」

「仕事の話だ、たいしたことじゃない」ラッタは娘に答えてから、ジョーに言った。「ATVをどこで手に入れた？」

「買ったんだ」

「おれたちがそれを知らなかったとは驚きだ。普通なら、この郡ではどんな売買も彼らの耳に入る」

「ディーラーはあんたたちのチームじゃなかったんだ」

「なるほど」ラッタはうなずいた。「ケリ・アン・ファーヒーか。彼女なら頑固だからな」

「おれは誠実と呼ぶね」

ラッタは肩をすくめた。

「彼らはおれのピックアップを見つけたのか？」

「それは聞いていない。だが、かならずしもすぐにおれに伝えてこないだろう。おれは食物連鎖のトップにいるわけじゃないんだ。だが、あんたが車で走り去っていたのには驚いたよ」

ラッタの知るかぎりでは、爆弾はまだジョーのピックアップの下にあり、いつでも爆発させられるのだ。

「だれも愚かな真似をしなければいいんだが」ジョーは言った。

ラッタは苦い笑いを浮かべて首を振った。「それは彼らの特技だからな」

ジョーは尋ねた。「そこは、携帯の電波は届くか？」

「たぶんだめだろう」

「固定電話は通じる？」

「と思う——滞在していないときも、持ち主が電話料金を払っていれば。払っていそうなタイプの男ではある」

「そうであるように祈ろう」

ラッタのピックアップは深い森の中を上っていった。

エミリーがジョーに言った。「最初、あなたとパパはけんかを始めるのかと思った。お友だちで嬉しい、あたしデイジーが大好きだから」

ジョーとラッタは視線を交わした。

「デイジーもきみが好きだよ」ジョーはエミリーに言った。「女の子たちに囲まれているのに慣れているんだ」

ラッタは言った。「これはずっとうまくはいかないよ、ジョー。彼らはこの郡で起きていることはすべて把握している。状況を知るまで、あまり時間はかからないだろう」

「状況って?」エミリーが聞いた。

「話しただろう、ハニー」ラッタの声にいらだちがにじんだ。「仕事のことだよ」

ジョーは言った。「騎兵隊の到着が間に合うように願うしかないな」

一時間半後、ジョーたちはキャビンを見つけた。二階建ての丸太小屋で、緑色の鋼鉄の屋根には堂々とした石造りの煙突が立っていた。キャビンは、風と雪の中で吹きだまりだらけの小さな草地の端に位置していた。雪の吹きだまりのいくつかは一メートル近くあった。ラッタのピックアップはそのあいだをよろめくように進みはじめ、エミリーは驚いて顔を上げた。

「パパ、スタックしそう？」

ジョーも同じことを考えていたが、ラッタは四輪駆動車の運転に熟練していた。

「いいや」吹きだまりのあいまの小さな乾いた地面で小刻みにブレーキを踏みながら、ラッタは答えた。「行けるのはここまでだな。あとは歩いていかないとだめそうだ」

ジョーは思わずエミリーに目をやり、そうした自分を恥ずかしく感じた。

「おれがエミリーを抱いているから、あんたは荷台から車椅子を降ろしてくれ」

「わかった」

「持ち主が鍵の隠し場所を変えていないといいが」

鍵はあるはずの場所にあった。


キャビンに設置された古風なダイヤル式の電話は、通じていた。

ジム・ラッタは暖炉に火をおこしはじめ、エミリーはデイジーに大好きよとささやき、ジョーはチャック・クーンとメアリーベスにかけて新しい連絡先の番号を教えた。

クーンによると、シャイアンの上空は晴れてきて道路は除雪中だという。彼の急襲チームは集合を始めており、道路さえ再開すれば数時間以内に出発できる。

メアリーベスは、図書館のインターネットがつながらず——たぶん吹雪のせいで——エリック・ヤングの調査はあれからなにも進んでいない、と言った。

暖炉の火が燃えはじめると、キャビンはじきに停電する、おそらく雪の重みで傾いだ枝のせいで森の中の電線が切れるだろう、とラッタは言った。ジョーとラッタはケロシン・ランプと燃料はないかとキャビンの中をくまなく探し、二つとも見つけた。

午後三時ごろには、室内は暖まってエミリーはコートをぬいだ。

ジョーとラッタはキッチン・テーブルをはさんで腰を下ろした。

つらい沈黙が二十分続いたあと、武装した軍隊の接近を予想するかのように、ラッタは正面の窓を見た。

「これはいい結末にならないよ」エミリーに聞こえないように、彼は低くつぶやいた。

# 25

## サンドクリーク牧場

ネイトはディナーのためにサンドクリーク牧場のロッジに到着し、駐車場を歩いていった。むっつりした顔で、ポケットにはジョー・ピケットが置いていった一二番径のショットガン・シェルが入っていた。

夕方には雪の降りかたは衰えていたものの、空と木々から細かい粉のように落ちてくる。雲にはところどころ小さな隙間があって星がのぞいていたが、月はまだ隠れており、星の光は弱々しい。そのせいで、煌々(こうこう)と明るいロッジはあらゆる開口部から火を噴いているように見える。

駐車場には何列も車が止まっており、一階の窓の向こうでは集まっている人々がシルエットになっている。銃についてリヴ・ブラナンが言っていたことを思い出し、ネイトは駐車場を迂回して五〇口径とショルダーホルスターを付属の建物の横の密生したムレスズメの生垣の奥に隠した。

リブが玄関で彼を迎え、愛想のいいほっとしたような笑みを浮かべた。紫の流れるようなシルエットのブラウスに、タイトなグレーのパンツと輝く黒のパンプスを合わせ、ゴージャスで魅力的だった。

「来てくれて本当によかったわ」彼女は玄関のすぐ内側に立って、手にクリップボードを持っていた。今夜のための招待客リストと予定表だろう。

「選択の余地があるとは思わなかった」ネイトはぼやいた。

「もちろんないわよ！」彼女は笑った。「そしてあなたはとてもちゃんとして見える」

ネイトはジーンズとブーツをはき、オープンカラーの白いシャツに灰色がかった黄色のジャケットをはおっていた。髪はタカ用の革の足緒でポニーテールに束ねていた。

「こんなに大勢来るとは思っていなかったよ」ネイトは言った。「おれはこういう場が大嫌いなんだ」

「不愉快でも避けられないことは受けいれて」リヴは言った。

ネイトはうなった。

「ねえ」彼が広い応接室へ入る前に、リヴは近づいてきて声を低めた。「パーティの次第はこうなっているの。今夜のイベントには順番があるのよ。ミスター・Tはそこは譲らないの」

ネイトは足を止めて聞こうとしたが、彼女のまなざしから目をそらせなかった。

「最初にカクテル・レセプションがある。ゲストは、地元の有力者や将来有望な新しいクライアントや牧場のスタッフよ。ミスター・Tは一年に一度か二度、地元の人たちを呼んで感心させるのが好きなの。彼らは自分たちが身内であって、いかにミスター・Tに依存しているか、肝に銘じるわけ。あなたの役割はぶらぶら歩きまわって、さりげなくゲストたちに会うこと。わたしが思うに、あまり得意じゃなさそうね」

「そのとおり」

「ディナーはダイニングルームで。座席表があるから、お皿の上の自分の名札を探して。だれがどこにすわるかはミスター・Tにとって重要なの、だから決まりを破らないでね」

「きみの隣にすわりたいな」

口の隅が上がってかすかな微笑になったが、彼女はビジネスライクに続けた。「あなたは自分の名札がある席にすわらないとだめ、そしてそこはわたしの隣じゃないわ。でも、すぐ向かいの席よ」

「よかった。だったら、お互いに色目を遣える」

「色目はなし。そしてディナーが終わって一部のゲストが帰ったあと、短い仕事の打ち合わせがあるの」

「おれも先に帰っていいか？」

「いいえ、言ったように、あなたは残って」

ネイトは顔をしかめた。

「ミスター・Tは重要なことだって。新しい契約の話よ。あなたも参加する」

ネイトはうなずいた。何週間もリヴ・ブラナンのアプローチをかわしておいて、いま二十人以上の見知らぬ人々とロッジにいながら、彼女をさらって家に連れていきたいと思うなど、まったく奇妙だ。そして彼女がすぐそばに立って、話しかけながら何度も彼の腕に触れる様子から、相手も同じ気持ちなのが感じられた。

「さあ、行って」リヴは脇にどいた。「みんなと会って。だれも殺さないようにしてね。それからかならず彼女にあいさつすること。名前は……」

「ミッシー」ネイトは言った。「姓のほうはロングブレイク、オールデン、ヴァンキューレンのどれかかな?」

リヴは驚いて顔を上げた。「彼女を知っているの? どうしてそんなことが?」

「おれたちの人生は二、三度交差したんだ、だが、あの女のことはすべて知っている。ここに現れたのはプロファイルにぴったりだ」

「どんなプロファイル?」リヴは驚くと同時に惹きこまれていた。

「ミッシーはしばらく会っていない友人の義母にあたる。おれが知っているのは、彼女は成りあがるってことだ」

リヴは眉を吊りあげた。「成りあがる?」

「男や夫を踏み台にしてのしあがる。新しいのは前のより金持ちだ。何人と結婚したか忘れたが、最後の相手は、風力発電機のブレードにとりつけられたチェーンの先で揺れているところを発見された」

「まさか」彼女は愕然として指先で口元をおおった。

「そのあとミッシーは姿を消した。くわしい話は知らないが、おれはずっと疑いを抱いていた。あの事件以来、世界一周クルーズに出たことになっている。だが、上陸したようだな」

「ミスター・Tはこのことを知っていると思う？」

ネイトはうなずいた。「一部は知っているはずだが、おれがいま話したすべてにミッシー流の解釈を加えた一部だ。彼女がここにるということは、テンプルトンはそれを信じたんだ」

リヴはあとじさってささやいた。「これでどんな問題が起きると思う？」

「言いにくいな。だが、一つだけは確かだ。あの女をどう思おうと――彼女はそれより邪悪だ」

リヴはじっとネイトを見つめた。「冗談を言っているんじゃないわね？」

「違う」

ネイトは応接室の手前で口ごもったままのリヴ・ブラナンから離れた。彼女は追ってこようとしたが、新たに到着したカップルが入口をふさいだので、しぶしぶ彼らのほうを向いた。リヴの熟練したホステスの微笑が、さわやかな風によみがえる燃えさしのようにふたたび輝いた。

　応接室に入る前に、ネイトは廊下でR・C・ミード保安官と出くわした。ミードは、焦げ茶色の胸ポケットと肩章がついたカーキ色の礼装だった。官給の銃は右の腰のホルスターにおさまっている。

「さしつかえなければ」保安官は言って、すばやく、だが徹底的に、ネイトのジャケットの内側、腿の内側、ブーツの筒部分に両手を走らせた。ネイトは歯を食いしばって保安官から一秒たりとも目をそらさなかった。

「オーケイ」ネイトが武器を持っていないと納得して、保安官は告げた。「ミスター・テンプルトンはいつもおれにチェックを頼むんだ。楽しい夜を」

「ああ。だが、一ついいか」

「なんだ？」

「こんどおれに触れたら、あんたの両耳を引きちぎっておれの車のバックミラーに吊るすからな」

　ミードは最初笑ったが、やがてネイトが本気だと気づいて唖然とした顔になった。それ以上一言も言わず、ネイトは保安官を押しのけて応接室へ入った。

　広々とした応接室の、馬車の車輪を使ったシャンデリア三つの薄暗い光の下で、人々は三三五々かたまって立っていた。ネイトの知らない顔がほとんどだったが、リヴが話していた地元の住民たちなのだろう——町会議員、郡委員会のメンバー、銀行家。ぴかぴかのカウボーイハットをかぶり、爬虫類の革のブーツをはいた男たちが多い。女たちはいちばんフォーマルなウェスタンウエアを着て、見栄えのする宝石をつけている。ヘアケア製品の臭いがあたりに漂っている。五、六人の妻たちから必要以上に長く視線を向けられ、ネイトは目をそらした。

バーでストレートの〈ワイオミング・ウィスキー〉のダブルを受けとると、集団を見渡した。ウィップは隅でスポーツジャケット姿の男二人をもてなしている。フライの竿(さお)をキャストする真似をしているので、きっと釣り談義に興じているのだろう。

「ウィップの話を聞いている男たちはだれだ?」ネイトはバーテンダーに尋ねた。彼が昼間カウボーイとして働いているのを見たことがあった。

「ああ、左側はバーソロミュー判事だよ。もう一人は知らないな、でもけさサンフランシスコから飛行機で来た人じゃないかな」

ウィップの右側にいる男は六十代半ばで、金(かね)と尊大さをあたりに発散させていた。ゆったりしたジーンズ、靴下なしのボートシューズ、黒いシルクのシャツにはおったブレザー、四百ドルはかけたヘアカット。ネイトはぴんときた。将来有望なクライアント。

男はウィップに、ロコ・ビオルキーニだと自己紹介していた。聞いた名前だ、とネイトは思った。ビオルキーニは著名なソーシャルメディアの大御所だ。彼の人生に一部基づいた映画が作られたが、ネイトは見ていないし映画のタイトルも思い出せない。

ビオルキーニが自分のことを話しているあいだ、ウィップの関心はそれ、彼はネイトを認めてうなずいた。ネイトもうなずきかえした。それ以上のことをする理由はない。

そして応接室の隅で、床から天井まである本棚にはさまれて、ウルフガング・テンプルトンとミッシー・ヴァンキューレンが立っていた。間抜けな微笑を浮かべて口々に賞賛の言葉を述べるゲストたちに囲まれていた。だれをも圧倒するテンプルトンの威容は、場違いな貴族のようにネイトには感じられた。ミッシーは小柄なので、祝いを述べる人々の陰になってよく見えなかった。だが、取り巻きがはけたとき、そこに彼女はいた。タイトな白と金色のドレスを優雅にまとい、目をみはる美しさだ。ミッシーをよく知らなければ、ネイトも四十歳前後と推察しただろう――じつは二十歳以上も上なのだ。磁器めいた完璧な肌、高い頬骨、血のように赤い口紅。

彼女はネイトを見ていない。

彼はウィスキーを飲み干してバーテンダーにグラスを戻し、もう一杯頼んだ。会場に向きなおると、テンプルトンが彼を手招きしていた。ネイトが近づいていっても、ミッシーはまだあるカップルと話をしていた。

「ミッシー」テンプルトンが言った。「こちらはわたしのために働いてもらっている人で、紹介したいんだ。ネイト、こちらはミッシー・ヴァンキューレン」

ネイトの名前を聞いて、かすかな、ほんのかすかな恐怖のおののきが彼女の体に走ったのを、ネイトは見逃さなかった。さっと振りむいたり、ワイングラスを落としたり、ひざからくずおれたりはしなかった。全身がぎくりとした程度だ。すぐにこちらを向きさえしなかった。しかし、ほかのだれも気づかなかったとしても、ネイトは彼女の反応を見ていた。ミッシーはすぐに元どおりになった。

くそ、なかなかやるな、と彼は思った。

「ネイト！」ミッシーは満面の笑みを浮かべたが、その目は冷たく、冷たさは彼にだけ伝わるものだった。グラスを持っていないほうの手を彼女は差しのべ、ネイトはその手を握った。

「本当にお久しぶりね！　どうしていらしたの？」

「いろいろありまして」

「そうでしょうね」テンプルトンがなにか言う前に、彼女は微笑をネイトから彼に移した。「ネイトとわたしは別の世界で知り合いだったのよ……昔々、はるか彼方で。映画のイントロみたいね」

テンプルトンはあきらかにとまどっていたが、ネイトに対する彼女の嬉しそうな反応を見たにしては驚いていなかった。

「わたしがワイオミングに住んでいたころ、ネイトは娘と親しかったの」ミッシーはテンプルトンに説明した。「娘は彼の大ファンでね。わたしたち、長らく会っていなかった——二年ぐらい？」

ネイトは答えた。「そんなところでしょう」

「メアリーベスはあなたがここにいるのを知っているの？」

「いいえ」

ミッシーの目にちらりと安堵の光がよぎった。「あなたとここで会うなんて、夢にも思っていなかったわ」

ネイトは冷酷だと何度も言われた微笑を浮かべた。「こっちもですよ」

「彼はわたしの最高の男たちの一人なんだ」テンプルトンは力をこめて言った。

ミッシーは恋人を見上げてにっこりした。「もちろんそうね、ウルフィー。わたしもまったく同感よ」

ウ、ウ、ウルフィーだ？　ネイトは内心唖然とした。

「わたしたちはダボスで会ったんだ」ミッシーを引き寄せながら、テンプルトンはネイトに言った。「クルーズのあいまに彼女はヨーロッパで過ごしていて、わたしたちには共通の友人がいたんだよ。ああいう階層は小さい町みたいなものなんだ——みんながみんなを知っている。わたしたちはたちまち意気投合した——とくに、二人ともこの辺境の地とライフスタイルを愛していることがわかってからはね」

ネイトは言った。「なるほど」

「こんなことは初めての経験なんだ」テンプルトンはかぶりを振った。「一目惚れなんてね」

「驚きですよ」

「そしてもうここに彼女はいる、本来いるべき場所に戻ってきたんだ。そうじゃないか、ミッシー？」

彼女は手練れの赤面を見せて、こう言った。「わたしは、なんというか、簡単すぎる女だとは思われたくないの」

ただのジョークだったが、テンプルトンは大声で笑いだした。ネイトは彼からミッシーに視線を戻した。ネイトがさらになにか言う前に、彼女はテンプルトンの腕の中から離れた。

「ちょっとのあいだ、積もる話をネイトとさせて。すぐに戻るわ」

テンプルトンは気が進まない様子でうなずいた。「まだ紹介しなくてはならない人たちがいるんだ。きみを見せびらかしたいんだよ」

「もう、あなたったら」ミッシーは彼に目をぱちぱちしてみせ、それからネイトの腕をとると本棚の前を人のいない隅へと引っ張っていった。

心地よい喜びと微笑を顔に貼りつけたまま、彼女は尋ねた。「わたしのことをだれに話した？」

「まだだれにも」

「誓って、わたしが戻っていることをメアリーベスに伝えていないのね?」

「伝えるチャンスがなかった」つまり、彼女は電話に出なかったのだ。

「知っているのはあなただけ?」

「ああ」

ミッシーは少し態度を和(やわ)らげた。あいかわらずの男たらしだ、とネイトは思った。「口を閉じていられる?」

脅(おど)されるのは気に入らないので、彼は答えなかった。

「こうしましょうよ」ミッシーは低い声で続けた。「ウルフガングとわたしはとても親密な関係なの。とてもね。彼はわたしの言葉に耳を傾けるし、わたしはあなたが知っているだれよりも、こういう上流社会のかけひきはお手のものなのよ。わかりあえたかしら?」

ネイトはウィスキーを一口飲んだ。

「あそこにいる女性が見える?」ネイトの肩ごしに、ミッシーはほとんどわからないほどあごをしゃくった。彼が振りむくと、部屋の反対側にリヴがいてクリップボードをチェックしていた。「あの魅力的な人? 彼女はウルフィーの下で何年も働いてきた。でもね、わたしが一言でも言ったら? クビよ。そしてあなたについても、同じこと」

彼はもう一口飲んだ。なぜ彼女はリヴに対する自分の感情を知っているのだろう? ミッシーの天賦の勘とトカゲのような保身の才のおかげか？

「わたしたちはわかりあえた、そうね？」彼女は冷え冷えとした笑みを浮かべた。

「あんたのことはわかったと思う」彼は答えた。

「では、あなたとわたしについては、別の時代の知り合いということで。わたしはあなたの問題のありそうな過去を知らないし、あなたはわたしの……前歴についてほとんどなにも知らない」

それは断定であって、質問ではなかった。

「お客さまたちのところへ戻らないと。会えてよかったわ、ネイト」

そう言うと、彼女はテンプルトンのもとへ行こうと背を向けた。

ネイトは言った。「ところで、ジョーもここにいる」

一瞬動きを止めてから、ミッシーはくるりとネイトのほうを向いた。急所を突いたと、彼にはわかっていた。彼女は息を吸って気をとりなおした。「ジョーはこの牧場にいるの？」

「この郡で仕事をしている」

彼女は目を細めた。「彼をわたしに近づけないで」

「彼もあんたに対しては同じ気持ちだろう」

「そしてウルフガングにも近づけないで」

そう念を押すと、ミッシーはきびすを返し、忍び足でテンプルトンのそばへ戻っていった。

その微笑の明るさはまったく変わっていなかった。

ネイトはまたバーへ行き、気がつくとじっとリヴを見て、彼女が……いなくなったら、と想像していた。自分が入ったこの新しい世界はじきに吹き飛ぶだろう、と思った。彼のさし迫った目標は一緒に吹き飛ばされないことだ。

あるいはリヴが吹き飛ばされないこと。

あるいはジョーが。まったく、彼はとんでもないときに現れたものだ。

## 26

### ベアロッジ山のキャビン

牧場のロッジから三十五キロ離れたキャビンの外の暗闇で、ラッタのヘッドランプの揺れる光を頼りに、ジョーたちは雪をかぶったたきぎを集めていた。停電したキャビンの中には二つの熱源があった。暖炉と、主寝室のたきぎストーブだ。一晩焚(た)いておくには、柔らかなマツのたきぎがたっぷり必要で、それぞれがすでに腕いっぱいのたきぎを一度運びこんでいた。

キャビンの窓にケロシン・ランプの温かなピンクの光が灯(とも)っている。空は晴れて、星の光が地面の雪を白からアクアマリン色に変えていた。エミリーは窓のそばで二人を見守っており、彼女の頭がシルエットになっている。デイジーも隣にいて、窓枠に両足をのせ、鼻をガラスに押しつけている。

「今年初めての極寒の夜だな」ラッタは言った。

「ああ」

エミリーには聞こえないところにいるので、ラッタは尋ねた。「それじゃ、明日の朝には特別部隊が到着すると考えていいんだな？」

「クーン捜査官はそう言っていた」ジョーは、腕の中に積みあげる前にたきぎの一本一本から雪を払っていた。「午前中には来るだろう。今晩武装して車両を待機させるし、運輸局は日の出の一時間後には道路を通れるようにすると約束したそうだ」

「風がなければの話だな」ラッタはぶつぶつ言った。「雪だけってことはぜったいにないんだ。いつだっていまいましい風が吹く」

「そうだな」

ラッタは手を止めてじっとジョーを見つめた。「どう思う？　こんどの件のあと、おれは無事でいられるだろうか？」

ジョーは答えた。「おそらくそうはいかないだろう。仕事はきっと失う。だが、FBIに協力すれば刑務所行きは免(まぬが)れるかもしれない。それで御の字じゃないかとおれは思うよ」

「年金はどうなる？　局は支給してくれると思うか？」

「わからないな、ジム。LGD局長は独自のやりかたをしているから」

「聞いている」ラッタは首を振った。「先任順位がバッジナンバー6まで来たことに、おれは驚いているんだ。このあとおれはクビになり、あんたは一つ順位が上がるだろう」

「おれはバッジナンバーは本当に気にしていないんだ」

「さて、これだけあれば一晩もつはずだ」ジョーと自分を安心させるように、ラッタはキャビンのほうへうなずいた。「彼が少し食料を置いていてくれていたので幸運だった、あんたが今晩の分を確保してくれたがな」

二時間前、ジョーはキャビンの東側のマツの森で野生のシチメンチョウを追い、ショットガンで仕留めていた。三人の夕食は、あぶったシチメンチョウの胸肉、缶詰のポテト、瓶半分のサヤインゲンだった。ラッタは所有者の酒置き場も見つけ、あとで飲むために、カウンターに〈エヴァン・ウィリアムズ〉の未開封のボトルを置いた。

「すべて終わったら弁償できるように、なにを使わせてもらったかメモしておかないと」ジョーは言った。「個人的に訪ねてお礼を述べたいくらいだよ」

「彼は嫌なやつだよ」ラッタは言った。「いいキャビンを持っているが、フロリダではなにもかもがどんなにここよりいいか、うんざりするほどしゃべりまくる金持ちの一人だ。そして、気候がきびしいこともえんえんと愚痴る。フロリダが暖かろうがおれは関心がない。それにあっちは湿気が多くて、虫だらけだ。彼には小切手を送ればいい」

「だったら、どうして彼はここへ来るんだ？」

「さあ？　きっと、夏のデイトナビーチはそれほど素晴らしくないんじゃないか」

ジョーはキャビンのほうを見て聞いた。「エミリーは大丈夫だと思うか？」

「ああ、あの子は楽しんでいる。キャンプみたいなものだ。だが、あの子から犬を引き離すのは大変だろうな」

「娘さんに犬を飼わせてあげたらどうだ、ジム」

「このとおり、人生に厄介ごとはもう充分ある」ラッタはたきぎの束を抱えて立ちあがりながら、うめいた。

「ああ、そうだな」


二人が雪の中をたきぎの山からキャビンへ苦労して歩いていたとき、中で電話が鳴っているのが聞こえた。ジョーが目を上げると、窓辺からエミリーがいなくなっていた。

「いったいだれがかけてきたんだ?」ラッタは切迫した声でささやいた。

「クーンかおれの妻かもしれない」ジョーは言った。「ここの番号を教えた」

「だが、ほかの人間だったら?」ラッタは言い、抱えていたたきぎを雪の上に落として叫んだ。「エミリー! 電話に出るな!」彼は落としたたきぎをよけてキャビンへ走りだした。

遅かった。エミリーが車椅子から腕を伸ばして受話器をとり、顔に近づけるのをジョーは見た。

ジョーがたきぎを持って中に入り、腰で押してドアを閉めたとき、ラッタは動揺した顔になり、エミリーは父親の様子に怯えきっていた。

「いまおれに話したことを彼にも伝えなさい」ラッタは娘に言った。

「男の人がかけてきたの」

「その男は名乗った？」ジョーは尋ねた。「おれを呼んでくれと言った？」

「ううん。パパはそこにいるかって聞いてきて、あたしはいるって答えた。そうしたら、あたしたちは大丈夫かって」

「なんと話した？」

「大丈夫だって」

「だれがきみと一緒か、その男は聞いた？」

「うん。別の猟区管理官もここにいる――パパの友だちのジョーだって、あたしは答えた」

ラッタはうめいた。「ああ、エミリー」

彼女は傷ついていた。「パパ、あたしがなにか悪いことをしたなら……」

「いいんだ。おまえは悪くない。とにかく、会話の内容を一つ一つ思い出して。考えるんだ、エミリー、その男は名乗ったか？」

「ううん。でも、あたしたちがここにいるってわかって、嬉しそうだった。パパと話したいかって聞いたら、彼はいいって言って、あたしたちが無事かどうか確かめたかっただけだって」

ラッタとジョーは顔を見あわせた。

「助けを寄こすからそれまでここにいるようにって、その人は言ったの」エミリーはラッタからジョーへ視線を移した。「びっくりさせたいから、ほかの人たちには内緒にしておくようにって。そのあと、男の人は電話を切った」

# 27

## サンドクリーク牧場

バーテンダーが氷を補充しにいっているあいだに、ネイトはバーの後ろへ入って飲みものを作った。紅茶、氷、水。自分がこれまで飲んでいたものとほぼ同じに見える。リヴが奥まったダイニングルームにゲストたちを案内しているあいだに、頭をはっきりさせておく必要がある。

座席表にはあらかじめ決められたヒエラルキーがあった。テンプルトンとミッシーはテーブルの上席に並んですわる。ネイトは自分の名札を見つけた。ミッシーの右側でテーブルの端だ。ウィップは真正面で、この二人が文字どおりテンプルトンの左右を固めていることを示している。ロコ・ビオルキーニはウィップとリヴのあいだの席だった。

ミード保安官が右隣にすわったとき、ネイトは眉（まゆ）をひそめた。ミードの隣はバーソロミュー判事、その隣は青い制服姿のウィーデル警察署長、デイル・ミラーだ。警察署のおもなアルバイト収入となっている、町の両端にいつも張っているスピード違反取締りで、ミラーは悪名をはせていた。そこから個人的に取り分を受けとっているという噂だ。ミラーは赤ら顔で無作法で、火照（ほて）った顔とうつろな目からすると、牧場に着くずっと前からビールを飲みはじめていたようだ。

長いテーブルの両側の椅子をほかの住民たちが占めていたが、二つだけ空いていた。ネイトは不在のゲストの名札を読んだ。ビル・クリッチフィールドとジーン・スミス。妙だ。彼らがいない理由は説明されるのだろうか？

室内は騒がしかった。二十人以上がアルコールで勢いづいていっせいに会話している。住民、牧場のスタッフ、テンプルトンがもっとも近くにすわらせた人々。ネイトはだれにも一言も話しかけず、リヴも黙っていることに気づいた。彼女はあたりの状況に気を配り、全員が正しい場所にすわってまあまあ礼儀正しい話題に終始しているのを怠（おこた）りなく監視していた。

ジェイン・リンゴルズビーと牧場のスタッフが急いで最初のコースを運んできた。テンプルトン自身が仕留めたナゲキバトの小さな胸肉のグリルと、テンプルトンの狩猟動物処理施設で作られたソーセージだった。赤ワインが全員のグラスにそそがれた。ネイトはテーブル全体を一瞥（いちべつ）した。住民の多くは神経質になっていると同時に興奮している——そして飲みすぎている。一人の女が夫にどのフォークを最初に使うか教えていた。

ミッシーはテンプルトンの言葉にいちいち耳を傾けながら、ただ光り輝いていた。テンプルトンは少し退屈そうなロコ・ビオルキーニに、残っている土着のミュールジカをオジロジカがブラックヒルズから追いだしている話をしていた。ミッシーは彼にうっとりしているように見え、あの女は隙のないお追従のすべにきわめて長けている、とネイトは思った。テンプルトンのジョークに忍び笑いを洩らし、鳥を狩っていたときクズリに遭遇した話を彼がしているあいだは、真剣な顔でかぶりを振っていた。一度だけ彼女は気をそらした。テンプルトンからネイトへとすばやく視線を走らせたときだ。ネイトはあんたのことはわかっているぞというように、にやりとしてみせた。

ロコ・ビオルキーニは夢中で自分の話をしていた――何度となく語ってきた内容なのは間違いない――アイビーリーグの大学で過ごした学生時代、運動や女性が苦手だったこと、早い時期にコンピューターとインターネットにはまったこと、すべての注目を独占してしまう女子運動選手や傲慢でハンサムな男どもをコケにできるネットワーク上で――自分たちがいかにばかにされているか、ゴールデンボーイたちが知らないところで、同じ気持ちの変人たちをつなげたいと熱望したこと。彼のウェブサイトは、のちにユーザー数何百万人のソーシャルメディア帝国に発展した。

ビオルキーニは傾聴されるのに慣れているかのように、そして聴衆はロコ・ビオルキーニ自身がそうであると同様に当然ロコ・ビオルキーニに魅了されているかのようにしゃべる、とネイトは思った。聴衆が「ワオ」とか「すごい」とか言えるようにときどき間を空けるが、質問を促したり他人に補足を求めたりはしない。それは独白であって、会話ではない。サラダが供されているあいだもビオルキーニが話しつづけているとき、ダイニングルームの外の応接室で、二人の人影が入口あたりを窺いながらこそこそしているのにネイトは気づいた。

その二人、クリッチフィールドとスミスはディナーに出席する服装ではなかった。外の雪でまだ濡れて光っている厚いパーカを着て、頬は寒気で赤くなっていた。彼らはダイニングルームの中をのぞきこんで、だれかに招き入れてほしいと懇願しているようだった。

ネイトがなりゆきを見守っていると、リヴが二人に気づき、いらだった微笑とともに席を立った。彼女はクリッチフィールドとスミスに近づき、横を通り過ぎたので、二人はあとについて応接室へ行き、ゲストたちから遠ざかった。切迫したやりとりがあり、まずリヴがなにかを拒絶して犬に外へ行けと命じるように玄関を指さしたが、二人が身振り手振りもまじえて訴えると、やがて彼女は態度を和らげた。両手を腰に当てて、しばらくそこで待つようにと彼らに告げ、またダイニングルームへ入ってくると、テンプルトンに長いこと耳打ちした。

テンプルトンの目がけわしくなったが、表情はまったく変わらなかった。話を聞いている途中で、彼はクリッチフィールドとスミスのほうへ目をやって首を振り、いらだたしげに視線をそらした。室内のにぎやかさはあいかわらずで――ほかにだれもいま起きていることに注意を払っていなかった。ミッシーがテンプルトンのほうを見ていないことにネイトは気づいたが、彼女の頭の傾けかたから、リヴの耳打ちはすべて聞こえているのがわかった。

伝言を終えると、リヴは指示を待って口を閉じた。テンプルトンは大きく息を吸って吐いてから、ミッシーのほうを向いてなにかささやいた。そのあと、不機嫌そうに小さくうなずき、〝オーケイ〟と伝えた。

リヴはすぐにクリッチフィールドとスミスのもとへ戻った。一瞬後、二人の姿は消えた。ネイトがテーブルの向こうを見ると、ウィップもいなくなっていた。彼がそっとぬけだしたのに、ネイトは気づいていなかった。

また席にすわったとき、リヴは目を伏せ、しばし憂慮(ゆうりょ)の色を浮かべていたが、住民に話しかけられるとすばやく元の笑顔に戻った。

いま起きたばかりのことがなんなのか、ネイトにはさっぱりわからなかった。

ロコ・ビオルキーニは目下シリコンヴァレーにおける起業家時代の話に突入しており、自分の法人の役員会と〈ウォール・ストリート・ジャーナル〉がビオルキーニの敵に回るように、信頼していたパートナーが圧力をかけはじめたあたりを語っていた……

「あんたとおれに問題はないよな？」ミード保安官がネイトに話しかけた。ネイトのほうは、クリッチフィールド、スミス、リヴ、テンプルトン、ミッシー、ウィップのあいだで起きている事態の無言の手がかりをつなぎ合わせようとしていた。

「え？」邪魔されたネイトはいらだった。

「つまり、さっき銃を持っていないかおれが調べたあと、あんたが言ったこと。問題ないよな？　結局、ここではおれたちは同じチームに属しているんだ」

「おれはだれのチームでもない」

ネイトは保安官と話をしたくなかった。この男はもうワインを四杯空けているが、メインの料理はまだ出ていない。ミードはどんどん声高になっていくタイプのようだ。だが、ミラー署長やビオルキーニより大声で話しだしたら、面倒なことになるだろう。ビオルキーニはいま、最初の大規模な法廷での対決で、卑劣なパートナーの弁護士が告発した内容についてしゃべっている……

「失礼」ネイトは言った。「すぐに戻る」

静かに立ちあがって住民たちの横を歩いていったが、彼が部屋を出ていくのにだれも注意していないようだった。フロントポーチに出てドアを閉めると、騒がしさはぴたりとやんだ。

空に雲はなく、月には暈（かさ）がかかっている。無数の星々が帯のように空を横切っている。近づく低気圧のせいで地表近くまで下りている暖炉の煙の匂いがした。今夜はぐんと冷えるだろう。

クリッチフィールド、スミス、ウィップはとっくにいなくなっていた。

「どうかしたの?」リヴに声をかけられて、ネイトはハッとした。彼女がドアを開ける音を聞いていなかった。

「なんでもない。ひと息つきたくて。ろくでもない連中といて空気がよどんでくると、息苦しくなるんだ」

彼女は笑った。「もっとひどいのも見たわ。ときどき地元の人たちがへべれけになるまで飲んで、町まで車で送っていかなくちゃならないの。今晩はいつもよりおとなしいみたい——たぶん彼女のせいね」

ネイトは相槌を打った。

「そろそろ中へ戻る時間よ。ステーキが出てくるころ」

「さっきはどうしたんだ?」ネイトは鋭い口調で尋ねた。「テンプルトンはなにを承諾した?」

リヴはちょっと黙った。「それは言えない」

「言えるさ。全員出席が義務のディナーの最中に、どうやら妙なことが起きているようだ」

「言ったでしょう——言えないの。ここでなにが起きているか、わたしはすでにあなたに話しすぎた。それに、あなたが気にするとは思わなかったわ」

「気にしてはいない。だが、片側を保安官、片側をミッシーにはさまれておれはあそこから動けず、ビオルキーニは向かいでしゃべりつづけている。まさに地上の地獄だよ。この場所から逃げだすとしたら、それはおれであるべきだ」

「まったくもう」彼女はかぶりを振った。「ちょっと待って。帰らないで。ミスター・Tに確認しなくちゃならない」

ネイトはうなずいた。

リヴが戻っていってドアを閉めると、ネイトは迅速に行動した。


またドアが開いたとき、ネイトはポーチに戻っていた。だが、ポーチに下りてきたのはリヴではなくウルフガング・テンプルトンだった。彼はドアを閉めた。

「寒くなるな?」テンプルトンはネイトと同じように空を見上げた。

ネイトは答えなかった。

「なにかあったときみが気づいて、いらだっているとリヴから聞いた。彼女に仲介してもらうよりは、ちょっとわたしたちだけでそのことを話せたらと思ってね」

ネイトはうなずいた。

「ウィップは長年わたしのところにいる。緊急事態でまず彼に知らせなかったら、問題になるだろう。きみがわかってくれるといいが」

闇の中、ネイトは横目でテンプルトンを見た。ウィップをクリッチフィールドとスミスに同行させたことに、ネイトがむっとしていると考えているらしい。ネイトはそう思わせておくことにした。

「で、なにがあったんです？」

「ただの地元の問題だ」テンプルトンは嘆息した。「この手の問題がずっと増えつづけていて、わたしは疲れてきたよ。こういう事態には嫌気がさす。率直に言って、対処することにもううんざりなんだ」

　テンプルトンの最後のほうの口調は、ネイトが初めて聞く激しさだった。

「ここへ移ってきたとき、この郡はアパラチア（アメリカ東部のアパラチア山脈南部）の辺境の森が移転したような感じがしたんだ。人々は怠け者で仕事がなく、希望もなくしていた。これほど多くのＥＢＴカードが流通しているのを見たのは初めてだったよ。状況を招いた責任のある市民は大挙して郡を去っていった。わたしは胸を痛めて、残っている人たちを助けたいと思った。ところが、自分がどんな怪物を生みだしているか、まったくわかっていなかったんだ。彼らはなにもかもわたしに完全に頼るようになってしまった。だれも意欲や野心を持たなくなった——ただウルフガング・テンプルトンの乳首を吸いたがるだけだ。

　認めるよ、最初はそんなふうに頼られるのはいい気分だった。どんな人間も好かれ、賞賛され、尊敬されたいものだ。わたしはできるかぎりみんなを助けた——すべての家族を！　だが、助けることで——生きるために必要だと言われたものを与えることで——わたし自身の社会保障システムを作ってしまった。与えれば与えるほど、彼らはほしがる。自分たちで問題を解決する力はもうないようだし、問題が起きるたびに、彼らはどこへ行く？　わたしのところだ！」

テンプルトンはかぶりを振った。「予想もしなかった奇怪きわまることだが、いつのまにか彼らの人質にとられているんだ。求めるものを与えなければ、彼らはわたしを、われわれを、裏切るのではないかと不安になる。飼い葉桶をいっぱいにしておけばわれわれの秘密を守るだろうが、彼らの要求はどんどん過大になっていく。もう続けていけそうもない」

ネイトは言った。「だからおれを引きこんだ。あなたの生産高を二倍にするために」

「われわれの生産高だ。われわれは仲間なんだよ。彼らに与えるものを増やすことで、こういうひっきりなしの問題にわずらわされず、もっと快適に生きられると考えていた。ところが、うまくいかなかった。じっさい、日ごとに悪化している。そして要求に応じるために、わたしは引き受ける仕事の種類をあまり選べなくなってしまった。依頼が正しいと思えなければ、以前はクライアントを追いかえしていたものだ。しかし、いまは……」

「いまはロコ・ビオルキーニのような輩を相手にしている」ネイトは応じた。「彼は、ビジネス上のパートナーに復讐してやりたいだけだ」

「そのとおり」テンプルトンの目が突然うるんだ。ネイトは率直な感情をあらわにされて驚いた。「そのとおりだ、ネイト。以前なら、彼などここへ招きもしないだろう。だがいまわたしは、仕事の正当性より報酬の高さを重要視している。かつては、富やコネのおかげで法で裁かれない悪人に手を下し、痕跡を残さないだけの、プロの技術と抜かりのなさを持っているのはわれわれしかいないとわかったときだけ、仕事を引き受けていたのに。それは道義的に正しい仕事だ。われわれは悪を正し、世界をよりよい場所にする。もっとも高価なゴミをとりのぞく。わたしは固くそう信じている」

「おれも」ネイトは言った。「少なくとも前はそうでした」

「またそんなふうにできる」テンプルトンはせつなそうに言った。

ネイトはテンプルトンの言葉を復唱した。「行って善行をなせ」

テンプルトンは悲しそうにほほえんだ。「かつてはそれがすべてだった。なんといっても、大統領でさえ殺害対象者リストを持っているんだ。われわれは民間部門であり、民間はつねに政治家よりなにごとにおいても優れている。だが、こうなるとは夢にも思っていなかった……」彼はロッジと中のゲストたちを漠然と手で示した。「彼らはいつなんどきわたしに背くかもしれないヒルどもだ。このことすべてをもう一度やりなおせるなら、違うやりかたでやるよ」

「それで、最新の問題はなんです？」ネイトは尋ねた。

テンプルトンは袖をずらして腕時計を見た。「中へ戻らないと――みんなを待たせている。そして料理を食べないと、彼らはもっと酒を飲んで、ＴＮＴでも爆発させないと帰らなくなる」

テンプルトンはドアを開け、ネイトが一緒に中へ入れるように押さえた。内部のにぎやかな会話は、さっきよりさらに声高になっていた。「これをきみが楽しんでいないのはわかっている」

「楽しくありません」

「わたしのために最後までやり抜いてくれ。ゲストたちが帰ったあと、ミスター・ビオルキーニの提案を聞いて、彼がどれだけの報酬を払うかによって依頼を受けるかどうか、決断を──ウィップなしで──しなければならない。交渉の部分はわたしがやる──そうしたら、きみは帰っていい」

彼の懇願はほとんど子どものようで、ネイトは意表を衝かれた。

ネイトが脇を通ろうとしたとき、テンプルトンは腕を彼の肩に回して、ダイニングルームへ戻ろうと促した。

「ありがとう、ネイト」

「で、地元で起きた問題とは?」

テンプルトンはまたため息をついた。「たいしたことじゃない。あの愚か者たち、ジーン・スミスとビル・クリッチフィールドが新顔の猟区管理官と面倒なことになったんだ。二人のせいだ──自分たちはこのあたりの狩猟漁業規則を守らなくていいと思っていて、愚かなためにこの種のトラブルをみずから招いている。わたしに敵対するのではなく味方させるために引き入れた地元の悪党二人だが、まったくうまくいかなかった。計算違いだったよ。悪党はあくまで悪党だ、シマウマが馬になれないのと同じだ」

「猟区管理官?」ネイトの喉がからからになった。

「そうだ。先日会ったんだが、とくに切れる男という印象はなかった。あの愚か者どもはそう考えているらしいが、わたしとって危険な存在になるほど有能な男ではないのは確かだ。しかし、状況がエスカレートして、いま二人はどうしても彼を見つけなければならない。われわれがやることと違って、連中はむちゃくちゃだ。だれがどこにいてなにが起きているか、まるでわかっていない。この猟区管理官は二人の邪魔をしたらしい。彼らは、この男を見つけて問題をとりのぞくのを助けてほしいと頼みにきた。彼の居場所については自信があるそうだ。ここから三十キロ以上離れたどこかのキャビンだ」

ネイトの内部から冷たいものが外へ広がり、防護服をつけたかのように手足をこわばらせた。

「だからウィップを向こうへ行かせて、二人がまたへまをやらかさないようにした。われわれが信頼している住民の一人が、この猟区管理官と一緒なんだが、その住民の娘もいるんだ。住民と娘がけがをしたり、危険にさらされたりする状況には、なってほしくない。ウィップはそこには気をつけると言ったし、この仕事に大乗り気のようだった。他人と組むのをひじように嫌うんだがね。どうやら、ウィップはこの猟区管理官と出くわして、きわめて不愉快な経験をしたらしい。だから仕返しをするチャンスに飛びついたんだ。われわれのビジネスを地元の問題にからませるのはいやでたまらないが、今回は選択の余地はなかったと思う」

ネイトは答えなかった。出ていったときより、室内の照明がずっと明るくなったような気がした。会話の声はこれ以上はないほど大きくなっていた。

「ミッシーが一部を聞いていて、わたしの決定に賛成した」テンプルトンは言った。「『つぼみのうちに摘むのが一番よ』と彼女は言ったんだよ」

ネイトはステーキの皿の前にすわり、リヴがテーブルの向こうから投げかける嘆願するようなまなざしを無視した。

彼は自分が内部から変わっていくのを感じた。ある時点で、顔を上げるとリヴがこちらを見つめていた。彼女は恐慌をきたしているようだった。

ヤラク（タカ狩りの用語で、狩りができる万全の状態）。

住民たちがステーキとデザートを食べおえて帰るまで、長い時間がかかった。リヴはじっさい数人の男女を椅子から無理やり立ちあがらせてドアのほうへ送りだした。そこでは牧場のスタッフが彼らのコートを用意して待っていた。

ミッシーも、時差ぼけでまだ疲れている、あとで部屋で会いましょうとテンプルトンに言って、退席していた。ネイトにはこう言った。「また会えてとてもよかったわ」

リヴがミッシーと一緒に階段へ向かったのを見て、ネイトはほっとした。

保安官、判事、警察署長はネイトの右側の席に残っていた。ビオルキーニはテーブルの向かいで、キューバ産の葉巻に火をつけた。

そしてテンプルトンはテーブルの端の上席にすわってミードをにらんでいた。あきらかに、保安官がほかの二人を連れて早く帰ればいいと思っているのだが、ミードにメッセージは伝わらないようだ。三人の法執行官に対しては、テンプルトンは慎重に取り扱う必要があり、リヴがほかの住民たちにしていたように強制的につまみだすことはできないのだろう、とネイトは思った。

しかしバーソロミュー判事がメッセージに気づき、ミードに言った。「保安官、お開きの時間のようだよ」

「これを飲みおわってからだ」ミードは答えた。ろれつが回っていなかった。

テンプルトンは一瞬憤(いきどお)ったが、ネイトに言った。「ミスター・ビオルキーニとの話しあいのためにノートを取ってくる」自分が戻ってきたときには三人の住民がいなくなっているのを望む、と明確に伝わる言いかただった。

一瞬後、ミードがネイトのほうを向いた。「なあ――指でおれをつつくのをやめてくれないか」

ネイトは答えた。「指じゃない」

ミードは視線を下げて五〇口径の銃口が脇腹に押しつけられているのを見て、目をみはった。ネイトはさっきロッジの外の生垣から銃を回収していたのだ。ミードが突然黙りこんだことに判事とミラーが気づき、どうしたのかとこちらを窺った。

ネイトは言った。「引き金を引いたら、弾はあんたたち三人をまとめて貫通する。前に一発で二人仕留めたことがあるから、これはおれのパーソナルベストになるな」

ビオルキーニには反対側のテーブルの下は見えない。彼は聞いた。「そこ、どうかしたのか？」

ネイトはとりあわなかった。自分の隣に並んですわっている三人に向かって言った。「銃をそっと出して前のテーブルに置け。それからゆっくり立ちあがって、壁に向かって並ぶんだ」

「頼む」ミードはバーソロミューと警察署長にささやいた。「彼は本気だ」

「ゆっくりだぞ」ネイトは言った。

保安官と警察署長の官給のセミオートマティックが白いテーブルクロスの上にごとんと置かれ、二人はすばやく手を引っこめた。判事までが短銃身の三八口径を出したので、ネイトはちょっと驚いた。

「では、立って後ろを向け」

「なんだ、くそ!」ビオルキーニは叫んだ。「ここじゃ全員が銃を持っているのか?」

ネイトは振りかえらずに彼を黙らせた。三人の男に銃を水平に向けたままにし、彼らは言われたとおりに従った。部屋の中は奇妙に静まりかえった。

「おまえもだ」ネイトはビオルキーニに命じた。「こっちへ来て一緒に立て」

「だが……」

「来て一緒に立て、と言ったんだ」ネイトは低い声でくりかえした。

四人が壁に向かって並ぶと、ネイトも立って応接室へ行くように彼らを促した。

バーソロミュー判事が言った。「ミスター・テンプルトンはこんなこと許さないぞ」

「しゃべるな」ネイトは答え、ミード保安官とミラー署長に階段の下の二段にすわるように、ビオルキーニと判事には頑丈な鉄の手すりの両側に立つように命じた。

「手錠を出して鍵を渡せ」ネイトは保安官と署長に言った。

鍵を集めたあと、ネイトは階段の横の二人に両腕を手すりのあいだに通して手錠をはめろと命じた。ビオルキーニはゲームに参加するつもりはないように目を白黒させたが、ネイトはリボルバーの撃鉄を起こして構えた。

ビオルキーニと判事はあわてて自分たちの手首に手錠をはめた。

そのとき、テンプルトンが革綴(かわと)じのノートを持って戻ってきた。状況を察して、彼はネイトに言った。「今夜をぶち壊しにしてくれたな」

ネイトは答えた。「後始末をして、おれがここへ帰ってくる前に消えてくれ。一度だけチャンスをやる」

テンプルトンの顔に後悔の色が浮かんだ。

「ああ」ネイトは言った。「おれも残念だ」

目の隅に動きを捉えて、彼はさっと階段にいる男たちに向きなおった。ミラーが足首のホルスターに差した小型セミオートマティックを取ろうと、ぎこちなくズボンの裾を引っ張りあげていた。

ネイトは発砲し、彼の脚を吹き飛ばした。

ミラーは悲鳴を上げ、吹き飛ばされた部分の血を止めようとした。ビオルキーニは気絶して床に倒れた。


銃を手に応接室を玄関へ向かいながら、ネイトはミラーの吹き飛ばしたひざから下の部分を蹴(け)って床の遠くへすべらせた。上のほうから、リヴの悲鳴と、ミッシーが「ウルフィー、そっちでなにかあったの？　ウルフィー？」と叫ぶ声が聞こえた。

リヴが階段の上に現れた。「ネイト、なにがあったの？」

彼は足を止めて空薬莢(からやっきょう)を排出すると、五〇口径の弾薬を再装填(そうてん)した。「ディナーパーティを終わらせた」

彼女は口に手を当てた。「ミスター・Tは……？」

「彼は無事だ」ネイトはダイニングルームのほうを一瞥した。テンプルトンはまだノートを持ったまま、信じられないという驚愕の表情でたたずんでいた。内心で独白しているかのように、ゆっくりとかぶりを振っていた。

ネイトは言った。「すべてはいま終わったから、彼はすぐにここを出ていく。きみも荷造りしたほうがいい」

紫のシルクのバスローブを着たミッシーが、リヴのそばに来た。彼女の顔は憤怒で凍りついていた。

「このくそったれ」ミッシーは歯ぎしりした。「こうなるとわたしにはわかっていたはずなのに。あなたはジョーと変わらないわ」

ネイトは答えた。「じっさい、ジョーはおれよりいいやつだよ」

リヴはネイトに言った。「でも、わたしたちのことは？」

「わたしたちはない。〝わたしたち〟になるたびに、おれは死ぬ必要のない人を失ってきた。おれは毒なんだ、きみにはもっといい相手がいる」

リヴの目が光った。「じゃあ、それがあなたの決めたこと？」

「残念だが」

「わたしが同意しなかったら？」

「これについては、おれを信じてほしい。こんどのことは全部終わった、きみとおれの関係も含めて」

ネイトは強いて彼女に背を向けると、ドアへ歩きだした。

背後で、想像しうるもっとも悲しい声でテンプルトンが言うのが聞こえた。「だれか弓のこを持ってきてくれ」

## 28

## ベアロッジ山のキャビン

「もう一度殴れ」雪の上にぺっと血を吐いてから、ラッタは言った。「そしてこんどこそしっかりやれ」

「冗談だろう?」ジョーは吐きそうだった。すでにショットガンの台尻でラッタの鼻をしたたかに殴っていた。骨が折れる鈍(にぶ)い音に、胸が悪くなった。打撃でラッタはよろめいたが、しゃんとすると進み出てもっとやれと要求した。

「いや」ラッタは言った。「打ちのめすんだ。おれとエミリーが助かる唯一のチャンスは、あんたがおれに襲いかかって逃げたとやつらに納得させることだ。だから、本当に襲われたように見せなければならない。くそ、ジョー、エミリーが聞きつけて外のおれたちを目にする前にやれ」

ジョーは顔をゆがめてショットガンを振りかぶり、ラッタの血まみれの顔に台尻で狙いをつけた。だが、ためらった。

「やれ！　おれを別のだれかだと思え。あんたが憎んでいるやつだと」

こんな暴力の衝動を呼びおこすのはだれかと、ジョーは記憶を探った。義母のミッシーが脳裏をよぎったが、年上の女性——たとえミッシーでも——をショットガンで殴るなど、自分にはできないとわかっていた。

しかし……


ジョーが一人で逃げられるように、襲われた状況を仕組もうと提案したのはラッタだった。一本だけのアクセス道路を三人で逃げて山を下り、上ってくるテンプルトンの配下たちに出くわすよりはいい、というのが彼の考えだった。ミードが率いる保安官事務所は、おそらくもうキャビンを急襲するために無線でチームを集めているはずだ、とラッタは言った。メディシンウィール郡の法執行機関が、テンプルトンへの脅威を阻むためなら公然と動き、ラッタははるかに大きなシステムの歯車にすぎないと聞いて、ジョーは驚愕した。状況を踏まえて、ジョーは作戦に同意したが、それはラッタを信用しなければならないということ——同時に、独力で山を下りなければならないということだった。

ジョーはプランに追加点を提案した。ラッタがテンプルトンの配下に、ジョーは荷物を取って態勢を立てなおすために〈ブラック・フォレスト・イン〉へ向かったと話すことだ。ラッタは同意した。提案の理由については、ジョーはラッタに明かさなかった。

「エミリーはどうだろう？」さっき、ジョーは聞いていた。ディナーテーブルの上の〈エヴァン・ウィリアムズ〉をはさんで、彼らは向かいあっていた。デイジーは暖炉の前の敷物の上で丸くなり、エミリーは寝室で眠っていた。「うまくいくまで嘘をつきとおせるか？　娘さんは嘘をつくのが下手と見たが」

エミリーは嘘が下手だとラッタは認めた。

「うちの娘たちもそうだ」ジョーは言った。「とにかく、三人のうち二人は」

「状況を説明すれば、できるよ。自分が勝負をあきらめたら、連中はおれを殺して自分を傷つけると知れば。あの子に正直に話す」

ジョーは懐疑的だった。

「あの子はいずれ父親がなにをしていたか、なんらかの形で知るだろう。むしろおれの口から打ち明けたいんだ、そうすれば少なくともなぜおれがそうしたのか、あの子はわかる。おれは間違いをおかしたが、いまからそれを正そうとしていると知らせなくてはならない」

もっといい選択肢を思いつけず、ジョーはしぶしぶ同意した。彼はキャビンで敵と対決したくなかった。テンプルトンの配下はキャビンを銃弾で穴だらけにできるし、火をつけて自分たちを追いだせる。そうなったら、エミリーの身が危ない。また、三人で下山して悪党どもに遭遇したら、修羅場になるだろう。ジョーはチャック・クーンの携帯の番号をナプキンに書いて、ラッタに渡した。

「彼に電話して状況を知らせてくれ。おれがどこへ行くか伝えろ、下山するあいだ携帯の電波はたぶん入らないだろうから」

ラッタはうなずいた。

ラッタはキャビンの隣の納屋で、古いスノーモービル——一九八九年製のポラリス・インディ・スポート３４０ｃｃ——を発見していた。状態は悪かったが、二人はキャブレーターの内部に直接燃料を吹きつけてエンジンをかけることに成功した。いま、スノーモービルは燃料を満タンにしてあり、いつでも走れる。虫食いだらけのスノーモービル・スーツと足に合う分厚いブーツが納屋に吊るしてあるのを、ジョーは見つけた。

「外へ行こう」ウィスキーをたっぷり飲んだあと、ラッタは苦痛を引き受ける覚悟で促した。

ジョーは言った。「おれにはできない。あんたはもう血みどろだ。それだけひどい傷なら、やつらを納得させられるよ」

ラッタは天を仰ぎ、軽蔑をこめて答えた。「そうか。じゃあやめろ、ジョー。そしておれもエミリーも殺させるんだな」

ジョーは一声うなり、ショットガンの台尻でラッタのあごを殴打した。ラッタは両手で顔を押さえてひざをついた。指のあいだから血がしたたり落ち、彼の前の雪を赤黒く染めた。

彼は意味不明の言葉をつぶやき、ジョーは「あごが砕けた」と解釈した。
「すまない、ジム」ジョーは歯をくいしばった。
ラッタがむせぶように叫んだとき、その声ははっきり聞きとれた。「さあ、行け！」

ふたたび古いスノーモービルのエンジンをかけると、青い煙が上がり、壊れかけた電気シェーバーのような音がした。ジョーは轟音(ごうおん)とともに納屋を飛びだし、振りかえらなかった。

キャビンから一キロ半の地点で、計器と電子機器がすっかりだめで、一つだけのヘッドランプがついたり消えたりするのに気づいた。扱いにくいV字型の機種で、ブレーキの利きも悪く風防ガラスは真ん中にひびが入っている。ネズミが座席のほとんどを齧(かじ)っていて、金属がむきだしになっている。

だが、走ることは走った。彼は道路と平行にトウヒの木立の中を進んでいった。山を上ってくる車から、スノーモービルの走行跡を容易に見つけられたくはない。ジョーがスノーモービルを盗むことも襲撃側は予測しているはずだと、彼とラッタは考えていた。やがては、テンプルトンの殺し屋どもが追ってくるだろう。上ってくるときにやつらがジョーを見なければ、一、二時間は稼げるかもしれない。

とにかく、それが計画だった。

スノーモービルスーツは暖かかったが、冷気が顔を刺した。ショットガンはスノーモービルの前部にバンジーコードで固定してあり、ＡＴＶのサドルバッグは後部に縛りつけてある。デイジーは、かつて座席だった場所に腹ばいに寝そべっている。牝犬（めすいぬ）の後ろ脚が自分の左腕の下に、頭が右腕の下に見える。ラブラドール独特のストイックな鈍感さで、デイジーは過ぎていく木々を眺めており、彼は怯えるだけの聡明さを持つ犬を飼っていなくてよかったと思った。細かい粉雪がデイジーの鼻面に積もっている。

木立の中の雪は深くやわらかく、彼は止まるのが怖かった。スノーモービルが沈み、動きがとれなくなってしまうかもしれない。サメのごとく、彼は突進しつづけた——前方がはっきり見えなくても、ヘッドランプが一瞬消えても。結局ランプのスイッチを探って消した——頼りないランプではなく、星と月の光で道を探すほうがましだ。

このポラリスでは、下山して果樹園にある自分のピックアップに着くまでもたないかもしれない。エンジンはことのほか熱くなっているようだし、最後にオーバーホールされたのがいつかもわからない。ここまで古いスノーモービルには、走行不能になったときのために予備のファンベルト、点火プラグ、野外でエンジンを修理する道具が装備されていたものだ。現代の雪上マシンははるかに頑丈にできている。だが、彼にはこの古いポラリスしかなく、座席の下のコンパートメントにはあるべき予備の部品は入っていなかった。

エンジンが止まったら乗り捨てて、あとは歩いていくつもりだった。だが、一キロ走ってくれれば、それは彼が深雪の中を歩かなくてもいい一キロだ。

いつのまにか、ジョーは祈り、娘たちとメアリーベスのことを考えていた。こんな荒れ果てた場所で殺されたりしたら、決して自分で自分を許さない、とジョーは思った。

一時間ほどたったとき、右側の道路が森へカーブしているあたりの木立に黄色の斑点が見えた。自分は闇を走っているので、視覚は人工的な光にはとくに敏感になっていた。すぐに手を伸ばしてエンジンを切った。道路から見られたり、音を聞かれたりするわけにはいかない。

止まると、スノーモービルは左側へ傾ぎ、雪の中に沈んだ。山の上の方ほど積雪が深くないことにほっとして、もう一度エンジンをかけられたら——かなり怪しいが——また進みつづけられるように念じた。

ジョーは座席とデイジーをまたいで、暗闇の中のスノーモービルの陰にしゃがんだ。デイジーはとまどって主人を見つめていた。

「おまえも来い」ジョーがささやくと、牝犬は降りてきて隣でうずくまった。寒気に包まれたエンジンがカチカチと音をたてている。ジョーは目から雪をこすり落とした。

道路のそばの木の幹のあいだで、また黄色の斑点が光り、ピックアップのエンジンの音も聞こえてきた。新しい友だちにあいさつするために道路へ飛びだしていかないように、ジョーはデイジーを抱き寄せた。カーブのせいでヘッドライトの中に自分が照らしだされないことを、ピックアップがスポットライトをつけていないことを願った。

スノーモービルの振動で筋肉が痛み、耳の中はエンジンの甲高いうなりでガンガンしていた。スノーモービルスーツの脚の部分には、色褪せたプラスティックのボディの下からはねた熱いオイルが点々とついていた。

ビル・クリッチフィールドのピックアップが四輪駆動で道を上ってきて、すぐに樹間からはっきり視認できるようになった。中には二人乗っている――スミスも――そして長いライフル二挺の銃身が彼らのあいだに突き立っている。二人は前方に目をやって横は見ず、そのまま走っていった。テールライトがピンクに薄れてついに消えるまで、ジョーは待った。立ちあがったとき、ピックアップの音は遠くかすかになっていた。

「ヒュー」彼は安堵の声を出した。

だが、ピックアップがキャビンに着いたらラッタとエミリーがどうなるか、心配でたまらなかった。クリッチフィールドとスミスはラッタの話を信じるだろうか？　ラッタはクーン捜査官に電話しろという指示に従っただろうか？　ありがたいことに、ほかは停電しているにもかかわらず、電話線は生きている。

スノーモービルにまたがり、キーに手を伸ばしたとき、道路から別の低い走行音が聞こえたので視線を向けた。

今回ライトは琥珀色で、地面に近いところだった。クリッチフィールドのピックアップから数分遅れで山を上っているレンジローバーだ。ドライバーはヘッドライトを消して走行用ライトだけをつけている――前方のクリッチフィールドたちに気づかれないためだろう。ジョーは目を細め、運転席の横顔が間違いなくウィップことロバート・ウィップルであることを確認した。サンドクリークで検挙しようとした、竹竿を使っていた横柄な男だ。だが、クリッチフィールドやスミスと違って、ウィップはハンターのように轍の跡を辿って進んでいた。周囲の物音を聞くために、窓を開けてゆっくりとした速度を保っている。ウィップが通り過ぎるまでたっぷり一分かかった。ジョーの心臓の鼓動はあまりにも大きく、ウィップが突然停車して自分のほうへ向かってきてもおかしくないほどだ。しかし、ウィップは来なかった。

では、いまは三人が彼を追っているわけだ。二人は間抜けな悪党たちだが、もう一人ははるかに不気味な男だ。

ジョーは十分待った――スノーモービルの音をウィップに気づかれたくない――そして息を殺してキーを回した。

エンジンはかかった。

「いくぞ、デイジー」スノーモービルのうなりに負けず、彼は呼びかけた。

果樹園から五キロ弱の場所でスノーモービルは止まり、ジョーは降りるとオイルだらけのスーツをぬいだ。ボディの下から焦げたような臭いがあたりに漂っていたが、彼はその原因を調べようとはしなかった。

デイジーを従えて雪の中を苦労して進みながら、手首の腕時計を見た。夜明けの一時間ほど前にはピックアップに着かなければならない。どうしても。

太陽が顔を出したら、自分を追っている男たちの目を逃れることはできない。彼の逃げた跡――最初は雪上のスノーモービルのタイヤの跡、そのあとはジョーのブーツの足跡――が、エルクやシカがハンターに居場所をさらすのと同じく、彼の所在を暴露するだろう。

携帯電話を出した。かすかに電波があり、夜のあいだに送られていた二つのメッセージが現れた。

一つはチャック・クーンからで、ただこう書かれていた。〈出動。ブラック・フォレスト・インにヘリを降ろせる場所はあるか?〉

ラッタは連絡したのだ。ジョーは足を止めて返信した。〈急げ。ある〉

二つ目はシェリダンからだった。〈EYをエレベーターで見た。彼にはぞっとする。パパのアドバイスが必要〉

彼は電話したが、シェリダンは電源を入れておらず――当然だ――すぐ折り返しかけるように伝言を残した。

それから、ジョーは歩くスピードを上げた。

果樹園に置いておいたおんぼろの緑色の狩猟漁業局のピックアップを見て、これほど嬉しかったのは初めてだった。

# 29

〈ブラック・フォレスト・イン〉

最初の曙光が東の丘陵地帯の稜線のマツの梢から射しこむ半時間前、ジョーはスポッティングスコープで眼下の動きを観察していた。

二晩前にＡＴＶで通って見つけていた轍の道を走り、〈ブラック・フォレスト・イン〉を見下ろす雪をかぶったトウヒの密生した木立に、ピックアップを止めた。この高い位置からなら、ハンターたちが起きるにつれて窓から窓へと明かりがついていくさまが見られる。ようやく男たちが早朝の冷気に白い息を吐きながら外へ出てきて、車をアイドリングさせているあいだに銃や装備を積みこんだ。ガソリンとディーゼルオイルの煙が、かすみのように駐車場にたちこめる。ときおり、次々と荷物を積むハンターたちの叫び声や口笛が響く。この光景に、ジョーは軍隊の戦闘配備を思い浮かべたが、これは民間武装組織と言うべきだろう。

一人また一人と、ハンターたちは駐車場をあとにして道路を北へ南へと出発していった。テールライトの流れはしばらく暗闇の中に続いていた。

しんとした静寂の中、ジョーはじっと待っているしかなかった。彼は世界から隔絶していた。一時間前に無線を切り、携帯の電源を切った。その前に受信していた二つのメッセージに返信した。地元の保安官事務所が無線交信をじっさいにモニタリングしていれば、通信指令係やチャック・クーンに連絡するのはリスクがある。そして、メディシンウィール郡の法執行機関もこのゲームにからんでいるなら、一帯での携帯電話のやりとりを監視する手順もできているだろう。電話会社の協力があれば、彼らはジョーの位置を三角法で特定できる。法とそれが駆使する技術力に敵対する側にいま自分がいることに、とまどいを覚えた。しかし、彼はこれまで一度も完全に腐りきった法執行機関と相対したことはない。そう考えると、怒りが湧きあがった。

　計画の進展――あるいは進展のなさ――について考えた。一端にラッタ、一端にクーンを置いて、ジョーは計画を開始した。そして事態はまさに目の前で進行するはずだ――あるいは、しないか。すべてはもはや彼の手を離れた。寒さと、なにが起きるかへの率直な恐れで、体に震えが走った。計画というものについて得てきた教訓の一つは、思い描いたとおりになるケースはめったにない、ということだ。

　待って見張っているあいだ、クーンと彼のチームがジョーのもとへ駆けつけ、連携して強制捜査をかけようと、北へ急行している場面を想像した。シェリダンが彼に電話をかけなおそうとしている場面も。そしてメアリーベスが連絡をとろうとして彼には届かないと知る場面も。これからあまりにも多くのことが起こりうるし、あまりにも多くのことが失敗に終わるかもしれない……

体がどんどん冷えていくが――ひざの上のデイジーの温もりがありがたい――車のエンジンをかけて暖房をつけたくはなかった。だれかが音を聞きつけたり、排気管から上がる煙を見て、彼が上にいるのに気づくかもしれない。それに、エンジンの振動のせいで、スポッティングスコープの焦点をきっちり合わせられなくなる。

遠くの州道を近づいてくる車列を、飛んでくるＦＢＩのヘリを、彼は待ちつづけた。聞こえるのはマツの枝から重い雪のかたまりが森の地面へ落ちる音だけだ。そのたびに、彼はぎくりとした。

ビル・クリッチフィールドのピックアップが北から州道に現れた。後ろにはジム・ラッタの緑色の狩猟漁業局のピックアップがついている。ジョーはスポッティングスコープを持ちあげ、〈ブラック・フォレスト・イン〉の入口の前で速度を落として駐車場へ向かう二台に焦点を合わせた。

クリッチフィールドは一人で運転席にすわっている。後ろのラッタの車はジーン・スミスが運転している。ラッタは助手席の窓に寄りかかっており、あいだにすわったエミリーが父親を慰めている。

少なくとも彼は生きている、とジョーは思った。そしてエミリーはなんの危害も加えられていないようだ。スミスが運転しているのは、ラッタのけががひどすぎるからだろう。ジョーの胸は罪悪感に痛み、ラッタの言い分が通ったことを祈った。

二台のピックアップはハンティング・ロッジを回りこみ、狩猟動物処理施設の外壁に沿って縦列に駐車した。車の前面はジョーのほうを向いていたが、約五百メートル離れた上方の森陰にいる自分が、彼らから見えるとは思えない。

クリッチフィールドがピックアップから飛び降りた。携帯に向かってしゃべりながら小さい円を描いてのしのし歩きまわり、空いている手を大きく振りまわしている。なにかに激怒しており、おそらくジョーがまだ逃走中だからだろう。

ジョーはスポッティングスコープから身を離して、州道を見た。ほかの連中はどこにいる？　ミード保安官と保安官助手たちは？　バーソロミュー判事のような大物や郡のほかの役人たちが現れるとは思えないが、テンプルトンの支配下にいる法執行官たちが来るのをジョーは期待していた。ジョーの望みは、クーンと彼のチームが到着したとき、武装した共謀者たちが一堂に――〈ブラック・フォレスト・イン〉に――会していることだった。ＦＢＩは一斉検挙できる。彼らが拘束されれば、捜査官数名を行かせて、残りの判事や役人たちを家で捕えるのは簡単だろう。

もっとも疑問なのは、なぜウィップがあそこにいないかだ。どこへ行ったのだろう?

スポッティングスコープに顔を近づけたとき、ハッとした。ウィップはハンターとしての戦術を心得ている。いま自分がしていることを、ジョーは任務中に何百時間もやってきた。高い場所に観測地点を置いて周囲の光景を忍耐強く観察し、ハンターであれ野生動物であれ、動くものに注目する。ウィップもおそらくまったく同じことをしているのではないだろうか。

ジョーは座席の上を急いであとじさり、よく見えるようにデイジーをどかせた。スコープの筒先を駐車場からその上にある真正面の深い森に移し、ズームを遠距離に再調整した。レンズを通して見る地形は自分のまわりとそっくりだった。暗い、びっしりと生い茂った木立、陰になった斜面、たっぷりと積もらせた雪をどうぞと差しだしているかのような、垂れさがったマツの枝。

そこに彼がいた。

トウヒの木立に一部隠れているが、ウィップは筒の長い双眼鏡ではるか下の駐車場の様子を監視していた。レンジローバーの後部はフロントバンパーと同じく森にさえぎられているものの、彼は車内にいた。

自分にウィップが見えるなら、視線を上げれば、ウィップも自分を目にすることができる。そう悟って体を電流が走ったような気がし、ジョーは思わずピックアップを隠そうとエンジンをかけてバックしようとした。

だが、その一瞬前に、ジョーは動きを捉えた――色が閃いた――ウィップの車の向こう側に。暗い青緑色の木々と真っ白な雪だけの世界では、二本の幹のあいだにちらりと見えた薄茶色は異質だった。

ジョーは車のキーから手を離し、ウィップの車に注意を集中した。スコープの焦点をウィップの頭上の背後に合わせた。助手席側の窓の向こうの遠く離れた木立の奥で、あの色が閃くのが見えた。

ネイト・ロマノウスキはまだ双眼鏡で谷間を観察しているウィップのほうへ、マツの枝を押し分けて進んでいた。ネイトはディナー用の服装のようで、どうにも場違いだ。スポーツジャケットらしきものを着ている。銃を抜いており、ウィップに近づくとき、長い銃身につけられた一束の髪が揺れた。そしてネイトは助手席側のドアをすばやく開け、座席の上のなにかに手を伸ばした。

ウィップにチャンスはなかった。彼が双眼鏡を下げて開いたドアのほうを向いたとき、ジョーはその頭が一度、二度、三度とのけぞるのを見た。双眼鏡は手から離れ、車外の雪の上に落ちた。ウィップは前に倒れ、頭はハンドルに当たった。ウィップが前に倒れたとき、冷酷な笑みを浮かべて小口径のピストルを手にしたネイトの姿が現れた。

距離のせいでほんのかすかだったが、ジョーはパン、パン、パンという音を遅れて聞いた。ネイトはウィップ自身の銃で彼を殺したようだ。もし愛用の五〇口径を使えば、だれの耳にも届いてしまうからだろう。それでもジョーには銃声が聞こえたのだから、クリッチフィールドも聞いたかもしれない、と彼は心配になった。ジョーはスポッティングスコープをふたたび駐車場に向けた。クリッチフィールドはまだ携帯でしゃべりながら歩きまわっている。なにか聞いたとしても、反応するそぶりはない。

いま目撃したことのいきさつはわからないが、旧友の姿にジョーの胸は高鳴った。とにかく、ウィップはもう数から外れた。

クリッチフィールドの後ろで、アリス・プーロコヴァが建物の角を回って中へ入るラッタに手を貸していた。アリスはエミリーも車椅子に乗せて、雪の上を押していった。ジーン・スミスは腕を組んでラッタのピックアップのグリルに寄りかかり、クリッチフィールドからの――あるいは、クリッチフィールドが携帯で話している相手からの命令を待っていた。

ラッタとエミリーが安全な建物に入るのを見届けてから、ジョーはデイジーに声をかけた。

「行くぞ」

ピックアップは矢のように山を下った。フロントバンパーが雪を押しのけ、両側の車輪の下から雪は扇形に飛び散った。木をかすめてフロントガラスに大量の雪が落ちたとき、わずかな衝撃を感じて彼は顔をしかめたが、速度を落とさずワイパーを最大限に動かして雪を払った。

木立を抜けてまた視界が開けると、クリッチフィールドとスミスは二百メートルほど先にいた。

クリッチフィールドがピックアップの音を聞いて携帯を顔から離し、スミスは叫び声をあげて突進してくるジョーの車を指さした。

ジョーはアクセルを踏んだ。

距離を詰めるあいだに、スミスはラッタのピックアップへ走って戻り、運転台から長い弾倉のついた黒いライフルを取って出てきた。クリッチフィールドはスミスに警告を発し、自分のピックアップへ駆けていくと、開いた助手席側の窓から手を入れた。

クリッチフィールドは銃ではなく新しい携帯を手に取った。助手席側のドアを開けてその後ろに回った。背後でスミスもあわただしく同じようにした。

ジョーは進みつづけ、距離は百メートルほどになった。自分の体がぎゅっと緊張するのを感じた……

クリッチフィールドが車の開いたドアの下にかがむのが見えた。その窓に、クリッチフィールドの親指が短縮ダイヤルのボタンに置かれた携帯が現れた。

爆発は、クリッチフィールドのピックアップの真横の狩猟動物処理施設の外壁で起きた

——落雷のような振動とともに、壁が炎と煙とともに吹き飛んだ。ジョーは自分の車が衝撃波ではね上がるのを感じ、右側へ身をかがめた。石壁の破片がいくつもグリルにぶつかってきた。

ジョーはブレーキを踏み、ピックアップは雪の上をすべりながら止まった。爆発で耳はガンガンし、聞こえるのは自分の頭の中の低いブーンという音だけだった。

ショットガンを持ってピックアップから這い出たが、煙が薄れるにつれて銃は必要なかったとわかった。クリッチフィールドは文字どおり真っ二つになっていた。下半身は自分の車の開いたドアの背後にあった。黒焦げになった上半身は五メートルほど離れたところでくすぶっていた。大きな外科用メスのように爆風で運転台の中を突っ切った運転席側のドアも、そばで煙を上げていた。なぜか、クリッチフィールドのカウボーイハットは無傷で山が下になって雪の上に落ちていた。

スミスは地面で死にぎわの苦悶にのたうっていた。両腕と片脚が完全に体から切り離され、あまりにも出血が激しく、数秒以内に絶命するだろう。ジョーはこの光景に吐き気を催した。振りかえって、デイジーに車へ戻れと命じた。飼い犬に人間の体の一部を嗅ぎまわらせるのはいやだった。

耳はあいからわずガンガンしていたが、南の地平線をすべるように近づいてくるヘリコプターの音が聞こえた。目を上げると、南からSUVの車列がライトを点滅させて州道を急行してくるのが見えた。

すべては計画どおりにいったが、逮捕するべき人間が生きていない。ネイトは別として。彼は突然ジョーの隣に立った。頭が朦朧としていて、ジョーはネイトが近づいてくるのに気づかなかった。

「大丈夫か？」

「なんでもない」ジョーは答えた。「あんたは？」

「ぴんぴんしている。なぜあの壁に爆薬があると知っていた？」

「おれが仕掛けた。クリッチフィールドは爆薬がまだおれのピックアップの下にあると思っていた」

「クリッチフィールドがあそこに駐車すると、なぜわかった？」

「わからなかった」ジョーは告白した。

ネイトは言った。「あれが見えるか？」

ジョーはネイトの伸ばした腕の先へ目をやった。狩猟動物処理施設の石造りの壁のほとんどは爆発で崩れて、ロックされていた部屋の中があらわになっていた。そもそも、ジョーが爆発物をあそこに仕掛けたのはそれが目的だった。爆薬はC－4で作製された捜査令状の役目を果たした。

「なんてことだ」ジョーはつぶやいた。もっとも不気味な考えが浮かんだときに、見るかもしれないと予測していた光景だった。だから爆薬をあの壁に隠したのだ。

獣の肉を吊る鉤(かぎ)から二人の男性の体がさかさまにぶら下がっていた。爆発の余波で前後に揺れていた。裸だったが、体はよごれた白い薄地の綿布で包まれていた。大型狩猟動物の皮をはいで木から吊るすときに、ハンターたちが使うようなものだ。死体には両方とも目に見える傷があった。片方は顔と首に小口径による銃創が五ヵ所以上あり、もう片方は胸を撃ち抜かれていた。

「左側はヘンリー・P・スコギンズ三世だ」ネイトは言った。「もう一人は知っているだろう」

「ジョーナ・バンクだ」ジョーはつぶやいた。「だれでも見分けがつく」

ネイトは肩をすくめた。「おれたちが持ち帰る遺体を彼らはどうしているのだろうと、ずっと思っていた」

ジョーは言葉が出なかった。だが、ネイトが言ったことはハンマーで打たれたような衝撃だった。「あれは熟成させているんだ」聞きとれないほどの声でジョーはささやいた。「彼らは一般用にソーセージを売っていたし、ここで獲物の処理を頼んだハンターたちに渡すものにも、少しずつ混ぜていた。おそらくクリッチフィールドとスミスがその処理を担当していたんだろう」

「人は豚肉のような味がすると前から聞いていたが」ネイトは口笛を吹いた。「きっとそうなんだろうな。くそ、おれもそのソーセージを気に入っていたかもしれない」

「つまり、テンプルトンが自白しないかぎり、これ以外の殺人容疑を彼にはかけられないってことだ。ほかのすべての被害者の遺体は……消費されてしまった」

〝消費〟と言うとき、ジョーはのどが詰まった。それから、まっすぐにネイトを見た。

「あんたがここを脱する唯一の道は、州側の証人になることだ。FBIはどうしてもテンプルトンを仕留めたがっている。だからおれをここに派遣した。知っていることをすべてFBIに話せ、そうすればテンプルトンの余罪をもっと追及できる。司法取引ができる可能性は高い」

ネイトは顔をしかめて答えなかった。

ジョーはネイトに向かって身構え、ショットガンを少しだけ持ちあげた。「そうしないなら、この場で逮捕しなければならない。あんたと同じくおれも気が進まないが、こんどばかりはあんたは本当に一線を越えた」

「本気なんだな?」

「ああ」

「おれがつねにあんたに敬意を抱いてやまないのは、そこだよ、ジョー」

ジョーは州道のほうを示した。FBIの車列は〈ブラック・フォレスト・イン〉へ続く道へ曲がってくる。上空では数機のヘリが着陸態勢に入っている。

「じゃあ、あんたは連中を信用するのか？」ネイトは尋ねた。

「Ｆ Ｂ Ｉをか？　いや、まったく。最近、彼らの多くは政府の残忍な悪党どもと変わらない。だが、おれはクーン捜査官を信用している。彼はつねにおれに対して正直だった」

ネイトは言った。「Ｆ Ｂ Ｉに協力するのはこれが初めてじゃない」

ジョーはほっとして一瞬目を閉じた。ネイトが従わなかったら自分で彼を逮捕するというのは、もっとも望まないことだった。ジョーは言った。「ウィップがどうなったかは知っている。さっきあそこで起きたことを見ていた。しかし、ほかの連中はどこにいるんだ？　騎兵隊は来たが、逮捕するべき人間がいない。おれに考えられるのは、だれかがほかの連中に知らせたにちがいないってことだ」

「おそらくな」

「で、彼らはどこだ？」

ネイトは答えた。「保安官、判事、警察署長は、おれが最後に見たときには拘束されていた。だが、いまごろはもう手錠を外して自由になっているだろう」

「手錠をかけたのはだれだ？」

「おれ（モワ）だ」

ジョーは唖然とした。「よかったよ、あんたが……」

「おれは人殺しじゃない、ジョー」
「それを聞いて嬉しいよ、ネイト」

着陸する一機目のヘリの轟音でそれ以上会話ができなかった。ジョーはローターが巻き起こす風で飛ばされないように、帽子をしっかりとかぶりなおした。

駐車場の周囲の草地に着地する前に、黒い戦闘装備を身につけてヘルメットをかぶった捜査官たちがヘリから飛びだしてきた。彼らはヘッケラー&コッホのMP5サブマシンガンとショットガンを手にして、ジョーとネイトが立っている場所へ走ってきた。

一瞬、ジョーは発砲してくるのではないかと危惧して、自分のショットガンを放って両手を上げた。ネイトも同じくリボルバーを放った。

先頭の捜査官は足を止め、建物へ移動するようにほかの捜査官たちに手で合図した。二機目のヘリが着陸し、さらに多くの黒い戦闘服の捜査官たちが駐車場を横切って〈ブラック・フォレスト・イン〉へ走っていった。彼らが散開すると、先頭の捜査官がフェイスシールドを上げた。クーンだった。

クーンがあからさまな軽蔑をこめてネイトをにらんでいることに、ジョーは気づいた。

切迫した会話はほとんどどなり声だった。クリッチフィールド、スミス、ロバート・ウィップは死に、ラッタと娘は中にいて、自分の知るかぎり暴力は終わった、とジョーは叫んだ。

保安官と判事はたぶん逃走中だ、と。それから、ジョーは処理施設のなくなった壁のほうに手を振った。

「こいつは」死体を認めて、クーンの顔から血の気が引いた。「われわれはこの事件の真相をこじ開けた。だが、くそ、胸が悪くなる」

「きみはまだ半分しか知らない」ジョーは言った。

「彼はどうなんだ？」クーンは聞いた。

「われわれに協力する」ジョーはクーンに叫んだ。「起訴に持ちこむ手助けをする、ラッタもだ。きみたちは彼らが必要になる」

ネイトは内部情報を握っており、ウィップと対決してじっさい自分の命を救ってくれた、とジョーは主張した。ネイトはウィップと同じ悪党で、同じ罪人だ、とクーンはどなりかえした。ネイトは一言も発しなかった。

ようやくヘリのローターが止まり、二人は普通に話せるようになった。クーンは疑惑のまなざしでネイトのほうを向いて尋ねた。「テンプルトンを死ぬまで連邦刑務所に閉じこめる手伝いをするというのか？」

「おれが知っていることは話す」ネイトは言った。「檻に閉じこめるのはあんたの仕事だ」

クーンはあとじさりして、葛藤するようにかぶりを振っていた。やがて顔を上げ、ジョーに尋ねた。「あんたは彼の言葉を保証するのか？」

「おれの命と家族の命にかけて、彼を信じる」

「なにも約束はできない」クーンはネイトに言った。「わかっているだろうな？」

ネイトはうなずいた。

「なにができるか考えてはみる。最終的な判断をするのは連邦政府の司法長官で、ぼくじゃない。では、二人ともじっとしていろ。ぼくは中へ入って指令センターを作り、テンプルトンを捕えるための急襲チームと、保安官と判事を追う二チームを編成する。そのあと、三人でじっくりと話そうじゃないか」


朝の大気には、爆発の煙の臭いと、二機のヘリそして十二台のSUVの排気臭が漂っていた。だが寒気はゆるんで、雪が〈ブラック・フォレスト・イン〉の急傾斜の屋根をすべって下の地面に落ちはじめた。

自分のピックアップの傷だらけの前部によりかかっているうちに、ジョーの体内からアドレナリンが放散していった。突然どうしようもない疲労を感じ、最後に眠ったのはいつだったか考えた。思い出せなかった。

ネイトが頭をのけぞらせて興味深そうに見上げるまで、一機の飛行機が頭上の空を横切る甲高い音にも気づかなかった。

「あそこを彼が行く」ネイトは言った。

「だれが？」

「ウルフガング・テンプルトンと彼の新しい恋人、ミッシー・ヴァンキューレン」

ジョーは思わずよろけそうになった。「な、な、なんだって？」

ネイトが説明する前に、ジョーは電源を入れたばかりの携帯がポケットで振動するのを感じた。

シェリダンからで、彼女は動転していた。「パパ、エリック・ヤングがライフルを持って階段を屋根へ上ってくのを見た人がいるの」

ジョーは苦悶と焦燥で張り裂けんばかりになった。「ここからそこまで五時間かかる」

ネイトが尋ねた。「どうした？」

## 30

ワイオミング州ララミー

ウルフガング・テンプルトン所有のセスナ・ターボ206Hステーショネアでダグラスを過ぎ、ララミー・ピークの上空にさしかかったとき、ジョーはネイトに言った。「あんたがパイロットだとは知らなかった」

「正式には違う」ネイトは答えた。「だが、小型機にはずいぶん乗ってきた。それに、鳥がどう飛ぶか観察している」

ジョーは両手に顔を埋めた。ララミーまでの五百キロ以上の距離をすばやくカバーできたのはありがたかった。ネイトは速度二百二十ノットで飛行中だと言っていたが、ジョーにはどうでもよかった。一時間半弱で到着できることがすべてだ。

「着いたら着陸できるんだろうな?」ジョーは聞いた。

「やってみるさ」

セスナには三人が乗っていた。ジョーとネイトのほかに、ダッフルバッグとスーツケースを手に、私用滑走路の端に涙ながらに立っていたリヴ・ブラナンという女性が一緒だった。ブラナンとネイトのあいだに交わされた会話をジョーは聞いていなかった――シェリダンに電話していたのだ――だが、乗客が増えたとネイトが言ったときには驚いた。

先ほどＦＢＩの急襲チームがサンドクリーク牧場に着いたとき、ミッシーを乗せたテンプルトンのガルフストリーム・ジェットはとっくに飛びたっていた。クーン捜査官と部下たちが牧場本部になだれこみ、困惑するスタッフたちを集めているあいだに、ネイトは近くにあったＡＴＶを奪ってジョーを滑走路へ連れていった。燃えているロッジの煙があたりにたちこめており、急襲チームが混乱したため、二人はこっそりぬけだすことができた。

滑走路上でセスナが速度を上げ、上昇を始めたとき、ジョーは下を見た。大きな古いロッジは炎に包まれていた。地元の消防局が駆けつけるころには、なにも残っていないだろう。テンプルトンは自分の足跡を消した。中にいた四人の男たちはどうなったのか、ネイトはブラナンに尋ねていた。ジョーは二人の話に注意を払っていなかった。あとで解明すればいいことだ。

メディシンウィール郡全体で展開しているＦＢＩの捜索の進展を、ジョーは無線で聞いていた。

バーソロミュー判事は自宅で朝食のオートミールを食べているとき逮捕された。

ミード保安官は私用のリンカーンコンチネンタルで逃げようとしたところを止められ、逮捕された。

デイル・ミラー署長も拘束されたが、出血多量でラピッドシティの病院へ空路搬送された。全員、ウルフガング・テンプルトンがどこへ行ったのか見当もつかないと主張した。じつのところ、かの男について自分たちはほとんどなにも知らない、と彼らは言った。

携帯の電波が届いているうちに、ジョーはシェリダンから大学がロックダウンされて全寄宿生が自室から出ないように命じられたことを聞いた。階段を上るエリック・ヤングを見て警備局に通報した学生と、彼女は話をしていた。その学生は銃の知識はなにもなかったが、ライフルは「おもちゃみたいに見えた」と言った。その説明から、ヤングは盗まれたブッシュマスターを所持しているとジョーは推測した、なぜなら、あのセミオートライフルにはプラスティックのストックがついているからだ。二二三口径の弾薬を詰められる高性能の弾倉も。

ララミー警察と大学の警備局が呼ばれた。噂はあっというまに広まった。フェイスブックやツイッターにはこれまで十二人の犠牲者が出たという書きこみがいくつもあったが、シェリダンによれば、自分のいる建物の屋上から一発の銃声も聞いていないし、彼女のフロアは屋上に近いので聞こえているはずだ、ということだった。

寄宿舎の部屋の窓からは警察が周辺に集まって道路を封鎖しているのが見える、とシェリダンは伝えた。ＳＷＡＴチームが寄宿舎に突入するために集められたという噂もあるが、まだそんな気配はないという。

こんな状況下でのシェリダンの冷静さを、ジョーは誇らしく思った。到着するまで、シェリダンと同じだけの冷静さを自分も保てるといいのだが。

しかし、大学に着いたら自分がなにをするか彼にはわからなかった。

「彼女はただ手を出して言ったの、『わたしは反対よ』って」リヴ・ブラナンはネイトに語った。「わたしがジェット機のタラップで自分の荷物をミスター・Ｔに渡していたとき、彼女はそう言った。最初、テンプルトンはとまどったように見えたわ。でも、ミッシーと争いはしなかった。『すまない、リヴ』と言っただけで、荷物を返してきたの」

「彼女らしいな」ネイトは言った。「そうだろう、ジョー？」

ジョーは話を半分も聞いていなかった。考えていたのは、町の西側の空港に着陸するのではなく、大学の寄宿舎に直接行けないかということだった。高所からなら、屋上のエリック・ヤングの姿が見えるかもしれない。ララミー警察には自前のヘリがあるとは思えなかったし、一機呼ぶとしたらシャイアンかコロラド州フォートコリンズからになる。ネイトならきっと、ヘリが到着する前にセスナを現場まで飛ばせるだろう。

「ミッシーらしいな、と言ったんだがな、ジョー？」

リヴはジョーのために、テンプルトンがすべての記録を破壊し、ロッジに火をかけるように命じたあと、ミッシーが自分をガルフストリーム・ジェットに乗せようとしなかった場面を、もう一度話した。

「確かに」ジョーは答えた。「おれにはミッシーがあそこの牧場にいたという事実が、まだ理解できないんだ。彼女がおれたちの人生から永遠に姿を消してくれるように祈っていた」

「あんたはあの女をわかっていない」ネイトは言った。

「ああ、だがいまそのことは考えられない」ジョーは二人に尋ねた。「テンプルトンはどこへ向かったと思う？　彼は飛行計画なんか出していないだろう」

「それは間違いない」ネイトは目をぐるりと回した。

リヴが言った。「教えられたらいいんだけど、できないの。ミスター・Tはアメリカ合衆国と世界中に知人がいる――私用滑走路を持っている裕福な人たちよ。長年彼といて何度となく一緒に旅をしたから知っているの。どんな民間機専用空港にも近づかずに、どこへだって行けるでしょう」

ネイトはうなずいた。「テンプルトンは作戦中になにかがぽしゃったら行ける安全な避難所のリストを、おれとウィップに渡していた。おれたちはほとぼりが冷めて彼が迎えにこられるまで、そこに潜んでいることになっていたんだ。リストにあったのは、おもにテンプルトンの情報提供者、元クライアントだ。〈ニューヨーク・タイムズ〉の社交欄を読んでいるようだったよ。そのリストがあれば、ＦＢＩはたくさんの事件を解決できるはずだ。そして、かならずテンプルトンを見つけられる」

「だったら、取引できる材料を持っているじゃないか」

「ああ。だが、うしろめたい気分だ。あれらの過去の作戦は正当なものだった」

ジョーはかぶりを振って、答えなかった。

ネイトの頭がすばやく働きはじめたのが、ジョーにはわかった。

「やめろ、ネイト」ジョーは言った。「考えようとさえするな。あんたは約束し、おれも約束した。おれたちはいまこの飛行機に乗っているべきでもないんだ。もし、あんたがこのあと姿をくらまそうと思っているなら……」

ネイトは肩をすくめた。

リヴが言った。「ミッシーのことは？」

ジョーは言った。「彼女がなんだ？」

人生でもっとも長い時間が過ぎたあと、ジョーは茶色い草原地帯の中でガラスの破片のようにまたたいているララミーの町を目にした。スノーウィ・レンジの雪をかぶった稜線が西方に、広大なギャングプランク地帯が東方に隆起し、そのあいだに小さな大学町が抱かれている。ネイトはセスナの高度を下げ、町の東側のこぢんまりした建物群へ機首を向けた。ワイオミング大学だ。

「あそこが目的地だ」ネイトはリヴに言った。「ワイオミング州でいちばん高い建物だよ」

「冗談でしょ！」彼女は驚きの声を上げた。

「頼むから」ジョーは鋭い口調で注意した。

ほかに飛んでいる航空機は見当たらない。

「おれたちが最初に屋上を視認することになるだろう」ジョーはネイトに言った。「最初にあまり近づいて彼を警戒させないようにしよう。状況を把握するんだ」

「もしそのいかれた若僧がこっちに撃ってきたら、そいつは死ぬことになる」ネイトはアプローチに入った。

いまやホワイトホールは彼らにぐいぐいと迫ってきて、コクピットのフロントガラスをいっぱいにふさいだ。

「あそこにいるぞ」ネイトが言ってセスナを傾けたので、ジョーはネイトの向こうのパイロット席の窓からはっきりと見ることができた。

エリック・ヤングは見覚えのある長い黒っぽいコートを着て、長いライフルを手に砂色の屋上を歩きまわっていた。屋上は平らで、ライフラインの大きな箱形機械と、ヤングがそこから屋上に出たと思われるドアのついた軽量ブロックの構造物が隅にあるだけだった。ヤングは箱形機械から箱形機械へと移動しては、敵を探すかのように周囲をのぞいている。彼がしていないのは、屋上に沿った低い壁体ごしに下にいる学生たちを狙うことだった。

「いったいぜんたい、なにをする気なんだ？」ネイトはつぶやいた。

「わからない」ジョーはとまどった。「彼は空想の悪者を追っているみたいに見える」

「わたしたちがここにいることさえ気づいていないの？」ブラナンがすぐ後ろの席から聞いた。

「気づいていないようだ」ジョーは答えた。

「そのライフルを持ちあげないほうがいいぞ」ネイトはヤングに低く警告した。

「これはまずいことになりそうだな」ジョーは言った。

キャンパスの上を飛び去ったあと、ネイトは長いゆるやかな旋回をして戻りはじめた。

「今回は低くだな？」ネイトは聞いた。

「ああ」ジョーはうなずいた。「とにかく、おれたちはＳＷＡＴチームが屋上に到着するまで彼の注意を引きつけておける」

セスナの無線がカリカリと音をたて、会話の一部が入ってきた。州軍のヘリが数機、シャイアンからこちらへ向かっていてまもなく到着するとのことだった。地上の警備責任者がヘリのパイロットに、ララミー上空にいる単発のセスナ一機はそちらのものか、と聞き、パイロットは違うと答えた。

「じゃあ、あれを飛ばしているのはだれだ?」責任者は尋ねた。

「ロマノウスキ航空だ!」ネイトが叫んだ。だが、無線は使っていなかった。

ジョーはマイクをつかんだ。

「こちらはワイオミング州猟区管理官ジョー・ピケット、単発のセスナに乗っている」

長い間があった。

責任者は尋ねた。「そこでなにをしている?」

「娘がその建物の中にいるんだ」ジョーは答えた。

「容疑者が見えるか?」

「ああ」

「われわれに教えられることは?」

「なんと言ったらいいか。彼は……混乱しているようだ」

南から寄宿舎に近づきながら、ネイトは黒に包まれたSWATチームが数台のヴァンを出て建物の一階へ走っていくのを指さした。寄宿舎の周囲の道はすべて、ライトを点滅させたパトカー、保安官事務所と大学警備局の車両で埋まっている。

「今日はもうストームトルーパーどもは充分だ」ネイトはぶつぶつ言った。

ふたたび低高度から屋上に近づいた。ジョーにはさっきよりヤングがさらにはっきりと見えた。ヤングはまだ箱形機械から箱形機械へ歩き、しゃがみこみ、隅をのぞいている。セスナ機ばかりか、階下の警察の存在にも無頓着な様子だ。階段を駆けあがってくる何十人ものSWATチームのことを、ヤングが知らないわけがない、とジョーは思った。

ヤングがライフルを構えた。なにを狙っているにしろ、それは屋上にいるものだ。そしていつSWATが飛びだしてくるかわからないドアのほうではなく、反対方向に銃口を向けている。

ヤングが狙いをつけている屋上の隅から紙吹雪のようなものが舞いあがった。ジョーは一瞬とまどったが、それは紙吹雪ではなくハトの大群だと気づいた。

「ああ、だめだ」ジョーは胃が引きつるのを感じた。

「どうした？」ネイトは尋ねた。

ジョーはマイクをつかんだ。「SWATを止めろ、止めるんだ！　彼は学生たちを撃っているんじゃない。ハトを撃っているんだ」

「くそ」ネイトがつぶやいたとき、ドアが開いて銃を構えた大勢のSWATチームが屋上に現れた。ヤングは物音を聞きつけたらしく、銃を持ちあげたまま振りむいた。サブマシンガンの銃口から十以上のオレンジ色の星が爆発した。

ヤングのコートが後ろにはためき、何十発もの弾がその体を貫通するのをジョーは見た。エリック・ヤングは銃を脇に落として屋上に倒れた。

地上の責任者が言った。「もう一度言ってくれ」

「遅すぎた」ジョーはうめき、横の窓にがっくりと寄りかかった。

# 31

ワイオミング州サドルストリング

「きみともう一ヵ月も離れていたような気がする」ジョーはメアリーベスに言った。「こうして会えてうれしいよ」

「本当に一ヵ月たったみたい」ミニヴァンの運転席から彼女は答えた。「でも、ほんの数日なのよ」

「それでも」

「そうよね」彼女は間を置いてから続けた。「屋上に行ったかわいそうな少年。考えるだけでいたたまれない気持ちになる。なんとかして救えたらよかった、彼とつながれたらよかった、と思う。本当にハトを撃っていただけなの？」

「そうだ」ジョーは答えた。「なくなった銃を盗んでもいなかった。自称友人たちが、びびらせるために盗んだんだ。ヤングはあの朝〈ウォルマート〉で空気銃を買っていた」

「彼のお母さんがわたしからの電話をとっていれば、もしかしたら……」

「起きたことはきみのせいじゃないよ。だれも傷つかないように、きみはできるかぎりのことをしたんだ。自分を責めるな」

「どうしようもないの。あれはあまりにもひどい過剰反応だった」

「だれにとっても。おれたちも含めて」

「シェリダンはいま必死で自分の考えの道筋を思いかえし、結果論で自分を責めている。打ちのめされているわ。あなたはなにも悪いことをしていない、と言ったんだけど、でも……」

「自分を責めているのはあの子だけじゃないよ」


ジョーのピックアップが途中で壊れたので、メアリーベスは彼をジレットまで迎えにきた。〈ブラック・フォレスト・イン〉での爆発による破片がどうやらエンジンを貫通し、冷却液と油圧のホースに針で突いたような小さな穴を開けていたらしい。サドルストリングまで半分ほど来たところで初めて、彼は破損に気づいたのだが、計器盤を見ればわかったことだとあとで認めざるをえなかった。この状態に気づかなかったことへの唯一の言い訳は、睡眠不足による疲労困憊(こんぱい)と、メディシンウィール郡とララミーで起きた出来事による精神的なショックだった。

ジョーはジレット郊外の州道沿いの店にピックアップを置いてきた。そこでメアリーベスが彼を拾ったのだ。修理工はジョーのピックアップを見て、ただ首を振った。

「またですか」男は言った。

「またなんだ」ジョーは言った。

サドルストリングへのドライブのあいだ、ジョーは妻に積もる話をするつもりだったが、携帯が鳴って邪魔された。

画面を見た。「ルーロンだ」

「成功したらしいな」知事は言った。「だが、あんなにたくさんの死体がころがるはずじゃなかったぞ」

「全部わたしがやったわけじゃありません」ジョーは答えた。

「すべて話してくれ。三十分後に記者会見をしなくちゃならない。メディシンウィール郡であったことについて質問されるかもしれないが、マスコミの興味はけさのララミーでの事件に集中しているように思う。もう愚か者どもが銃規制を求めているよ。は！　あの気の毒なやつは空気銃を持っていたんだ！」

ここでルーロンは冷静になった。「とにかく、向こうでなにがあったのか最初から聞かせてくれ。かなり広範囲の犯罪企業だったようだ――わが連邦政府より規模がでかい。それから、なに一つ省くんじゃないぞ――とくに、あとになっておれに火の粉が降りかかりそうな細かいこともな」

ジョーは話した。メアリーベスは運転しながら聞いていて、ときどきかぶりを振った。最後に、ルーロンはジョーに「マスコミの犬どもが隣の部屋で嚙みつこうと吠えている」と言って、電話を切った。

「あなたにはぜったいにできない、そうでしょ、ジョー?」彼が通話を終えると、メアリーベスは尋ねた。

「なにが?」

「距離をとること。あなたはとにかく、ものごとのど真ん中に踏みこんでいかないわけにいかないのよね?」

「彼らがおれを狙ってきたんだ」ジョーは言い訳がましく答えた。「車に仕掛けられた爆薬のこと、話しただろう?」

「そしてまた、彼らはあなたに無理じいして建物の壁に爆薬を仕掛けさせたのよね」

無言を守ることで、彼はその点を譲歩した。疲れすぎていて、口論を始める気分ではなかった。デイジーがうらやましかった。牝犬は後部座席で死んだように眠っていた。

「彼は大丈夫なの?」しばし沈黙が流れたあと、彼女は聞いた。

「ネイトか?」もちろんネイトのことだ、と思った。「わからない。誠実に協力して充分な情報を提供すれば、有利な司法取引ができるはずだ。だが、FBIがどんなだか知っているだろう」

「彼らは執念深い。ネイトは連邦刑務所へ戻されるかもしれないわ。でも、少なくともわたしたちは彼がどこにいるか知っているし、また彼が出られるように働きかけられる。あなたが知事のために動いているのは有利よ」

「たぶんね」ジョーは言った。「今日はネイトが誇らしかったよ。彼は越えた一線の向こうから戻ってきて、正しいことをした。自分がとった道について、考える時間はたっぷりとあるだろう」

「面会は許可される？」メアリーベスは尋ねた。


ミッシーの恐るべき帰還について二人で話しながら、メアリーベスは自宅の前に車を乗り入れた。

「妙ね」ガレージの近くに止めてあるエイプリルのチェロキーのほうにうなずいて、彼女は言った。「まだ家にいないはずなのに。学校が終わっていないわ」

ジョーはぐったりとしてヴァンから降りた。銃は持って入るが、サドルバッグはあとにしよう。考えられるのは、シャワーを浴びてベッドにころがることだけだった。目を閉じるとき、エリック・ヤングの最後の瞬間が眼裏(まなうら)に永遠のループのように浮かばないでほしい、と願った。

ホルスターとショットガンを持ってジョーが家に入る前に、メアリーベスが飛びだしてきた。彼女は大きく目を見開き、動転していた。

「あの子がいないの、ジョー。わたしがあなたを迎えにいっているあいだに、エイプリルは荷造りして出ていった」

ジョーはこの知らせに愕然として足を止めた。「だが、あの子のチェロキーはここにある」

「自分の車で行かなかったのよ」メアリーベスは突然怒りをあらわにした。「彼と行ったんだわ。ずっとこれを計画していて、いいタイミングを待っていたのよ」

ジョーは体の芯まで疲れていたが、隘路（あいろ）ではね上がる馬に乗ろうとするかのようにしっかりと帽子をかぶりなおした。そして言った。「このロデオは決して終わらないんだな？」

# 謝辞

最初に本書の原稿を読んでくれたローリー・ボックス、モリー・ボックス・ドネル、マーク・ネルソンに感謝する。

また、わたしのサポートチーム、ジェニファー・フォネズベック（フェイスブック、ツイッター、販売促進担当）、ドン・ハジチェク（ウェブサイト担当）、モリー・ドネル（グラフィックと画像担当）、テンプルトン・ライにもお礼を申し上げる。

イヴァン・ヘルド社長、マイケル（カウボーイ）・バーソン、ケイト・スターク、トム・コルガン、そしてわたしの伝説的かつ最高の編集者であるニール・ナイレンをはじめとする、ニューヨークのペンギン／パトナム社の真摯なプロフェッショナルたちと仕事をするのは、作家にとっての夢だ。

いつものように、素晴らしいエージェントで友人であるアン・リッテンバーグに賛辞を呈する。

# 解説

三橋曉

大平原を意味するネイティブ・アメリカンの言葉が語源ともいわれるワイオミングという州の名は、日本人のわれわれもよく耳にするし、目にもとまる。しかし、実際に訪れたという読者は僅かだろう。かくいう筆者も滞在経験のない一人だが、実はそれどころかアメリカ合衆国の地図でワイオミングの正確な位置を指し示すことすら心許ない。

バイデンとトランプがしのぎを削った二〇二〇年の大統領選挙でトランプが圧勝したこの州を、共和党支持者が多数を占める保守的な土地柄と捉える向きも多いかもしれない。一方でワイオミングは平等州ともいわれ、十九世紀のアメリカで初めて女性の参政権が認められ、二十世紀に入ってからは初の女性知事が誕生した地でもある。そして何よりも、北西から南東にかけてロッキーの山脈が連なり、東部に広がる大平原には幾筋もの河川が流れる自然の宝庫として知られる。

エネルギー産業に直結する鉱業とカウボーイ文化を培った牧畜業で知られる州中央部の都市キャスパーで生まれ育ったC・J・ボックス（Charles James Box Jr.）が、さまざまな職業を経た後に作家への道を志したとき、小説の舞台にこの州の大自然を選んだのは、当然の成り行きだったかもしれない。土地鑑があることに加え、恵まれた自然環境のもとで動物たちと人間が共存する故郷への誇りの顕れでもあったろう。

そのことは、ボックスの生み出したジョー・ピケットという主人公からも窺える。ワイオミングは多数のネイティブ・アメリカンの狩猟地だった歴史があり、州面積の半分以上を占める森林地帯には今も野生の生態系が保たれている。狩猟漁業局の猟区管理官という主人公の仕事は、違法な狩猟や漁業を取り締まり、州民と野生動物の安全を守ることだが、彼は担当地区のすべてを第二の家族として大切に思っている。

ジョー・ピケットのデビューは『沈黙の森』（二〇〇一年）だが、以来作者は年一作という長編執筆のペースを律儀に守ってこのシリーズを書き続けており、最新作の *Dark Sky*（二〇二一年）で二十一作を数える（他に短編集がある）。ここにご紹介する『越境者』は、本国では二〇一四年に上梓されたシリーズ十四作目の長編小説である。

原題の *Stone Cold* は、「石のように冷酷な」とでも訳すのだろうか。物語は、いきなりお隣のモンタナ州から始まる。ワイオミングから流れ込むビッグホーン川のほとりに佇む豪華なログハウスを、背が高く、金髪をポニーテールにした、リボルバーで武装する男が見つめている。男は下見を繰り返し、この夜の襲撃に準備を重ねてきた。

ターゲットであるログハウスのオーナーは巨大製薬企業を率いる一族の跡取りだが、社会に害悪をたれ流す悪評芬々たる人物だった。依頼主からの「善行をなすべし」のゴーサインを受けた男は、監視カメラや護衛を突破し易々と相手を仕留め、川に逃れた。そこで、古木の枯枝から自分を見つめる一羽のハヤブサに気づく。

男とは、シリーズの読者におなじみのネイト・ロマノウスキである。この流浪の鷹匠は主人公の長年の友であり、ジョーの家族との親交も深い。今回、正義の実現が目的だというある人物から汚れ仕事を請け負っていたが、川岸にみとめた空の捕食者から、ふと自らを自嘲的に省みる。冷たい殺戮を繰り返す猛禽類と自分は、どこが違うというのか、と。本作の原題は、おそらくこの一節から採られている。

一方、前作『発火点』（二〇一三年）の事件のさなかに、猟区管理官の職を辞したジョー・ピケットだが、本作では無事に復職を果たしている。彼の良き理解者でもある州知事のルーロンは、狩猟漁業局の局長の反対を押し切りジョーに行政府特別連絡担当という肩書を与え厚遇していたが、いきなりの呼び出しで州北東部の寂れた郡に潜入せよと命じた。富裕な牧場主と良からぬビジネスの関係を探ることが、その目的だった。この案件はＦＢＩも極秘に調査を進めており、二週間前、知事は州犯罪捜査部にも情報収集を命じていたが、現地では捜査官が不可解な死を遂げていた。

主人公は、『狼の領域』（二〇一〇年）などでおなじみのＦＢＩ特別捜査官チャック・クーンと再会し、捜査資料の提供を受ける。そしてクーンと連絡を密にすることを約束するが、向かった先は、まさに敵地だった。ベテランで先輩格の猟区管理官は露骨に彼を警戒し、牧場主からさまざまな恩恵の施しを受けているのは住民ばかりでなく、保安官や判事までもが鼻薬を嗅がされている気配をジョーは肌で感じ取る。

　主人公の目的地である州北東端の郡メディシンウィールは、かつてシャイアンから州都の座を奪いかけるほど繁栄しながらその後衰退した土地と読者に紹介され、物語の中盤から主な舞台となっていくが、おそらく作者の創作だろう。しかし、その一角とされるサンダンスは実在する。実際にはクルック郡に属する町だが、『明日に向って撃て！』でロバート・レッドフォードが演じたギャングの愛称サンダンス・キッドは、作中にもあるように彼が馬泥棒で服役したこの地の刑務所の名に因(ちな)んだものだった。

　他にも、『未知との遭遇』で一躍有名になったデヴィルズタワーの勇壮な姿を遠景に捉えたかと思えば、オールドファンならば『ローハイド』と並んで人気を博した、ロバート・フラーのガンマン姿が懐かしい西部劇のドラマ『ララミー牧場』を思い出すであろう州南部の町ララミーも、この物語のもう一つの重要な舞台となる。作者は、ワイオミングのローカル色豊かな魅力を随所にさりげなくちりばめているのだ。

　コヨーテやアンガス牛も視界に入る、モンゴルの広大な草原を思わせる風景の中を、相棒よろしく愛犬のデイジーを助手席に乗せたジョーのピックアップは、メディシンウィールをめざす。仲間から車両破壊記録保持者とからかわれ、二年前にも一台をお釈迦にしたばかりだが、現地に着いた翌日、調達したのは小回りのきくバギー（全地形対応車）だ。そんなジョーのやる気に対し、知事は一抹の危惧を抱いていた。ＦＢＩも尻尾を摑めない牧場主への疑惑はあくまで噂に過ぎず、何よりも慎重を要する案件だったからだ。

今回の任務は法の執行でもなければ、捜査でもない。あくまで非公式な情報収集で、自分の身を危険にさらすな、と念を押したが、知事の心配はやがて現実のものとなる。ジョーは今回のミッションにおいても、事件のど真ん中に踏み込むという毎度おなじみの才能を発揮するのである。

実は、ジョーにも不安材料があった。チャック・クーンに託されたＦＢＩの資料の中に、友人のネイトの関与が疑われるものが含まれていたことがそれだが、父親としても頭の痛い問題を抱えていた。里子のエイプリルが家に連れてきた好ましからざるボーイフレンドのことに加え、離れて暮らす長女シェリダンから気にかかる相談を受けていたのだ。

世間一般の家族と同様に、ジョー・ピケットとその一家もこれまで数々の問題と向き合ってきた。その度ごとにジョーは妻のメアリーベスとともに悩み、苦しみ、葛藤する中から、一家の進むべき道を見出してきた。この家族小説の側面はシリーズの大きな特徴ともいえるが、作者はジョーの家族を主人公に付随する存在ではなく、主人公と同等の存在として描いてきたのである。

第一作の『沈黙の森』に登場したシェリダンは、わずか七歳だったが、成長した彼女は鷹匠としてのネイトを師と仰ぐナチュラリストであり、現在はララミーにあるワイオミング大学に進学している。三年生となり、寄宿舎のアシスタントを任せられていたが、そこで周囲から孤立する一人の男子生徒に目をとめる。その尋常でない様子がどうしても気がかりで、ジョーに電話をかけてきたのだった。

ジョーは、メディシンウィールの丘陵地帯と、シェリダンの大学があるララミーとで、同時進行する不穏な状況に、文字通り身を裂かれるような思いを味わう。それを遠く離れた地元サドルスリングから支えるメアリーベスのめざましい活躍も本作の読みどころの一つだが、心配事を親と共有できるシェリダンと、娘の賢さを信じ、事態に正しく対処すると確信しながらも、長女の苦境を見過ごせないジョーとメアリーベスの姿は、シリーズのメインテーマの一つである家族の絆を強く読者に印象づける。

自然の尊さや家族のあり方といった、大切なことのさまざまを考えさせずにはおかない本シリーズだが、場所や人にも、それぞれに刻まれた歴史があるという事実にも改めて気付かされる。本作でいえば、メディシンウィールの町がその一例で、悪徳の町と化した現在の様子とともに詳らか(つまび)にされる、かつての繁栄や衰退していかざるをえなかった経緯(けいい)には、どこかセピア色のノスタルジーがにじむ。

このシリーズからは外れるが、エドガー賞の最優秀長編賞に輝いた『ブルー・ヘヴン』(二〇〇八年)も、過ぎ去った時への郷愁抜きには語ることのできない作品だった。殺人事件を偶然目撃したことで命を狙われる幼い姉弟に、昔気質(かたぎ)の老牧場主が救いの手を差し伸べるという物語で、終盤における西部劇調の展開は、終わろうとしている古き良き時代への愛惜(あいせき)に満ちたものだった。作者のボックスは、去りゆく時代や、そこに刻み込まれた思い出の数数に敬意を表する作家なのだろう。

勿論、本シリーズの主人公ジョー・ピケットたちの間でも、時は移ろい、歴史は積み重ねられていく。ピケット一家のクロニクルの色合いは、十四作目にしていや増すばかりといっていい。『冷酷な丘』(二〇一一年)にいやでも立ち返らざるをえない不意打ちのような展開があるかと思えば、出番の多さでは『鷹の王』(二〇一二年)に次ぐネイトは、本作でジョーと昨年来の再会を果たすが、その結果、人生の大きな岐路に立たされる。そして、なんと物語の幕切れには、〝どうする、ジョー・ピケット!〟と言わんばかりのクリフハンガーが待ち受けるのだ。

風雲急を告げる本作のラストに、ピケット一家の動揺を思い、やきもきしない読者はいないだろう。この『越境者』がさらなる追い風となって、引き続きシリーズの紹介が続いていくことを、読者の一人として祈るような気持ちで待ちたいと思う。

**訳者紹介**　1954年生まれ。東京外国語大学英米語学科卒業。出版社勤務を経て翻訳家に。フリードマン「もう年はとれない」「もう過去はいらない」「もう耳は貸さない」、ボックス「鷹の王」「発火点」など訳書多数。

検印
廃止

越境者

2021年6月30日　初版
2023年6月9日　3版

著　者　C・J・ボックス

訳　者　野口百合子（のぐちゆりこ）

発行所　（株）東京創元社
代表者　渋谷健太郎

162-0814/東京都新宿区新小川町1-5
電　話　03・3268・8231-営業部
　　　　03・3268・8204-編集部
URL　http://www.tsogen.co.jp
DTP　工友会印刷
萩原印刷・本間製本

乱丁・落丁本は、ご面倒ですが小社までご送付ください。送料小社負担にてお取替えいたします。



ISBN978-4-488-12714-5　C0197